«Patch» Kinkade will in Arizona endlich einmal in besserer Gesellschaft, sprich: allein sein. Als bei einem Streit zwischen den «Infidelz» und den «2Wheelers» ein Casino verwüstet wird und es zu Verwundeten und Toten auf beiden Seiten kommt, ist in den Zeitungen vom «Biker-Krieg» die Rede. «Patch» kann nicht anders: Er legt seine Ledermontur wieder an.

Ralph «Sonny» Barger schildert in seinem ersten Roman Erlebnisse aus seinem eigenen abenteuerlichen und ereignisreichen Leben als Angel.

«‹Dead in 5 Heartbeats› kann es mit einem Thriller von Mario Puzo aufnehmen.» (Neue Zürcher Zeitung)

Ralph «Sonny» Barger, geboren 1938, ist in Modesto, Central California, und Oakland aufgewachsen. Der Gründer der «Hell's Angels» landete mit seiner Autobiografie «Hell's Angel. Mein Leben» (rororo 61453) einen Weltbestseller. Außerdem veröffentlichte er die Anthologie «Ridin' High. Livin' Free. Die härtesten Motorradgeschichten» (rororo 23561). Er lebt in der Nähe von Phoenix, Arizona, wo er immer noch täglich mit seiner Harley Davidson fährt.

Ralph «Sonny» Barger
mit Keith und Kent Zimmerman

Dead in 5 Heartbeats

Roman Deutsch von Bernhard Schmid

Rowohlt Taschenbuch Verlag

Die Handlung dieses Werks ist frei erfunden.
Anspielungen auf tatsächlich existierende Personen, Geschäfte, Organisationen oder Örtlichkeiten sorgen lediglich für einen authentischen Rahmen; ihre Funktion ist rein fiktiv. Alle übrigen Charaktere, Ereignisse und Dialoge sind vom Autor frei erfunden.

Für Sharon und Zorana,
die beiden Frauen in meinem Leben
S. B.

Die «Zimmermänner» widmen ihre Arbeit dem Singer-Songwriter David Broza, Jazzpianist Michel Camilo und Autor Harlan Ellison, drei Freunden, die uns ermutigt haben, für unsere Kunst zu leben. Dank wie immer an unsere Frauen Deborah und Gladys sowie an Fritz Clapp, James Fitzgerald und unseren Lektor und Komplizen Michael Shohl.

Die Originalausgabe «Dead in 5 Heartbeats»
erschien 2003 bei Morrow, New York

Veröffentlicht im Rowohlt Taschenbuch Verlag,
Reinbek bei Hamburg, März 2005

Umschlaggestaltung any.way, Cathrin Günther
(Foto: getty images / Erik Leigh Simmons)
Satz KCS GmbH, Buchholz / Hamburg
Druck und Bindung Clausen & Bosse, Leck
Printed in Germany
ISBN 3 499 23765 2

1 | ZWISCHENFALL IM ROADHOUSE

Trader's Roadhouse war bikerfreundlich und farbenblind, ein neutraler Treff für Motorradfahrer jeden Kalibers und Schlags. Es war ein riesiger Spielplatz in einer Wellblechbaracke am staubigen Rand von Hayward, einem Arbeiterstädtchen ein Dutzend Meilen südöstlich der Oakland Flats.

Donnerstag war Bike Nite im Trader's. Der Laden war brechend voll und vibrierte bis in das Fundament. Trotz des Höllenlärms bewegte die Männer den langen Mahagonitresen hinauf und hinab vor allem eines: Lautstark ging es drum, ob das aus Folsom oder das aus San Quentin das geilere von Johnny Cashs Knast-Alben war.

Aus der Musikbox kam eine Auswahl von Tresenhymnen; wahlberechtigt war jeder, der eine Münze einwarf. Entsprechend die Vielseitigkeit: Auf Willies «My Heroes Have Always Been Cowboys» folgte Kid Rocks «American Bad Ass», und nach Arthur Conleys «Sweet Soul Music» kamen Guns N' Roses mit «Sweet Child O' Mine». Mit anderen Worten ein Mischmasch aus Rock, Soul und kantigem Outlaw Country ohne die Spur von System. Ein musikalisches Chaos, aber schön. Und da man in Kalifornien war, fehlte nur eine Ingredienz einer zünftigen Bar, und das war der beißende Rauch.

Ein scharfes *Klack!* durchdrang die Geräuschkulisse, als auf dem Billardtisch die Weiße auf einen frisch gesetzten Pulk Kugeln knallte, dann folgte das unverkennbare dumpfe Plumpsen, als die erste Kugel ihrer vorübergehenden Ruhestatt unter dem grünen Filz entgegenfiel.

In einem stummen Fernseher hinter dem Tresen gab es Baseball, die Oakland A's gegen die Tigers, aber kein Mensch sah zu. Bikerkram zierte jeden Zentimeter vom Trader's: *Easyrider*-Pin-ups, ein riesiges Bild von David Mann, diverses Werkzeug wie Schraubenschlüssel, Teile verschiedener Maschinen hingen überall an der Wand. Hier und da baumelte an der Decke ein komplettes Bike.

Die Blondine an der Fritteuse machte ein Bombengeschäft. Sie verteilte rote Plastikkörbchen mit frittierten Zucchini, gefüllten Jalapeños, Chili-Bacon-Burgern und Cheese Fries an die Serviererinnen, so schnell sich das Zeug nur durch Grill und Öl jagen ließ. Die angesagten amerikanischen Biere, ein paar handverlesene Lager und mexikanische Sorten gab es vom Fass. Die Whiskeys hinter der Bar, alles erstklassige Single Malts, gingen – wie die mexikanischen Tequilas – weg wie nur was, auf süßem Zeug und Modelikören sammelte sich dagegen der Staub. Die Kundschaft knackte Erdnüsse und warf die Schalen einfach auf die Dielen.

Das Verhältnis Männlein – Weiblein war mit nahezu fifty-fifty beeindruckend für unter der Woche. Eine Menge auffälliger Hasen, in der Regel geschieden und mit 2,2 Kindern zu Hause, trank fassweise Chardonnay. Sie waren der Köder, der die vielen muskelbepackten Outlaws auf ihren Maschinen ins Trader's lockte. Nach Ansicht der Jungs standen die Chancen, eine klasse Pfanne abzuschleppen, besser als fifty-fifty, wenn sie nicht aufs Wochenende warteten, wenn die Horden im Trader's einfielen. Je näher es an zwei Uhr morgens ging, desto anzüglicher wurde die Unterhaltung; die Kondomautomaten auf der Herrentoilette wurden so richtig fett. Im Trader's hatte man die Qual der Wahl, und die Favoriten waren normal, mit Whiskeygeschmack und gerippt.

Ein Dutzend Meilen weiter, auf einer finsteren Straße, hielt ein einzelner Biker aufs Trader's zu. Er trug einen Halbschalenhelm und nahm hin und wieder den Blick von der stockdusteren Straße, um zu den Sternen am Nachthimmel hinaufzusehen. Marco hätte sich mit einigen Brothers von den Infidelz, seinem MC, treffen sollen. Einer nach dem anderen hatten die Jungs sich gedrückt. So war Marco ohne die Clubkameraden gefahren. Er trug das Color der Infidelz gerade mal seit drei Wochen. Ihm war noch jede Ausrede recht, das Patch spazieren zu fahren. Nichts konnte ihn davon abhalten, seiner FXR die Sporen zu geben und den frischen Sommerwind um die Nase zu spüren.

Marco war froh, nicht in Oakland geblieben zu sein. Er brauchte die kleine Flucht vor seiner besseren Hälfte und den plärrenden Gören. Wie in aller Welt konnten seine Brothers in einer solchen Nacht zu Hause bleiben? Das Color auf seinem Rücken, orange und schwarz auf sauberem blitzweißen Grund, schien ihm Power zu geben. Er strotzte nur so vor Stolz. Nach ein paar Drinks könnte er vielleicht wieder nach Oakland zurückfahren und mit den Kameraden im Clubheim einen auf die Lampe gießen.

Die Bike Nite am Donnerstagabend im Trader's war in der Hauptsache was für Einprozenter, da mochte man dazu stehen, wie man wollte. Je nachdem, wen man fragte oder aus welchem Blickwinkel man das Motorradfahren sah, ein Einprozenter war entweder der taffste aller Biker, die Creme der Motorradwelt, oder er gehörte zu dem einen Prozent, dem alle Motorradfahrer ihren zweifelhaften Ruf verdankten. Eines jedenfalls stand fest: Einem Einprozenter war der Ruf der anderen neunundneunzig Prozent der Kradfahrer schlicht scheißegal. Die anderen neunundneunzig Prozent der Motorradfahrer aus der Gegend – die gesetzestreuen Nobelbiker, die Draufgänger mit ihren Reisbrennern und die Wochenend-Harley-Fraktion – saßen wohlbehütet zu Hause vor der Glotze und guckten die x-te Wiederholung von CSI.

Die Kundschaft des Trader's teilte sich in etwa vier Kategorien von Einprozentern: Farben tragende Mitglieder des einen oder anderen Motorradclubs, ihre Prospects, sprich die Anwärter, die auf die Vollmitgliedschaft warteten, Anhänger, also Familie und Freunde, und schließlich die Hangarounds, die noch überlegten, ob die Rolle als Prospect was für sie war. Die drei Clubs, die an dem Abend dort etwas tranken, waren die 2Wheelers, die Gun Runners und Soul Sacrifice, Letzterer ein gemischtrassiger Club. Eine Gruppe unabhängiger Biker in Lederkluft und ein paar HOGS, Typen aus diversen Harley Owner Groups, drängten sich mit an den Tresen, aber sie blieben unter sich.

Theoretisch kam man im Trader's miteinander aus. In der Praxis klappte das aber nicht immer so recht.

Es ging damit los, dass Too Tall von den Soul Sacs Shadow von den Gun Runners anrempelte. Beide hatten sie seit Beginn des Abends kräftig geladen, und Shadow, dem Gunner, brannte von Haus aus leicht die Sicherung durch. Als ihm dann Too Tall aufs teure Schuhwerk trat und auch noch gutes Bier aus den Gläsern schwappte, war der Bart auch schon ab.

«Nu pass doch auf, Dachpappe», murmelte Shadow, der Gunner. Er wischte sich das Bier von der Hose und starrte dann fassungslos auf seine Tony Lamas – ein Tropfen von der Größe eines Silberdollars sog sich in das hellbraune Straußenleder der brandneuen Boots.

«Motherfucker!», rief Shadow. Der Schwarze kochte vor Wut.

Shadow war um einiges kleiner als Too Tall. Untersetzt, wie er war, hatte er die Statur eines Hydranten, sein Schwerpunkt lag tief. Too Tall war hager und trug das Haar in Cornrows. Auf dem Tank seines Mopeds hieß es handschriftlich *Slim, Sleek, and Deadly*, und als er Shadows Beleidigung hörte, erstarrte er. Womöglich hatte man ihn an dem Abend schon zehnmal einen Motherfucker geheißen, aber nicht derart despektierlich. Er machte kehrt und hielt auf Shadow zu. Herausfordernd, mit einem teuflischen Feixen, blieb er vor dem Gun Runner stehen.

«He, Albino», bellte er ihn an. «Hast du mich grad Dachpappe genannt?»

Die Lunte brannte. Shadow war auf alles gefasst.

Die beiden schossen aus dem Flur zu den Toiletten; wie zwei präparierte Würfel kugelten sie in die Bar. Beide hatten einander in einer tödlichen Kopfzange. Wie zwei Wahnsinnige wälzten sie sich auf dem Boden und stießen dabei mit den Beinen in dem Versuch, sich zu befreien. Too Tall bekam als Erster Luft und sprang auf. Shadow kam eben aus der Hocke, als Too Tall ihm einen seiner überdimensionalen Timberlands gegen den Kopf setzte, was eine handbreite Risswunde auf seiner Stirn hinterließ. Es hörte sich an, als wäre der Huf eines Maultiers in eine Melone geknallt.

Unter der Wucht des Tritts setzte Shadow sich auf den Hintern, aber noch bevor Too Tall zuspringen und ihn fertig machen konnte, wälzte Shadow sich auf den Bauch, stieß sich von den Dielen ab und kam auf die Beine. In einer nahtlosen Bewegung fuhr er herum und riss ein Klappmesser aus der Innentasche seiner Kutte. Mit einem tödlichen Klicken rastete die gezahnte Klinge des Kampfmessers ein. Den Bruchteil einer Sekunde später hatte Too Tall die kleine Säge bis zum Anschlag im

Bauch. Die Luft im Magen entwich mit einem Furzen, als Shadow die Klinge zurückzog. Blut schoss aus der Wunde auf die Bluse einer in der Nähe stehenden Frau. Too Tall reagierte und erwischte Shadow mit einem Haken, hinter dem so viel Adrenalin steckte, dass der Gun Runner das Bewusstsein verlor.

Zu diesem Zeitpunkt mischten längst alle drei Motorradclubs mit, wobei Gunners und Wheelers sich gegen Soul Sacrifice zusammentaten. Im Schankraum wogte ein Meer von Raufbolden in Patches und Boots. Zum Pech der Soul Sacs nahm die Keilerei – wie die Beschimpfungen – entschieden rassistische Züge an. Messer, hausgemachte Waffen und Ketten kamen zum Einsatz, Kram, der einen Augenblick zuvor noch unsichtbar gewesen war. Wo man hinsah, flogen Fäuste. Rippen gingen zu Bruch, Arme, Flaschen, Zähne. Und Stolz.

Auch wenn die Sacs sich nach Kräften wehrten, vereint waren die Gun Runners und 2Wheelers mit ihren Hangarounds einfach in der Überzahl. So ganz ungeschoren kamen freilich weder Wheelers noch Gunners davon. Cutter, einer von den 2Wheelers bekam einen Schraubendreher in die Wampe. Julio, einer von den Soul Sacs, schwang einen Gummihammer, und auch wenn Tischler so ein Ding benutzen, um keine Beulen ins Holz zu schlagen, noch nicht einmal der Dickschädel eines Gunners war tatsächlich aus Holz.

Die Rausschmeißer im Trader's, hoffnungslos in der Minderheit, sahen sich kalt erwischt. Ihnen blieb nichts, als aus dem Weg zu gehen und zuzuschauen. Die Beulerei dauerte noch nicht mal so lange. Nach einer Minute war alles vorbei, eine sinnlose, brutale Falte im Kontinuum der Zeit. Irgendwann gab einer zwei Schüsse ab, die als Querschläger an die Metalldecke fuhren. Eine Hand voll Gäste warf sich unter die Tische. Ein Schuss genügt in der Regel, um die durchschnittliche Bar zu räumen. Nicht so im Trader's. Für Stammkunden hier war der Tod der besondere Thrill. Sie blühten bei der tödlichen Mixtur von Bikes und Ballereien erst richtig auf.

Der Kampf zwischen den Clubs ging also weiter. Ein paar weitere Sacs gingen mit blutenden Schnittwunden in die Knie. Frauen kreischten. Der eine oder andere bekam eine Bierflasche auf den Kopf. Stühle flogen meterweit durch den Raum. Der Spiegel an der Südwand bekam einen Sprung, als der Schädel irgendeines armen Schweins dagegen krachte; ein blutverschmiertes Zerrbild war alles, was blieb.

Einem von den Soul Sacs wurde das Patch amputiert. Sein Color zu verlieren ist die schlimmste Erniedrigung unter MCs, und das Abschneiden eines Patchs signalisiert Dominanz. Ein Rocker stirbt lieber, als das Patch zu verlieren, sodass es nicht selten eine kleine Armee braucht, um einen lang genug festzuhalten, bis das Color vom Rücken der Kutte abgetrennt ist. Es ist ein ungeschriebenes Gesetz unter Einprozentern, dass man den Clubausweis abgibt, wenn man sein Color verliert.

Als der Keilerei die Luft ausging, wischte Lock N Load, der Presi der Gunners, sich das Blut von der Nase und zog seine Waffe, einen gebläuten Colt Python. Umgeben von vier bewaffneten Bodyguards, seinem Ring of Fire, hielt er es für höchste Eisenbahn, dass die Gunners ausrückten. Also trat man den Rückzug an, mit dem Rücken zum Eingang, ganz nach Art von Billy the Kid. Chino, der President der 2Wheelers, und sein schwer bewaffneter Haufen ließen sich das nicht zweimal sagen und schlossen sich an.

Bullen kamen keine. Auch aus der Ferne waren keine Sirenen zu hören. Man hätte noch nicht einmal sagen können, ob jemand überhaupt die Schmiere gerufen hatte – die Münztelefone waren von den Wänden gerissen, und was Handys anging, war der Empfang am Rand von Hayward gleich null. Abgesehen davon hat man unter Bikern mit der Polizei sowieso nichts am Hut.

Einige der Männer stöhnten und ächzten. Sie lagen auf dem Boden, das Gesicht verquollen und voller Blut; Halloweenmasken waren nichts dagegen. Arme und Beine waren voller Messerwunden, wenn nicht gar gebrochen und völlig verdreht. Einige der lädierten Muskelprotze würden nie wieder Motorrad fahren.

Was Beulereien angeht, so war das Ganze fürs Trader's eher ein Minimassaker. Trotzdem, auf einer Skala von eins bis zehn war der Kampf eine gute Acht, teils weil er gar so grimmig geführt wurde, teils weil es schon ein ganzes Jahr her war, seit die MCs von Oakland en masse aneinander geraten waren.

Bis zu diesem Zeitpunkt hatte Friede geherrscht. Gelegentlich gerieten sich zwar einzelne Members verschiedener Clubs in die Haare, dann ging es Mann gegen Mann, oder genauer gesagt, zwei oder mehr gegen einen, aber keine dieser Fetzereien war krass genug für einen Krieg. Dank eines Bündnisses zwischen den Einprozenter-Clubs in der Gegend ging es meist gegen einen gemeinsamen Feind – die Cops.

Während im Lokal noch Chaos herrschte, brachten Locks Gunners und Chinos Wheelers draußen bereits ihre Harleys auf Touren. Sie waren eben am Abdampfen, als Marco auf den Parkplatz gefahren kam.

Die Infidelz waren der dominante MC unter den nordkalifornischen Clubs. Marco, einer der jüngsten Members, fuhr seine rauchgraue FXR, Baujahr 92, auf den Parkplatz. Als er die lange Reihe geparkter Maschinen erreichte, drückte er den Killschalter, und die FXR kam zum Stehen. Im selben Augenblick erschien sein Profil über Kimme und Korn einer Handfeuerwaffe. Ein Zeigefinger zuckte. Marco hatte eben den Seitenständer nach unten getreten, als er schräg hinter sich Schüsse hörte. *Peng. Peng. Peng.*

Er spürte ein paar siedend heiße Stiche in der Seite. Irgendetwas verschob sich in ihm, Blut begann durch T-Shirt und Kutte zu quellen. Es spritzte bis auf die Griffschalen seiner Maschine, rann dann auf seine schwarzen Jeans, auf den Tank. Ein paar ungezielte Geschosse schrammten über den Rahmen der Harley. Noch im Sattel versuchte Marco aufzustehen und die Pistole zu ziehen. Ihm wurde schwindlig. Seine Beine schienen plötzlich aus Gummi zu sein. Drei Sekunden später sackte er auf den Lenker, beide Hände am Bauch. Die FXR kippte zur Seite, Marco saß noch drauf. Aus weiter Ferne hörte er Sirenen. Sie waren das Letzte, was er in seinem Leben hörte.

Sowohl die Stadtpolizei Hayward als auch Deputies vom Alameda County kreuzten auf, und das nicht zu knapp. Unter heulenden Sirenen und blinkenden Lichtern, Revolver und Pumpguns im Anschlag, stürmte man das Trader's mit der militärischen Präzision eines Sondereinsatzkommandos, hatte aber nichts mehr zu tun. So sammelte man die verbliebenen Members von Soul Scarifice ein und legte den Pechvögeln Handschellen an. Die Schuldigen hatten sich längst verdrückt. Rückwärts fuhr eine beige Wanne an den Eingang, und man trieb einen Rocker nach dem anderen hinein. Als die blonde Reporterin vom Fernsehen mit ihrer Crew eintraf, war die Wanne mit den Soul Sacs bereits Richtung Bau abgedüst. Nur eine Schar von Ermittlern war noch da, die bereits die übrig gebliebenen Gäste vernahm. Der größte Teil der Augenzeugen, die geblieben waren, stand noch unter Schock. Gun Runners oder 2Wheelers waren keine mehr da, nicht ein Einziger, aber dafür umso mehr Zuschauer, deren Aussagen man aufnehmen könnte. Dachte man jedenfalls.

Zwei Krankenwagen hielten, um die restlichen Verletzten wegzubringen. Marco war nur mehr ein lebloses Häufchen, seine Beine unter dem Motorblock seiner rauchgrauen FXR. Um ihn herum stand ein Kreis Uniformierter mit Formularen.

«Viel wird uns der nicht mehr sagen», meinte einer von der Kripo im grauen Anzug. «Nicht mit den Rippen voll Blei. Sieh mal einer nach, ob er einen Ausweis mithat, irgendwas. Probiert mal die Jacke, und dann ab in den Sack.»

Das Innere vom Trader's erstrahlte unter den grellen Halogenscheinwerfern der Polizei in ganz neuem Glanz. Abgesehen von den zerschlagenen Spiegeln verschwanden alle Hinweise auf einen Kampf. Noch während die Polizei den Tatort abriegelte, stellte das Personal der Bar Tisch, Stühle und Hocker hin, wo sie hingehörten. Nur ein Provinzpolizeiposten hätte zulassen können, dass man einen Tatort derart versaute – aber die Gesetzeshüter von Hayward hatten nun wirklich keinen Ruf zu verlieren. Die Glasscherben waren rasch aufgefegt, die ausgeschlagenen Zähne gleich mit dazu. Die Polizei vernahm die Gäste, aber eine stimmige Version dessen, was sich da tatsächlich abgespielt und wer angefangen hatte, war nicht zu bekommen. Zeugen wie Opfer zeigten sich ausgesprochen maulfaul, und da Trader's keine Videoüberwachung hatte, mussten die Beamten sich mit verworrenen Darstellungen zufrieden geben, wenn überhaupt mehr als ein ausweichendes Achselzucken zu bekommen war. Alkoholisiert, paranoid oder schlicht verwirrt, wie die Leute waren, war für die Polizei nichts zu holen.

Zwei Stunden später waren die Ermittlungen abgeschlossen, die Polizei packte ihren Papierkram ein, die restlichen Blankoformulare und räumte das Feld.

Einer der Beamten, ganz offensichtlich ein Neuer, schwang den Schlagstock und brachte die abgedroschenste aller Ansagen: «Okay, Leute, ihr habt euren Spaß gehabt. Dann fahrt mal nach Haus!»

Am nächsten Nachmittag ging im Trader's bereits wieder die Post ab. Trotz der Beulerei kam die Bar nicht aus dem Tritt. Das Trader's war ein unverwüstlicher Laden. Nicht eine Münze fehlte in der Kasse. Mal abgesehen von ein paar Dutzend zu Bruch gegangenen Gläsern, einigen kaputten Stühlen und den zerschlagenen Spiegeln, die schon am Vormittag ersetzt worden waren, lief der Laden wieder völlig normal. Hier und da war auf den Dielen noch ein dunkler Fleck. Das war Blut.

Der Zwischenfall war vorbei und vergessen; ein einziger Lokalsender brachte etwas darüber in den Nachrichten. Die Ausgaben für East Bay und Oakland der San Franciscoer Blätter erwähnten Marcos Tod nicht mit einem Wort. Nichts erinnerte an den Kampf außer einem dunklen Fleck auf dem gekiesten Parkplatz vorm Trader's, eine Mischung aus Öl und Blut.

Um den standen fünf Members des Infidelz MC. Schweigend, die Fäuste geballt, kommunizierten sie mit dem einen oder anderen verstohlenen Blick. Sie schüttelten den Kopf. Es lag an ihnen herauszubekommen, wer letzte Nacht Marco den Hahn abgedreht hatte und warum; und nur an ihnen, so viel war klar. Schon aus Respekt galt es, den Tod eines Brothers zu rächen. Auge um Auge. Zahn um Zahn. Selbst wenn das für das Chapter der Infidelz Oakland den totalen Krieg bedeutete, und das im eigenen Revier.

2 | VON WEGEN SORGENFREI

Strahlendes Mondlicht beleuchtete die altgediente grüne Harley Road King vor einem abgelegenen Ranchhaus in Arizona. Die Maschine, deren Auspuffrohre noch warm waren, stand Wache vor dem bescheidenen Häuschen ein Stück abseits des staubigen Asphaltbands, das ein Schild als Carefree Highway auswies.

Urplötzlich kam Leben ins Haus, als ein Stromstoß durch die Leitungen schoss. Zwei Lampen gingen an, eine in der Küche, die andere in der Diele, und sorgten für Licht in den eben noch finsteren Räumen. Der Kühlschrank, in dem zwei Dosen warmes Bier und eine Plastikflasche blaue Gatorade standen, begann zu brummen. Ein Air-Conditioner an einem der Fenster zur Seite hinaus röchelte los und verhustete einen Schwall feuchte Luft.

Auf einem Stuhl im Wohnzimmer saß in sich zusammengefallen eine düstere Gestalt. Eine schwarze Katze fläzte sich auf ihrem Schoß. Neben dem Stuhl stand eine halb leere Flasche Wild Turkey. Der Mann auf dem Stuhl reagierte auf das Licht mit einem leichten Schaudern; dann begann er, sich zu rühren. Seine Arme waren wettergegerbt, braun gebrannt, voller alter Tattoos: Totenschädel, Monsterfratzen, brennende Kreuze, Grabsteine, Blitze und – der größte Horror für ihn – die Namen alter Freundinnen. Das fettige braune Haar, in dem der Straßenstaub klebte, war voll, aber kurz geschnitten und grau meliert.

Er trug die weite Hose eines Tarnanzugs und ein verschwitztes Muskelshirt mit einem Totenkopf auf dem Rücken.

Hätte sich ein «Normalo» mit dem verbotenen Emblem sehen lassen, es hätte ihm mit Sicherheit jemand vom Leib gerissen, wenn schon nicht ein wütendes Clubmitglied, so einer von den ungezählten bitteren Rivalen des Clubs.

Die schwarze Katze auf dem Schoß des Mannes fuhr zusammen und war auf der Stelle hellwach. Blitzschnell sondierten die grünen Augen das Wohnzimmer und den kleinen Stapel Umzugskartons in dem ansonsten fast leeren Raum. Als der Mann mit wackeligen Beinen aufzustehen begann, setzte er die Katze behutsam ab. Sofort schoss sie los, in Richtung des Lichts.

Patch Kinkade stieß den Stuhl beiseite, und als er sein Gleichgewicht gefunden hatte, streckte er die muskulösen Arme, drückte das Kreuz durch und ließ ein verhaltenes Gähnen hören, das mehr wie ein Ächzen klang.

Es werde Licht.

Patch tat ein paar taumelnde Schritte. Dann bückte er sich und nahm den Hörer von einem Telefon gleich neben dem Stapel Kartons. Er wartete auf das Freizeichen, aber es kam nur Stille aus dem harten Plastikding an seinem Ohr.

«Scheiße! Immer noch tot!», schimpfte er vor sich hin, als hätte die streunende Katze ihn verstehen können. *Strom hätten wir. Gas. Aber null Telefon.*

Patch machte das Deckenlicht an und setzte sich auf den Teppich. Er wühlte in einem der Kartons neben ihm, der in der Hauptsache voll Auszeichnungen war, alles Plaketten von seinem MC: *Liebe und Respekt zum Zehnjährigen: Everett John Kincade. President. Oakland Infidelz MC.* Eine schöne Plastik aus poliertem Metall hatte in Nordkalifornien auf seinem Kaminsims gestanden. Es war der Dämonenschädel der Infidelz in den Clubfarben Orange und Schwarz. Darunter hieß es in Silber

Patch Kinkade. Für zwanzig Jahre herausragenden Dienst. Love & Respekt, Brotherhood Oakland. Patch war nunmehr dreiundzwanzig Jahre beim Club, mehr als sein halbes Leben.

Aus einem anderen Karton spitzte ein großes gerahmtes Foto. Patch griff danach und betrachtete es. Mit dem Finger fuhr er über das verstaubte Glas. Es war ein altes Foto der 187 Crue, des inneren Rings des Chapters Oakland der Infidelz. «187» stand für den Mord-Paragraphen des kalifornischen Strafgesetzbuchs. Im Knast bedeutete die Ziffernfolge, dass jemand von den anderen Gefangenen zum Tode verurteilt war.

Die 187 Crue seien Killer, munkelten einige, andere sprachen von Bodyguards, Schlichtern und Vollstreckern innerhalb des eigenen Clubs. Jedes Mitglied, das die Nadel der 187 Crue direkt über dem Herzen trug, hatte wegen Mord vor Gericht gestanden oder wenigstens wegen Mordversuch.

Um in die Crue aufgenommen zu werden, um «187» zu sein, musste man schon was Besonderes gemacht haben, und das natürlich für den Club. Polizei und Staatsanwaltschaft tippten auf Mord. In der Öffentlichkeit dementierte der Club das. Mitte der 1980er hatte Patch auf grausige Weise eine Rechnung beglichen, mit einem Dealer aus Oakland, und als in dem Jahr abgestimmt wurde, wer zu den 187ern durfte, nominierte man Patch ohne Gegenkandidaten und wählte ihn in die Crue. Patch hatte sich das Recht auf sein Abzeichen auf immer verdient, und so trug er es auch.

Neben Patch posierten auf dem Foto noch vier andere verschlagene Visagen. Sie waren etwas schlanker als er, die Mienen um anderthalb Jahrzehnte weniger wettergegerbt und gescheit. Grinsend musterte Patch die vier Figuren: Montgomery «Ahab» Haywood starrte mit grimmigem Blick in die Linse, als hätte er mit dem Fotografen ein Hühnchen zu rupfen gehabt.

Ahab war im Augenblick der President des Oaklander Chapters der Infidelz, seine x-te Amtszeit, seit Patch abgedankt hatte, weil er in den Bau gegangen war. Neben Ahab stand Brutus, einer der Vollstrecker des Clubs, an den wiederum Big Jab gelehnt stand, ein Schrank von einem Kerl, Sergeant at Arms bei den Infidelz, der sich seinerzeit für Patch stark gemacht hatte, als es um seinen Beitritt zum Club gegangen war.

Big Jab war ums Leben gekommen, als er auf seiner Knuckle mit einem Brother aus dem Club ein Rennen gefahren war. Das Bike war auf dem Freeway gegen eine Leitplanke geknallt. Vier Jahre nach dem Foto war das gewesen. Mittlerweile war Jab seit über zehn Jahren tot. Patch streckte die Hand nach der Flasche Wild Turkey und nahm einen Schluck, Jab zu Ehren. Er hatte Jab unglaublich gern gehabt. Auf den alljährlichen Runs an den Lake Berrysea waren sie im Pulk der Infidelz oft Seite an Seite gefahren.

Auf Big Jab. Patch neigte die Flasche und tat einen weiteren brennenden Zug.

Am anderen Ende der Reihe stand das jüngste Mitglied der Gruppe, ein Zwei-Zentner-Mann mit Stoppelbart und schulterlangem semmelblondem Haar. Angelo Timmons verdankte seinen Namen San Angelo, der Stadt in Texas, in der er geboren war. Aufgewachsen war er in Oklahoma. Nur einige wenige waren närrisch genug, ihn «Angie» zu nennen, Patch jedenfalls nicht, und auf der alljährlichen Fete zum St. Patrick's Day schluckte er mehr Biere weg als irgendein anderer von den taffen Kerls. Ahab hatte ihn mächtig gezwiebelt, als er noch ein popliger Prospect gewesen war. So hatte Angelo als Prospect auf dem monatlichen Officers' Meeting den Tisch decken müssen und für Mampf, Bier und Kaffee gesorgt. Dann musste er im strömenden Regen auf die Maschinen «aufpassen». Ahab und

Patch hatten ihm so zugesetzt, um zu sehen, ob der Kleine auch tatsächlich das Zeug zum Mitglied hatte oder ob er aufgab.

Angelo gab nicht auf. Er wurde zu einem der beliebtesten Members des Clubs. Er zeichnete sich für vier neue Chapters der Infidelz in Nordkalifornien verantwortlich – Sonoma, Mendocino, Redding und Lake Country –, die er alle persönlich auf Vordermann brachte. Im Augenblick hatte er den Posten eines Sergeant at Arms, den man ihm nach dem Tod von Big Jab übertragen hatte.

Neben Patch verließ Ahab sich bei seinen Entscheidungen als President so gut wie immer auf seinen Berater und Kameraden Angelo Timmons. Rasch hatte Angelo sich nach oben gearbeitet. Er war ein geborener Anführer, sowohl als Kämpfer wie als Offizier konnte man auf ihn zählen. Die Bullen schoben richtig Muffe vor ihm. Mit zitternden Händen hielten sie ihn bei jeder Festnahme in Schach. Angelo kannte keine Angst vor Schmerzen. Sein Körper war eine Galerie von Tattoos und Narben aus Messerstechereien, Scharmützeln und Motorradunfällen. Er arbeitete sich durch einen Harem von großen, kleinen, weißen, schwarzen, braunen und potthässlichen Frauen. Er war der unverbesserliche Frauenheld des Clubs. Bevor er heiratete, lebte er mit zwei, manchmal mit drei Frauen zugleich.

Vorsichtig steckte Patch das Foto zurück in den Karton. Er stand auf und ging aufs Klo ein paar Schritte die Diele hinauf, um zu pinkeln. Im Spiegel musterte er sein wettergegerbtes Gesicht. Laut Führerschein war er einundvierzig, aber vom Hals an abwärts wirkte er jünger. Er hatte sich fit gehalten. Wenn er etwas hasste, dann waren das Schwäche und Speck. Er war keine eins achtzig und damit einen Kopf kleiner als die meisten Brothers aus seinem Club, drückte aber immer noch seine zwei Zentner, wenn nicht gar mehr.

Wenn Patch seinen Bock scheuchte, wehten die Fransen seiner Lederjacke wie eine Freiheitsflagge im Wind. Auf dem Rücken prangte das orange-schwarze Color, das ihm eine der Old Ladies aus dem Club pflichteifrig aufgenäht hatte. Patch trug die Haare kurz, aber nicht wie ein Geschäftsmann. Seinen Stil diktierte der Wind. Ein Stoppelbart zierte sein kantiges Kinn, was ihm den zeitlos-rustikalen Look des Outlaws verlieh. Auf den ersten Blick sah er aus wie ein Revolverheld aus dem Wilden Westen, nur dass ihm sein Vorstrafenregister das Tragen eines Revolvers verbot. Stattdessen trug er sein Glücksmesser an der Lederhose, ein Sharpfinger von Schrade.

Das Sharpfinger war die bevorzugte Waffe der Infidelz. Die meisten der Jungs hatten eines am Mann. Es ist sowohl zum Häuten als auch zum Stechen perfekt. Das Sharpfinger hat eine stehende Klinge im Gegensatz zu Klappmessern; die vierzöllige Klinge weist eine markante Krümmung auf, und die Spitze selbst gleicht einem nach oben gebogenen Stachel. Patch musste wohl schon vier oder fünf gehabt haben. Sie waren stabil genug, um für alles herzuhalten, und billig genug, um sie in irgendeiner armen Sau stecken zu lassen.

Was Frauen anging, so streifte Patch in der Öffentlichkeit nicht selten ein interessierter Blick. Erst die Woche zuvor hatte ihn an einer Kreuzung eine Geschäftsfrau vom Steuer ihres Wagens ins Visier genommen, als er an der Ampel seine Mean Machine, seine Road King, auf Touren brachte. Sie maß ihn von Kopf bis Fuß, checkte sein Color und brachte dann den Mut auf, ihm zuzuwinken. Normalerweise hätte Patch ihr Zeichen gemacht und wäre dann rechts rangefahren. Diesmal gab er der Mean Machine die Sporen, während die Frau in einen Bürokomplex einbog. Patch hatte was anderes zu tun gehabt. Während sie wahrscheinlich an ihren Schreibtisch gefesselt war.

«Scheiße, Mann», sagte er den Kumpels später bei einem Bier im Clubheim, «früher hätte einer von den Infidelz einer Frau wie der eine Heidenangst eingejagt. Heute bin ich's, der sich vor solchen Weibern schier einen Fleck ins Hemd macht.»

Patch hatte Eve, seine Ex in Oakland, anrufen wollen, als er in Phoenix eingetroffen war, um ihr wenigstens zu sagen, dass er gut angekommen war. *Als wär der das nicht scheißegal.* Nicht dass Patch ihr ihre Gleichgültigkeit verdenken konnte. Er hatte ihre Stimmung auszuloten versucht, als sie das letzte Mal miteinander geredet hatten, am Morgen, von einem Münztelefon in einem Denny's aus, beim Tanken in Blythe am Rand von Palm Desert. Er sollte sich mal keine Sorgen machen, hatte Eve ihm gesagt und dann ganz nebenbei eingeschoben, dass das FBI bereits im Viertel herumzuschnüffeln begann. Zwei Kerle – weißes Hemd, dunkle Sonnenbrille – in einem unauffälligen silbernen Pontiac parkten ein Stück die Straße in Dimond hinauf, dem Bezirk, in dem Patch und Eve ein bescheidenes Drei-Zimmer-Häuschen hatten. Einer der FBI-Leute hatte einen winzigen Schmalzbohrer im rechten Ohr. Sein Mund bewegte sich pausenlos, als würde er sich unterhalten, nur sah er seinen Kollegen, der gelangweilt neben ihm am Steuer saß, noch nicht einmal an.

«Ist irgendwie komisch», hatte sie gesagt. «Es scheint die 'nen Dreck zu scheren, ob ich sie seh oder nicht.»

Patch hatte geantwortet: «Ich hab's dir gesagt.»

Das FBI hatte jemanden vorbeigeschickt, nachdem sich herumgesprochen hatte, dass er und Eve sich nach zwölf Jahren Ehe getrennt hatten. *Verdammte Aasgeier.* Aber so war das nun mal zwischen Bullen und Infidelz. Es war nur eine von vielen durchsichtigen Taktiken im Kräftemessen mit dem Gangdezernat: bei der bitteren Ex oder der stinksauren Freundin vorbeizuschauen, die einer von den Infidelz gerade abserviert hatte, in der Hoffnung, sie umdrehen zu können, weil sie dem Typ eins auswischen wollte.

Patch hatte ein schlechtes Gewissen, Eve sitzen gelassen zu haben.

Mitternacht war längst vorbei, jeden Augenblick würde der Tag anbrechen. Patch machte das Licht im Schlafzimmer an. Zeit, sich hinzuhauen. An der Wand mit dem Lichtschalter lehnte eine Matratze. Er ließ sie auf den Boden kippen. Dann warf er eine fadenscheinige Decke darauf. Patch trat sich die Cowboystiefel von den Füßen. Die Umzugskartons hatten Zeit bis zum Morgen. Bei dem bisschen Zeug, das er aus Oakland mitgebracht hatte, wäre er im Handumdrehen eingerichtet.

Die Nachtluft war knochentrocken. Patch lag auf der klumpigen Matratze, den Kopf voll Sorgen, die er an den Haaren herbeizog. *Völlig ausgeschlossen, dass Eve den Drecksbullen nachgibt.* Das wusste er. Das würde er bei seinem Color beschwören.

Er musste daran denken, wie er in Arizona gelandet war. Auf einem Officers' Meeting war das gewesen, im letzten Jahr. Patch hatte sich zu Wort gemeldet.

«Unter Berufung auf die Clubsatzung bitte ich um einen Transfer. Zum Chapter Phoenix in Arizona. Können wir gleich drüber abstimmen?»

Ahab, der Presi, war wie vor den Kopf geschlagen. «Bist du sicher, dass du dir das nicht nochmal überlegen willst?»

«Ich hab mir das lang genug überlegt.»

«Okay, Brother. Hoch die Hände, wer Patch den Transfer bewilligen will.»

Aufgrund seines Ansehens als Member fiel die Abstimmung einstimmig aus. Das Chapter Oakland ließ ihn ziehen. Was hätten sie auch machen sollen? Ahab war seine Überraschung ebenso anzusehen wie sein Bedauern. Patch war ein profiliertes Mitglied, und das bei allen Chapters. Phoenix nahm ihn mit Handkuss auf, und nachdem er ein Jahr gebraucht hatte, um seine Angelegenheiten zu regeln, lag er nun hier, in der drückenden Hitze der Wüste von Arizona.

Patchs Umzug in den Süden hatte viel mit Eve zu tun, vor allem aber mit ihrem kleinen Bruder, der praktisch ein Sohn für sie beide gewesen war. Die beiden waren Patchs Familie, und er fühlte sich verantwortlich für sie. Aber anstatt für ihre Sicherheit zu sorgen, hatte er etwas zugelassen, an dem die Beziehung zerbrochen war.

Ich dachte, ich halte die Hand über die zwei, und in Wirklichkeit habe ich praktisch selber dafür gesorgt, dass ihnen etwas passiert.

Als Resultat der Geschichte war Patchs Familie implodiert. Seine Zeit in Kalifornien war abgelaufen. Und so hatte Patch dann das Chapter in Oakland verlassen und sich den Brothers in Arizona angeschlossen, zwar als Vollmitglied, aber nicht als Offizier. Aus dem Anführer war ein Einzelgänger geworden. Patch brauchte Abstand, und Arizona bot ihm die Einsamkeit, die in Kalifornien nicht mehr möglich war. Das Kapitel Golden State war abgeschlossen. Arizona war für ihn jetzt das Land der Möglichkeiten – hier wurde richtig hart Motorrad gefahren, und noch härter ging man zur Sache, machte man mal einen drauf.

Schon bevor Patch seinen Transfer nach Arizona geplant hatte, war bei den Infidelz in Arizona der Wunsch aufgekommen, zu expandieren. Warum sollte man das Territorium nicht auf Colorado erweitern, Utah, New Mexico? Diese Einstellung, diese verwegene Rastlosigkeit war genau nach seinem Geschmack. Und wenn man dabei ab und an einem der anderen Chapters auf den Schlips trat, so war das auch nicht verkehrt.

Patch war viel zu ruhig geworden für seinen Geschmack, viel zu gesetzt. Und dann diese Bereitschaft, die Straße mit ungezählten anderen Clubs zu teilen! Kalifornien hatte sich doch längst ins Abseits manövriert: die Helmpflicht, das neue Waffengesetz, Rauchverbot in den Bars. In Arizona dagegen musste man verdammt aufpassen, wem man auf die Füße trat, weil nämlich der Typ am Billardtisch nebenan womöglich zur Knarre griff, die man hier nicht zu sehen brauchte. Diese Ungewissheit sagte Patch durchaus zu.

Der Air-Conditioner saugte ein paar Grad Wärme aus dem stickigen Haus. Patch starrte an die Decke und musterte Risse und Spinnweben, ganz wie er es auf seiner Koje im Gefängnis gemacht hatte. Allerdings herrschten hier in dem Haus nicht das Gejammer, das Geschrei, das Brummen der röchelnden Lüftung, das metallische Knallen, das im Knast unablässig zu hören war, rund um die Uhr.

Er wohnte jetzt neben dem Carefree Highway, nur dass sein Leben alles andere als «carefree» war. Er dachte an seine Frau, mit der er sich nichts mehr zu sagen hatte. Ihm fehlten Eves lange dünne Arme, mit denen sie ihn im Bett an sich zog. Am Tag, bevor er zu Hause losgefahren war, hatte er seinen Kram einigen Clubmitgliedern mitgegeben, die ohnehin mit ihrem Pick-up nach Arizona unterwegs waren. Für die Fahrt selbst packte er nur einen Matchbeutel, und als Eve dazukam, waren das ihre letzten Augenblicke zu zweit.

Es deprimierte ihn, zu sehen, dass sie sich das lange brünette Haar hatte schneiden lassen. Es war jetzt kurz und stachelig und blond. Patch versuchte sich an einem Kompliment zum neuen Look, aber es wollte ihm nicht über die Lippen. Es war, als drehe man ihm ein Messer im Bauch. Sie sah merkwürdig aus. Er konnte nichts damit anfangen. Aber Eve war längst nicht mehr auf seine Anerkennung angewiesen. Bei Sonnenuntergang war er aus dem Haus.

Patch fand es merkwürdig, in der Stille der Wüste einschlafen zu sollen. Er war an rasende Autos gewöhnt, an den dumpfen Bums von Rapmusik, überhaupt an die Geräusche vor seinem Schlafzimmer. Ihrem Schlafzimmer.

Die schwarze Katze, die ihm zugelaufen war, kam wieder zur Tür herein und strich durch den Raum. Sie spürte, dass Patchs regloser Körper kurz vor dem Einschlafen war. Sie schlich sich auf die Matratze, rollte sich an seiner Schulter zusammen und schlief mit Patch ein.

3 | PATCHS SHARPFINGER

Der zweite Tag in Sun City. Patch konnte nicht schlafen. Diese ewige Rastlosigkeit. Er warf sich auf der klumpigen Matratze hin und her, aber es wollte nichts helfen, und so zog er sich denn gegen drei Uhr morgens an, knallte die Haustür zu und sprang zu einer nächtlichen Spritztour auf die Mean Machine. Er brauchte ein Nachtcafé. Am Morgen dann würde er als Erstes bei Grover und den Jungs im Clubheim von Phoenix vorbeischauen.

Da das Telefon in Patchs Bude noch nicht funktionierte, war er tags zuvor ausnahmsweise mal mit der Mode gegangen und hatte sich ein Handy zugelegt. Der Verkäufer hatte ihm versichert, dass man es noch vor der Morgendämmerung freischalten würde. Ein Blick auf den nahezu vollen Mond und einen Himmel voll leuchtender Sterne sagte ihm, dass es bald so weit war. Dann war auch er einer von diesen Handytypen.

Patch hatte einige Meilen auf dem verlassenen Freeway zurückgelegt, als er ein Café entdeckte. Die großen Fenster gaben den Blick auf ein so gut wie volles Haus mit bequemen kunstledernen Polsterbänken in den Sitznischen frei. Möbel und Tresen hatten die Farben eines Sonnenuntergangs – gelb und rot. Geschäftige Serviererinnen patrouillierten die Tische mit dampfenden Kannen, eine mit braunem Griff für normalen Kaffee, eine mit orangefarbenem Griff für koffeinfreien. Der Anblick war einladend, auch die Geräuschkulisse, das Klappern des Geschirrs, das strahlende Licht. Die schnatternden Leute.

Eine Dreiviertelstunde später schlenderte Patch aus dem Diner, ein frühes Frühstück im Bauch, bereit, wieder nach Hause zu fahren, um dann bei Tageslicht im Clubheim bei den neuen Kumpels vorbeizuschauen. Dem Café schräg gegenüber gab es einen kleinen Supermarkt. Die graue Nacht war «kühler» geworden, es waren jetzt so um die dreißig Grad. Patch hatte vor, in dem Speedee Mart eine kalte Flasche *agua* mitzunehmen, bevor er die Rückfahrt antrat.

Die Mean Machine bullerte über die Kreuzung, und Patch brachte sie vor dem Eingang des Ladens zum Stehen. Er schlenderte hinein, vorbei an einem Latinopaar, das vor der Tür aufeinander einschrie. Beide waren Ende zwanzig; ihrer Kleidung nach waren sie unterwegs zu einer Party oder einem Nachtclub. Sie trug ein kurzes weißes Fähnchen. Er hatte ein T-Shirt an, ein dunkles baumwollenes Sportsakko, enge Blue Jeans und Boots.

«Enrique», schrie die Frau, «fass mich bloß nicht an!»

Der Mann tat einen taumelnden Schritt in Richtung der gut gebauten jungen Frau. «Hör zu, Lady», nuschelte er betrunken, «solang du mit mir aus bist, fass ich dich so oft an, wie und wo ich will. Wart, bis wir erst bei mir sind …»

«Ich geh doch nicht mit zu dir! Du wirst mich schön nach Hause bringen. Und zwar sofort.»

Patch stand an der Kasse und verfolgte die Auseinandersetzung der beiden, die immer hitziger wurde. Schließlich ging er zu seinem Bike zurück und verstaute die kalte Plastikflasche in der Satteltasche. Der Wortwechsel zwischen den beiden wurde vulgär.

«Hör mal, *puta*», schrie der Mann, «entweder du kommst mit zu mir oder du kannst nach Hause laufen, Scheiße nochmal! Hast du verstanden, du Schlampe?»

«Du Ekel!», schrie die Frau. «Du bist ein Scheißkerl! Und betrunken. Du bist hundsgemein, mich vor meinen Arbeitskollegen derart zu blamieren.»

Patch sah, wie der Mann die Frau grob am Arm packte, während er die Tür auf der Beifahrerseite eines nagelneuen Pick-ups aufzog. Er versuchte, sie auf den Vordersitz zu stoßen. Sie wehrte sich und schrie auf ihn ein. Patch schüttelte angewidert den Kopf und stieg nochmal von seinem Bock. Er ging hinüber zu dem streitenden Paar.

«'tschuldigung, ihr beiden.» Er war seelenruhig. Unzählige Male hatte er diesen alkoholisierten Wahnsinn in den frühen Morgenstunden erlebt. «Was ist, Ma'am, alles in Ordnung? Tut Ihnen der Kerl da was?»

Der Mann reagierte zornig. «Hey, Typ, kümmer dich um deinen eigenen Kram, ja? Das hier geht dich nichts an. Verpiss dich.»

Die junge Frau begann zu schluchzen. «Er hat mich eine Schlampe genannt.»

Patch stand jetzt zwischen den beiden. Mit etwas mehr Nachdruck fragte er die Frau noch einmal.

«Tut Ihnen der Kerl was?»

«Ich hab dir gesagt, du sollst dich da raushalten!», sagte der Mann hinter Patch. «Setz dich auf deine Maschine, Rocker, und schwirr ab. Das hier geht nur uns beide an.»

Patch drehte sich um und stand dem aufgebrachten Mann gegenüber, der vielleicht gerade mal halb so alt war wie er. Er hob einen Finger.

«Ich spreche mit ihr. Leg dich nicht mit *mir* an.»

Enrique ignorierte die Warnung und stieß Patch beiseite. Er stürzte sich auf die Frau. «Du Hure! Du steigst jetzt ein, verfluchte Scheiße. Sofort!»

Patch trat so nah auf den rotgesichtigen jungen Kerl zu, dass er die Mischung aus Aftershave und Sprit in seinem Atem riechen konnte. Ohne den Mann aus den Augen zu lassen, wandte er sich wieder an die junge Frau und deutete auf seinen Bock.

«Pass auf, Maus. Geh schon mal rüber zu meinem Bike. Ich komm gleich nach.»

«Für wen zum Teufel hältst du dich denn?», fragte Enrique. Er hob die Faust zum ersten Schlag, aber Patch wich mit blitzartigem Instinkt nach links aus und sah zu, wie der Typ nach vorn kippte. Er schlug ein Loch in die Luft. Patch packte Enrique am Hals, sah ihn fest an und schüttelte ihn kräftig durch. Ganz in der Art eines Footballspielers knallte er ihm mit einem mächtigen Stoß den Kopf an die Stirn. Die Wucht des Aufpralls brachte den Kerl aus dem Gleichgewicht. Patch streckte das rechte Bein vor und sah zu, wie er sich neben seinem Truck auf den Asphalt setzte.

Patch griff nach unten, zog den verstörten Kerl hoch und stellte ihn auf seine wackligen Beine, bevor er ihn gegen das Führerhaus des Pick-up-Trucks stieß. Patchs Augen waren jetzt rot vor Zorn und Müdigkeit. «Kein Wort mehr, weder zu mir noch zu ihr.»

Als er seinen Griff lockerte, schlug Enrique nochmal nach ihm. Patch wich ihm aus und setzte ihm die Faust in den Magen. Der Kerl klappte zusammen und ging auf die Knie. Als er benommen auf dem Asphalt hockte, wandte Patch sich ab.

«Geh nach Hause, *amigo*, schlaf deinen Rausch aus.»

Patch ging zu seinem Bike zurück. *Was jetzt?* Er hatte gerade den angetrunkenen Freund der Kleinen weggeknallt, und jetzt stand sie heulend vor ihm. Patch nahm das rote Kopftuch aus der Gesäßtasche und hielt es ihr hin. Als sie sich die Tränen abwischte, sah er erst, wie schön sie war trotz des verschmierten Make-ups auf ihrem verheulten Gesicht.

«Hören Sie, äh ...»

«Teresa», sagte sie.

«Okay, Teresa.» Er lachte nervös. «Ich bin neu in der Gegend. Ich könnte Ihnen ein Taxi rufen. Aber ich wohne gleich in der Nähe, und meine wirklich, wir sollten verschwinden, bevor der Halbaffe da seine Wut an Ihnen auslässt. Steigen Sie auf. Ich fahr Sie heim.»

Die junge Frau schüttelte den Kopf. «Fahren wir zu Ihnen.» Sie schwang ein Bein über die Mean Machine. Patch hielt auf den Freeway zu und machte sich an die kurze Fahrt zurück nach Haus. Der Fahrtwind blähte Teresas Kleid. *Das Mädel sitzt nicht zum ersten Mal auf einem Bock.* Sie umfasste Patch fester und legte sich mit ihm in die Kurve, als er vom Freeway abfuhr und vor der Ampel zum Highway hielt. Während er stand, warf er einen Blick auf die hübschen Beine in den Nylons neben ihm. Ihre Schenkel hatten ihn fest im Griff. Er wandte den Kopf nach hinten, um ihr ins Gesicht zu sehen, aber sie hatte die Wange an den Rücken seiner Lederjacke gelegt.

Patch blinkte rechts und zog auf den Highway. Teresa rutschte näher an ihn heran und verlagerte das Gewicht. Sie nahm eine Hand von seiner Brust und strich langsam seinen Körper hinab, bis sie auf seinem Hosenstall lag. Er drosselte das Tempo ein wenig und fuhr mit der Linken ihren Schenkel hinauf, bis er ihren Hintern zu fassen bekam.

«Wart noch 'n bisschen», wies er sie an. «Sind nur 'n paar Meilen zu mir.» Er spürte ihren heißen Atem an seinem Hals.

In diesem Augenblick bemerkte er im Rückspiegel ein aufgeblendetes Scheinwerferpaar, das eben vom Freeway auf den Carefree Highway einbog. Es war ein Pick-up-Truck, der in

Schlangenlinien über beide Fahrspuren den Highway langkam. Da er rasch an Tempo gewann, betrug der Abstand zwischen ihm und der Mean Machine bald nur noch einige Wagenlängen. Eine Hupe begann zu blöken.

Mit dröhnendem Motor zog der Truck auf gleiche Höhe mit dem rasenden Bike. Zweimal versuchte er, die Mean Machine in den Graben abzudrängen, der den Highway von der Wüste trennte. Die vordere Stoßstange des Pick-ups streifte Teresas Bein. Patch gab der Mean Machine die Sporen und scheuchte sie ein Stück weiter den Highway hinauf.

Schließlich legte er eine scharfe Kurve ein, bog vom Highway ab und raste die letzte Viertelmeile eine unbefestigte Straße hinauf bis vor seine Tür. Als Patch und Teresa vor dem Haus hielten, war ihnen der Pick-up-Truck noch immer dicht auf den Fersen. Sie sprangen von der Maschine, Patch reichte der zitternden Frau seinen Schlüssel und wies auf die Tür.

«Geh rein! Schließ die Türen ab, lass die Lichter aus und bleib in dem Zimmer nach hinten hinaus. Mach!»

Patch stand da und sah zu, wie der Pick-up-Truck auf der gekiesten Zufahrt schleudernd zum Stehen kam. Enrique war bereit für die nächste Runde. Patch ballte die Fäuste. *Dann mach mal, du Wichser.* Der Fahrer sprang aus dem Führerhaus des Pick-ups und ging wie ein schnaubender Bulle auf Patch los.

Jetzt war die Reihe an Patch, ein Loch in die Luft zu schlagen. Enrique revanchierte sich mit einer beinharten Rechten in seinen Magen. Der Schlag nahm Patch den Atem, und er ging zu Boden. Enrique stand über ihm und versetzte ihm eine Reihe schwerer Tritte gegen Kopf und Rücken. Patch verzog das Gesicht und versuchte sich einzurollen, um die Tritte zu absorbieren, aber dann verlor er das Bewusstsein, und er lag reglos da. Die Tritte hörten auf.

Der zornige Mann ging neben ihm in die Hocke und packte Patch, so gut es ging, bei den Haaren. «Dich mach ich später fertig, du Schwuchtel!», schrie er ihm in das blutverschmierte Gesicht.

Enrique stand auf und versetzte Patch noch einen letzten Tritt in die Rippen, mit voller Wucht. Dann stieg der junge Latino über seinen reglosen Körper und ging zur Tür. Während er gegen die Tür hämmerte, schrie er: «Teresa! Ich bin's, Enrique.»

Das Haus blieb dunkel und still.

«Teresa! Du Miststück. Muss ich erst die Tür einschla–»

Enrique hatte das Gefühl, als ziehe ihm jemand ein Rasiermesser über den Arsch. Patch packte ihn von hinten und riss ihn herum. Das Sharpfinger machte Enrique ein neues Loch. Wie vom Donner gerührt ging der Mann in die Knie. Dann kippte er vornüber und schlug mit dem Gesicht voran auf. Aus seinem Mund kam ein Röcheln.

Patch stand über Enrique, das Sharpfinger in der Hand, und sah zu, wie das Blut des Mannes in die Erde zu sickern begann. Irgendwie erinnerte es ihn an die Öllache aus einem Bike. Patch bückte sich und warf den Mann auf den Rücken. Er atmete noch. Patch ging die Taschen seines Sportsakkos durch, bis er eine Brieftasche und ein Handy in der Hand hielt. Schließlich fiel ihm ein, dass er selbst so ein Ding hatte. Er griff in die Tasche seiner Jacke und fand das neue Telefon. Er machte es an und sah die Lichter auf dem kleinen Display angehen. Es war betriebsbereit. Patch wählte eine Nummer und hielt sich das Ding dann ans Ohr.

«Hallo, Groover? Patch. Tut mir Leid, dass ich dich aufwecke. Hör zu, ich brauch dich und ein paar von den Jungs. Kommt sofort rüber zu mir. Ich hatte hier grade einen Tanz mit einem Einheimischen. Der Typ hat da was zu persönlich genommen … Ja, und besorg einen Truck, um den Müll wegzuräumen.»

Patch beendete das Gespräch und zerrte den stöhnenden Kerl um die Hausecke, sodass er von der Straße aus nicht zu sehen war.

Er ging wieder nach vorn auf die Veranda, fischte den zweiten Schlüssel aus der Tasche und sperrte auf. Er trat in das stockfinstere Haus. Teresa hatte sich in der Waschküche versteckt, die nach hintenraus lag.

Er machte Licht. «Alles in Ordnung?», fragte er. Sie kauerte auf dem Boden.

Teresa hob den Blick und sah seine geplatzte Lippe. Das Blut rann ihm auf Backe und Kinn. «Hat er dir was getan?»

«Ach was», sagte er und betastete dabei mit einem Finger die offene Lippe. «Nichts, womit ich nicht fertig werde.» Sie hatte ja keine Ahnung. Spätestens bei Sonnenaufgang wäre er ein Bündel blauer Flecke.

«Ich hatte ja solche Angst», heulte sie im Aufstehen. «Ich hab jemanden schreien gehört. Und dann bummerte es gegen die Tür.»

«Enrique. So heißt er doch, oder?»

Teresa nickte. «Der Scheißkerl.»

«Er hat sich aus dem Staub gemacht», sagte Patch. «Dein Freund ist davongelaufen. Sogar seinen Truck hat er stehen lassen. Wie lange kennst du den Typ denn schon?»

«Nicht sehr lang. Zwei Monate vielleicht, und er ist nicht mein Freund. Er ist ein richtig mieser Kerl. Ich weiß auch nicht, wieso ich immer an solche Typen gerate.»

Patch hörte einen Motor, als ein anderer Wagen vor dem Haus hielt. Er schaute erst gar nicht nach, wer es war. Dann hörte er Schritte, ein paar Leute huschten draußen herum.

Schließlich zog man etwas Schweres, zweifelsohne Enrique, über den Kies. Patch drückte Teresa fest an sich, als wolle er sie schützen, aber sie sollte nur von dem Treiben draußen nichts hören.

«Alles in Ordnung, ist nur die Müllabfuhr. Beruhig dich.»

Einige Augenblicke später starteten zwei Motoren. Beide Trucks fuhren los. Patch ging mit Teresa in die Küche. Er warf einen Blick aus dem Fenster. Enriques Pick-up war nicht mehr da. Nur seine Harley stand noch vor dem Haus. Die streunende schwarze Katze stolzierte über den Hof. Patch machte Teresa Zeichen, ans Fenster zu kommen.

«Siehst du?», meinte er lächelnd. «Dein Freund muss wohl zurückgekommen sein, um seinen Truck abzuholen. Der ist weg, Baby. Mach dir mal keinen Kopf.»

Erleichtert schlang Teresa die Arme um Patch und drückte ihn dankbar an sich. «Mein Gott, du hast mich gerettet, und ich weiß noch nicht mal, wie du heißt. Wie kann ich dir das je danken?»

«Behalten wir's einfach für uns, ja? Es ist nie passiert.»

Teresa nickte lächelnd. «Okay.» Patch gab ihr einen Klaps auf den Hintern.

«Ach übrigens», sagte er.

«Was?»

«Ich denke, Enrique hat seine Lektion gelernt. Der vergreift sich nicht mehr an Frauen.»

4 | AHABS BESUCH

Ein blutunterlaufenes Auge öffnete sich, als Patch, etwas mitgenommen und desorientiert, Schritte im Kies vor dem Haus hörte. Teresa lag reglos neben ihm auf der Matratze. *Also Enrique ist das todsicher nicht. Und wer immer es ist, er schleicht nicht grade rum. Scheiße, wie spät ist es denn?* Instinktiv griff Patch nach dem Sharpfinger, das neben seiner Uhr auf dem Umzugskarton lag, der als provisorischer Nachttisch herhalten musste.

Es war viel zu hell für morgens. Wer wusste wohl, dass er hier war? Die vom FBI? Die kamen doch nicht etwa schon zum Fotografieren?

Krieg dich wieder ein, Mann. Patch zwang sich zur Ruhe. *Ist wahrscheinlich der Typ von der Telefonfirma.*

Patch tastete nochmal über den Umzugskarton, bis er seine Uhr spürte. *Mittag. Was?* Er schlief dieser Tage selten so lang. *Wer zum Geier ist da draußen?*

Patch nahm seine Boxershorts vom Boden und stieg hinein. Die schweren Schritte hatten die Haustür erreicht.

Teresa hob den Kopf aus dem Kissen und sah sich um. Patch legte einen Finger an die Lippen.

«Schhh! Schlaf weiter.»

Krächz-ping! Die Klingel war ein Witz.

Das Sharpfinger fest in der rechten Faust, riss Patch die Tür auf – sperrangelweit. Es verschlug ihm die Sprache. Ein Riesenkerl stand vor ihm, der mit Leichtigkeit den Türrahmen füllte. Er hatte eine lange strähnige schwarze Mähne, die mit Frisiercreme an den Kopf geklatscht war, und einen Walrossschnauzer. Die Beine steckten in schmierigen Jeans. Er hatte einen kleinen Bauch unter dem schwarz und orange gestreiften Rugbyshirt, dessen Ärmel über den Handgelenken bereits fransig waren. Über dem Pulli trug er eine Lederweste, die groß und bauchig war wie ein Zelt. Er trug schwarze Engineer Boots mit silbernen Schnallen, die in der Wüste etwas fehl am Platz waren. Am Ringfinger seiner linken Hand fehlte ein ganzes Stück. Die meisten der übrigen Finger zierten auffällige Silberringe mit Schädeln und Monstern.

«Ahab! Ich werd nicht mehr! Wie zum Geier hast du mich gefunden?»

Ahab, der President des Infidelz-Chapters Oakland, hatte das Licht der Welt als Montgomery Charles Haywood erblickt, und zwar im selben Jahr wie Patch. Sie waren damit beide einundvierzig. Er kam aus einer Arbeiterfamilie. Seine Mutter war irischer Abstammung, sein Vater kam aus Spanien. Oder umgekehrt. Patch wusste nie so genau.

Eines stand fest, Ahab, ein schwerfälliger Schrank von einem Kerl, war eine merkwürdige Mischung. Manchmal fuhr er eine Harley Panhead, die er von Grund auf selbst zusammengeschraubt hatte. Nur dass er noch nicht mal gern fuhr. Schon als junger Bursche fand er es weitaus aufregender, Bikes zu klauen oder in seiner Garage Chopper zusammenzuschrauben, als damit selber zu fahren. Jetzt zog er einen geräumigen Pick-up einem Krad allemal vor. Aber an erster Stelle in Ahabs Leben stand nun mal der Club, und der Club schrieb vor, dass man eine Harley zu haben und damit zu fahren hatte. Und so hielt er sich dran.

Es war dies nicht der einzige Widerspruch an Ahab. So war er zum Beispiel ziemlich belesen und hatte trotzdem noch nicht mal die High School gepackt. Er war ein erstklassiger

Schütze, hatte sich aber als junger Mann um den Wehrdienst gedrückt, und das in den 1970ern, als praktisch jeder in seinem Viertel zum Barras gelaufen war. Ahab stand auf Jazz, bei Rockmusik kam ihm das Grausen; er schob sogar einmal die Woche Nachtschicht als Diskjockey bei einer der Public-Radio-Stationen in seiner Gegend. Er wusste alles über den West Coast Jazz der fünfziger Jahre. Das war sein Spezialgebiet. Er stand auf die Lighthouse All-Stars. Er hatte eine Schwäche für die Fixer unter den West Coast Jazzern wie den Saxophonisten Art Pepper und den Trompeter Chet Baker – vor allem Pepper, der lieber nach San Quentin gegangen war, als seine Komplizen bei einem Bruch zu verpfeifen, die wie er süchtig gewesen waren. Und er hasste Gerry Mulligan, den legendären Baritonsaxophonisten, auch er ein Junkie, aber er hatte nicht dichtgehalten. Seinen musikalischen Geschmack danach auszurichten, ob einer gesessen hatte, war genau die Art Quatsch, der typisch für Ahab war.

Patch selbst konnte Jazz nicht haben. Im Vergleich zu Country und Southern Rock war Jazz für ihn zusammenhangloser Lärm. Ihm fehlte die Melodie.

Patch legte das Sharpfinger auf einen Karton neben der Tür. «Wie hast du mich gefunden?», fragte er gleich nochmal.

Ahab reagierte mit einem Schnauben, als wäre eine Antwort darauf unter seiner Würde. Wer, zum Geier, glaubte der Typ, hatte das Haus hier aufgetrieben und gemietet? Und wer hatte wohl dafür gesorgt, dass man seinen Krempel hier runterschafft? Ein Brother kümmert sich nun mal um die Kameraden in seinem Club. Ahab hatte Patchs Transfer nie mit ihm diskutiert. Beide redeten sie lieber um das Thema herum.

«Brother! Krieg ich denn keinen Schmatz? Dann lass dich wenigstens drücken!»

«Komm rein. Was machste hier?»

Patch, der selbst nicht gerade ein Zwerg war, verschwand praktisch, als Ahab ihn in die Arme nahm.

«Was ist, Bro, willste nicht zurückkommen, oder biste noch nicht so weit?», fragte Ahab. Als er jedoch die Grimasse auf Patchs Gesicht sah, fügte er rasch hinzu: «Wie geht's denn so im sonnigen Süden?»

Patch rieb sich die wunde Lippe. «Das erspar ich dir lieber. Nun sag schon, wie kommst du hierher?», fragte er.

«Mit dem Bock. Steht 'n Stück die Straße rauf. Ich wusste nicht so recht. Mann, ich bin mitten in der Nacht losgedüst, und das über die lange Route. Vierhundertfuffzig Meilen nach Berdoo, dann noch dreihundertfuffzig bis Phoenix.»

Groover hatte Patch zwar anderntags frühmorgens empfangen, aber die offizielle Meldung beim neuen Chapter stand noch bevor. Er brauchte erst ein paar Tage für sich, um sich einzurichten.

Patch ging ins Schlafzimmer und stieg in die schmierigen Frisco-Jeans. Dafür legte er das sauberste seiner dreckigen T-Shirts an. Schließlich kamen die Boots. Teresa war wieder eingeschlafen.

«Kaffee oder sonst was?», fragte er Ahab.

Ahabs Miene wurde schlagartig todernst. Und erst in dem Augenblick wurde Patch klar, dass etwas passiert sein musste, sonst wäre sein alter Spezi nicht eigens aus Oakland heruntergekommen, schon gar nicht bei gut vierzig Grad.

«Marco.» Das war alles, was unter dem buschigen Schnauzer hervorkommen wollte.

«Marco? Wieso? Was ist mit dem? Hat mein Kleiner schon Scheiße gebaut? Der hat sein Color doch grade mal, wie lange, einen Monat? Wenn überhaupt.»

Ahab fuhr sich mit der Linken, die Hand, an der der Ringfinger fehlte, durch das schmierige, vom Wind zerzauste Haar.

«Mann, ich wollte, der könnte noch Scheiße bauen.»

«Wieso?»

Ahab wandte den Blick ab, eine seltene Zurschaustellung von Gefühl für den großen Kerl.

«Patch, er lebt nicht mehr. Verflucht nochmal. Er war allein unterwegs, als es passiert ist. Wie einen Hund haben sie ihn abgeknallt, auf dem Parkplatz vor dem Trader's, vorgestern Nacht. Ich hab dich nicht erreicht. Ich hab's erst bei Groover versucht. Im letzten Augenblick dann hab ich mir gesagt, scheiß drauf, und hab mich auf meinen Bock gesetzt. Ich wollte von Mann zu Mann mit dir drüber reden.»

«Augenblick mal.» Patch legte eine Pause ein. «Marco ist tot? Quatsch!»

«Ich wollte, es wär Quatsch, Bro, ist aber keiner, Mann. Der ist tot.»

Marco war ein senkrechter Junge gewesen. Er konnte doch kaum fünfundzwanzig gewesen sein. Patch hatte ihn gesponsert, er hatte sich für den Kleinen eingesetzt und ihm die Stange gehalten. Er war zugleich kleiner Bruder und Saufkumpan gewesen. Seine Freundin hatte zwei Kinder, nette Gören, gescheit obendrein. Patch hatte Marco bewundert. Er hatte über die Gewerkschaft auf Elektriker gelernt. Und als Hangaround war er eine Klasse für sich.

Hangarounds sind ein notwendiger Bestandteil eines gut gehenden Clubs. So bekam einer die Chance, mit dem Club abzuhängen und mit den anderen zu fahren, bevor er sich entschied, ob er dem Club richtig beitreten wollte. Für den MC auf der anderen Seite war es eine Möglichkeit, Anwärter abzuschätzen, bevor man sie offiziell als Prospects einstufte – für den Fall, dass einer partout nicht in den Club passen wollte. Ein Hangaround wurde entweder Prospect oder aufgemischt und zum Teufel gejagt.

Marco war nur sieben Monate Prospect gewesen. Er hatte es besonders eilig gehabt und sich im Club auf jede nur erdenkliche Weise nützlich gemacht. So hatte er im Clubhaus in Oakland neue Stromleitungen verlegt, von oben bis unten. Immer wieder hatte er dort gepennt, die Bude hergerichtet, weiß der Teufel was repariert. Und so Furcht erregend er bei seiner Größe auch wirkte, war er alles andere als ein Hitzkopf gewesen. Nie hatte er unprovoziert als Erster zugehauen. Dabei war er ein unglaublicher Fighter gewesen, aber eben nur, wenn es gar nicht mehr anders ging. Dann freilich hieß es aufpassen. Wo der Junge hinhaute, wuchs kein Gras mehr. Und jetzt sollte man ihn tot gefunden haben – vor einer Bikerbar.

«Trader's?», fragte Patch.

«Wenn ich's dir sage.»

«Trader's? In *dem* Rattenloch? Was ist denn passiert? Was hat er denn da ganz allein zu suchen gehabt? Hört denn überhaupt keiner mehr zu! Wie oft haben wir das durchgeackert? Wennde schon unbedingt in Farben in so einen Laden musst, dann niemals allein. Infidelz sollten immer wenigstens zu dritt unterwegs sein.»

Ahab biss die Zähne zusammen. Verdammt nochmal, er wollte doch selber, er könnte die Geschichte erklären. Patch war ein Typ, der immer vom Fleck die schwierigen Fragen stellte. Immer wollte er gleich eine Antwort auf alles. Und wenn Ahab etwas nicht haben konnte, dann dass er auf etwas keine Antwort hatte.

«Wir wissen nur, dass man ihn zusammengeschossen hat, Bro, das ist alles. Es hat eine Rempelei gegeben. In der Bar sind 'n paar Schüsse gefallen. Man hat die Soul Sacs aufgemischt, und zwar ziemlich übel.»

«Die Soul Sacs? Diese abgedrehten ...» Patch verstummte. Er wollte den Satz nicht beenden. Ahab hatte eine Menge Kumpels bei denen, ja, und Patch selbst war praktisch mit ihnen groß geworden. Keiner kannte sie besser als er.

Soul Sacrifice war tatsächlich ein etwas abgedrehter Motorradclub aus Schwarzen, Latinos und einer Hand voll weißer Biker. Ihre Maschinen hatten den besten Ruf, weil praktisch jede davon preiswürdig war. Die Böcke waren die reinsten Farborgien, was Lackierung und Pictures anging. Lack und Farben schienen geradezu Sinn und Zweck des MC. Ihre Tanks waren apfelrot, so knackig, wie es nur gehen wollte, kobaltblau, kanariengelb oder chartreuse, die Lenker und Gabeln verchromt. Überhaupt hatten ihre Bikes so viel Chrom, wie sich der jeweilige Besitzer nur leisten konnte. Die Dinger blitzten nur so.

Patch war praktisch mit ihrem Anführer, Rollie George, aufgewachsen. Sie hatten Teile getauscht, Gras verhökert und waren zusammen vor den Bullen getürmt. Rollie war seit Beginn der 70er Jahre Presi der Soul Sacs. Seine dunkle Haut war ein Museum fast verblasster Tattoos; einige davon gingen noch auf die Black Panthers und Black Power zurück. Soul Sacrifice war seit über dreißig Jahren in der East Bay. Neben den üblichen Geschäften eines Einprozenter-MCs legten die Soul Sacs großen Wert auf geselliges Beisammensein; nicht selten nahm man Freunde und Old Ladies mit auf einen Run.

«Soweit wir wissen», fuhr Ahab fort, «gab's Terz zwischen den Soul Sacs und zwei anderen Clubs. 2Wheelers und Gun Runners, nehm ich mal an. Paar Indies und Free Bikers waren wohl auch mit dabei.»

«Die 2Wheelers und die Gun Runners?» Patch verzog das Gesicht. «Wir haben doch keine Probleme mit denen. Mit denen war doch alles geklärt. Peace in Oakland. Wo wir endlich die Bullen von den Hacken hatten. Nichts für ungut, Ahab, aber was soll ich denn dabei? Ich bin jetzt hier, achthundert Meilen ab vom Schuss.»

Vor seinem Transfer hatte Patch wie ein Tier für einen Friedensvertrag geschuftet. Seither kamen sie praktisch alle miteinander aus. Die Clubs hatten schon genug damit um die Ohren, den Bullen, dem FBI oder, schlimmer noch, den Ermittlungen einer Anklagejury aus dem Weg zu gehen. Das Schlimmste, was einem MC passieren kann, ist, Zeit und Geld auf den Kampf mit der Obrigkeit zu verwenden anstatt auf die Bikes. Und wenn es der Justiz gelang, einen MC zur kriminellen Vereinigung zu erklären, dann war alles verloren.

Alle Clubs, die Wheelers, die Gunners oder die Delz, nahmen eine gelegentliche Razzia im Clubheim in Kauf und auch dass mal ein Member als Dealer oder wegen eines Waffengeschäfts vor den Kadi kam. Aber in den Schlagzeilen stand natürlich immer fett der Name des Clubs.

Patch hielt es für wichtig, dass alle Clubs eine vereinte Front gegen die Polizei bildeten, anstatt sich gegenseitig auf die Köpfe zu hauen. Aber natürlich war das auch eine Frage des Stolzes. Jeder Club, selbst wenn er zu Konzessionen bereit war, wollte einen kleinen Trumpf in der Hinterhand haben, irgendetwas, was der Crew einen versteckten Vorteil über die anderen gab. Die friedliche Koexistenz erwies sich als Puzzle. Aber nach langwierigen Verhandlungen hatte Patch die Stadt mit dem Gefühl verlassen, die meisten Teile dieses Puzzles lägen an ihrem Platz.

«Du warst der Leim, Bro», sagte Ahab. «Du hast die

Chose zusammengehalten. Alle haben dir vertraut, die Jungs, die Clubs. Das ist immer noch so.»

«Ja, aber die Zeiten sind vorbei. Ich bin jetzt hier, und hier werd ich auch bleiben.»

Patch kam auf den Punkt. Er stellte Ahab eine heikle Frage, so diplomatisch, wie es nur gehen wollte, riskierte aber trotzdem eine aufs Maul. Einen wie Ahab drängte man nicht.

«Hör zu», sagte er, «sind wir noch die Nummer eins oder was? Haben's die Infidelz in Oakland noch drauf, in Nordkalifornien den Ton anzugeben – ja oder nein?»

«Natürlich», sagte Ahab, «verflucht nochmal.»

«Na dann. Wenn schon einer auf jemanden schießt», sagte Patch, «dann sollten wir das sein – wir auf die andern! Hol den großen Hammer raus, Ahab, Herrgott nochmal.»

Ahab zuckte die Achseln. «Scheiße, das ist doch genau mein Problem. In der Bar wird 'n paarmal geschossen, und Marco *draußen* hat ein halbes Dutzend Löcher! War das nun ein Kollateralschaden, oder war es ein Hit? War es ein Unfall, oder stand Marco auf der Abschussliste? Bleibt's nun beim Frieden, oder ziehen wir in den Krieg? Wir müssen das klären.»

«Nicht wir, Ahab. *Du.* Du und die Members im Chapter müsst das klären.»

Patch sah zum rückwärtigen Fenster hinaus auf die von Jahrmillionen geformten Hochplateaus, die sich endlos Richtung Norden erstreckten. Wer wollte sagen, ob es anders gekommen wäre, wenn er in Oakland geblieben wäre? Patch meinte, eine gewisse Verantwortung gegenüber jungen Mitgliedern wie Marco zu haben, dem er selbst in den Club geholfen hatte. Wäre Marco noch am Leben, wenn er in der Nacht mit ihm unterwegs gewesen wäre? Tatsache war eine Witwe, die zwei Gören zu füttern hatte.

«Ich bin grade angekommen, und da werd ich auch bleiben.»

Patch beobachtete Ahab, der zum vorderen Fenster raussah. Ahab war ein großer Kerl mit einem großen Herzen. Es war schwer, ihm etwas abzuschlagen. Er war am besten, wenn er den Gegner nah genug vor sich hatte, um ihm eine zu ballern; er war am besten, wenn die Umstände eindeutig waren. War der Sachverhalt etwas verschwommener und nicht sofort zu durchschauen, konnte es schon mal sein, dass er ins Schwimmen kam.

Die Geschichte beim Trader's war etwas, was Ahab und die Jungs im Norden selbst klären mussten. Patch war entschlossen, jeder Versuchung zu widerstehen, da raufzufahren und das ins Lot bringen zu wollen. Er würde sich da raushalten und in der Wüste bleiben.

«Wie steht denn Angelo zu alldem?», fragte Patch. «Wie sieht er das?»

«Wir haben noch nicht drüber geredet», sagte Ahab.

«Na dann redet drüber! Angelo ist 'n kluger Kopf. Er hat Rückgrat. Er ist loyal. Er ist genau der Richtige, um dir dabei zu helfen, den Schlamassel zu klären.»

«Angelo ist okay, schon, aber das Letzte, was ich jetzt brauche, ist einer, der alles platt macht, was an dem Abend im Trader's war. Du hast immer die richtigen Fragen. Du kennst alle und jeden. Die Leute reden mit dir. Weil sie dir trauen. Du glaubst doch nicht, dass einer Angelo gegenüber 's Maul aufmacht, nachdem der ihn eingestampft hat. Ich brauch dich einfach da oben.»

In dem Augenblick kam Teresa in die Küche. Sie trug eines von Patchs schmuddligen T-Shirts als Nachthemd. Ahab sah sie an und wandte sich dann kopfschüttelnd wieder an Patch.

«Hör zu, Bro. Ich bin zwar hier runtergefahren, aber ich werd nicht betteln. Ich schau noch bei Groover und den Jungs rein. Dann putz ich wieder die Platte. Du weißt ja, wo du mich erreichst.»

5 | EINMAL GROSS ABRÄUMEN

Zwei schwergewichtige Gringos teilten sich eine der engen Nischen in einem mexikanischen Café am Rande des Barrios in East Oakland. Tagesgericht waren *huevos rancheros,* eine Cholesterinbombe, aber dafür genügte ein Teller, und man war bis zum Abendessen bedient. Auf Umwegen kamen die beiden auf Drogen zu sprechen, ein Gebiet, auf dem sie, als gelegentliche Konsumenten wie als Dealer, beide sattelfest waren.

«Wenn du mich fragst, ist Schnee längst Schnee von gestern», meinte Angelo Timmons von den Infidelz und musste insgeheim lächeln über sein kleines Wortspiel. «Koks hatte seinen Höhepunkt Ende der Neunziger. Jetzt ist den Leuten eher danach runterzukommen, zu relaxen, 'n bisschen zu chillen.»

«Deswegen ist ja Gras wieder im Kommen», sagte Angelos Kumpel Seesaw. Angelo nannte ihn «Seesaw», wegen seines ewigen Auf und Ab von Stimmungen, die vor allem auf das weiße Pulver zurückzuführen waren. Manchmal war er kaum noch zu bremsen und quasselte wie ein Erweckungsprediger, manchmal konnte er einen glatt mit runterziehen, so langsam und dröge, wie er dann war. Außerdem konnte Seesaw ein ganz hinterfotziger Mistkerl sein, einer, der einem den Schlüssel über den brandneuen Mustang zog, bloß weil ihm danach war.

«Also wenn ich du wäre, ich würd's riskieren – erst gar keine halben Sachen machen und gleich Schore dealen», riet ihm Seesaw. «Ist einfacher zu transportieren und schneller unter die Leute gebracht. Schon gar wo du bloß ein, zwei Deals machen willst.»

«Ich weiß nicht, ich hab Connections mit jeder Menge Potfarmer oben in Garberville und Humboldt», sagte Angelo. «Aber Recht haste schon. Ich sollte ein großes Ding machen – und schnell.»

Angelo verstummte und kratzte sich kräftig im Nacken. Trotz des Lärms in dem vollen Café begann er zu flüstern. Er schob sein Gesicht über den Tisch und sah Seesaw an.

«Ehrlich gesagt hab ich dich angerufen, um zu sehen, ob du nicht einen an der Hand hast, der rasch mal ein paar Lieferungen Heroin machen könnte. Black Tar. Golden Brown. China White. Die Qualität ist mir ehrlich gesagt scheißegal. Ich hab so viel Kohle lockergemacht wie nur irgend möglich. Ich bring das jetzt. Ich hab 'n paar Brüche gemacht und über zwölf Riesen beisammen. Aber ich möchte nicht, dass einer dahinter kommt, was ich mache, verstehst du?»

Angelo bedachte Seesaw mit einem harten Blick.

«Ich brauch die Kohle, Mann, und noch 'ne ganze Menge mehr», erklärte er. «Ich hab einen Kleinen auf der High School, der mal aufs College oder was weiß ich wohin soll. Und ich will ihm 'nen Wagen schenken. Wir knapsen grade mal so dahin. Ich hab 'n Dreck aufzuweisen, alles, was ich hab, ist mein Bock. Ich muss einfach was auf die Beine stellen, und zwar schnell. In finanzieller Hinsicht mal 'n paar Punkte machen, verstehst du? Meine Kumpels sind es leid, sich von mir anpumpen zu lassen, nicht dass ich es ihnen verdenken könnte.»

Angelo schnickte die Asche seiner Zigarette sorglos in eine Untertasse mit einem angebissenen Brötchen. Der Besitzer des Cafés, ein Latino, sagte nichts, wenn die Infidelz in seinem Laden rauchten. Lieber riskierte er das Bußgeld, als den Club zu verärgern.

«Harten Stoff hab ich im Nu an den Mann gebracht. Über

Knastkontakte, die ich drinnen gemacht habe», sagte Angelo. «Verlass dich auf mich, Mann. Da kommt nicht ein Löffel davon auf die Straße.»

Langsam zog er an seiner Zigarette.

«Mein Plan sieht so aus: zwei Lieferungen, eine klein, die andere groß. Und dann peng! Nichts wie raus. So braucht sich auch keiner aus dem Club auf den Schlips getreten zu fühlen. Ahab will keinen von den Members H dealen sehen. Den Ärger will ich natürlich vermeiden.»

Seesaw strich sich über die Stoppeln am Kinn. Er wusste, er war Angelo noch etwas schuldig, und es war klar, dass sein Freund hier Schulden eintrieb. Seesaw seinerseits brauchte Angelos Color, um hin und wieder einem säumigen Kunden auf die Sprünge zu helfen. «Ich werd mich mal umhören», murmelte er und warf dabei ganz instinktiv einen raschen Blick durch das volle Lokal. «Ich hab meine Kontakte. Paar *muchachos* aus Mexiko, Bekannte von mir. Wär dir das recht, Brother?»

Ganz plötzlich winkte Seesaw ab. «Nee, warte. Vergiss das mal, Alter. Kommando zurück. Ich glaub, ich hab da was Besseres. Ich hab da von einem absolut irren Stoff gehört, aus Tora Bora.»

«Tora Bora?», fragte Angelo. «Du meinst Tahiti?»

«Ach was, du Arsch, das ist Bora Bora. Ich red von Afghanistan. Wo sie Krieg führen. Mann, die Europäer kriegen ihren harten Stoff da schon seit 'ner Ewigkeit her.»

Angelo war verwirrt. «Du meinst, ich soll H für die Taliban dealen?»

«Ach was, du Arschloch! Ein paar Typen aus Amsterdam, Bekannte von mir, nutzen die Connections in Nepal und Afghanistan schon lange, lange vor diesem Terrorquatsch.»

Seesaw verschränkte die Arme und lächelte dabei selbstzufrieden über seine Offenbarung, von seinen geographischen Kenntnissen ganz zu schweigen. «Angelo, ich glaub, ich hab genau das, was du brauchst.»

Angelo sog lautstark Luft durch die Zähne. «Wie gesagt, ich will nur zwei schnelle Deals. Rein und raus.»

«Ich meld mich.» Seesaw langte über den Tisch und griff sich die Rechnung, zwängte sich dann aus der Nische und ging an die Kasse. Angelo starrte in seinen schwarzen Kaffee. Sein Herz begann zu rasen bei dem Gedanken, das tatsächlich durchzuziehen. Harte Sachen dealen. Je schneller das über die Bühne ging, und je weniger Leute davon erfuhren, desto besser. Das galt auch für den Club.

Angelo hatte die Nase gestrichen voll davon, ständig abgebrannt zu sein. Als sie im Jahr zuvor Oaklands letzte Verchromungsanlage dichtgemacht hatten, hatte ihm das den Rest gegeben. Eine Entlassung nach der anderen. Es war schon wieder eine Weile her, seit er das letzte Mal eine Lohntüte gesehen hatte. Seine Frau war ihm vor einem Jahr davongelaufen; ein Zettel war alles, was von ihr geblieben war. Angelo durfte jetzt auch noch den Hausmann spielen und ihren gemeinsamen Sohn aufziehen. Hollister, der mittlerweile fünfzehn war, verdankte seinen Namen der kalifornischen Stadt, in der es zu den berüchtigten Bikerunruhen gekommen war, die den Stoff für den Brando-Film *Der Wilde* abgegeben hatten. Aber ganz im Gegensatz zu seinem alten Herrn war Hollister nun wirklich kein «Wilder». Nicht, dass er nicht für sein Leben gern mit Ahab, Patch und den anderen auf den Grillfeten der Infidelz abhing. Die beinharten Jungs waren praktisch Onkels für ihn.

Hollister und Angelo fuhren gemeinsam Motorrad, auch Cross. Angelo hatte dem Jungen eine Harley Sportster in die

Garage gestellt. Bedachte man das heikle Familienleben und die lautstarken Streitereien, die er zu ertragen hatte, war der Kleine gar nicht so übel geraten. Und eines stand fest: Hollister hatte zweifelsohne mehr Grips und gesunden Menschenverstand als seine Eltern zusammen.

Abgesehen davon, dass er in der Schule hin und wieder einen Blauen einlegte, machte der Junge keinen Ärger. Und im Vergleich zu einigen seiner Altersgenossen war Hollister eher bescheiden. Selten bat er um etwas, und entsprechend wenig bekam er denn auch. Trotzdem brauchte er Taschengeld, was Ordentliches zum Anziehen für die Schule und mal ein Videospiel wie jeder Junge in seinem Alter. Dieser Tage freilich konnte Angelo es sich kaum leisten, eine Lage Bier auszugeben; die persönlichen Bedürfnisse eines Sohnes kamen dabei entschieden zu kurz.

Angelo blieb in dem Café sitzen, um seine Kippe fertig zu rauchen und seine Tasse zu leeren. Er sah Seesaw in seinem ramponierten Toyota wegfahren. Als Angelo schließlich ging, warf er einen Upper ein, ließ die Maschine an und tuckerte dann nach Haus.

Später am Abend klingelte bei Angelo das Telefon. Hollister schrie von der Tür seines Zimmers aus die Treppe hinab nach seinem Vater, laut genug, um gegen das depressive Lamento einer Mädchenband aus Seattle anzukommen. Angelo für sein Teil stand auf melodische Sachen – Curtis Mayfield, Aretha, die Stones vor Altamont. Die Musik des Kleinen ging ihm tierisch auf den Geist.

«Paaaapps!», plärrte Hollister zum zweiten Mal. Angelo lag weggetreten, mit verschleiertem Blick auf dem Sofa und guckte *Friends*. Zwanzig Minuten zuvor hatte er zwei Downer eingeworfen, um gegen den Upper anzugehen, den er in dem Diner genommen hatte.

«Nu geh schon ran, Paps! Ist für dich!»

Angelo riss den Hörer vom unteren Apparat und hatte Hollisters lärmigen Grunge am Ohr. *Die Schnalle singt ja, als würd einer 'ne Katze abmurksen,* dachte er. Er hielt die Hand über die Muschel und schrie nach oben. «Hollister! Leg auf, verflucht nochmal! Ich bin dran.»

Angelo hörte ein lautes Klicken, dann war das Gekreische weg. Er hörte Seesaws nölige Stimme, auch er völlig stoned.

«Angelo, ich sprech übers Handy. Wo treffen wir uns?»

«Wie wär's mit vor dem Clubhaus? Ich fahr sofort los. Wir sehen uns dann da.» Mit frischen Kräften knallte Angelo den Hörer auf den Apparat. Er sprang von der Couch und griff nach Kutte und Helm. Er polterte die Treppe hoch und stürzte in Hollisters Zimmer.

«Ich muss mal für 'n paar Stunden weg. Mach deine Hausaufgaben fertig, dann kannst du noch fernsehen.»

Eine Viertelstunde später bog er mit seiner Maschine von der East Fourteenth Street ab auf das Gelände hinter dem Clubheim der Infidelz und parkte sie neben den mit Schnitzereien übersäten Picknicktischen. Er hatte eben die Kette mit dem Vorhängeschloss am Tor in der Hand, als Seesaw die Scheinwerfer seines verblichenen alten Toyota aufflammen ließ. Angelo steckte sich eine Zigarette an und sprang zu Seesaw in den Wagen. Er versuchte, das Fenster herunterzukurbeln, um die Hand mit der brennenden Kippe hinaushängen zu können. Es wollte aber nur halb aufgehen, sodass der beißende Qualm sich in dem muffigen kleinen Japaner hielt.

«Entweder du reparierst endlich mal das Fenster, oder ich muss zu rauchen aufhören.»

«Fahren wir 'n Stückchen», antwortete Seesaw. Er brachte den vergammelten Toyota in die Gänge und reihte sich in die Prozession auf der East Fourteenth Street ein. An der ersten Ampel bog er flott nach rechts ab, nahm die Auffahrt zum Freeway und hielt auf den Flughafen zu.

«Okay, Angelo», meinte Seesaw auf seine typisch langsame Art, «das mit meiner Tora-Bora-Connection haut hin. Ich kann dir besten afghanischen Stoff zu mexikanischen Preisen bieten. Das wären zweiundzwanzig Mille pro Ki. Aber keine Bange, die bringen auch 'n halbes Kilo für zwölf.»

«Na also», sagte Angelo. «Passt doch genau.»

«Cool. Ich hab mit dem Typ vor 'ner halben Stunde geredet. Persönlich. Der Scheißer sah aus, als käme er aus dem Libanon oder weiß der Geier woher. Schwarze Haare. Dicker Akzent. Sieht nach einem Araber aus.»

Angelo kniff mit dem Daumennagel an seiner Zigarette herum und verlagerte nervös das Gewicht. «Wenn der mal nicht zu Bin Laden gehört. Wie heißt der Typ denn, Mohammed?»

Seesaw war nicht so doof, wie er aussah oder daherreden mochte. «Nein, du Blödmann. Aber nah dran. Ali heißt er. Er sagt, er ist Nepalese. Libanese. Vielleicht ist er 'n Pakistani. Keine Ahnung. Ist auch egal. Wichtig ist, dass er erstklassige Schore hat. Echten afghanischen Stoff.»

«Wann kann ich mich mit ihm treffen?»

«Morgen Abend. Dein Preis geht klar. Damit bist du im Geschäft, Alter. Ich kann bloß hoffen, du weißt, was du tust.»

Seesaw fuhr am Oakland Coliseum vorbei, wo die Athletics es wieder mal mit den Raiders austrugen. Zu ihrem Glück herrschte kein Stadionverkehr, und Seesaw nahm die nächste Ausfahrt, um weiter Richtung Westen zum Airport zu fahren.

Eins a!, dachte Angelo. *Geht die Geschichte also tatsächlich über die Bühne.* Seesaw ließ ihn seinen Gedanken nachhängen und respektierte die Stille. Angelo starrte aus dem Fenster, während einer seiner Füße wie ein Hundeschwanz ging.

«Ich hab ihn sogar dazu gekriegt, noch zwei Knarren draufzulegen», sagte Seesaw schließlich. «Aber ich musste ihm sagen, dass du mit dem Club zu tun hast.»

Angelo zog die Stirn hoch und sah ihn streng an.

«Hast du 'n Tacker, Mann? Wieso das denn? Wie deutlich bist du denn geworden?»

«Ziemlich deutlich, verflucht. Ich hab was von den Infidelz gesagt. Ging nicht anders.»

«Das könnte mir mächtig Ärger einbringen.»

«Du hast das Zeug nicht fabriziert, du drückst es nicht selber, du verhökerst es nur, du Blödmann. Was sollte die das interessieren?»

«Schon, aber trotzdem. Ich will nicht, dass die Infidelz da in irgendwas reingezogen werden. Die schmeißen mich noch aus dem Club.»

«Hör mal, ich hab das dem Typen gesteckt, um dich als ernst zu nehmenden Abnehmer auszuweisen.»

Angelo stieß einen gedehnten Seufzer aus. Er hatte das angeleiert, um die schnelle Kohle zu machen. Er riss sich am Riemen. Es gab kein Zurück. «Okay, schon gut. Also morgen Abend. Und wo?»

«Morgen Abend. Was den Ort angeht, sag ich dir noch Bescheid. Wenn der Typ weiß, du gehörst zu den Infidelz, wird er sich's zweimal überlegen, eine Linke zu bauen, verstehst du, der haut dich nicht übers Ohr. Sieh's doch mal so.»

Angelo tat einen letzten Zug und stieß dann den Rauch aus. Mit dem Mittelfinger schnickte er die Kippe zum Fenster hinaus. Angelo nickte Seesaw zu. Er hatte seinen Teil getan. Die Sache war gebongt. Seesaw baute eine Wende und fuhr zum Clubhaus zurück. Angelo kurbelte das Fenster hoch und holte seine Brieftasche heraus. Auf der Suche nach einem bestimmten Zettel ging er mehrere durch, bis er den richtigen hatte. Name und Nummer von seinem Kontakt im Knast. Kurz vor dem Clubhaus machte er Seesaw Zeichen, zu halten.

«Lass mich hier raus.» Er wies auf El Bombardo, einen mexikanischen Imbiss. Zum Clubhaus, wo er seinen Bock abgestellt hatte, waren es nur ein paar Blocks.

Angelo machte die Tür auf und wandte sich dann noch mal Seesaw zu, bevor er hinaussprang.

«Dank dir, Alter. Wenn das glatt geht, steck ich dir 'n paar Hunnis ab vom Gewinn. Okay?»

«Peace, Bro.»

Angelo ließ sein Handy stecken und warf ein paar Münzen ins Telefon neben dem Schnapsladen an der Ecke. Er rief seine Connection im Gefängnis von Solano County an, um ihm zu sagen, dass der Deal lief. Als ihm das selber klar wurde, hatte er mit einem Mal einen trockenen Hals.

Wieder zu Hause, lag er für den Rest der Nacht wach auf der Couch. Zur Beruhigung rauchte er einen Joint. Diesmal jedoch schärfte das Kraut nur seine Sinne, und sein Verstand war aktiver denn je, bis ihm das Herz zu rasen und der Kopf zu dröhnen begannen.

Angelo stand auf und durchwühlte den Krempelschub im Küchenbuffet, bis er ein Briefchen aus Alufolie fand. Er pulte das zerknüllte Ding auseinander und zählte die Pillen. Er nahm zwei Valium heraus und warf sie ein. Genau das, was er jetzt brauchte. *Ist 'n großer Tag morgen, dachte er, die Dinger hier würden einen Gaul umschmeißen.* Er kramte ein kleines Saftglas aus dem Stapel schmutzigen Geschirrs in der Spüle. Er spülte es aus und goss einen Schuss Old Crow hinein. Der Whiskey ließ ihn nach Luft schnappen. Er schenkte sich nochmal ein und kippte sich die bernsteinfarbene Flüssigkeit in den Hals. Dann gab's noch einen Schluck. Und noch einen danach.

Der Sprit und die Chemikalien in seinem Magen taten auch gleich ihre Wirkung. Sein Blick wurde trüb, in seinem Kopf begann sich alles zu drehen, als er seine müden alten Knochen wieder auf die Wohnzimmercouch sinken ließ. Kaum hatte er die Boots auf den alten Couchtisch gelegt, schlief er auch schon ein.

6 | PAJERO

Am Morgen wurde Angelo von einer Herde galoppierender Bisons geweckt. Aber es war kein Western auf TMC, sondern Hollister, der die Treppe heruntergepoltert kam, um in die Schule zu gehen. Angelo hatte wieder mal die ganze Nacht auf der Wohnzimmercouch gepennt.

«Hey, Kleiner», murmelte er, als er sich aufsetzte und in der Hosentasche nach einem zerknüllten Fünfer suchte. «Geld fürs Mittagessen?», krächzte er. Die Worte schienen ihm an der Zunge zu kleben.

«Danke, Paps», sagte Hollister bester Laune, als er sich den Schein schnappte. Er griff sich seine gelbe Schultasche und warf sie sich über die Schulter. Die fünf Mücken würde er später verbraten. Hollister und seine Altersgenossen hielten es für entschieden uncool, in der Cafeteria der Schule zu essen. Er hatte sich am Abend zuvor was zurechtgemacht und in einer braunen Tüte verstaut. Die Schule war kein Gefängnis, jedenfalls nicht ganz, aber nur Loser und Knackis aßen von einem Blechtablett.

«Holly, ich bin, äh … zu müde, um dich zu fahren. Außerdem kriegt mein Bock zu fettes Gemisch. Nimm mal den Bus, okay?» Angelo hoffte, Hollister kaufte ihm den Quatsch ab. Er brauchte etwas Zeit für sich, um sich zu motivieren. Er musste den Dopedeal erst mal geistig durchspielen.

Am Nachmittag klingelte das Telefon. Angelo lief aus der Garage und riss schnaufend den Hörer vom Apparat. Nachdem er die Nacht zuvor derart über die Stränge geschlagen hatte, bekam er kaum einen klaren Gedanken in sein vernebeltes Hirn.

«Hallo?»

«Angelo, ich bin's.» Seesaw. «Also heute Nacht. Viertel vor eins am Bahnhof Fruitvale Avenue. Bleib im Wagen sitzen, aber park nicht gleich am Eingang, sondern wo 's 'n bisschen dunkler ist, als würdest du jemanden vom letzten Zug abholen wollen. Aber nicht zu weit hinten. Da patrouillieren die Wachleute wegen der jungen Strolche, die in die Autos einbrechen.»

«Du triffst dich mit einem dunkelhaarigen Typ, einem gewissen Ali. Lass dich auf keine Feilscherei ein. Zwölf Mille. Und sag mir dann Bescheid, wie alles gelaufen ist. Bis dann.»

0 Uhr 40. Einsam wischte der Nahverkehrszug durch die milde Sommernacht. Es war ungewöhnlich warm, da eine Hochdruckfront vor der Küste die Nebelbänke nicht in die Bucht ließ. Angelo steuerte seinen 87er Ford Tempo auf den Parkplatz an der Station Fruitvale Avenue. So, wie Seesaw ihm eingeschärft hatte, suchte er sich einen Platz am Nordende, ein Stück abseits der Zeitungsautomaten und der gut ausgeleuchteten Kartenschalter mit den Fahrplänen. Eine Hand voll mürrischer Pendler sprang aus dem Zug und trottete die Treppe herab. Wahrscheinlich hatten sie drüben in San Francisco Überstunden geschoben. Es sei denn, sie kamen in die East Bay, um die Frühschicht anzugehen. Angelo saß in seinem vergammelten Ford und wartete auf seine Connection.

Er zog sich die Baseballkappe ins Gesicht. Er hatte sich einen kleinen angerosteten Revolver in den Stiefel gesteckt, gut zu erreichen, nur für den Fall. Um den Mut nicht zu verlieren und wach zu bleiben, hatte er eine halbe Stunde vorher noch etwas Speed eingeworfen.

Er hatte sich entschlossen, seine Kutte für den Deal zu Hause zu lassen. Sie zu tragen wäre denn doch zu dumm gewesen, erst recht in einem 87er Tempo. Außerdem war er der Ansicht, dem Typ nichts beweisen zu müssen, verflucht nochmal. War schließlich nicht sein Problem, ob dieser Ali ihm nun abkaufte, dass er von den Infidelz war. Schließlich hatte Seesaw das Maul aufgerissen. Angelo war das völlig egal.

Angelo erspähte einen dunkelhaarigen Mann, der am Kiosk vorbei auf seinen Wagen zukam. Er wurde nervös. Der Typ jedoch schlenderte an seinem Fahrzeug vorbei. Um nicht übereifrig zu erscheinen, drehte er am Radio rum, das er leise laufen hatte, um seine rasenden Gedanken in den Griff zu bekommen. Er suchte noch einen Sender, als er aus dem Augenwinkel eine Gestalt mit einem Lockenkopf auftauchen sah. Auf der Beifahrerseite klopfte der Typ zweimal ans Fenster der hinteren Tür. Angelo beugte sich hinüber und entriegelte die Beifahrertür. Der Mann zog die Tür auf und stieg ein. Eher lässig legte er ein Diplomatenköfferchen aus braunem Leder auf seinen Schoß.

«Läßt sich Sitz noch zurückschieben?», fragte der Mann mit einem Akzent, der sich nach Nahem Osten anhörte. Er tastete nach dem Hebel unter dem Sitz. Er schien freundlicher und ungezwungener, als Angelo sich das vorgestellt hatte.

«Ali, stimmt's?», fragte er.

Der Mann nickte.

Angelo hatte erst daran gedacht, auf taffer Biker zu machen, aber dann dachte er sich, wozu. Stattdessen drückte er auf einen Schalter am Griff seiner Tür, und die Zentralverriegelung rastete ein.

«Ja. Genau der. Hier bin ich», sagte Ali. Er drehte den Koffer auf seinem Schoß so, dass die Scharniere zum Handschuhfach wiesen. Er ließ die Schließen springen und öffnete den Koffer eine Spanne weit, sodass Angelo die beiden durchsichtigen Päckchen voll weißem Pulver zu sehen bekam. Ganz zu schweigen von den beiden Pistolen, die darauf lagen, sauber angeordnet – wie Yin und Yang. *Sieht durchaus nach einem halben Kilo aus.*

«Hast du Geld, mein Freund?», fragte Ali.

«Hab ich. Aber alles der Reihe nach», sagte Angelo. Alis Augen verengten sich nervös; besorgt erwiderte er Angelos Blick. «Ich muss den Stoff ja wohl checken, Partner. Vorsicht ist die Mutter der Porzellankiste. Wir kennen uns nicht. Also machen wir das korrekt.»

Angelo holte sein Strider aus der Seitentasche der Lederhose und klappte es auf; klickend rastete die fingerlange Tantoklinge ein. Er streckte den Arm, drückte die Spitze fest in eines der Päckchen und sniffte dann das Pulver direkt von der Klinge. Er erkannte das Kitzeln, für das ein Opiat sorgt. Seiner Ansicht nach war es mexikanischer Mist. Er wischte den Rest des weißen Pulvers an seiner Hose ab.

«Willst du auch sehen die Waffen?»

«Nein. Da trau ich dir schon.» Die beiden Knarren waren ihm scheißegal.

«Du gehören zu Motorradbande. Infidelz? Ich verstehe – *ungläubig.* Wo ich herkommen, ungläubig nicht gut, sehr schlecht.»

«Kann schon sein, Sportsfreund. Hier in Amerika ist es was Gutes. Wir sind stolz drauf.» Angelo stach plötzlich der Hafer. Gar nicht so schlecht, diese Dealerei.

Ali lachte und zeigte zwei Reihen schiefer, halb vergammelter Zähne dabei. «Ungläubig, ja. Sehr stolz, sehr stolz. Und das hier, das für deine Infidelz, ja?»

«Von mir aus, Osama, was immer du meinst.»

Angelo reichte Ali einen offenen Umschlag, den er unter dem Armaturenbrett hervorholte. Ali nahm das schmale Bündel und spähte hinein. Er ging es mit dem Daumen durch, die Rechnung ging auf. Ali schien ein glänzender Rechner zu sein. Er lächelte, als er sich Angelo wieder zuwandte.

«Dann ich vertraue dir auch, Partner.» Er steckte die Scheine in die Seitentasche seiner Jacke und zog den Reißverschluss hoch. Ali kratzte sich am Kopf und fummelte nach dem Türgriff. «Deal fertig. Ich jetzt gehen.»

Im selben Augenblick, in dem Angelo die Zentralverriegelung öffnete, rutschte ein zweiter Mann, ein Typ in einer Bomberjacke hinter Angelo auf den Rücksitz. Er musste sich von hinten angeschlichen haben.

Noch bevor Angelo seine Knarre erreichen konnte, spürte er den kalten Stahl eines Laufs im Nacken. Ali zog ebenfalls eine Waffe und richtete sie direkt auf Angelos Schläfe. Das Ganze war entweder eine Linke, oder er war gekascht.

«Lass stecken. Oder du stirbst.»

Alis Akzent war verschwunden.

«DEA, *Motherfucker!* Hände ans Steuer, beide, und festhalten, sodass wir sie sehen. Eine falsche Bewegung, und du bist ein toter Mann. Das schwör ich dir.»

Alis Stimme bebte. Das Kommando kam schrill. Es war kein Mensch da, der die Szene gesehen hätte. Die ganze Gegend schien menschenleer, obwohl der Parkplatz halb belegt war. Angelo schoss das Blut in den Kopf. Er meinte, jeden Augenblick ein Äderchen in seinem Hirn platzen zu hören. Alle seine Ausweichpläne waren für die Katz. Er steckte in dieser Familienkutsche fest, beide Hände am Steuer, zwei Bullen zielten mit den Knarren auf ihn. Ihm blieb nichts anderes, als abzuwarten. Einer der beiden telefonierte nach einer Funkstreife.

«Du bist verhaftet, *pajero*.» Ali zwinkerte ihm zu.

Scheiße, fluchte Angelo in sich hinein. *Pajero – so nennen die im Barrio einen Wichser. Der Typ ist kein Araber. Der Bastard ist ein Undercoverbulle, verflucht nochmal.*

7 | FRISS ODER STIRB

Angelo saß allein im Keller des Alameda County Jail an einem Verhörtisch aus rostfreiem Stahl. Seine Handgelenke waren mit Handschellen an die Armstützen des Stuhls gefesselt. Die Beamten der Bundesdrogenbehörde hatten ihn vor zwei Stunden allein gelassen, nach Runde eins eines strengen Verhörs: Wo er das Geld herhatte? Für wen er den Stoff kaufte? Was war denn mit dem Vicodin und dem Speed, das man in seiner Jackentasche gefunden hatte? Wo hatte er das Zeug her?

Angelo hätte selbst ein paar Fragen gehabt, aber er behielt sie für sich. Warum hatten die Fahnder vom Bund ihn im Bezirksgefängnis abgeliefert? Der Bund hatte doch seinen eigenen Bullenstall in der Stadt? War er einer gemeinsamen Sonderkommission in die Falle getappt?

Seine Hände waren bereits angeschwollen, weil er nicht stillhalten konnte, und die scharfen Kanten der stählernen Fesseln hatten ihm die Handgelenke rasiert. So, wie er das sah, würde man jeden Augenblick seine Personalien aufnehmen und ihn dann in der großen Gemeinschaftszelle oben verstauen. Von dort aus könnte er Ahab anrufen, um ihm die schlechten Nachrichten beizubringen. Ahab würde sich dann an Dapper Dave wenden, den professionellen Kautionssteller des Clubs. Bis zum Morgen wäre er wieder raus.

Die beiden Drogenfahnder kamen zu einer zweiten Runde. «Ali», der kleinere der beiden, war ein glatt rasierter, sportlicher Typ. Er trug einen weiten schwarzen Anzug und ein weißes Hemd, das weit genug offen stand, um den Blick auf sein Unterhemd freizugeben. Ein Goldkettchen baumelte an seinem Hals. Im Gegensatz zu ihm war sein Partner eine graue Maus. Er hatte das Gesicht voller Pockennarben und dunkles Haar. «Ali» besorgte das Reden.

«Hey, Wichser, wir haben da was, was du dir anhören solltest, und ich meine nicht die Neue von den Backstreet Boys. Pass auf.»

«Ali» knallte einen Walkman auf den Metalltisch und drückte auf «Play». Angelo hörte «Alis» lausige Araberimitation, dann war seine eigene Stimme zu hören.

«Und das hier, das für deine Infidelz, ja?»

«Von mir aus, Osama, was immer du meinst.»

«Das wär's, Arschgesicht», sagte der Fahnder. «Du bringst die Infidelz da mit einem Drogen- und Waffendeal in Verbindung, und das auf Band. Nicht nur, dass du in den Knast wanderst, *pajero,* du ziehst da auch noch die ganze Gang mit rein. Mit allem, was wir über euch Clowns sonst noch so haben, Baby, riecht mir das ganz nach krimineller Vereinigung.»

Ein billiger Trick, als Beweis würde das kaum standhalten, aber Scheiße, er hatte es nun mal gesagt. Aus irgendeinem Grund dachte Angelo an Patch.

Gott, wenn Patch oder Ahab von dem Scheiß hier erfahren, die gehen an die Decke.

«Ali» griff sich den Recorder und steckte ihn in die Tasche seines Jacketts. Dann wandten er und sein pockennarbiger Partner sich zum Gehen. «Ali» grinste Angelo nochmal an, bevor er die Tür zuschlug, was dem Rocker einen Schauer über den Rücken jagte. Runde zwei hatte nicht lange gedauert, und Angelo hatte sie ganz klar verloren.

Angelo ärgerte sich mehr über sich selbst als über die Fahnder. Er starrte auf den venezianischen Spiegel an der

Wand und stellte sich ein paar weitere hinterfotzige Bullen dahinter vor. Was sollte er ihnen sagen? Was ihn anbelangte, so ging es hier um sein Geld und ihre Drogen – die Verhaftung war eine einwandfreie Tatprovokation, weiter nichts. Aber ihm war klar, dass Bullen und Richter das anders sehen würden, und so lehnte er einen Anwalt ab und hielt weiter den Mund.

Das Dope mochte zehnmal von der DEA gewesen sein, sie hatten ihn bei den Eiern und brauchten nur noch zu drücken. Immer wieder nahm «Ali» ihn in die Mangel. Er saß ziemlich in der Scheiße, da man ihm gleich mehrere Straftaten zur Last legen konnte: Ankauf von Drogen und Waffen mit der Absicht des Weiterverkaufs, dazu der Besitz. Bei seiner Vorstrafenlatte, auf der sich auch ein paar Einbrüche und der Raub eines Lkw auf dem Highway fanden, konnte er sich nichts mehr leisten. Ihm drohte womöglich lebenslänglich.

Die illegalen Vicodin- und Speedpillen, die man bei ihm gefunden hatte, waren geringfügig im Vergleich zum Ankauf von Heroin. Obwohl er es nie ausgesprochen hätte, konnte Angelo sich nicht vorstellen, dass er nach einer Verhaftung wie dieser nochmal mit Bewährung davonkam. Ihm stand Knast bevor, und den würde er nicht auf einem Bein abstehen. Hatte Seesaw ihn reingelegt, oder hatte er einfach Scheiße gebaut? Angelo tippte auf Letzteres. Manchmal war Seesaw wirklich nicht ganz gescheit. Einige von den Brothers hatten Angelo davor gewarnt, sich mit ihm abzugeben. Erstens schon mal weil er kein Rocker war. Zweitens war auf den Typ kein Verlass. Im Augenblick jedoch war Seesaws Schuld Angelos geringstes Problem.

Angelo wand sich unter Schmerzen, als die Wirkung des Speeds nachzulassen begann. Pochende Kopfschmerzen stellten sich ein. Die Langeweile und der nackte Verhörraum waren einfach zu viel. Ohne Lüftung grillte man ihn in diesem kotzgrünen Raum bei lebendigem Leib. Er wollte, er könnte nach Hause fahren, auf seinem Bike, den frischen Wind im Gesicht. Er zappelte auf dem Stuhl herum und verfluchte sich für die Patsche, in der er saß.

Praktisch in dem Augenblick, in dem Angelo es vor Langeweile schier nicht mehr aushalten wollte, kam ein neuer Vernehmungsbeamter herein. Er hatte eine kalte Cola und eine neue Schachtel Marlboros dabei. Er setzte sich Angelo gegenüber, öffnete die Dose und schob sie dem Gefangenen zu. Dann öffnete er die Packung Zigaretten, nahm zwei von den Kippen heraus, steckte sich eine an und reichte die andere Angelo, der sie sich unbeholfen in den Mund steckte, da er noch an den Stuhl gefesselt war. Der Mann zog die Anzugjacke aus und legte sie sauber gefaltet über den Stuhl.

FBI Agent J. W. McIntosh öffnete sein Feuerzeug ein weiteres Mal und steckte Angelos Zigarette an. Nicht lange, und eine Rauchwolke umrahmte sein müdes Gesicht.

«Hier. Behalt sie», sagte J. W. «Ich versuch sowieso aufzuhören.» Er legte die Packung Zigaretten vor den Gefangenen auf den Tisch.

John Wilkes McIntosh, J. W. für seine Kollegen, war ein Lebenslänglicher, was nichts anderes hieß, als dass der Agent außerhalb des FBI kein Leben hatte. Man hatte ihn aus Kaliforniens Central Valley nach Oakland versetzt. Er hatte dort zusammen mit der Bundesdrogenbehörde und dem Amt für Alkohol, Tabak und Schusswaffen Jagd auf die hochmobilen Amphetaminlabors mexikanischer Dealer gemacht. Im ganzen Central Valley betrieben illegale mexikanische Einwanderer ihre Meth-Küchen in verfallenen Hütten in der Nähe winziger Bauernkäffer wie Wasco, Mendota und Kettleman City.

Mit seinen zweiundvierzig Jahren und einer Größe von gerade mal eins dreiundsiebzig hegte und pflegte J. W. einen entschiedenen Napoleon-Komplex. Er war neu in der großen Welt der Bay Area und hatte keinerlei engere Bekannte außerhalb des Berufs. Unter den Kollegen galt er als Risikofaktor. Bei seinen Vorgesetzten hieß es, J. W. mache gern Ärger. Seine ganze Laufbahn hindurch hielt man ihn auf Distanz. J. W. hatte einige harte Nüsse geknackt, schon, aber auf der anderen Seite hatte er die Dienstaufsicht im Justizministerium wegen angeblicher Verletzungen der Bürgerrechte am Hals.

In den Augen der Arschkriecher in den Washingtoner Entscheidungsgremien war J. W. für den höheren Dienst nicht geeignet. Aus diesem Grund arbeitete er in der Regel allein. Besonders hielt er sich darüber auf dem Laufenden, was die Kollegen vom Gangdezernat dieser Tage so trieben. Die Streetgangs von Los Angeles. Die asiatischen Jugendbanden in San Francisco und Oakland. Die vietnamesischen und chinesischen Zuwanderer, die praktisch gerade von Bord eines Flüchtlingsdampfers gegangen waren. Für J. W. fielen die Rocker allemal in die Kategorie «Gang». Gerade weil er ein Einzelgänger war, faszinierte ihn alles, was nach Bruderschaft und Verbrechen aussah. Er hatte nie geheiratet. Sogar er wusste, dass das nur im Desaster enden könnte. Was sein Privatleben anbelangte, so ließ J. W. sich nicht in die Karten sehen.

Während der letzten Jahre hatte J. W. sich des Gefühls nicht erwehren können, dass das FBI und seine Vorgesetzten sich mehr für die Politik in Washington interessierten als dafür, worum es eigentlich ging: die Bösewichter zu verhaften und dafür zu sorgen, dass man vor Gericht auch gewann. Die Einzigen, denen er heute beim FBI wirklich über den Weg traute, kamen alle vom Militär. Aber sie wurden von Tag zu Tag weniger. Heute bestand das FBI größtenteils aus Milchgesichtern, blütenweißen Law-and-order-Jungs mit Jurastudium, Seidensocken und Businessfrisuren. Sie trugen rote Powerkrawatten und nahmen nebenher Schauspielunterricht, um vor der Kamera schneidiger zu wirken und Richtern und Anklagejurys Vertrauenswürdigkeit zu suggerieren. Erfolg hieß für diese Typen, mal in der Führungsclique des FBI zu landen, nach der Pension für den Kongress zu kandidieren oder einen Posten als Sicherheitsberater für einen der Wolkenkratzer im Zentrum an Land zu ziehen.

Von fünfzehn Jahren Ermittlungsarbeit gebeugt, saß J. W. jetzt Angelo Timmons gegenüber, einem hundemüden Rocker, der nicht ganz klar im Kopf schien von viel zu viel Speed.

J. W. breitete Angelos Akte vor sich aus. Er sah sich ein paar der losen Blätter an. Dann richtete er den Blick auf Angelo.

«Angelo Timmons.» Er legte eine Pause ein. «Haben Sie was zu sagen?»

Angelo starrte stumm vor sich hin. Er war entschlossen zu schweigen. Er sagte kein Wort.

«Wollen Sie Ihren Anwalt anrufen? Wenn ich mir das hier so ansehe, also bei Ihren Vorstrafen kommen Sie ohne Anwalt nicht aus.»

Angelo erwiderte seinen Blick eisig, schaute dann auf den Tisch.

«Sind Sie verheiratet, Angelo?»

Angelo schüttelte den Kopf. Nein.

«Haben Sie Arbeit, Angelo?»

Wieder ein Kopfschütteln.

«Familie? Kinder?»

Angelo bedachte den Agenten mit einem kalten bösen Blick. Die grünen Knopfaugen des Rockers wirkten wie ein Laser.

J. W. fuhr fort.

«Lassen Sie mal sehen. Kein Job. Aber Kinder haben Sie. Mädchen? Jungs?»

Das veranlasste Angelo, sein Schweigen zu brechen. «Ich habe einen Sohn …» Seine Stimme verlor sich.

J. W. wusste Bescheid.

«Sie gehören zu den Infidelz?»

Angelo senkte den Blick wieder auf den Tisch.

«Ich deute das mal als Ja.»

Fünf Sekunden lang traf sich der Blick der beiden, dann sagte J. W.: «Hör zu, Angelo, es ist drei Uhr morgens, Herrgott nochmal. Ich habe keine Lust, mit dir Spielchen zu spielen. Man hat mich hier heute Nacht antanzen lassen … na, spielt ja jetzt keine Rolle. Angelo, du weißt, dass dir hier wieder Knast bevorsteht, ohne vorzeitige Entlassung, nicht bei dieser Drogengeschichte. Ja, ja, Angelo, ich geb zu, dass dir die Typen von der DEA da Popelkram anhängen. Aber anhängen können Sie's dir nun mal, und das werden sie auch. Die haben ihre Quoten und 'ne Menge anderer Fälle. Du und ich, Angelo, wir wissen beide, dass du hier mächtig Scheiße gebaut hast. Die haben dich am Wickel, und du bist im Nu weg vom Fenster. In sechzig Tagen haben die dich verknackt, und die Geschichte schafft es noch nicht mal auf Seite zwölf. In den Augen der Anklage bist du nichts weiter als ein verkommener Dealer, ein Subjekt, das Leben und Wohlfahrt der kostbaren amerikanischen Jugend bedroht, indem es ihr gefährliche Drogen verkauft. Du hättest dieses Drecksheroin genauso gut auf dem Schulhof verkaufen können.»

Angelo behielt den Kopf gesenkt.

«Das Schlimmste daran ist, dass man dich nicht mit einer Schulderklärung für ein minderes Delikt laufen lassen wird. Der Richter wird keine Milde walten lassen. Ganz bestimmt nicht. Und deine Bikerfreunde werden deine Haut auch nicht retten können. Angelo, für den Infidelz-MC bist du nichts weiter als das neueste Mitglied der Pig Pen Crew.»

Pig Pen Crew. J. W. gab mit seinem Insiderwissen über Rockerclubs an. Die Pig Pen Crew war die Liste der jeweils einsitzenden Mitglieder eines Clubs.

J. W. stand auf und ging um den Tisch herum zu Angelo, der noch immer in Handschellen dasaß. Angelo blickte stur vor sich hin und verweigerte jeden weiteren Augenkontakt mit dem Mann vom FBI. J. W. beugte sich vor und flüsterte Angelo etwas ins Ohr.

«Aber weißt du, was das Allerschlimmste ist, das dir passieren wird, Angelo Timmons? Der große Verlierer bei der Geschichte ist dein Sohn, Sportsfreund. Er bezahlt für den Mist, den du gebaut hast. Wo ist denn die Mutter des Kleinen? Lässt sich wahrscheinlich irgendwo zulaufen, und du hast nicht die geringste Ahnung, wo sie ist. Ich kenne deine Situation. Ich habe das schon so oft gesehen. Du bist der totale Loser. Deine Old Lady ist dir davongelaufen und schert sich einen Dreck um dich. Dein Sohn hat außer dir keine Menschenseele. Und weißt du was? Wenn sie dich wegschließen, wird er ein Fürsorgefall. Dein einziger Sohn, Angelo, wird von einer Pflegestelle zur anderen gereicht werden oder schlimmer noch, er geht auf der Straße anschaffen, während du im Knast vergammelst. Willst du das?»

Angelo knallte die Stirn auf den Tisch. Er schnaufte ein paarmal schluckend und versuchte, sich wieder zu fassen.

J. W. stand über Angelo, der ihn im Spiegel beobachtete.

J. W. schüttelte den Kopf und legte ihm eine Hand auf die Schulter. «Hör zu, Angie. Ich hab 'ne Menge Gesocks wie dich aus dem Verkehr gezogen, und die Jungs oben danken es mir. Aber wenn ich ehrlich bin, macht mir das auch Angst. Was, wenn ich dir sage, ich wüsste, wie wir das aus der Welt schaffen könnten? Was, wenn ich dir sage, Angelo, dass du noch heute Nacht hier rausmarschieren könntest, ohne dass dir der Scheiß weiter über den Kopf wächst? Wenn du deinen Hals aus der Schlinge ziehen willst, du brauchst dich nur zu entscheiden, aber sofort.»

J. W. legte eine Kunstpause ein. «Du rettest damit auch deinen Sohn.»

J. W. ließ von ihm ab, um seine Worte wirken zu lassen. Schweigend ging er wieder um den Tisch herum und setzte sich.

«Ich kann sofort nach oben gehen und mit den beiden Losern von der DEA reden.»

Er nahm den Stapel Verhaftungsunterlagen auf und ließ sie wieder fallen. Sie flogen über den Tisch.

«Die ganze Scheiße hier könnte irgendwo unter einem vergessenen Stapel landen. Ich kann dafür sorgen, dass die US-Marshals dich aus dem ganzen Bullshit hier rausholen. Zeugenschutz, ein neues Lebes. Herrgott, ich könnte wahrscheinlich sogar dafür sorgen, dass du deine zwölf Mille wiederkriegst. Allerdings musst du *mir* dafür etwas geben, was *ich* brauche, Angelo. Du fährst mit den Infidelz. Du weißt, was ich meine. Lass deine Rockerkumpels sausen, entscheide dich für deine *wirkliche* Familie. Und vergiss nicht, du hast die Infidelz so oder so in einen Heroindeal mit reingezogen, das haben die auf Band. Eine ziemliche Zwickmühle, wie mir scheint, Angelo, zwischen den Bluthunden von der DEA und deinen Biker-Kumpanen.»

J. W. kam wieder auf Angelo zu, dem das Herz wie ein Dampfhammer ging. Ihm drehte sich alles. Er hätte am liebsten gekotzt, aber er war noch an den Stuhl gekettet, und der Gedanke, in seiner eigenen Kotze zu sitzen, war mehr, als er ertragen konnte. Also riss er sich zusammen.

«Du musst dich entscheiden», sagte J. W. eindringlich und trat näher an ihn heran. «Lass mich machen, ich hole dich aus dem Schlamassel hier raus. Andernfalls rufe ich am Morgen die Fürsorge an. Ich gebe dir zwei Minuten.»

Angelo starrte auf die Cola, die der FBI-Mann ihm hingestellt hatte. Er war am Verdursten. Auf der Dose hatten sich dicke Tropfen gebildet – wie der salzige Schweiß auf seiner Stirn. Angelo nickte in Richtung der Packung Zigaretten. Er hatte die erste bis auf den Filter geraucht. J. W. zog eine neue aus der Packung, schob sie Angelo zwischen die Lippen und steckte sie an. Angelo sog sich den Rauch in die Lunge. Die Zigarette im Mundwinkel, sagte er:

«Okay, Schmiermichel, machen wir einen Deal.»

8 | IM SACK

Himmel, Arsch und Zwirn!», rief Patch ungeduldig. «Nun kommt schon, Leute. Fahrt zu!» Seine behandschuhte Rechte drehte am Gas.

Patch gab der Mean Machine auf der sonnenüberfluteten zweispurigen Straße die Sporen. Als er gerade niemanden kommen sah, überholte er zügig eine Kolonne schleichender Autos und schwenkte die Road King dann wieder zurück auf die rechte Spur. Ein Stück vor ihm kam eine Kurve, und eine durchgehende gelbe Doppellinie ersetzte den durchbrochenen weißen Strich. Rechts von ihm wischten hohe Kakteen vorbei.

Patch drehte auf. Der Pfropfen aus Autos und Lkw war abgeschüttelt, die Mean Machine hatte freie Fahrt. Es war ein schöner, warmer Tag. Er behielt sein Tempo bei, legte sich in die sanften Kurven, bis er eine Streife der Staatspolizei von Arizona passierte, die am Straßenrand stand.

Patch drosselte auf der Stelle das Tempo und nahm dann eine halbe Meile den Blick nicht vom Rückspiegel.

«Scheiße!» Er schlug sich auf den Schenkel. «Ich hab's doch gewusst.» Patch ließ den Streifenwagen nicht aus den Augen, der sich mit blinkenden Lichtern auf die Road King zuschob. Er nahm das Gas ganz weg und schaltete zurück, bevor er das Bike rollen ließ. Er steuerte es auf die Bankette und blieb dort stehen.

Patch stellte den Motor ab und blieb auf dem Bike sitzen, während er nach der Brieftasche griff. Die Tür des Streifenwagens öffnete sich und schlug wieder zu. Der Kies knirschte unter den Stiefeln, die sich hinter ihm näherten. Der Cop, der eine verspiegelte Sonnenbrille trug, musterte sein neuestes Opfer.

«Na, Partner, wo brennt's denn?»

Patch senkte den Blick auf seinen Tank und schüttelte dann den Kopf. «Ach, kommen Sie.»

«Wie schnell, meinen Sie, sind Sie gefahren?»

Patch sah ein Namensschild über der linken Brusttasche des Bullen. *F. Bushnell.*

«Ich würde sagen, nicht schneller als die Weiber, die hier in ihren silbernen Jeeps durch die Gegend düsen.»

«Ach ja? Ich könnte Sie belangen, Sie waren über dem Limit. Außerdem scheinen mir die Griffe hier etwas hoch.» Der Beamte trat einen Schritt zurück und sah sich das Color von den Infidelz an, dann das kalifornische Nummernschild.

«Sie sind nicht von hier, was?»

«Genau genommen, jetzt schon.»

«Wie das?»

Patch hielt ihm seinen kalifornischen Führerschein hin. «Hier haben Sie meine Papiere, Bushnell. Bringen wir's hinter uns», sagte er und warf einen Blick in den Himmel. «Ist zu heiß, um hier in der Sonne zu sitzen.»

Bushnell nahm sich den Führerschein vor. «Everett John Kinkade. Was bringt Sie nach Arizona, Everett?»

«Unter Freunden bin ich Patch. Für Sie bin ich John.»

Der Streifenpolizist senkte den Blick wieder auf die kalifornische Adresse.

«Sollte 'n Joke sein, Officer.»

«Augenblick mal. Patch Kinkade. Von den Infidelz, der Motorradbande.» Er nickte wissend und trat einen Schritt zurück. Seine Hand bewegte sich in Richtung des Holsters. «Patch Kinkade. Ich weiß, wer Sie sind. Mr. Kinkade, steigen Sie bitte ab.»

«O Scheiße.»

Patch schwang sein Bein über den Tank und baute sich dann, die Hände in die Hüften gestemmt, vor Bushnell auf.

«Also, was führt Sie nach Arizona?», fragte Bushnell nochmal.

«Ich wohne hier.»

«Ja, aber der Führerschein hier ist aus Kalifornien.»

«Ich bin erst seit 'n paar Tagen hier.»

«Sie wollen damit sagen, dass Sie hierher gezogen sind, Kinkade?»

«Ja, ich wohn jetzt hier. Genau das will ich damit sagen.»

Der Cop räusperte sich. «Sind Sie bewaffnet?»

«Nur mit dem hier.» Patch klopfte zweimal auf das Sharpfinger an seiner rechten Hüfte.

«Ziehen Sie das Messer vorsichtig aus der Scheide, und legen Sie's auf den Sitz Ihrer Maschine. Dann treten Sie zurück. Na los, machen Sie. Sofort.»

«Warum denn?»

«Machen Sie, was ich sage. Sofort.»

Patch zog vorsichtig das Sharpfinger aus der Scheide und legte es mit einer übertriebenen Geste auf die Sitzbank der Harley.

«Und jetzt, Kinkade, treten Sie zurück.»

Patch wurde wütend. «Herrgott nochmal. Ist das wirklich nötig? Geben Sie mir einfach einen Strafzettel, verflucht nochmal! Sie können einen doch nicht –»

«Hören Sie, Kinkade, hier sage ich, was gemacht wird. Sie machen entweder mit, oder ich rufe Verstärkung und schleif Sie ins Gefängnis wegen des Verdachts –»

«Verdacht auf was? Ein Messer zu tragen, das ich laut Gesetz besitzen darf?»

«Hören Sie, Kinkade. Machen Sie keinen Ärger. Ich möchte sehen, was Sie in den Satteltaschen haben.»

Der Cop nahm die Hand von der Waffe und trat an die Mean Machine. Er öffnete die erste Tasche, leerte sie aus und machte es dann mit der zweiten genauso. Er nahm jeden der belanglosen Gegenstände in Augenschein. Eine Haarbürste. Landkarten. Eine Plastikflasche mit Sonnenmilch. Werkzeugtasche. Anderen persönlichen Kram.

So ein Quatsch, dachte Patch, als der Cop seinen Kram durchging. «Was jetzt? Wollen Sie mich auch noch filzen?», fragte er. «Ich komm mir vor, als wär ich wieder auf Bewährung, verflucht!»

«Tragen Sie noch andere Waffen?»

«Hören Sie, Sie kennen die Antwort darauf. Ich bin vorbestraft. Ich darf keine Schusswaffen tragen. Sie wissen es. Ich weiß es.»

Bushnell zog einen kleinen Notizblock aus der Brusttasche.

«Wie lautet Ihre augenblickliche Adresse, Mr. Kinkade. Wo wohnen Sie?»

«Gleich am Carefree Highway.» Patch diktierte Bushnell seine Adresse, und der kritzelte die Information auf seinen Block.

«Bleiben Sie so», befahl der Polizist. «Ich bin gleich wieder da.» Er ging zurück zu seinem Wagen und rief über Funk die Zentrale. Patch stand eine weitere Viertelstunde neben seinem Bike und briet in der Sonne.

Der Cop kam wieder zurück. «Räumen Sie Ihre Sachen wieder in die Taschen. Auch das Messer. Ich möchte nicht, dass Sie eine Waffe tragen.»

«Sie wissen, dass Sie zu weit gehen.»

«Sie können ja die Polizei rufen, Kinkade. Sie sind jetzt in meinem Staat. Da machen Sie gefälligst, was ich Ihnen sage.»

Patch entschloss sich, dem Kerl ein bisschen zuzusetzen. Wie weit könnte er wohl bei ihm gehen?

«Tragen wir's doch aus», murmelte er.

«Was sagen Sie?»

«Sie haben mich schon verstanden», bellte Patch. «Kommen Sie. Hier. Auf der Stelle.»

Patch nahm das Sharpfinger von der Sitzbank und schob es zurück in die Scheide.

«Ich habe Ihnen gesagt, Sie sollen das Messer in die Tasche geben.»

Patch tat einen Schritt auf den Polizisten zu. «Dann nimm's mir doch weg. Komm schon, versuch's. Das möcht ich sehen.»

Der Beamte blickte in beiden Richtungen die verlassene Straße hinauf. Wüste, so weit das Auge reichte. Es war nicht ein Wölkchen am blauen Himmel. Auch nicht ein Fahrzeug kam an ihnen vorbei.

«Ich sag dir was, Raubein, ich vergess das Knöllchen mal.» Der Cop gab Patch den Führerschein zurück. «Aber ich weiß, wer du bist, und die vom Gangdezernat wissen, wo du jetzt wohnst. An deiner Stelle würde ich hier in der Gegend keinen Scheiß bauen.»

Darauf ging er zurück zu seinem Wagen.

Patch packte seinen Kram wieder ein und zog den Gurt um die linke Satteltasche, als der Streifenwagen auf den Highway zog und davonfuhr. Als der Wagen verschwand, öffnete er ein verstecktes Fach auf der Radseite der rechten Satteltasche und holte eine Butterbrottüte heraus, in die ein paar Unzen Pot gerollt waren. Er rollte die Tüte auf und stellte sie auf den Kopf, sodass der Inhalt herausfiel. Eine trockene Bö erfasste das Gras und verteilte es über den Sand. Nordkalifornisches Gras, er hatte es noch übrig gehabt. Und noch nicht mal schlecht, der Stoff.

Arizona hat von allen Staaten die strengsten Gesetze, was Marihuana angeht. Selbst der Besitz steht hier noch unter Strafe. Mit einem nervösen Lachen sprang Patch wieder auf seinen Bock. Das hätte ins Auge gehen können, hätte Bushnell auch nur einen Funken Verstand gehabt. So eine poplige Verhaftung wegen Marihuanabesitz hätte Patch wieder hinter Gitter bringen können. Und dem State Trooper hätte es ein dickes Lob von oben gebracht.

Patchs Strategie hatte geklappt wie am Schnürchen. *Bloß nicht nachgeben. Selbst wenn du was zu verbergen hast wie ein bisschen Gras in der Satteltasche, die harte Tour ist immer die beste.* Danach richtete Patch sich im Umgang mit Bullen. Und es hatte auch diesmal funktioniert.

9 | BLAUE BOHNEN IM KASINO

Zwei Biere für zwei Stiere», rief ein durstiger Biker ungeduldig dem Barkeeper mit dem Pokerface zu, der wie in Stein gehauen neben der Kasse lehnte. Die beiden Rocker waren nach Oakland gekommen, um am großen Tribal Casino Poker Run teilzunehmen, der für den nächsten Tag angesetzt war. Sie trugen die rot-weißen Colors der 2Wheelers. In der hinteren Ecke des Porch Light Saloon hing ein lärmiges Grüppchen Schwarzer an einem Pooltisch herum. Für einen Freitagabend war der Betrieb in der Bar ziemlich mau.

Der Hauptgewinn des Abends waren die beiden attraktiven Girls im schummrigen Licht am anderen Ende der Bar. Eine der beiden schlanken Frauen, eine langbeinige Blondine, trug ein hautenges grünes Minikleid. Gierig schüttete sie sich einen Tequila nach dem anderen in den Hals, während ihre Begleiterin, eine spröde Rothaarige, sich ewig an einem doppelten Gin Tonic festhielt.

Der Barkeeper schob zwei Mattglaskrüge mit amerikanischem Gerstensaft in die Richtung der beiden Rocker. Handsome Hank sah Reload, seinem alten Clubkameraden, in die Augen und rief nach einem Toast. Doppelt so fest wie gewöhnlich stießen sie miteinander an. Im nächsten Augenblick hatte Relaod nur noch den Henkel seines Krugs in der Hand. Ein Schauer aus Bier und Scherben ergoss sich über die beiden Rocker. Kopfschüttelnd brachte der Barkeeper ein Handtuch. Er grinste breit, als bei den beiden Mädchen am Ende des Tresens ein Kichern ausbrach.

«Na, die Damen», sagte Hank, der sich noch abtrocknete, mit einer Geste in Richtung der beiden. «Wie wär's? Kommt doch rüber» – grinsend warf er Reload einen Blick zu –, «wir haben grade eben zwei kühle Blonde verloren.»

Die Blondine stand auf, kippte ihren Tequila und kam zu den beiden herüber. Ihre Freundin, die Rothaarige, kam etwas vorsichtiger hinterher. Hank stand auf und schob der Blonden einen Stuhl hin, auf dem sie direkt neben ihm zu sitzen kam. Die rothaarige Schönheit überließ er seinem Freund.

Man kam auf die Motorräder der beiden zu sprechen, die eigens so geparkt waren, dass man sie durch die Tür der Bar sah. Die Blonde war neugierig.

«Ich hab's noch nie auf 'nem Motorrad gemacht», sagte die Blonde. «Wie ist es denn besser – im Stand oder im Fahren?»

Hank ließ sich die Frage durch den Kopf gehen; er hatte es auf die eine Art gemacht und auf die andere. «Man kann auch im Stehen ganz schön in Fahrt kommen.»

Noch ein, zwei Tequilas, so rechnete Hank, und die Blonde war reif für eine Spritztour. Er suchte den Blick des Barkeepers und nickte ihm zu.

«Barkeeper», rief Hank und ließ spielerisch die Faust auf den Tresen knallen, «noch zwei Bierchen und Tequila und Gin für die Damen. Und mach schon mal die nächste Runde klar.»

Es war kurz nach ein Uhr morgens, und Hank war drauf und dran, seinen Zug zu machen. Die Blonde wiegte sich sinnlich auf ihrem Hocker, aber während sie sich unbekümmert von Bob Seeger und billigem Tequila hatte einlullen lassen, war ihre rothaarige Freundin relativ nüchtern geblieben. Immer wieder sah sie zur Tür, und Reload lief Gefahr, sie zu verlieren und die Bar genauso spitz wieder zu verlassen, wie er gekommen war. Hank dagegen schien mehr Glück zu haben.

Die schwankende Blonde stand auf, packte Hank am Pferdeschwanz und zog ihn aus der Bar. In ihren hochhackigen Schuhen ging sie wie auf Stelzen, schaffte es aber bis zu den Bikes. Sie wies auf die beiden Wunder der Technik, die unter einer trüben Straßenlampe auf dem Gehsteig abgestellt waren.

«Welches ist denn deins? Ich rate mal einfach, ja? Das mit dem roten Tank», sagte sie und bestaunte den glänzenden Lack, den schnittigen schwarzen Ledersattel, das blitzende Chrom. Hank hörte sie geradezu denken.

«Ganz genau», sagte er, stolz auf das Picture auf dem Tank seiner 89er Harley Low Rider, eine Maschine, die er immer und immer wieder umgebaut hatte.

«Warum fährst du das Baby nicht nach hinten, dann zeig ich dir, was wir auf dem Ding machen können. Wir sehen uns dann hinten», gurrte die Blonde und wies übers Haus.

Es war das Angebot der Woche für Hank, also ließ er das Bike an und schoss damit die dreißig Meter um die Ecke der Bar, wo sie alleine waren. Er schob den Seitenständer nach unten, stieg ab und trat einen Schritt zurück.

«Dein Feuerstuhl wartet, Baby, der Motor läuft.»

Die Blondine machte ihren Zug. Sie stieg aus einem hellblauen Slip und warf ihn nach Hank. Der fing ihn auf und schob ihn sich in die Gesäßtasche seiner Lederjeans, während sie sich breitbeinig auf das Motorrad setzte, ihr Kleid hochzog und sich vorbeugte. Die Arme stemmte sie fest gegen den Lenker.

Er kam sich vor wie auf einem Foto aus *Easyrider*. Die Blonde schob sich das Oberteil ihres Kleids von den Achseln, so daß ein Paar Doppel-D-Titten mit steifen Nippeln zum Vorschein kam. Ihre Brüste baumelten sinnlich über dem glänzenden roten Tank; ihr strammer Prachtarsch schwebte verlockend über der Vorderkante der langen schwarzen Ledersitzbank. Zum Glück war die Kleine ziemlich groß.

Mit ihren langen Beinen stand sie mühelos über dem Low Rider, die Stilettabsätze an ihren Füßen fest in die Erde gestemmt. Sie musste Tanz studiert haben, so, wie sie mit dem Hintern wackelte, während sie die Hüften kreisen ließ.

Hank bedurfte keiner weiteren Aufforderung. Bereitwillig stieg er hinter ihr auf das Bike, einer der seltenen Fälle, in denen es ihm nichts ausmachte, sich auf seinem eigenen Bock auf den Sozius zu hocken. Er machte den Hosenstall auf und begann, ihren Hintern zu streicheln. Ein Arsch wie aus Tausendundeiner Nacht, porzellanfarben, fest und rund. Schließlich griff er nach seiner Latte, streifte ein Kondom darüber und nahm sie von hinten. Bevor er sie zu stoßen begann, ließ er den Motor an, beugte sich vor und brachte die Maschine auf Touren. Die imposante Schönheit beugte sich über die leer drehende Harley. Während Hank zustieß, nach oben, nach unten, nach links und rechts, brachte er immer wieder die Maschine auf Touren. Wann immer er sie hochjagte, brachte das gewaltige Drehmoment der Maschine die Sitzbank zum Vibrieren und trug so zu der Reihe ekstatischer Orgasmen der Blonden bei. Während sie haltlos stöhnte, gab Hank sich schnaufend alle Mühe, den Anschluss nicht zu verlieren. Schwitzend fuhr er mit der freien Linken ihr weiches Bein hinauf, vom Knöchel bis zum Schenkel und wieder hinab. Als es ihm kam, brüllten er und seine Maschine gleichzeitig auf. Nach dem Service zog die Blonde wortlos das lange Bein über den Sitz, stieg ab und verteilte ihr Minikleid wieder über die stramme Figur. Sie gab Hank noch einen langen Kuss, bei dem sie nicht mit der Zunge sparte, und ging dann wieder ums Haus, als wäre nichts Ungewöhnliches passiert.

«Danke fürs Mitnehmen», rief sie noch über die Schulter und schlenderte um die Ecke. Dann war sie fort.

«Gern geschehen.» Hank stieß einen Seufzer aus. Einige Augenblicke saß er da, völlig ausgepumpt, und versuchte, wieder zu Atem zu kommen. Dann warf er das Kondom weg, verstaute seinen Riemen, machte den Hosenstall zu und steuerte die Maschine zurück vors Lokal. Die Blondine war verschwunden – ein klarer Fall von sexueller Fahrerflucht.

Hank sah sich um, betätigte den Killschalter am Lenker und ging zurück in die Bar. Mit einem breiten Grinsen griff er sich nochmal in den Schritt. Reload saß noch genau so da, wie er ihn verlassen hatte, nur war er jetzt allein. Die Mädels hatten sich beide verzogen. Reload überlegte gerade, ob er noch ein letztes Bier trinken sollte, als sein Partner ihn bei den Schultern nahm.

«Zeit, die Platte zu putzen, Alter», sagte er. «Wer zuerst an den Docks ist!»

«Wo warst du denn, Bro?»

«Auf 'ner kleinen Spritztour. Erzähl ich dir später», sagte Hank.

Die beiden bezahlten ihre Zeche, gingen und starteten ihre Bikes. Hank und Reload schlugen nochmal klatschend die erhobenen Hände aneinander, dann warf Hank ihm das hellblaue Höschen zu. Das tiefe Grummeln ihrer Maschinen verlor sich in der Ferne, als sie um die Wette den Docks von Oakland entgegenfuhren.

Gleich nach ihnen verließen zwei andere Männer die Bar. Sie stiegen in ihren Pick-up und rasten hinter den beiden her.

Der 2Wheelers-MC kam ursprünglich aus dem Central Valley, dem Herzen von Kaliforniens Agrargürtel. Clubheime der Wheelers fand man in den von der Landwirtschaft geprägten Städten wie Salinas, Modesto oder Turlock. Ihre Chapters bestanden größtenteils aus weißen Bikern, unter die sich hier und da ein Latino mischte. Die Wheelers waren ein argwöhnischer Haufen, sie hatten etwas von einem Clan, und ihre Chapters waren hitzköpfige Rudel von vielleicht zwanzig Mann. Im ganzen Staat brachten sie es gerade mal auf hundert Members. Ihr Fuhrpark, eine Mischung aus neuen Maschinen, Rat-Bikes und ehemaligen Schrottböcken, reflektierte bescheidenen Luxus und leere Kassen, aber dafür umso mehr Stolz. Ihr Color bestand aus drei Patches und zeigte einen brennenden Motorradreifen mit Schädeln und Getrieberädern in Rot und Blau. Einige ihrer Members hatten beim Drag-Rennen und Trick-Riding in Bakersfield schon so etliche Trophäen geholt. Im Rudel gaben sie ordentlich Gummi und schlugen hart zu.

Die beiden angeheiterten 2Wheelers hatten sich entschlossen, noch ein paar Meilen die Piers von Oakland langzugondeln, bevor es wieder in das nahe gelegene Motel zurückging. Der Mond strahlte wie ein Silberdollar aus Vegas; eine gewaltige Scheibe, warf er sein Licht auf die Bucht. Als das Gespann so vor sich hin tuckerte, schob sich der Pick-up an den beiden Harleys vorbei. Keiner der beiden Rocker achtete auf das Fahrzeug, das da mit ihnen gleichzog, ganz zu schweigen von der Pumpgun, deren Lauf sich aus dem offenen Seitenfenster des Fahrzeugs schob.

Das Donnern eines Schusses übertönte die sorgfältig getunten Harleymotoren. Die erste Ladung fuhr Hank in den Oberkörper und fegte ihn aus dem Sattel seiner Low Rider. Der mit Schrot gespickte Körper überschlug sich ein paar Mal auf der Straße, während sein Motorrad fahrerlos weiterrollte, bis es gegen eine Leitplanke prallte.

Reload ereilte ein ähnliches Schicksal. Die Wucht der beiden nächsten Schrotladungen rissen ihm Brust und Schultern in tausend Fetzen von Knochen, Muskeln und Blut. Im Gegensatz zu Hank, der auf der Stelle tot gewesen war, krampfte Reloads Hand sich um den Gasgriff, und er fuhr noch fünfzig Meter weiter, bevor er im Sattel und in den Stiefeln starb. Er knallte mit dem Schädel gegen eine Barriere aus Stahl und Beton. Nachdem der Auftrag ausgeführt war, raste das dunkle Fahrzeug davon und verschwand in der Nacht. Die Leichen der beiden Biker entdeckte man erst bei Sonnenaufgang. Eine Joggerin kotzte sich beim Anblick ihrer blutigen Überreste schier die Seele aus dem Leib.

Die Organisatoren des Tribal Poker Run hatten die Route für den Run so angelegt, dass man den ganzen Tag fuhr. Hunderte von Bikern aus ganz Kalifornien waren mit von der Partie. Es war einfach eine zu gute Ausrede, mal hundert Meilen abzureißen und dann abzuhängen, Bier zu trinken und mit Frauen zu schäkern. Zu gewaltigen Portionen Grillfleisch in feurigen Soßen hörte man Rock und Blues. Startpunkt des Poker Run war der größte Bikeshop in Oakland, Morrie's Motors am Foothill, der gleichzeitig Veranstalter war. Der Run war mittlerweile so populär, dass Dutzende von Firmen aus dem Motorradbereich, von Herstellern von Custom-Bikes über Sonderzubehör und Helmen bis hin zu Handschuhen, ein nettes Sümmchen Sponsorengeld hinblätterten, um ihren Namen damit in Verbindung bringen zu dürfen. Niemand hätte so ganz genau sagen können, um welche Summen es dabei ging, aber ein Teil der Einkünfte aus dem Poker Run floss angeblich in die anhaltenden Bemühungen, Kaliforniens drakonische Helmgesetze zu revidieren. Was nach Preisgeldern und Unkosten von der Knete noch übrig war, landete in Morries ohnehin schon dicken Taschen.

Zwischen neun Uhr morgens und Mittag machten die Biker fünfundzwanzig Mücken locker, um sich anzumelden, und bekamen dafür eine Liste mit den gesponserten Stops. Endstation war das Casino Santa Paula, ein nobles Etablissement unter indianischer Leitung direkt neben einem steilen Stück Highway im kalifornischen Hercules.

Von Morrie's bis zum Kasino waren es einhundertvierzig Meilen. Die Zwischenstopps, die gut dreißig Meilen auseinander lagen, waren allen bekannt, alles erstklassige Bikertreffs: die Red Boar Bar in Livermore, Five Easy Pieces in Niles, Crazy Mary's Saloon in Clayton und schließlich der vorletzte Stopp Richtung Sacramento, das Afermath Bar 'n' Grill in Vacaville. Die letzte Etappe führte zum Santa-Paula-Kasino.

Bei jedem Stopp zogen die Biker eine Spielkarte. Die aus dem «Pack» gezogenen Karten wurden gestempelt und mit den Initialen des Fahrers notiert. Das Ergebnis nach den fünf Stopps, am Kasino wurde nochmal gezogen, ergab dann ein Pokerblatt – der Run war damit sozusagen eine Partie Five Card Stud. An jedem der Stopps ermutigte man die Fahrer, etwas zu trinken und die Spezialitäten des jeweiligen Lokals zu probieren. Wer das beste Blatt hatte, fuhr mit dem großen Preis, zweitausend Dollar, nach Haus.

Kurz vor Sonnenuntergang beendeten die letzten Fahrer den Run, und man versammelte sich auf dem Parkplatz des Kasinos zu einem riesigen Grillfest im Freien. Hunderte von Harley-Fahrern konnten es kaum noch erwarten: Essen, Live-Musik, Glücksspiel – Karten, Würfel, Automaten, wozu man dann ins Kasino ging. Eine Tributband mit dem Namen Stairway brachte einen ganzen ohrenbetäubenden Set exakt kopierter Led-Zeppelin-Songs.

Ein starkes Kontingent 2Wheelers, um die vierzig Mann, gesellte sich zu den Feiernden, blieb aber größtenteils unter sich. Auf der anderen Seite des Parkplatzes hatten sich gut dreißig Infidelz unter die Menge gemischt. Der Run war Pflicht für die Infidelz aus Oakland, alle Mitglieder hatten mitzufahren. Vor dem Eingang des Kasinos hing Ahab, der Presi der Infidelz, ab, gehobener Stimmung wie immer. Umgeben war er nicht nur von seiner Oaklander Führungsriege und seinen Bodyguards, der 187 Crue, sondern obendrein auch noch von Members und Prospects einiger benachbarter kalifornischer Chapters der Delz. Unabhängige Biker, Angehörige der American Motorcycle Association und der Christian Motorcycle Association bildeten ein Gegengewicht zu den Outlaw-Elementen des Fests.

Als einer der 2Wheelers den Zwei-Tausend-Dollar-Pott des Casino Run abräumte, heulte Ahab in gespielter Frustration auf. Sein Kumpel Angelo bekam einen harten Schlag auf den Rücken.

«Siehste, Junge, was passiert, wenn du Fortuna auf der Seite hast?»

Angelo stieß Ahab weg. «Was soll das denn?», schnaubte er böse.

«Hey, immer schön sachte, Alter», warnte Ahab. «Überhaupt, was ist denn mit dir?»

«Ich hätte die zwei Riesen Preisgeld brauchen können», maulte Angelo. «Ich hab auf diesen Poker-Runs auch nicht die Bohne Glück. Ich weiß nicht mal, ob ich in meinem ganzen verdammten Leben überhaupt schon mal was gewonnen hab.»

Als sich die Nacht über den Parkplatz legte, war Schluss mit dem Grillfest. Die Biker machten sich an die Heimfahrt. Das Rudel Infidelz blieb noch, stellte sich an die Spielautomaten oder versuchte sein Glück beim Seven Card Stud. Auch die 2Wheelers waren noch geblieben. Die meisten waren in eine Art mexikanische Cantina gegangen, die am hinteren Ende des Kasinos lag.

Die Sicherheitskameras des Casino Santa Paula zeigten ein Meer gestickter Colors. Die 2Wheelers und ihre Amigos verbrüderten sich an einem Ende der Anlage, während die Infidelz auf der anderen Seite wie die Weltmeister zockten. Im Lauf des Abends jedoch vermischten sich die Colors der beiden MCs. Unbeteiligte, Kellnerinnen und andere Angestellte des Kasinos rissen sich sämtliche Beine aus, gesellig und höflich zu sein.

«Bring schon rüber, Schatz. Nur nicht so schüchtern, Kleine.»

Chino Laughlin, der Presi der 2Wheelers, steckte einer Serviererin einen Zwanzig-Dollar-Chip in die Schürze, als sie mit seiner Bestellung kam: ein Dutzend Dosen Tecate, eine Schale Limettenspalten, einen Salzstreuer und eine Riesenplatte mit Tacos und Enchiladas. Dann griff er der Frau an den Arsch und lachte brüllend auf, als sie mit hochrotem Kopf den Rückzug in die Küche der Cantina antrat.

Chino war Chef der 2Wheelers geworden, nachdem Augie Longfellow, Gründer und über zwanzig Jahre President der Wheelers, an den Folgen seines Diabetes gestorben war. Augies Beerdigung hatte einen Corso von einer Meile Länge angezogen; so gut wie jeder größere MC Kaliforniens war mitgefahren. Jetzt jedoch war Chino im Stall der Wheelers der große Mann.

Im Vergleich zu Augie war Chino als President nicht nur ein Angeber, er war auch der streitlustige Typ. Er hatte seine Wurstfinger in einer ganzen Reihe nicht ganz sauberer Geschäfte, so zum Beispiel in einem Puff in Nevada und in einigen schäbigen Steigen in der Bay Area.

Chino konnte praktisch jedem ein X für ein U vormachen, außer dem Finanzamt. Er schuldete dem Fiskus einen Berg von Steuern, und jeder Dollar, den er legal verdiente, war praktisch bereits gepfändet. Obwohl durchaus einige Members des Clubs einer anständigen Arbeit nachgingen, machten die meisten Wheelers es ihrem Presi nach: Sie drehten linke Dinger, dealten oder schickten ihre Old Ladys arbeiten, meist als erotische Tänzerinnen oder in Striplokale.

Drei Jahre zuvor hatte Chino fünfzehn Monate in der südkalifornischen Vollzugsanstalt abgerissen, die seinen Spitznamen trug. Bei seiner Entlassung hatte ein übereifriger Bewährungshelfer ihm verboten, weiter mit seinen kriminellen Freunden zu verkehren. Dies bedeutete, entweder er hielt sich von seinen chopperfahrenden Brothers fern, oder er hätte die US-Marshals vor der Tür und fuhr wieder ein. Auf wunderbare Weise gelang es Chino, beim MC aktiv zu bleiben, ohne gegen seine Bewährungsauflagen zu verstoßen. Nach Ablauf der Bewährungsfrist wählten die Wheelers ihn zum Presi. Zur Feier seiner offiziellen Rückkehr in den Club gab man eine orgiastische Party. Chino ließ praktisch eine Armee heißer Mädchen kommen, von College-Callgirls bis zu Stripperinnen mit unechten Monstertitten, die für sie auf den Tischen tanzten. Die Feiernden bekamen es nach Strich und Faden besorgt. Es gab alles in rauen Mengen: Alkohol, Gras, Lachgas und Fleisch.

Infidelz und 2Wheelers feierten im Santa-Paula-Kasino weiter, was das Zeug hielt. Es ist durchaus typisch für Rocker, sich hin und wieder zu kloppen, schon gar bei einem feuchtfröhlichen Abend nach einem ganzen Tag auf dem Bock. Es sind nun mal Rowdys, bei ihnen gehört eine gutmütige Keilerei eben dazu. Als Streeter, einer von Ahabs Bodyguards, Thor, einem 2Wheeler, an der Bar eine aufs Maul gab, weil er nach seiner Old Lady schielte, schien das niemandem Grund zur Sorge.

«Scheißkerl», beschimpfte Streeter den 2Wheeler, als er dem verblüfften norwegischen Biker die Rückhand über das Maul zog. Die eine Seite seines Gesichts begann sofort anzuschwellen nach dem Kontakt mit der überdimensionalen Fratze an Streeters Ring.

Zur gleichen Zeit kriegte Angelo sich mit Pepe in die Wolle, dem Typen von den 2Wheelers, der den großen Preis gewonnen hatte. Und bei den beiden ging es gleich richtig rund.

«Ein Dummfick wie du», grummelte Angelo, «kann so was doch höchstens gewinnen, wenn da Schiebung im Spiel ist.»

Angelo war nach einer Beulerei. Er holte aus und knallte Pepe die Faust gegen die Schläfe. Es folgte das obligatorische Geschubse. Angelo und der glückliche Gewinner landeten ein paar Schwinger.

Außer vielleicht den Kämpfenden selbst nahm die Rauferei niemand ernst. Die anderen feuerten die beiden an.

«Hau ihn weg, Pepe», rief Chino, der natürlich zu seinem Mann hielt. Er schluckte eine weitere Dose von dem mexikanischen Lager weg und schob sich eine Limettenspalte in den Mund.

In ebendiesem Augenblick kam Cool Dave, ein Wheeler, durch die Horden lärmender Biker. Mit finsterer Miene näherte er sich Chinos Tisch.

«Schlechte Nachrichten, Boss. Du hast doch nach Handsome Hank und Reload gefragt. Die Bullen haben sie in Oakland tot bei den Piers gefunden. Man hat sie von ihren Böcken geschossen, verflucht nochmal.»

Chino schoss schier vom Stuhl. Er konnte es nicht glauben.

«Und wer war's?», fragte er.

«Muss jemand aus der Stadt gewesen sein», sagte Cool Dave.

«Was willst du damit sagen?»

«Damit will ich sagen, Boss, dass ich die Infidelz in Verdacht habe. Zutrauen würd ich's ihnen. Als Rache für den Typ, den man vorm Trader's platt gemacht hat. So seh ich das jedenfalls. Zwei von unseren Jungs für einen von ihnen. Ist doch ihr Stil. Sie haben Marco verloren, also haben sie Hank und Relaod umgebracht.»

«Quatsch. Hank und Reload waren im Trader's doch nicht mal dabei.»

«Meinst du, das kümmert die Drecksäcke? Sie haben einen Typ verloren, also legen sie zwei um, bloß um vorn zu bleiben. So war das doch schon immer.»

Chino sprang auf.

«Das ist doch total abgefuckt. Der Geschichte werd ich gleich mal auf den Grund gehen, hier und jetzt. Trommel die Jungs zusammen, wir treffen uns wieder hier.»

Chino schäumte noch vor Wut über den Tod seiner beiden Leute, da ging die Neuigkeit vom Mord an Hank und Reload schon wie ein Lauffeuer durch das Kasino. Während Chinos Leute zusammenkamen, wuchs mit seinem Zorn auch sein Argwohn. Angetrunken, wie er war, richtete er beides gegen die Infidelz, die selbstvergessen Poker und Blackjack spielten und hoffnungslos in der Minderheit waren.

Chino war nicht der Einzige, der vom Tod der beiden Wheelers wie vor den Kopf geschlagen war. Brutus, Angelo und Streeter gingen hinüber zu Ahab am Blackjack-Tisch und nahmen ihn beiseite.

«Yo, Pres», sagte Brutus. «Schon das Neueste gehört?»

«Was denn?», fragte Ahab.

Streeter mischte sich ein: «Die 2Wheelers haben grade erfahren, dass man zwei von ihren Leuten platt gemacht hat.»

«Scheiße», sagte Ahab. «Wen hat's erwischt?»

«Hank und Reload», sagte Angelo. «Gestern Nacht.»

«Mein lieber Scholli, das wird langsam unheimlich», sagte Ahab. «Erst Marco und jetzt zwei von denen.»

«Chino ist auf hundertachtzig», sagte Brutus. «Der wird uns die Schuld dafür geben, darauf möcht ich wetten.»

«Das soll er nur versuchen», antwortete Ahab. «Trommel die Jungs zusammen! Sag ihnen, sie sollen die Augen offen halten für den Fall, dass die Wheelers Dummheiten machen.»

Als Ahab den Kopf hob, sah er Chino und seinen Haufen auf ihn zukommen. Es war genau die Art Szene, wie sie sich auf Gefängnishöfen abspielt. Wenn rivalisierende Gruppen aufeinander zugehen, schlagen sich die anderen entweder auf die eine oder andere Seite, oder man wirft sich in den Dreck. Drei stämmige Infidelz, einer von ihnen ein Kickboxer namens Wrangler, traten vor und stellten sich Chinos Jungs in den Weg.

«Okay, bis hierher und nicht weiter», sagte Wrangler zu den Wheelers. «Das ist weit genug.»

«Geh mir bloß aus dem Weg», bellte Chino, der die Faust in Ahabs Richtung schüttelte. «Wir haben miteinander zu reden. Und zwar sofort.»

«Was liegt denn an, Chino?», rief Wrangler. «Hat sich jemand an der Bar vorgedrängelt, oder was?»

«Sehr witzig, du Arschloch. Zwei meiner besten Jungs sind tot. Jetzt geh schon aus dem Weg, du Arsch.»

Wrangler versetzte Chino blitzartig einen Karatekick gegen das Brustbein. Unter der Wucht des Tritts setzte Chino sich auf den Arsch. Wranglers Angriff führte dazu, dass sich eine erste Welle rachelüsterner Wheelers schreiend auf die Infidelz warf. Es kam zu einem Schlagabtausch, und Wrangler legte zwei weitere von Chinos Lieutenants flach. Die anderen Infidelz und Wheelers stürzten sich kopfüber ins Handgemenge. Das Kasino teilte sich auf der Stelle in drei Lager: Man war entweder für die Infidelz, für die 2Wheelers oder einer der soliden Bürger, die sich hilflos im Kreuzfeuer sahen.

Aus den ersten Schlägen und Schubsereien wurde plötzlich der totale Krieg. Zwei grauaarige Oldtimer in Farben gingen aufeinander los wie in ihren besten Tagen. Mit bloßen Fäusten und blutigen Nasen kugelten sie über den fleckigen Teppichboden, inmitten von Scherben und verschütteten Drinks. Taschenlampen, kleine Hämmer und Schraubenschlüssel waren rasch zu provisorischen Waffen gemacht. Blackjack-Tische wurden umgekippt als Barrikaden für einige wenige Bürger, die klug genug waren, auf der Stelle in Deckung zu gehen. Infidelz und 2Wheelers sammelten sich neu und schlossen die Reihen. Die Delz stellten ein paar Leute an die Ausgänge, die jeden Einprozenter platt machen sollten, der sich vor der Schlacht zu drücken versuchte.

Diejenigen, die ein kleines, aber tödliches Messer am Mann hatten, waren heilfroh. Einer der Infidelz kauerte zwischen zwei Reihen Spielautomaten. Als ein 2Wheeler vorbeigelaufen kam, sprang er vor und zog ihm die Klinge eines kleinen Klappmessers über die Gurgel. Der Wheeler ging zu Boden, beide Hände an seinem blutenden Hals. Einer der Infidelz bekam eine tödliche Doppelklinge in die Brust, die ein Wheeler in einer verborgenen Scheide unter der Achsel getragen hatte. Ein Brother sprang seinem Kumpel zu Hilfe, indem er Druck auf die blutende Wunde ausübte und ihn von Mund zu Mund zu beatmen begann.

Die Gewalttätigkeiten eskalierten. Schüsse hallten durch das Kasino. Ein 2Wheeler feuerte in einen Pulk von Patches in Orange und Schwarz. Einige von den Infidelz warfen sich hinter einen umgeworfenen Blackjack-Tisch, andere hinter eine Reihe von Automaten. Nach sechs Schüssen drehte sich der 2Wheeler um und warf einen Blick durch den Saal. Ohne seine Waffe auch nur anzusehen, lud er mit einem Speedloader nach.

Wer immer eine Schusswaffe mitgebracht hatte, erwiderte das Feuer, so schnell er nur nachladen konnte. Einer der Infidelz feuerte einem der anderen Biker zwei Kugeln aus einer Glock in den Bauch. Nur dass es noch nicht einmal ein 2Wheeler war. Das Opfer hatte den Fehler begangen, an diesem Abend ein rotes und blaues Hemd anzuziehen. Mit Entsetzen im Blick kippte der Getroffene vornüber auf einen Blackjack-Tisch. Im Nu waren Karten und Chips rot vom Blut.

Einer der Prospects der 2Wheelers, ein glatt rasierter junger Kerl, hatte sich hinter einer Säule versteckt. Einer seiner Brothers erspähte ihn, lief hinüber und drückte ihm eine 38er Smith & Wesson in die Hand.

«Da», schrie der Wheeler dem verängstigten Prospect zu, «mach was damit, verflucht nochmal!» Der Prospect warf die Waffe weg und rannte zur Tür.

Schusswaffen und Messer hatten die Massenkeilerei zum blutigen Straßenkampf ausarten lassen. Aber nach wenigen Minuten war die Schlacht auch schon wieder vorbei.

Peng, peng.

Zwei Kugeln pfiffen an Ahabs Schläfe vorbei. Er warf sich hinter ein riesiges Glücksrad am Eingang zur Sports Lounge.

Die Polizei traf ein und verteilte sich, Pumpguns und Pistolen im Anschlag, über den großen Saal. Die hustenden Beamten fanden sich in einer fahlen grauen Wolke aus Pulverdampf wieder, die sich durch das ganze Kasino Santa Paula zog. Ein Sondereinsatzkommando stürmte das Haus. Alles, was auch nur einen Fetzen Leder oder Denim anhatte, wurde zusammengetrieben und zu Boden geworfen.

«Lassen Sie die Waffen fallen!», tönte es krächzend aus einem Megaphon.

Es fanden sich zwei verwaiste Kutten der Wheelers. Zwei Leute hatten sich ihrer kugelsicheren Westen entledigt. Ein ganzes Sortiment von Waffen lag über den Boden des Kasinos verstreut. Selbst in den Pflanzenkübeln hatte man Schusswaffen, Messer und Eispickel versteckt.

Wer immer standgehalten und die Schlacht mitgemacht hatte, anstatt Fersengeld zu geben oder sich auf den Toiletten zu verstecken, lag jetzt mit dem Gesicht nach unten auf dem Boden. Die Colors nach oben, Arme und Beine gestreckt, und wartete darauf, Manschetten angelegt zu bekommen. Gesetzeshüter mit Pumpguns patrouillierten im Saal und stießen den einen oder anderen der Rocker mit dem Lauf an, damit er stillhielt.

«Kein Schwanz rührt sich!», schrie einer der Polizisten.

Als einer der Beamten aus Versehen einen Schuss abfeuerte, begannen zwei der verängstigten Serviererinnen haltlos zu schluchzen und zu heulen.

Während die Bullen das Kasino besetzten, holte Ahab, der noch immer hinter dem Glücksrad lag, sein Handy heraus und wählte.

«Ja, Patch? Was gibt's, Ahab?»

«Yo, Patch. Du machst dir kein Bild, was hier grade abgeht, verfluchte Scheiße nochmal!»

«Wo steckst du?»

«Im Casino Santa Paula, verflucht nochmal.»

«Red lauter, Ahab. Ich versteh dich nicht.»

«Im Casino Santa Paula», rief Ahab. «Wir hatten grade 'ne Schießerei im Kasino. Mit den 2Wheelers!»

«Grade eben? Ach du grüne Scheiße.» Um besser zu verstehen, drückte Patch den Apparat fester ans Ohr. Das Signal wurde schwächer. «Wie kam's denn dazu?»

«Chino und seine Wheelers wurden grantig. Man hat heute Nacht zwei von seinen Jungs ausgeknipst, und jetzt verdächtigen sie uns. Da haben wir eben hingelangt. Plötzlich ging einem das Messer auf, und dann wurde auch noch geschossen.»

Plötzlich herrschte Funkstille. «Ahab? Ahab, bist du noch dran?»

«Ja, ich bin noch da. Ich glaube, wir haben ein paar Leute verloren. Hier ging's drunter und drüber.»

«Und du?»

«Ich mach mal besser Schluss, Patch. Die Bullen haben grade ... Mann, ich glaub nicht, dass ich hier rauskomme, ohne –»

Die Leitung war tot.

Inoffiziell zählte man erst mal zehn Tote. Die Verluste waren bei beiden MCs gleich hoch, vier Infidelz und vier Wheelers würden sich nie wieder rühren. Dazu hatten verirrte Kugeln noch zwei Wochenendzocker erwischt. Jeweils ein Dutzend Mitglieder beider Clubs waren übel zugerichtet. Man schaffte Leute mit Stichwunden, Brüchen und Prellungen in die wartenden Krankenwagen. Die unverletzten Verdächtigen wurden vom Boden gezerrt und in Handschellen in die wartenden Streifenwagen und Wannen verfrachtet. Die Ambulanzen mit den Gefallenen rollten in einem langsamen Konvoi vom Parkplatz in Richtung des nahe gelegenen Freeways.

Die Polizei hielt eine Reihe von Infidelz und Wheelers fest, um sie zu vernehmen. Ahab, Angelo, Wrangler, Streeter und Chino, alle waren sie dran. Kurz nach Mitternacht jedoch war die Kaution gestellt, und man ließ sie laufen. Verhaftet wurde niemand. Man wollte den Ermittlungen nicht vorgreifen und sich erst die Bänder der Überwachungsanlage ansehen.

«Santa Paula» wurde zum geflügelten Wort bei den Rockern; noch auf Monate war es als eine Art Schlachtruf unter Einprozentern zu hören. Nach Santa Paula sagten einige selbst ernannte Rocker-Experten blutige Vergeltungsmaßnahmen und anhaltende Bandenkriege voraus.

10 | ZURÜCK NACH BUMP CITY

Ahabs telefonischer Augenzeugenbericht aus dem Casino Santa Paula brach schlagartig ab und verklang im digitalen Äther. In der Erwartung, dass Ahab nochmal anrufen würde, klappte Patch sein Handy zu und legte es vor sich auf den Tresen des Iron Horse. Hörte sich ganz so an, als steckten Ahab, Angelo, Brutus, Streeter und die anderen Jungs bis zum Hals in der Klemme.

Als das Telefon einige Minuten später immer noch nicht geklingelt hatte, begann Patch wütend zu werden. Er war Hunderte von Meilen weit weg – was konnte er tun? Womöglich würde er den Rest der Nacht nichts mehr hören, er müsste also darauf vertrauen, dass Ahab alles im Griff hatte und sich wieder meldete, wenn die Kaution gestellt war.

Ein weiterer Tequila beruhigte ihn einigermaßen. Patch beugte sich vor und hob den Finger für die Frau hinter der Bar. Der Arsch der Blonden hatte ihm schon den ganzen Abend gefallen.

«Noch einen letzten Kurzen», sagte er.

«Einen auf den Weg?»

«Sieht fast so aus.»

«Was gibt's denn?», fragte sie. «Sie scheinen irgendwie Sorgen zu haben.»

Patch verzog das Gesicht und nickte.

Die Barkeeperin bedachte ihn mit einem besorgten Blick. «Schlechte Nachrichten?»

Patch dachte, sie würde sowieso alles erfahren, wenn die

Geschichte morgen in der Zeitung zu lesen war. Trotzdem hielt er den Mund. In einem Zug kippte er sich den letzten Tequila hinter die Binde und knallte das Glas dann laut auf die Bar. Er legte zwei Zehner daneben und fuhr nach Haus.

Es war eine heiße Nacht. Patch saß auf der Veranda und kaute Sonnenblumenkerne, deren Schalen er in einen Blumentopf einen guten Meter vor ihm spuckte. Er hatte ihn noch nicht ein einziges Mal verfehlt. Trotz der Hitze hatte er sich beträchtlich abgekühlt. Die Fahrt hatte geholfen. Schließlich klingelte sein Handy. Auf dem Display hieß es *Haywood*.

Patch ging sofort ran. Es war Ahab.

«Ich bin wieder raus, Bro.»

«Und der Rest der Jungs?»

«Alle sind wieder raus.»

«Was ist denn nun passiert?»

«Schwer zu sagen. Erst isses der übliche Bullshit gewesen, 'n paar von den Jungs haben Quatsch gemacht, wir haben 'n bisschen gespielt, bisschen gerauft. Und dann, mit einem Mal, lief plötzlich alles aus dem Ruder.»

«Hört sich ganz normal an.»

«War's aber nicht, Bro. Hast du Nachrichten gehört?»

«Ich war in 'ner Bar. Die hatten in der Glotze die Highlights von dem Spiel der Diamondbacks laufen. Was war denn?»

«Ich sag's dir doch, es ging richtig zur Sache. Der reinste OK Corral, Mann. Grade spielen wir noch Poker, im nächsten Augenblick pfeifen uns die Kugeln um die Ohren. Vier von uns hat's erwischt, vier von denen, tot, Mann. Wir haben Dodge, Snake, Freddie und Amos verloren. Das macht fünf Jungs in einer Woche. Irgendwas stimmt da nicht. Ich sag dir, du solltest vielleicht wirklich raufkommen und dir das selber ansehen. Bisschen rumschnüffeln. Patch, Mann, du hast einfach 'n Händchen dafür, 'ner Geschichte auf den Grund zu gehen. Du könntest 'n bisschen auf den Busch klopfen. Die Leute reden mit dir. Die Clubs respektieren dich als senkrechten Typ. Du kannst auch bei den anderen Clubs ein und aus gehen. Du hast doch überall deine Ohren.»

«*Nein*, Scheiße nochmal. Ich hab's dir doch gesagt, dass meine Zeit in Oakland vorbei ist. Nimm's nicht persönlich, aber das Einzige, was mich dort gehalten hat, war nun mal Eve. Jetzt hasst sie mich wie die Pest. Ich erinnere sie bloß ständig dran, dass ihr kleiner Bruder … na ja …»

«Alles klar, Bro. Versteh ich doch. Aber, Mann, wir brauchen dich. *Ich* brauch dich. Die Wheelers waren doch immer ganz in Ordnung. Okay, vielleicht hätten wir sie 'n bisschen im Auge behalten sollen, aber Scheiße, Mann, Chino ist doch okay. Wir haben keinen von denen umgelegt, wenigstens ist mir nichts bekannt. Das größte Problem an dieser Geschichte im Kasino ist, dass die Bullen jetzt hart durchgreifen werden, vor allem die vom Bandendezernat. Die werden uns ganz schön zusetzen. Das ist das Letzte, was wir im Augenblick brauchen, dass die sich unsere, äh …» Ahab wurde plötzlich klar, dass das FBI womöglich mithörte. «Dass die sich bei uns einmischen. Oder bei den anderen. Uns geht's doch gut. Das hätte uns grade noch gefehlt, dass man wegen der Geschichte alles auf den Kopf stellt.»

«Kommst du denn nicht ohne mich klar?»

«Patch, du brauchst dich dem Club nicht verpflichtet zu fühlen, oder Marco, Gott hab ihn selig, oder sonst jemandem, verfluchte Scheiße nochmal!»

«Ich hab dir doch gesagt, dass ich mit Oakland fertig bin.

Du weißt das besser als sonst einer. Verdammt, ich hab doch genug getan.»

«Alle haben was gegeben, Bro, und ein paar alles.»

Zornig machte Patch eine Faust. Jetzt hieß es hart bleiben. Bloß jetzt die Distanz nicht verlieren.

«Nein, Ahab. Scheiße, nein. Ich kann einfach noch nicht. Regel deinen Scheiß allein. Ich bin mit Kalifornien fertig. Wieso, zum Teufel, meinst du, bin ich hier? Wegen meinem Katarrh?»

«Ach, fick dich doch ins Knie, Patch. Du bist davongelaufen. Mit eingekniffenem Schwanz davongelaufen, sonst nichts. Anstatt dich mit Eve zusammenzuraufen. Mit Eve und dem Club und dem Kram in deinem Kopf! Gekniffen hast du, verfluchte Scheiße nochmal!»

«Danke für den Anruf, *Motherfucker!*» Patch klappte das Handy zusammen. Seine Hände zitterten vor Zorn, sein Herz pochte wie wild. Er warf das Telefon auf die Zufahrt. Er öffnete das Fliegengitter und ging ins Haus. Als er ins hintere Zimmer trat, sah er sich die durchgefurzte Matratze auf den blanken Holzdielen an. Drei Nächte hatte er auf dem Ding nun ein Auge zuzutun versucht. Diese Nacht würde er sich kaum leichter tun, eher im Gegenteil.

Am späten Vormittag suchte Patch das Telefon, das er auf die Zufahrt hinausgeschmissen hatte. Er warf einen Blick auf seine Road King. Nachdem er sich mit Schwamm und Schlauch ans Werk gemacht hatte, stand die Mean Machine blitzblank in der Sonne. Vom Straßenschmutz befreit. Startbereit.

Es dauerte nur einige Minuten, dann waren die Satteltaschen gepackt. Zwei T-Shirts. Regenzeug. Werkzeugtasche.

Kulturbeutel. Barrashose. Turnhose und die neuen Joggingschuhe für seine Workouts. Alles andere hatte er am Mann – auch sein Sharpfinger. Da er was auf den Kopf brauchte, nahm er den Halbschalenhelm mit. Patch sah nochmal nach Bremsen, Öl, Reifendruck, Batterie.

Dann mal auf nach Kalifornien. Der Teufel soll Ahab holen! Aber was soll's, er ist nun mal ein Brother. Wie soll ich ihm was abschlagen?

Wie immer, wenn Patch eine längere Reise antrat, war er ganz und gar bei der Sache. Während andere Infidelz vor einem Run rumzappelten und dumme Fragen stellten: Wer hat die Karten? Wo tanken wir das erste Mal? Hat auch jeder einen Bremsschlauch mit? Patch war das genaue Gegenteil. Die Sicherheit, die Geborgenheit, die andere zu Hause verspürten, die überkam ihn auf dem Bike. Für ihn bedeutete Fahren Entspannung. Er freute sich schon auf den Frieden, der sich in der Magengegend einstellen würde, hätte er erst einmal hundert Meilen zwischen sich und die Stadt gebracht, wäre er erst einmal wieder auf dem offenen Highway. Noch eine Woche Kalifornien, so rechnete Patch, könnte nichts schaden. Die Maschine warten. Ein paar Sachen einrenken. Dann würde wieder alles anders aussehen.

Patch schnappte sich die Morgenzeitung von der Zufahrt des Nachbarhauses. Er rollte die *Republic* auf, und da hatte er es, großmächtig auf der ersten Seite: BEISPIELLOSER FALL VON ROCKERGEWALT. Der Artikel brachte das Handgemenge im Kasino in allen Einzelheiten. Die Story deckte sich mit Ahabs Bericht bis in die letzte blutige Einzelheit. Zehn Tote und einige Verletzte unter dem Personal. Merkwürdigerweise war Patch erleichtert. Die Jungs ließen sich nun echt nichts gefallen. Sie hatten sich mehr als wacker gehalten. Er war stolz, aber auch neidisch, weil er bei dem Gemetzel nicht dabei gewesen war.

Aber so stolz er auch darauf war, wie die Jungs sich gehalten hatten, auf der anderen Seite war er auch stinksauer, eine friedliche Ära zu Ende gehen zu sehen. Allein die Arbeit, die er selbst investiert hatte. Er hatte Konferenzen organisiert, die harten Sprüche und die realen Drohungen auseinander geklaubt, Stolz und Egos berücksichtigt, nicht zuletzt sein eigenes. Aber falls tatsächlich Schluss war mit Frieden und die Lage wieder kitzlig wurde, sollte ihm das auch recht sein. Er kam auch mit Krieg klar.

Der Artikel in der *Republic* zitierte die üblichen Quellen. Die Polizei vor Ort. Pensionierte FBI-Leute. Die Infidelz schwiegen. Sie waren nicht so dumm, mit der Presse zu reden. Der Artikel zitierte stattdessen ein paar Rocker aus anderen Clubs, darunter die Gun Runners.

Was andere Clubs anging, so respektierte Patch die Gunners, wie ihre Brothers in ganz Kalifornien sie nannten. Sie waren härter und bissiger als die 2Wheelers. Die Gunners waren ein taffer Haufen, und sie festigten ihre Präsenz im Norden. Die Delz hatten ihre Rempeleien mit ihnen, aber man vergaß dabei nicht die Ehre, solange genug Terrain zwischen den beiden Clubs war. Die angestammte Gegend der Gunners war Südkalifornien, aber sie hatten sich nach Norden ausgebreitet und sich in San Jose eingenistet. Auch in der South Bay hatten sie zwei kleine Chapters aufgemacht.

Es kam vereinzelt zu Zwischenfällen zwischen Gunners und Delz, wie auch zwischen Delz und Wheelers. So kam es hin und wieder zum Tanz bei einem Rennen oder einer Bike-Show, aber nichts, was der Rede wert gewesen wäre. Wenn die Gunners sich wirklich kloppten, dann kam für gewöhnlich der ganze Verein. Was immer wieder für Reibereien sorgte, das waren die Colors der Gunners, Grün und Orange – die der Infidelz waren Orange und Schwarz.

Offiziell verurteilte die Polizei Gewalt zwischen den Clubs, aber letztlich war es in ihrem Interesse, wenn die sich nicht vertrugen. Um dafür zu sorgen, schleuste man Leute bei den Clubs ein. Man versuchte sie unter der Fuchtel zu halten, indem man für Chaos sorgte. Als Folge davon kam es durchaus vor, dass selbst Erzfeinde sich an einen Tisch setzten, ganz nach Art eines Bunds, um Probleme wie Massenverhaftungen und Spitzeltum in den Griff zu bekommen.

Während Delz und Soul Sacs seit fast zwanzig Jahren miteinander auskamen, kam es immer noch gelegentlich zu Scharmützeln zwischen den Infidelz, 2Wheelers und Gun Runners, liefen sich die Jungs mal über den Weg.

Nur noch wenige Augenblicke, und Patch säße wieder auf seiner Harley, um nach Oakland zurückzufahren. Er würde die Geschichte mit Ahab geradebiegen, vielleicht auch mal bei Eve vorbeischauen und sich ein bisschen umhören. Es war kurz vor Mittag. Er wollte sich in der Stadt noch einen Burger genehmigen und hatte vor, gegen Mitternacht in der East Bay zu sein.

Bevor er losfuhr, ging Patch noch das Schlafzimmer durch auf der Suche nach einem Ersatzmesser oder was immer er sonst noch vergessen haben könnte. Als Vorbestrafter durfte er keine Knarre tragen, aber das war kein Problem, solange ein paar von den Brothers aus dem Club bewaffnet waren. Abgesehen davon, wer war schon scharf auf den Ärger, den man sich in Kalifornien einhandeln konnte, wenn man mit einer Knarre rumlief? Was Patch anbelangte, so gingen Schusswaffen durchaus in Ordnung, aber der wahre Freund war für ihn das Messer. Es hatte keine Ladehemmung und ließ einen auch sonst nicht im Stich. Buchstäblich. Das Einzige, was man zur Wartung einer guten Klinge aus Kohlenstoffstahl brauchte, waren ein Schleifstein und etwas Öl. Was die Wahl des richtigen Messers anbelangte, so galt für Patch: eine breite Klinge, um jemandem den Hahn abzudrehen, eine schlanke, um jemandem Schmerzen zuzufügen oder ihn einzuschüchtern. Und da kam das Sharpfinger ins Spiel. Die einzigartig geformte Klinge eignete sich für beide Zwecke.

Als er aus dem Haus ging, sah Patch sich kurz im Spiegel. Er war sich nicht ganz sicher, ob ihm gefiel, was er sah. Er wurde alt. Sein Gesicht war wettergegerbt. So lange, wie er schon im Pulk fuhr, ließ das Hörvermögen im rechten Ohr beträchtlich nach. Er war im Augenblick ein Mann ohne Zuhause, ein Mann in der Schwebe. Ihm war jede Herausforderung recht, nur dass diesmal, so fürchtete er, mehr als ein bisschen Diplomatie nötig war, um da oben wieder alles auf die Reihe zu kriegen. Aber er lebte für den Konflikt, und im Augenblick waren die Konflikte und Spannungen wieder mal am Überbrodeln im ansonsten so coolen und relaxten Kalifornien.

Als er Gas gab, flog der Kies hinter dem Auspuff seiner Maschine davon. Von seinem Versteck hinter einem Mesquitestrauch aus sah der schwarze Streuner zu, wie der Krieger wider Willen seine Maschine herumzog und losfuhr.

An der ersten Ampel warf Patch einen Blick zum Himmel. Eine halbe Stunde nördlich lauerten die schwarzen Wolken eines Monsunregens. Immer wieder unterspülten im Sommer blitzartige Regenfälle den Carefree Highway. Wenn er ehrlich war, er verdrückte sich gerade zur rechten Zeit. Er senkte den Blick auf den Asphalt und sprach, ohne dass er den Mund aufmachte, mit seinem Bike.

Kopf hoch, Brother. Wir haben einen Haufen Meilen abzuspulen. Dann stieß er einen Rebellenschrei aus.

«Let it roll!»

11 | NINE INCH NAYLOR

Patch hielt an der letzten Tanke zwischen Interstate 5 und Highway 580. Er war am Rand von Livermore angelangt, eine halbe Stunde östlich von Oakland. Er holte sein Handy heraus und wählte. *Diese Dinger sind verdammt nützlich,* dachte er, als er durchkam. Es hatte ein Dutzend Mal geklingelt, als eine Frau ranging. Im Hintergrund hörte er laut ein Klavier.

«Jazz 88.»

«Hallo. Geben Sie mir doch mal den DJ.»

«Wer ist denn da?»

«Patch.»

Patch wartete, dass man seinen Anruf in die Sendekabine durchstellte. Während er wartete, konnte er die Sendung mithören.

«Patch, Brother, bist du's wirklich? Kannst du 'n Augenblick dranbleiben?»

Ohne eine Antwort abzuwarten, hatte Ahab den Hörer weggelegt. Er ging ans Mikrophon und machte eine Ansage zwischen zwei Sets.

«Das war der Pianist Michel Camilo auf Jazz 88. Eine traurige Nummer mit dem Titel ‹Remembrance›, die fünf gefallenen Freunden von mir gewidmet war. Als Nächstes, um einiges heiterer, eine flotte Bop-Nummer vom Trompeter Lee Morgan. Morgan starb 1972, fünf Tage nach dem Valentinstag, durch die Kugel einer vergrätzten Freundin. Er hatte ihr wohl keine Karte geschickt. Wie auch immer, hört euch das an. Der Song heißt ‹Cornbread›, und hier ist Jazz 88.»

Als wieder Musik lief, griff Ahab nach dem Telefon. «Patch, bist du zu Haus?»

«Ahab, hör zu –»

«Mach dir keinen Kopf, Alter. Wir kommen dem Bullshit hier schon auf den Grund. Wie immer.»

«Ich bin hier kurz vor Oakland.»

«Oakland? Kein Scheiß?»

«Kein Scheiß», sagte Patch. «Ich dürfte so in 'ner halben Stunde einlaufen.»

«Hast du schon was zum Pennen?» Ahab verstummte. «Scheiße, ich bin hier noch vier Stunden dran.»

«Keine Bange. Mir fällt schon was ein. Hör zu, es braucht keiner zu wissen, dass ich da bin. Ich meld mich wieder, weiß aber nicht, wann. Okay?»

«Alles klar. Herrgott, Mann, was soll ich sagen?»

Patch ignorierte Ahabs Gefühlsausbruch. «Ich muss los. Bis dann.»

Den riesigen blinkenden Punkten einer Digitaluhr neben dem Freeway nach war es halb eins, als Patch den Highway 580 verließ. Er schaltete zurück und nahm die Ausfahrt MacArthur Boulevard. Nach all den Staats-, County- und Stadtgrenzen, die er die letzten zwölf Stunden passiert hatte, kam er sich vor wie auf der Flucht.

An der East Fourteenth Street winkte Patch einer Horde halbwüchsiger Hiphopper, denen der Hosenarsch bis auf die Knie hing. Sie und eine Gruppe von Latino-Nutten zeigten sich ihre Gangzeichen und warfen sich gegenseitig Beleidigungen an den Kopf. In der erfrischenden Nachtluft gondelte er einmal mehr durch seine Stadt. Nur schmerzten seine Deltamuskeln nach all der Anspannung der langen Fahrt. Die Ohren sangen ihm von dem Lärm, der seit zwölf Stunden pausenlos aus seinen Endrohren kam. Seine erhöhte Aufmerksamkeit begann einer dumpfen Trägheit zu weichen.

Er dachte daran, Eve anzurufen, aber ein Anruf nach Mitternacht weckte womöglich den falschen Eindruck bei ihr. Außerdem hatte er noch etwas Wichtiges vor.

Als er die richtige Straße hatte, das richtige Haus, machte Patch in einem weiten Bogen kehrt, schaltete Motor und Scheinwerfer ab und ließ die Mean Machine am Randstein ausrollen. Er stieg ab und holte eine winzige Taschenlampe aus seiner Jackentasche. Er näherte sich dem Grundstück an der Ecke, das vor ihm im Dunkeln lag. Als er sich der mit einem Tor gesicherten Festung näherte, sah er seine Stiefel im Strahl eines Bewegungsmelders.

«Scheiße», murmelte Patch. «Das ist ja der reinste Hochsicherheitstrakt.»

Aber es war keine Vollzugsanstalt, es war ein Privathaus, ein moderner zweigeschossiger High-Tech-Loft. Durch den Maschendrahtzaun sah er an einigen Lichtern, dass jemand zu Hause war. Den Zaun selbst krönten, ganz wie bei einem Gefängnis, Schlingen aus Nato-Draht. Er sicherte das ganze Grundstück. Am Haupttor entdeckte Patch eine Reihe matt beleuchteter Knöpfe. Er holte einen zerknitterten Zettel aus der Tasche, auf den mit Bleistift vier Ziffern gekritzelt waren.

Er nahm die kleine Stableuchte zwischen die Zähne und drückte die Nummer in das Keypad. Er wartete einige Augenblicke, dann hörte er das Surren einer Überwachungskamera, die sich auf ihn richtete und dann stehen blieb. Eine übermodulierte, verzerrte Stimme kam durch einen Lautsprecher auf dem Tor.

«Geben Sie den Grund Ihres Besuchs an», befahl die Stimme nach einem lauten Brummen über das statische Rauschen hinweg.

Patch räusperte sich und spuckte auf den Gehsteig. Er sagte nichts, sondern wandte der Kamera den Rücken zu, damit sein Color zu sehen war.

Einen Augenblick passierte nichts, dann ein mechanisches Klicken. Das Tor öffnete sich automatisch eine Handbreit. Patch schob es beiseite und stiefelte in das Innere der Anlage. Er öffnete den Druckknopf an der Scheide des Sharpfinger, nur für den Fall. Dann wagte er sich vor eine gewaltige Tür aus poliertem Metall. Die Hand auf der Messerscheide an seiner rechten Hüfte, hörte Patch Schritte hinter der Tür. Es folgte das Klappern einer ganzen Reihe von Schlössern, dann ging die Tür auf, und Patch sah vor dem Hintergrund eines kräftigen blauen Lichts die Silhouette eines schlanken, drahtigen jungen Mannes in Lederhose und hautengem Bodyshirt.

«Bist du das, Tony?», fragte Patch.

«Patch! Ich glaub, ich spinn! Wo kommst du denn her?»

Patch ließ das Sharpfinger in der Scheide. Ein Grinsen legte sich über sein Gesicht, als er Tony in die Arme nahm. Er klopfte ihm ein paarmal kräftig auf die Schultern.

«Ich geh nur eben meinen Bock reinschieben.»

«Alles klar. Ich lass das Tor vorn auf. Hast du noch deine alte Karre, die Mean Machine?»

«Allerdings, Kleiner.» Patch stiefelte los in Richtung seiner Maschine, die auf der stockdunklen Straße geparkt war.

Der junge Mann schüttelte den Kopf. «Kleiner», echote er und lachte bei dem Gedanken, wie ein kleiner Junge behandelt zu werden. Er ließ die Bemerkung jedoch auf sich beruhen.

Nachdem er sein Bike in den Hof geschoben hatte, trat

Patch in das Loft und sah es sich genauer an. Auf beiden Seiten des großen Baus bemerkte er eine Wendeltreppe. Der Raum musste gut sechs Meter hoch sein. Er schnalzte mit der Zunge, um das Hallen zu hören. Tonys Bleibe war gewaltig. Die Gummisohlen seiner Stiefel quietschten auf dem Hochglanzfinish des makellosen Walnussbodens.

Am oberen Ende der beiden Wendeltreppen befanden sich die Schlafquartiere, zum Boden unten passende Plattformen aus Nussbaum, auf denen Betten aufgestellt waren. Es war eine Bude direkt aus dem *Architectural Digest*. Patch war eine derartige High-Tech-Umgebung nicht gewohnt. Die Küche unten hatte eine lange Arbeitsplatte aus massiver Drehkiefer, über der eine imposante Reihe von Töpfen und langstieligen Pfannen hing. Der Herd mit der Röhre war ein Profimodell. Auf der anderen Seite des Komplexes befand sich ein komplettes Fotostudio. Kameras, Objektive, Blitzlichter lagen auf den gepolsterten Tischen. Mehrere fahrbare Quarzlichtanlagen umstanden den Mode-Set. Tonys Dunkelkammer befand sich in einem Anbau hinter dem Loft.

«Wahnsinn, Tony, du hast dich wirklich gemacht. Ich sag dir, Big Jab wäre stolz auf dich.»

Tony lächelte herzlich, zuckte aber nur die Achseln, als der Name seines Vaters fiel, einem Mitglied der 187 Crue, ein Name, der für die glorreichen Seventies und Eighties der Oakland Infidelz stand. Er sah Patchs Matchbeutel auf dem Boden und wies auf eines der leeren Betten über ihnen.

«Schmeiß den Sack oben aufs Bett», sagte Tony. «Du weißt ja, dass du bleiben kannst, solange du willst. Mann, ich hab die Kacke verfolgt, die hier abgegangen ist.»

«Ja, Tony. Sieht ganz so aus, als müsste ich meinen Transfer noch ein paar Wochen auf Eis legen.»

«Alles klar.» Tony ging zu einem kleinen Wandsafe hinüber und drehte am Schloss. Er öffnete ihn und holte einen Schlüsselring heraus.

«Hier. Ist mein letzter Satz, also verteidige ihn mit deinem Leben», sagte er und warf Patch die Schlüssel zu. Patch fing sie auf und steckte sie ein.

«Tony» war Tony nur für eine Gruppe handverlesener Vertrauter wie Patch. Die meisten seiner Freunde nannten Tony Naylor «Nine Inch» – nach der Band Nine Inch Nails. Auch die Damen nannten ihn so, aber aus einem ganz anderen Grund.

Nine Inch war ein nervöser Künstlertyp, ein ausgebrannter Informatiker mit einem Sinn für Gruftis, Fotografie und Graphik. Die gepiercten und tätowierten Mädels waren ebenso hartgesotten wie jung, ihre kurzen Haare grün und lila, die Haut teigig weiß. Zur großen Freude von Ahab und seinen Kumpels brachte Nine Inch die abgedrehten Neunzehnjährigen, mit denen er gerade ging, mit zu den Partys im Clubhaus der Delz.

Nine Inchs Bikes mussten sein wie seine Frauen, unkonventionell und schnell auf Touren. Tagsüber fuhr er eine chromblitzende Harley FXR. Am Abend wurde er extrem, dann raste er über die neueste europäische Rennmaschine gebeugt durch die Straßen von Oakland. Patch konnte sich nicht vorstellen, auf diesen Dingern lange Strecken zu fahren. Für ihn waren das fahrbare Folterbänke. Der Windschutz dieser Bikes war kaum eine Spanne hoch. Die Piloten dieser extremen Maschinen lagen praktisch auf dem Bauch. Aber dafür nahmen sie auf Rennstrecken die Kurven wie sonst kein anderes Bike – bei einer solchen Seitenlage hätte ein traditioneller Harley-Fahrer wie Patch sein ohnehin schon lädiertes Knie riskiert. Oder er hätte das verdammte Ding zu Schrott gefahren.

Nine Inch trug seinen Spitznamen seit acht Jahren, seit er alt genug war, um legal zu trinken. Er hatte ein gutes Auge für Computergraphik entwickelt, war aber vom Design-College abgegangen, um seine enormen Fertigkeiten als Fotograf auszubauen. Er begann regelmäßig als Freelancer bei Werbeaufnahmen und Magazin-Shoots zu assistieren. Eines Tages dann, während einer NASCAR-Qualifikation auf dem Sears Point Raceway, bannte er den Tod eines berühmten und beliebten Fahrers auf Film. Er war erst neunzehn, als eines der großen Magazine die komplette Serie brachte. Die Bilder gingen sofort an alle Nachrichtenagenturen und waren bald legendär. Darauf folgten rasch weitere Aufträge und das entsprechende Geld.

Nine Inch verlegte sich ganz auf Objektfotografie. Er brachte seine Dunkelkammer auf den neuesten Stand und bot sich aggressiv als Freelancer an. Chefs von Werbeagenturen und Art-Direktoren waren sich einig: Der Junge war kreativ und er hatte ein gutes Auge. Topagenturen riefen Nine Inch an, wann immer sie etwas Ultrahippes mit Schockwirkung brauchten, und das möglichst schnell.

Im Gegensatz zu seinem verstorbenen Vater schien Nine Inch unter Strom zu stehen. Dass die beiden verwandt sein sollten, schien jedem ein Wunder. Big Jab äußerte sich bellend, barsch, in schlichten Worten, er haute erst zu und stellte dann die Fragen. Nine Inch quatschte wie ein Weltmeister. Immerhin hatte er Big Jabs Liebe zu Motorrädern geerbt. Nine Inch war unter Einprozentern aufgewachsen. Verchromte Bikes, vulgäre Rockerbräute und laute Rockmusik gehörten zu seinem Alltag. Im Gegensatz zu seinem Vater trat er den Infidelz aber nicht bei. Es war ein heikles Thema zwischen Vater und Sohn. Big Jab hatte ihn auch nicht gesponsert, weil er seiner Ansicht nach nicht hart genug war, um mit dem Haufen zu fahren.

Patch trat sich die Stiefel von den Füßen und fläzte sich auf die überdimensionale Ledercouch. Nine Inch, der ganz weg war, seine ungeteilte Aufmerksamkeit zu haben, stand vor ihm und plapperte begeistert drauflos.

«Patch, ich weiß, du hast 'ne Menge im Kopf, aber wir müssen da über was reden, woran ich grade arbeite.»

Erschöpft, wie Patch war, begann der Kleine ihn bereits zu strapazieren. Aber sosehr ihm Nine Inch auch auf den Geist gehen mochte, die riesigen gerahmten Fotos, die rundum an den Wänden standen, hatten ihn neugierig gemacht.

«Was machst du im Augenblick so, Tony?»

«Größtenteils so Sexzeug. Die Aufträge von den Werbeagenturen sind im letzten Jahr etwas zurückgegangen, aber was straighte Erotik angeht, hab ich mehr Aufträge, als ich brauche. Mit *straight* mein ich hetero.»

«Hab ich mir fast gedacht.»

«Ich mach 'ne Menge Shoots für die Hefte von Larry Flynt. *Cherie, Big Jugs, Barely Legal.* Die fliegen die Mädels extra von L. A. hier rauf. Mein Assistent holt sie am Flughafen ab, und um zehn setzen wir sie wieder in die letzte Maschine nach Burbank. Das heißt, wenn sie nicht noch Lust haben, mit uns Party zu machen. Du weißt, was ich meine, ja?»

«Bisschen Spaß mit den Models, klar. Der Apfel fällt nicht weit vom Stamm, hm?» Patch konnte nicht anders, als Big Jab wieder ins Spiel zu bringen.

Nine Inch ging nicht darauf ein. «Dann arbeite ich noch für eine Reihe japanischer Agenturen. Wirklich abgedrehten Internetporno, da sind die drauf spezialisiert. Da mach ich auch 'n bisschen mit. Man kann da praktisch so weit gehen, wie man nur will. Aber ich hab meine Grenzen: kein Schwulensex, keine Transen, Pimmelfrauen, kein Fußfetischismus oder abgefahrener Scheiß mit irgendwelchen Objekten. Du weißt, was ich meine, ja?»

Nine Inch lachte schallend los, als Patch ihn verständnislos ansah.

«Nach Schwulensex war bei mir Schluss. Was für Objekte? Ich bin wahrscheinlich total hintendran.»

«Allerdings, Mann», schnaubte Nine Inch. «Das darfst du mir glauben.»

Patch warf einen Blick auf die Uhr. Es war kurz nach zwei. «Hör zu, Tony, wir können die ganze Nacht durchquatschen, aber ...» Er kam ächzend auf die Beine und stand dann in Socken da, die Boots in der Hand. «Ich habe grade achthundert Meilen auf dem Bock hinter mir. Ich freu mich, dich zu sehen, und ich dank dir, dass ich mich hier hinhauen kann. Behalt's übrigens für dich, dass ich hier bin, ja?»

«No problemo, Patch. Decken und Handtücher liegen neben dem Bett.»

Patch streckte seine müden Knochen auf dem Gästebett aus. Die Matratze war hart, aber überraschend bequem nach all den Meilen aufrecht auf der rumpelnden Harley. Der saubere Geruch der frischen Baumwollaken war etwas anderes als die muffige, klumpige Matratze in seinem schmuddligen Wüstenquartier. Er kam sich wie in einem Luxushotel vor. Obwohl, das Luxuriöseste, was er kannte, war die «St. Valentine's Suite» im Tangiers Hotel in Vegas. Er war dort mit Eve abgestiegen, nachdem sie aus einer Laune heraus geheiratet hatten.

Patch hatte damit eine provisorische Operationsbasis. Nach dem Aufstehen würde er sich auf die Spurensuche machen. Nicht dass er wusste, wo er anfangen sollte. Trader's war wahrscheinlich eine Sackgasse. Die Spur dort war längst eiskalt. Im Kasino wimmelte es von Bullen, Security und Medienleuten. Es hätte wenig Sinn, da vorbeizuschauen. Damit war er wieder mal bei seiner alten Methode: abhängen, cool bleiben, immer der Nase nach – mal sehen, was passiert.

12 | MONSTERSHOW

Patch erwachte am Morgen vom Duft frisch gemahlenen Kaffees. Als er die Sonne auf dem Gesicht spürte, sprang er splitternackt aus dem Bett. Im ersten Augenblick hatte er nicht so recht gewusst, wo er war. Er hatte geträumt, wieder im Gefängnis zu sein. Dann dämmerte ihm, dass er wieder in Oakland war. In jüngster Zeit gab es Tage, an denen er fast lieber wieder im Gefängnis gewesen wäre.

Eine Größe für alle, dachte er, als er den weißen Frotteemantel überzog, den Nine Inch ihm pflichtbewußt hingelegt hatte. *Wie viele Schnecken das Ding wohl schon angehabt haben?* Patch strich über den flauschigen Stoff des Mantels und kam sich etwas tuntig vor in dem Ding. Ihm war nach einer Tasse Kaffee. Vorsichtig stieg er die Wendeltreppe hinab. Nine Inch, der auf der Ledercouch saß, hatte ihm schon eine Tasse auf die Anrichte gestellt.

«Ich dachte mir, lass ihn schlafen», sagte Nine Inch, den Kopf über einen Stapel Kontaktabzüge gebeugt, die er mit Fadenzähler und Textmarker inspizierte. «Von mir aus können wir abhängen. Ich hab für den nächsten Tag nichts gebucht.»

Nine Inch steckte den Kopf aus der Arbeit und sah Patch in dem Frotteemantel dastehen, die Tasse in der Hand. Er musste lachen. Patch stellte die Tasse belämmert weg und stapfte die Treppe hinauf. Er stieg in die schwarzen Jeans und ein altes T-Shirt seines Clubs. Nicht dass er es Nine Inch verdenken konnte, bei seinem Anblick lachen zu müssen. Als er wieder nach unten kam, war Nine Inch mit irgendetwas beschäftigt. Nur das Quietschen seiner Gummisohlen war zu hören.

«Patch, komm doch mal, ja? Ich möchte dir was zeigen. Komm mit.»

Nine Inch stieß mit dem Fuß eine schwere Metalltür auf, die auf einen gepflasterten Hof hinter dem Haus führte. Er deutete auf einen kleinen Bau aus Fertigbeton gleich neben dem Anbau, der ihm als Dunkelkammer diente. Er ging seinen Schlüsselring durch, und als er den richtigen Schlüssel hatte, sperrte er auf. Gemeinsam schoben sie die Tür auf, bis eine Reihe makelloser, blitzender gelber Dirt Bikes zum Vorschein kam. Aber es waren keine seelenlosen Geländemaschinen, keine abgeräuberten Cross-Gurken, die Patch da vor sich sah. Es waren «Extrem»-Bikes, genau die Art von High-Tech-Chic, der Nine Inch so lag. Die Maschinen waren eine wie die andere knallgelb lackiert und hatten einen blutroten Racing-Streifen auf dem blitzenden Front-Fender und auf dem Tank. Bei genauerer Hinsicht war der Fuhrpark noch nicht einmal die Flotte von Reisbrennern, die er vermutet hatte. Die Maschinen kamen nicht aus dem Land der aufgehenden Sonne, sondern aus Italien.

«Alles Ducatis – Monster S4», verkündete Nine Inch mit einer begeisterten Geste über die Bikes. «Du musst eine Probe fahren. Die Teile sind *der* Wahnsinn, Alter! Zweihundertvierzig Sachen – praktisch aus dem Stand. Die heißen nicht umsonst Monster. Ich bin total weg von den Dingern.»

Nine Inch sprang auf eine der Maschinen und brummte dazu. Ein strahlendes Lächeln belebte sein Jungengesicht. Darüber die Stacheln seines ungekämmten Haars.

Jetzt war es an Patch, lauthals loszulachen. Nine Inch sah aus wie ein Kind unterm Weihnachtsbaum. Patch hatte durchaus schon die eine oder andere Monster gesehen. Er setzte sich auf die Maschine neben Tony.

«Erst neulich, auf dem Weg nach Flagstaff, ist auf dem Highway 17 ein Schwarm Reisbrenner an mir vorbeigeheizt. Ich bin praktisch auf die Bankette gefahren, um die Mistkerls vorbeizulassen. Alle in Rennkombi, Leder, rot-schwarz. Sie hatten wohl mein Color gesehen, jedenfalls hat mir der ganze Haufen im Vorbeirasen mit der geballten Faust salutiert. Der Letzte fuhr eine knallrote Suzuki Bandit 1200S, der zog auf eine Dreiviertelmeile ein Wheelie, und das bei gut hundertsechzig Sachen. Natürlich hat der Typ bloß angegeben, aber ich kam mir um zehn Jahre zu alt vor. Versteh mich nicht falsch, ich mag das Tempo von den Teilen hier. Aber es geht doch nichts über die Stabilität und die Kraft einer Road King, einer der wenigen Gründe, aus denen ich überhaupt noch Harleys fahre. Und du weißt ja, wie's bei den Infidelz heißt: ‹Man fährt entweder amerikanisch oder gar nicht.›»

Patch trommelte mit den Fingern auf den Zwanzig-Liter-Tank der Ducati. «Jetzt mal im Ernst, kannst du dir wirklich Ahab auf einem von den Dingern hier vorstellen?»

Beide Männer mussten lachen. «Und was unterscheidet die Ducatis hier nun von den Japsen, Tony?»

«Da könntest du genauso gut nach dem Unterschied zwischen Samuraifilmen und Spaghettiwestern fragen.»

«Ich mein's ernst, verflucht nochmal.»

«Die Ducatis haben bei hohem Tempo einfach 'ne bessere Kurvenlage als die Hondas. Ich meine, was ist denn der Unterschied zwischen deiner Road King und der Suzuki von dem Typ auf dem Highway? Doch nichts weiter als das Grummeln unter dem Arsch. Meiner Ansicht nach sind die Monster die Extremversion der Harley. Die Ducati fühlt sich vom Drehmoment her ganz ähnlich an. Sie hat zu ihrem Abzug auch noch die passende Persönlichkeit.»

«Wer fährt denn die Bikes hier? Wieso hast du denn gleich so viele?»

Nine Inch betrachtete seine Reflexion auf dem spiegelnden gelb-roten Tank. «Sind nicht alles meine. Das wollte ich dir ja sagen, ich hab grade meinen eigenen Motorradclub aufgezogen. Es gibt uns jetzt fünf Monate. Wir sind im Augenblick um die zwanzig Mann.»

Nine Inch sprang von der Maschine und nahm eine Lederjacke von einer Stuhllehne. Auch sie kam aus Italien. Was soll's, wo er schon einen Italiener fuhr. Auf der Rückseite prangte ein zweiteiliges Color. Das eine Patch zeigte einen japanischen Samurai mit einem langen schmalen Schwert. Auf dem anderen stand *Bushido Blades.*

«Das sind wir», sagte Nine Inch ganz aufgeregt und schwang die Jacke dabei wie eine Flagge. «Die Bushido Blades. Den Namen hab ich aus einem Sonny-Chiba-Film.»

«Der Typ aus den Kung-Fu-Streifen?», fragte Patch. Er war schließlich kein totaler Spießer. Die Infidelz waren in den 1970ern in die Mitternachtsvorstellungen gegangen, als Sonny Chiba, Clint Eastwood und Bruce Lee die angesagten Helden gewesen waren. *Der Unerbittliche Vollstrecker, Der Gute, der Böse und der Häßliche, Der Mann mit der Todeskralle.* Die Jungs aus dem Club, die einen auf Speed, die anderen auf Trip, sprangen aus den Sitzen und schrien wie die Heiden, wenn die Ninja-Krieger ihre Gegner niedermachten. Bei jedem Tritt in die Eier wurde gejohlt. Hier imitierte die Kunst ihr Leben.

«Korrekt. Sonny Chiba. Der King!», antwortete Nine Inch.

«Wieso gerade Ducatis? Sind doch nun wirklich keine Allround-Bikes?»

Nine Inch sah, dass Patch mit seiner Analyse der Sache auf den Grund zu kommen begann.

«Ach was, Patch. Natürlich fahren wir Harleys. Ich hab mir mit der FXR grade eine größere angeschafft. War gar nicht so leicht zu finden. Ist 'ne ziemliche gute Maschine für 'n Tourenbike. Pass auf, die Bushido Blades haben da echt was ganz Heißes auf der Pfanne, was unsere geschäftlichen Pläne angeht. Ich sage nur ‹Nordamerikanische Freihandelszone›, wenn du verstehst.»

«Ihr nehmt die Bikes hier zum Schmuggeln?», riet Patch. «Ich hab gehört, die Bullen haben es längst aufgegeben, so heiße Öfen erwischen zu wollen.»

«Pass mal auf.» Nine Inch setzte seinen Kaffee ab und trat näher an ihn heran, als hätten sie einen Lauscher in der Garage. «Die Blades inklusive meiner Wenigkeit, wir haben da ein paar interessante Deals laufen.»

«Drogenschmuggel?»

«Nicht ganz. Wir wollen uns nicht mit den Südamerikanern einlassen, glaub mir, die sind skrupellos. Arme und Beine mit der Kettensäge abgemacht zu kriegen, das ist die Sache nicht wert.»

«Das ist vernünftig», bemerkte Patch.

«Wir fahren mit den Teilen hier nach Mexiko. Das heißt, nicht ich selber, aber die Jungs aus dem Club. Wir haben da einen Deal: Wir versorgen unsere Topathleten und die Sportseminare an den Colleges mit ganz legalen Dopingmitteln aus Mexiko.»

«Steroide?»

«Korrekt. Es gibt da gleich hinter der Grenze eine Hand voll mexikanischer Apotheken, die verkaufen das Zeug ganz legal. Die beliefern uns, und wir beliefern unsere Kundschaft hier in den Staaten. Und die Sportler, die uns das Zeug abkaufen, wissen genau, worauf sie sich da einlassen.»

Nine Inch rasselte eine Latte von Sportlernamen herunter, die sogar Patch kannte. Überbezahlte Sportler beeindruckten ihn nicht sonderlich, egal welche Weltrekorde sie hielten.

«Colleges, Agenten, Teams, Manager, Trainer, alle üben Druck auf die Sportler aus, Muskelmasse aufzubauen. Das ist in der Welt des Sports nun mal Fakt.»

«Hört sich ja nach 'ner viel versprechenden Operation an, Junior», meinte Patch. «Die Infidelz bräuchten bloß zu versuchen, mit dem Zeug rumzumachen, im nächsten Augenblick würde uns das FBI aufs Dach steigen. Aber, hey, wenn ihr damit durchkommt, warum nicht. Ich sag dir aber eines. Ist 'n Klischee, und du hast es sicher schon gehört. Wenn du nicht Knast schieben kannst, dann bleib lieber ehrlich.»

«Ich weiß, aber Bodybuilder, Boxer, Wrestler, selbst die großen Sportler, alle pfeifen sich das Zeug ein wie Drops. Buchstäblich. In letzter Zeit», fügte Nine Inch hinzu, «haben wir zunehmend Motorradkuriere aus Mexiko für die Lieferungen benutzt.»

«Ja. Besser, es geht irgendso 'n armes mexikanisches Schwein in 'n Knast als du. Hey, ich maß mir kein Urteil an. Hast du ja auch nicht gemacht bei dem, was Big Jab und ich so angestellt haben. Ich weiß nicht, Steroide sind mir einfach nicht ganz geheuer. Ich kenn 'n paar Bodybuilder unter den Bikern, die so was nehmen. Nicht dass ich je gesehen hätte, dass sich einer was spritzt. Aber ich weiß doch, dass da was nicht stimmen kann, wenn ich nonstop trainiere, und andere Typen, die ich jeden zweiten Tag sehe, haben doppelt so große Muckis wie ich.»

«Gib ihnen meine Nummer», sagte Nine Inch. «Wir stehen gern zu Diensten. Pass auf, ich sehe das einfach so: Die Bushido Blades haben was drauf, und wir wollen mitmischen in der Bikerszene hier in Nordkalifornien. Ich hätte gern, dass du mir dabei hilfst, mal auf den Busch zu klopfen, ob nicht die Möglichkeit besteht, dass die Blades als Support Chapter bei den Infidelz einsteigen können. Das ist meine Bitte. Ich belass es mal dabei.»

«Alles klar, Tony. Ich werd's mir durch den Kopf gehen lassen und geb's dann weiter.»

Nine Inch beugte sich vor, bis sich fast ihre Nasen berührten. Seine Miene wurde todernst.

«Patch, wenn du irgendwas erledigt haben willst, während du hier bist, brauchst es bloß zu sagen. Die Blades stehen voll und ganz hinter den Infidelz. Und bei uns wird nicht bloß gequatscht. Wir fahren übrigens morgen aus, in voller Stärke, nur so durch die Stadt. Könntest dich anschließen. Damit du mal siehst.»

Patch war von Nine Inchs Begeisterung beeindruckt. Support Clubs waren immer gut, vor allem wenn ein Club bei einem Run oder sonst einer Veranstaltung mal zusätzliche Fäuste brauchte. Er würde zwar mit einem Außenstehenden wie Nine Inch nie Clubgeschäfte besprechen, dachte sich aber, dass etwas Hilfe nicht schaden konnte, solange er in der Stadt war. Er konnte so einen jungen Verbündeten durchaus gebrauchen, einen wie Nine Inch und seine Bushido Blades.

13 | DICHT AUF DEN FERSEN

Schon aus drei Blocks Entfernung sah Patch eine lange Reihe von Bikes vor dem Clubhaus der Infidelz an der East Fourteenth. Dreiunddreißig Maschinen, größtenteils Harleys neueren Baujahrs, standen in der Stille der Dämmerung. Die Geschäfte gingen gut. Die Infidelz hatten eine Blütezeit. Die Mitgliederzahl stieg. Ja, eigentlich ging es allen Clubs in Nordkalifornien bestens. Das war es ja gerade, weshalb die Möglichkeit eines Rockerkriegs ein derartiger Downer war.

Im Rahmen eines Friedensvertrags hatte man Nordkalifornien aufgeteilt, wie es in der Welt des organisierten Verbrechens seit langem gang und gäbe war; in der Rockerwelt war es ein nie da gewesenes Arrangement. Die Aufteilung erfolgte nicht nach geographischen Gesichtspunkten, sondern nach Art des Geschäfts. Anstatt den Staat nach der traditionellen Art in Reviere aufzuteilen, kam man überein, dass die Großen, also Clubs wie die Infidelz, die 2Wheelers und die Gun Runners, zwischen Bakersfield und der Grenze zu Oregon ungehindert ihren angestammten Geschäften nachgehen konnten. Die Justiz konnte kaum glauben, dass eine Gruppe von Rockerclubs sich nach Art der Mobfamilien organisieren konnte. Wenn es um Territorien ging, bekämpften MCs einander für gewöhnlich bis aufs Blut.

Während die Polizei überrascht war, dass gerade die Infidelz als stärkste Gang ein solches Arrangement zulassen sollten, sah man unter den Rockern der Gegend in dem Vertrag nur eine Maßnahme gegen das zunehmend härtere Durchgreifen der Polizei. Eine besonders harte Gangart schlugen die vom Bund finanzierten Bandendezernate an. Als man Eagle und Lars, zwei Members der Infidelz, wegen Drogenvergehen schnappte, zog die Staatsanwaltschaft in Erwägung, sie wegen Zugehörigkeit zu einer kriminellen Vereinigung vor einem Bundesgericht unter Anklage zu stellen, und das nach einem Paragraphen, der gegen so verschiedene Gruppen wie Streetgangs und Mafiosi, manchmal sogar gegen rechtsextremistische religiöse Fanatiker zum Einsatz kam. Rocker sehen sich als Patrioten – es stank ihnen, dass man ihnen mit Gesetzen kam, die gegen Streetgangs und Terroristen aus dem Nahen Osten gerichtet waren.

Um die diversen Aktivitäten der einzelnen Clubs zu verfolgen, musste man schon Buch führen. Die einzelnen Members der Infidelz hatten ihre Finger in allen möglichen Geschäften. So mutmaßte man zum Beispiel Marihuanadeals großen Stils zwischen den Delz und nordkalifornischen Potfarmen, die in den Countys Garberville, Mendocino und Humboldt zu finden waren. Im Zuge der allgemeinen Globalisierung brachte der Club über Seattle gelegentlich bescheidene Kontingente Haschisch aus Katmandu und Kalkutta ins Land.

Manchmal bestimmte das Alter eines Members, was er so trieb. Ältere Infidelz, die nicht Pot dealten, schlossen sich gern den Gewerkschaften in der East Bay an, nicht nur als Arbeiter, sondern auch als Bodyguards und Streikpolizei. Die Jüngeren auf der anderen Seite mischten im Ecstasy-Handel mit, sie belieferten Raves und Happenings in und um die verlassenen Kasernen bei den Werften von Alameda. Jeder heiße DJ, der an einen Rave für einige tausend Leute dachte, wandte sich erst mal an Skank und EX von den Infidelz, bevor er Nägel mit Köpfen zu machen begann. Selbst in Krisenzeiten, wirtschaftlich oder sonst wie, behielten die Infidelz ihre Geschäfte im Griff. Aber auch die anderen Clubs waren fleißig. Die 2Wheelers mischten im Sexgeschäft mit, sie betrieben Stripclubs, Massagesalons, Eskort-Services und zwei Puffs in Nevada. Sollte er dir wieder mal stehen, so ein Witz unter Rockern, hatte womöglich ein 2Wheeler die Hand im Spiel. Und wenn es um Frauen und Nachfrage ging, durfte man nicht auf den Kopf gefallen sein, wollte man oben bleiben. Sozusagen um Öl ins Feuer zu gießen, handelten die 2Wheelers auch noch illegal mit Viagra. Einzelne Mitglieder kauften bei den Pharma-Einkäufern der großen Health-Medicare-Organisationen, sodass ein steter Nachschub von Stimulanzien garantiert war und die Kundschaft immer schön spitz wie Lumpi blieb.

Die Members der Gun Runners legten die Hände keineswegs in den Schoß, nur hatten sie die Finger in den dunkleren, gefährlicheren Bereichen der Underground-Ökonomie. In Südkalifornien waren die Gunners schwer im Methamphetamingeschäft. Den meisten Clubs war das zu riskant, vor allem den Delz und den Wheelers, weil die Vollstreckungsbehörden längst davon ausgingen, dass Rockerclubs im Methamphetamingeschäft waren. Sämtliche großen Küchenchefs der Eighties waren Biker gewesen. Mittlerweile war es eng geworden auf diesem Gebiet, da Immigrantengruppen wie die Mexikaner und die Vietnamesen dazugekommen waren. Außerdem hatten die Gunners die Finger noch im Heroingeschäft. Damit standen sie in Konkurrenz mit den Latino- und schwarzen Gangs in Los Angeles. Es war also praktisch eine Überlebensfrage, auch im Waffengeschäft mitzumischen, und man machte dabei auch vor automatischen Waffen nicht Halt. Als die Zahl der Gunner-Chapters zunahm, weiteten sie ihre Meth-, Heroin- und Waffengeschäfte in den Norden Kaliforniens aus.

Gerade weil es allen so gut ging, hielt Patch es für wichtig, mit den Kämpfen zwischen den Gangs Schluss zu machen, dem Morden, überhaupt der Gewalt. Sonst erledigten das die Bullen für sie.

Patch nahm seinen Halbschalenhelm ab, als seine Maschine vor dem Tor des Clubheims zum Stehen kam.

«Ich werd nicht mehr, Patch! Du bist wieder da?» Zwei junge Prospects, Lester und Luke, standen Wache am Tor. «Man möchte meinen, du warst überhaupt nicht weg.»

«Was geht ab, Lester? Wieso die vielen Bikes? Habt ihr 'ne Party?»

«Könnte man sagen. Kleine Gesellschaft sozusagen.»

Lester winkte Patch in die Auffahrt zum Clubhaus, das in einem früheren Leben ein Nachtclub gewesen war. Die Infidelz hatten das Gebäude zu einer Festung umgebaut. Das Gelände war ein Schnäppchen gewesen, Mitte der Siebziger, bevor Kaliforniens Grundstückspreise in den Himmel gestiegen waren. Es lag am Rande des Barrios, und die Mexikaner wie die Schwarzen aus dem Viertel schlichen für gewöhnlich auf Zehenspitzen an der einschüchternden Stahltür vorbei. Wenn eine Party im Gange war, wechselten sie lieber gleich auf die andere Seite.

Patch fuhr sein Bike hinter das Clubhaus und parkte ein paar Schritte neben dem Hintereingang. Er betrat das Gebäude durch die Küche. Man machte gerade Schluss, als er in den großen Versammlungsraum kam.

«Patch!», rief einer der Brothers aus. Es war Ernie, der wie Patch selbst schon über zwanzig Jahre bei den Infidelz war. Er war aufrichtig überrascht, Patch schon so bald wiederzusehen. Offensichtlich hatte Ahab weder seinen Besuch in Arizona vor einigen Tagen noch ihr Telefonat nach dem Schlamassel im Kasino an die große Glocke gehängt. Aber andererseits gingen bei all den Beerdigungen und Besprechungen Brothers aus dem ganzen Land aus und ein. Oakland war wieder einmal Brennpunkt des Geschehens.

Das Clubhaus war das reinste Verbrecheralbum. Die Visagen, die «in der Kapelle» die Wand säumten, hingen in der Reihenfolge der Bikes vor dem Haus. Davor saßen sie in voller Lebensgröße: Eight Ball und Brutus, zwei enge Freunde; der eine fuhr eine FXT, der andere eine Road Glide. Chick, ein zotteliger Italiener aus New York, fuhr eine schwarz-orangefarbene FXR3. 12-12, ein zuverlässiges Mitglied, das seinen Knast grundsätzlich lieber bis auf den letzten Tag absaß, als um Entlassung auf Bewährung zu betteln. Dann kamen Streeter, Teardrop, Tats, Shank, Ripper, Stash und natürlich Albert, ein Furcht erregender Kerl, der gern auf den Putz haute. Sergio, den Patch schon einige Monate nicht mehr gesehen hatte, musste gerade aus dem Knast gekommen sein. Angelo stand hinter der Bar und öffnete gerade eine Reihe langstieliger Buds. Ahab, der die Versammlung geleitet hatte, war noch in ein ernstes Gespräch mit Grimes und einem besonders harten Knochen vertieft, der Vietnam mitgemacht hatte und für alle nur Full Metal war. Die drei wirkten nervös und schienen sich zu streiten, jedenfalls gestikulierten sie heftig. Es war ein Wunder, dass noch keiner zugeschlagen hatte.

Patch schlenderte an die Bar, wo Angelo eben die Schar kalter Buds zusammenschob. Im Hintergrund lief was von Eminem.

«Munter mich 'n bisschen auf, Angelo.»

«Mann, Patch, was zum Geier machst du denn hier? Wie willst du uns je fehlen, wenn du nicht endlich gehst? Hier, lass dich drücken und trink 'n Bier.»

Angelo kam um den Tresen und hätte Patch fast umgerannt. Die beiden Männer schlangen die Arme umeinander. Unter Infidelz drückte man sich nun mal gern oft und herzhaft. Patch machte sich als Erster los.

«Man merkt, dass du feste trainierst, Brother», sagte Patch zu Angelo. «Wie geht's denn so?»

«Ging schon besser, aber auch schlechter. Aber ich geh jetzt öfter mal ins Studio.»

Angelo spannte den rechten Arm und zeigte einen eisernen Bizeps. «Achtundzwanzig Zentimeter, Brother. Gestern gemessen.»

In diesem Augenblick schienen draußen eine Serie von Böllern zu explodieren. «'ne Kalaschnikow!», schrie Full Metal, der das Knallen sofort erkannte. Auf der Stelle hatte er seine Waffe in der Hand und gespannt. Draußen ging Glas zu Bruch, im nächsten Augenblick roch es nach Rauch. Einige von den Jungs warfen sich zu Boden. Die meisten folgten Full Metals Beispiel und zogen die Knarren. Lester, einer der Prospects draußen, kam hereingelaufen, Luke kam gleich hinterher. Lester blutete. Er hatte eine Kugel in die Schulter gekriegt.

«Zwei Wahnsinnige haben vor dem Haus gehalten und Lester eine verpasst!», rief Luke. «Sie haben die Bikes zu Klump geschossen, noch bevor wir was machen konnten. Dann haben sie noch 'n Molotowcocktail geworfen und sind abgedüst. Ein paar von unseren Bikes haben Feuer gefangen. Sie fahren auf der East Fourteenth Richtung Westen. Einer trägt ein Color – rot und blau! Was den anderen angeht, keine Ahnung.»

Lester sackte auf den Boden.

Während die Members sich um Lester kümmerten, spritzte Patch zur Hintertür hinaus. Er schnallte sich den Helm um, setzte die Treppe hinab und sprang auf sein Bike. Das Tor stand offen. Er schaute die East Fourteenth hinab. Dann warf er einen Blick auf die Bikes. Chicks Harley brannte lichterloh. Ahab und ein paar andere gingen bereits mit Feuerlöschern gegen die Flammen an. Außer Lester war keiner verletzt, aber an den Maschinen waren Scheinwerfer zu Bruch gegangen, Spiegel, Schutzbleche und Tanks hatten Beulen. Patch raste los, um die Verfolgung aufzunehmen. Wie ein Gesengter ging er durch die Gänge und drehte voll auf. Während er die Mean Machine durch den dünnen Verkehr fädelte, sah er weit vor sich zwei Harleys auf die High Street abbiegen. Sie hielten damit landwärts in Richtung Oakland Hills. Einer der Typen trug tatsächlich Farben – Rot und Blau. *2Wheelers*, dachte Patch.

Patch holte sein Handy aus der Tasche und wählte mit dem Daumen Nine Inchs Nummer. Eine Stimme antwortete. Während er mit der Gas-Hand die Maschine im Slalom über beide Spuren zog, schrie er in den Apparat.

«Tony!»

«Ja, Boss?»

«Wo steckst du?»

«Gar nicht so weit von eurem Clubhaus. Ich bin mit den Blades unterwegs. Mit den Maschinen. Warum?»

«Ich bin grade hinter zwei Bikern her, auf der High Street, die Hills rauf. Ich wette, dass die am MacArthur links abbiegen und dann die Thirty-Fifth in die Hills nehmen. Seht zu, dass ihr da hinkommt. Und macht schnell!»

«Alles klar», sagte Nine Inch.

Die beiden Attentäter bogen tatsächlich auf den MacArthur Boulevard ab. Patch raste zwei weitere Meilen hinter den beiden her. Er fragte sich, ob Nine Inch wohl rechtzeitig kam. Dann jedoch tauchten zu seiner Erleichterung im Rückspiegel vier kanariengelbe Ducatis mit roten Rennstreifen auf. Die vier Fahrer mit den Integralhelmen und den ledernen Rennkombis schlossen sich der Verfolgungsjagd an. *Verdammt, als hätte ich 'n Schwarm Hummeln am Arsch!* Als Patch auf die Thirty-fifth Avenue Richtung Oakland Hills abbog, kreischten zwei der Blades mühelos an ihm vorbei. Einer davon war Nine Inch.

Verdammt, dachte Patch, als er selbst noch einen Zacken zugab, *die Biester gehen ja echt ab wie Gift.*

Neunhundertsechzehn Kubik ungezügelte Ducati-Power stürzten sich auf die beiden Harleys vor ihm. Patch gab sich alle Mühe, den Anschluss nicht zu verlieren. Aber was ihm an Tempo abging, machte er an Ortskenntnissen wett. Er kannte diese Straßen wie seine Hosentasche. Er war hier schon als Kind mit Minibikes und popligen Yamahas durch die Gegend gefahren. Die beiden Attentäter behielten jedoch ihren Vorsprung bei, und es sah gerade so aus, als hätte nicht nur Patchs Mean Machine, sondern auch die Monster Probleme, sie einzuholen. Die beiden hielten auf die Parklandschaft zu, einen Teil der Oakland Hills, in dem die Straßen dunkel und kurvenreich waren. Schmale Feldwege wichen hier den asphaltierten Straßen der Stadt.

Den Attentätern hart auf den Fersen, machten sie die Feldwege der Oakland Hills zum Enduro-Kurs. Als die beiden Harleys tiefer in den Park schossen, holten sie langsam auf. Die kurvenreiche Straße erstreckte sich über vier, fünf Meilen. Patch kam nahe genug an einen der Fahrer heran, um deutlich das Color der 2Wheelers auf seinem Rücken zu sehen. Der Mann fuhr eine Sonderanfertigung, während sein Partner auf einer superschnellen Sportster saß.

Noch während Patch sich in eine scharfe Rechtskurve zu legen begann, sah er den Typ auf der Sportster etwas aus der Jacke holen. Patch tippte auf eine Pistole. Er machte sich schon mal darauf gefasst, einer Kugel ausweichen zu müssen, wurde aber stattdessen Zeuge, wie der Typ seinem Komplizen von den Wheelers eine Kugel in die Brust schoss. Die Maschine des 2Wheelers kippte seitlich weg und sorgte für ein Feuerwerk an Funken auf ihrer Rutschpartie über den geschotterten Weg. Dann überschlug sie sich und krachte gegen die Böschung.

Das Bike war zum Stillstand gekommen, der 2Wheeler lag reglos da. Nine Inch und seine drei Bushido Blades sprangen von ihren Maschinen und liefen zu dem gestürzten Wheeler zurück. Patch dagegen blieb dem farbenlosen Typ auf der Sportster auf den Fersen.

In einem Rausch von Adrenalin und Benzin gab Patch seiner Mean Machine noch einmal kräftig die Sporen. Er zog mit der aufgebohrten Sportster gleich und raste Seite an Seite mit ihr. Um sich keine Kugel einzufangen, hatte Patch sich rechts, auf der Seite des Gasgriffs, an die Sportster herangeschoben. Nur noch Zentimeter von der anderen Maschine entfernt, versetzte Patch ihr einen flinken Tritt. Der Fahrer geriet ins Schwanken, verlor die Pistole und legte die Maschine dann fachmännisch hin. Patch brachte die Mean Machine zum Stehen. Er sprang aus dem Sattel und lief auf den Attentäter zu, der bereits wieder auf den Beinen war und sich den Helm vom Kopf zog.

Patch sprang den Kerl an, warf ihn um, wälzte sich mit ihm den staubigen Straßenrand entlang. Beide kamen sie wieder auf die Beine und schlugen aufeinander ein. Patch musste den Kerl auf jeden Fall daran hindern, dass er die Kalaschnikow von der Schulter bekam. Flink versetzte er ihm einen Tritt in den Schritt. Stöhnend klappte der Typ zusammen. Ein Stich mit dem Sharpfinger zwischen die Rippen gab ihm den Rest.

Der Mann brach zusammen und landete auf dem dicken Teppich aus Fichtennadeln neben der Straße.

Patch stand über seinem farbenlosen Opfer. Schließlich zog er die Sportster und dann ihren Fahrer vom Straßenrand weg in den Wald. Der Mann hatte langes, glattes Haar und schien so Mitte dreißig zu sein. Auf der Suche nach Tätowierungen riss Patch ihm die Jacke auf, dann das Hemd. Er fand keine. Er drehte die Leiche um. Keine Brieftasche. Er durchsuchte die Satteltaschen der Sportster. Nichts. Womit die Identität des Fahrers ein Rätsel blieb.

Patch kratzte sich am Kopf. *Wieso sollte der Typ auf der Sportster seinen Partner abknallen?*

Er lief das Stück die Straße hinab an die Stelle, wo Nine Inch und die Blades sich um den gestürzten 2Wheeler kümmerten.

Es war ein Wunder, dass noch keine Streife der Bullen oder der Park Rangers aufgetaucht war. Nine Inch und seine Jungs hatten den 2Wheeler und seine Maschine von der Straße gezogen. Während einer der Blades Schmiere stand, kippten sie das Bike in den Graben. Den leblosen 2Wheeler trugen sie ein Stück von der Straße weg und versteckten ihn hinter einem höheren Strauch. Nine Inch holte eine Taschenlampe aus seiner Kombi und riss dem Toten den Helm vom Kopf, um ihn sich näher anzusehen. Der Strahl der Taschenlampe fiel auf ein unbekanntes Gesicht.

«Hat jemand 'ne Idee, wer die beiden sind?», fragte Patch.

«Also ich kenn ihn nicht», sagte Nine Inch.

Patch riss dem 2Wheeler das Color von der Kutte, faltete es zusammen und klemmte es sich unter den Arm.

«Das zeigen wir mal besser dem Club, als Beweis.»

Sein nächster Schritt bestand darin, Ahab anzurufen. Der

Presi sollte die Bikes und die Leichen verschwinden lassen. Patch beschrieb ihm genau, wo sie waren.

«Schick uns einen Truck rüber, bevor die Rangers aufkreuzen und wir alle einfahren.»

Der vierte Mann von den Blades, der Typ, der auf seiner gelben Ducati Wache geschoben hatte, bugsierte die Maschine herüber zu Nine Inch und Patch. Hoch gewachsen und schlank, stoppte der Fahrer sein Bike und zog sich den getönten Integralhelm vom Kopf. Als Patch das Gesicht sah, blieb ihm buchstäblich die Luft weg. Das Letzte, was er erwartet hatte, war eine junge Asiatin, die auch gleich die Frage stellte, die allen auf der Zunge lag.

«Wieso heizen wir hier in der Botanik hinter zwei 2Wheelern her?»

«Nach der Schießerei im Kasino wundert mich gar nichts mehr», sagte Nine Inch. «Wenn ich vorstellen darf, Patch, Lilac von den Blades.»

Lilac nickte ihm zu. «Patch Kinkade. Ich hab von dir gehört.»

Patch war immer noch sprachlos. Kaum merklich stieß er Nine Inch mit dem Ellbogen an. Seine Verwirrung stand ihm ins Gesicht geschrieben.

«Wer zum Teufel ist das denn? Was macht sie denn hier?»

Nine Inch grinste ihn an. «Nicht schlecht, was? Gefällt sie dir?»

«Ja, schon, aber …»

Das Grüppchen wartete zwanzig Minuten, dann hielt ein großer blauer Chevy neueren Baujahrs vor dem Wrack im Straßengraben. Sie warfen den 2Wheeler und sein Bike auf die Pritsche und zogen eine Plane darüber. Ein Stück die Straße hinauf sprangen die beiden stämmigen Infidelz nochmal aus dem

Truck und luden auch den anderen toten Fahrer mit seiner Sportster auf. Dann zurrten sie die Plane fest. Ohne ein Wort fuhren sie wieder los. Weder Patch noch die Blades brauchten zu wissen, wo sie ihre Ladung hinfuhren.

Patch trat an Lilacs Ducati und nahm sie bei den Griffschalen.

«Nur eines. Was hättest du gemacht, wenn du tatsächlich einen von denen erwischt hättest?» Er lächelte.

Lilac griff in ihre Jacke und holte eine überdimensionale Browning heraus. Problemlos schlossen sich ihre langen Finger um Griff und Abzug.

«Wahrscheinlich hätte ich dem Typ ein paar Löcher gemacht.»

Patchs Lächeln wurde eine Spur breiter. Sein Handy klingelte

«Ahab.»

«Patch, was zum Teufel ist los?»

«Keine Bange. Ich bin noch in den Hills. Der Truck ist schon wieder weg.»

«Was war denn nun?»

«Ist etwas merkwürdig. Wir haben zwei tote Biker. Einer trug die Farben der 2Wheelers. Aber jetzt pass mal auf, jetzt kommt's: Einer hat den anderen erschossen.»

«Mach keine Witze! Beide tot? Und einer hat den anderen erschossen? Kapier ich nicht.»

«Ich auch nicht. Ich musste den, der geschossen hat, allemachen. Zu blöd, aber es hieß, entweder er oder ich.»

«Gleich zwei Leute? Wie hast du denn das angestellt?»

«Ich hatte 'n bisschen Hilfe von Freunden. Egal, ich muss dir was zeigen.»

«Na, halt dich jedenfalls vom Clubhaus fern, Bro. Hier

wimmelt's bloß so von Bullen. Hast du 'n Platz, wo du dich verkriechen kannst?»

«Ja, ja. Genau das Richtige. Wir reden dann später.»

Zu Hause in Nine Inchs Loft gingen Patch, Nine Inch und Lilac die Ereignisse des Abends bei einer Flasche Jack Daniel's durch. Noch immer hatten sie das Adrenalin in den Adern, für das die Verfolgungsjagd gesorgt hatte. Jetzt kam der Whiskey dazu. Schließlich setzte Nine Inch sein leeres Glas ab und stand auf.

«Ich lass euch zwei beiden mal allein. Ich hab genug für einen Tag», sagte er. Dann stolperte er nach oben in sein Schlafquartier am anderen Ende des Lofts.

Patch lehnte sich in das Ledersofa zurück und bewunderte durch den Whiskey-Dunst Lilacs feine Züge im Profil. Sie saß angetrunken, mit beiden Armen abgestützt, auf dem Boden neben dem niederen Tisch.

Sie war es schließlich, die das Schweigen brach.

«Wie lang seid ihr schon Freunde, du und Nine Inch?»

«Tony meinst du? Ich hab seinen Vater gekannt. Wir sind zusammen gefahren. Da bist du wahrscheinlich noch mit dem Dreirad durch die Gegend gestrampelt.»

«Ich hab nie 'n Dreirad gehabt.»

Lilac zuckte die Achseln. Ihr Gesicht war hellbraun, fast blass. Das schulterlange Haar passte zu der kleinen Stupsnase. Sie begann sich ihr Haar, in das blonde und purpurne Strähnen eingefärbt waren, um den Finger zu drehen. Ihr Gesicht war flach, aber hübsch. Lilacs Englisch war tadellos, nur dass ihr bestimmte Wörter etwas merkwürdig über die schmalen Lippen kamen, die eine ovale Form annahmen, wenn sie sprach.

Patch nahm einen weiteren langen Zug aus der Flasche.

«Nie 'n Dreirad gehabt? Was war denn das für 'ne Kindheit? Und wo wir schon dabei sind, was ist Lilac denn für ein Name?»

«Ich bin mit den Boatpeople gekommen. In Wirklichkeit heiße ich Hoa Kieu Dinh. *Hoa* heißt Blume.»

Genau das bist du auch, eine Blume. «Und wo kommst du her?»

«Ach, von überall», sagte sie. «Ist 'ne lange Geschichte.»

Ein schmerzlicher Ausdruck legte sich über Lilacs Gesicht. Dann bekam sie den Anfall von Traurigkeit in den Griff und lächelte matt. Sie blickte ganz offensichtlich nur ungern zurück.

«Wir haben Zeit», drängte Patch.

Lilac legte die Stirn in Falten, fuhr aber fort.

«Mein Vater war Leutnant in der südvietnamesischen Armee. Er war stolz darauf, neben den Amerikanern gekämpft zu haben. Er hatte sie gern.»

«Na, dann ein Hurra auf das Sternenbanner», meinte Patch.

Lilac schob sich ein paar ungebärdige Strähnen hinters Ohr. Etwas unsicher auf den Beinen, krabbelte sie auf allen vieren neben Patch auf das Sofa.

«Nachdem die Amerikaner 73 gegangen waren, kam Papa in ein Umerziehungslager des Vietcongs. Meine Mama hat uns aufgezogen, mich und meine Schwestern. Nach einem Jahr kam mein Vater wieder raus. Wir sind nach Malaysia geflüchtet, wo wir erst in einem Flüchtlingslager gewohnt haben, dann auf der Straße.»

«Wie seid ihr dann in die Staaten gekommen?»

«Eine kleine Baptistenkirche bei Hayward hat für uns gebürgt, sodass wir einreisen durften.»

«Wann war das?»

«1980. Ich war damals vier.»

«Autsch. Und wie ist ein kleines Mädchen aus Vietnam auf einer Harley gelandet?»

«Vielleicht wegen dir. Als ich mich für Bikes zu interessieren begann, war ich zwölf. Ich habe die Infidelz auf ihren Maschinen vorbeifahren sehen. Ihr habt auf der Straße Rennen gefahren.»

«Wo war das?»

«In Hayward. Der Sound von Motorrädern machte damals großen Eindruck auf mich. Ich weiß noch, wie alle … die Geschäftsleute und die anderen Anwohner sich in die Hosen gemacht haben vor euch. Aber ich habe nie Angst gehabt. Noch nicht mal als kleines Mädchen. Ihr Typen wart schnell und cool. Vielleicht warst du ja einer von denen.»

Patch grinste beim bloßen Gedanken an die Möglichkeit, hatte aber seine Schwierigkeiten, sich die hübsche junge Frau neben ihm als kleines Mädchen vorzustellen, das seiner Crew beim Abfeiern zusieht.

«Na wie auch immer», fuhr sie fort, «es hat nicht lange gedauert, da hatte ich mich in Amerika verliebt. *Top Gun*, KFC, Cheap Trick.»

«Du machst so 'n … amerikanischen Eindruck.»

«Ich war nichts Richtiges. Manchmal haben die Amerikaner mich Schlitzauge genannt. Oder einfach nur Geschlitzte. Und die Vietnamesen mochten mich nicht, weil ich Englisch gesprochen hab. Ich bin mit ein paar Jungs aus vietnamesischen Gangs gegangen, aber ich schätze, mir waren wohl die Yankees auf den Motorrädern lieber, die mir als kleines Mädchen gefallen hatten. Sie haben mich an die Cowboys und die Outlaws erinnert, die ich vom Fernsehen her kannte.»

«Und wie hast du fahren gelernt?», fragte Patch.

«Meine erste Maschine war eine kleine italienische Vespa. Da war ich sechzehn, aber die erinnerte mich zu sehr an Vietnam, das ich noch irgendwie aus der Zeit, als ich noch ganz klein war, im Kopf hatte. Deswegen konnte ich es gar nicht erwarten, was Größeres zwischen die Schenkel zu kriegen.»

Lilac rutschte näher an Patch heran.

«Ernsthaft zu fahren begann ich, nachdem ich mir meine erste Harley gekauft hatte, gebraucht natürlich, als ich achtzehn wurde. Ein Freund aus der Schule hat mir gezeigt, wie man fährt. Ich bin im Nu gefahren wie der Teufel.»

Ja, dachte Patch, *ein Mädel mit Vergangenheit und einem angeborenen Gespür für Motoren.*

«Was ist mit dir?» Lilac rutschte noch näher. Sie wischte sich die Haare aus dem Gesicht.

«Ich bin doch nicht interessant.»

«Das ist unfair. Ich hab dir meine Geschichte erzählt, jetzt erzähl mir deine. Aber erst zeig mir mal deine Hände.»

Lilac drückte zärtlich seine Hände, bevor sie sich die Handlinien ansah.

«Oje», sagte sie und zog die Stirn kraus. «Damit wirst du nicht alt.» Ihre weichen Fingerspitzen fuhren über die Linien auf seiner schwieligen rechten Hand.

«Fangen wir doch», fuhr Lilac fort, «mit deiner Familie an. Erzähl mir alles über *deine* Familie.»

«Meine Familie? Scheiße. Da gibt's nicht viel zu erzählen. Ich komme aus einer langen Reihe unbesungener Helden, Männer, die was gemacht haben, anstatt bloß rumzureden, nehm ich wohl an.»

«Dein Vater?»

«Mein Vater hat gedient. Er war Flieger im Koreakrieg.

Später hat er sich nochmal verpflichtet. Im Kalten Krieg, in den 50ern, hat die CIA hoch fliegende Spionageflugzeuge über die Sowjetunion geschickt, die U-2. Das war noch vor den Satelliten. Die Leute flogen drüber weg und machten Fotos, und zwar einige mehr, als man heute so zugeben will. Na, jedenfalls hat man ihn über Russland oder was weiß ich wo abgeschossen. Meine Mutter bekam eine poplige Pension. Das war's. Wir haben nie genau erfahren, was wirklich passiert ist. Er galt als vermisst, damit hatte es sich. Jahre später hat mir ein Freund, der bei einem MC für Vietnamveteranen fuhr, gezeigt, was ich machen musste: Anträge stellen, mich auf das Recht auf Informationsfreiheit berufen, um freigegebene Papiere aus dem Pentagon einzusehen. Es hat Jahre gedauert, bis das Militär zugegeben hat, dass mein Vater überhaupt existiert hat. Für mich war er immer ein Gespenst.»

«Hast du ihn denn überhaupt gekannt?»

Patch lachte. «Gekannt? Verdammt, ich war grade mal ein Jahr alt, als er verschwand. Ich war das jüngste von drei Kindern, die er hinterließ. Meinen Bruder, meine Schwester und mich. Mich haben sie wohl gemacht, kurz bevor er auf den Stützpunkt in Norwegen gekommen ist. Für seine letzte Dienstzeit. Wir Kinkades sind ein wilder Haufen. Belassen wir es dabei. Mein Vater, John Michael Kinkade, war ein geborener Soldat, ein richtiger Draufgänger. Meine Mutter hat immer gesagt, ich gerate genau nach ihm. Dass ich dieselbe Unruhe in mir hätte. Ich könnte nicht sagen, ob das als Kompliment gedacht war.»

«Und deine Mutter?»

Patch tat einen weiteren Zug aus der Flasche Jack Daniel's. Über seinen Vater zu sprechen war ihm leichter gefallen.

«Die ist in den achtziger Jahren gestorben, bevor ich ins Gefängnis musste.»

«Du warst im Gefängnis?»

«Ja, aber das ist 'ne andere Geschichte, für 'n anderen Abend. Ich sag dir was, bleiben wir einfach bei der glücklichen Familie, ja?»

Patch hatte eine Barriere aufgebaut, genau die Art von Barriere, die Eve so rasend gemacht hatte. Lilac machte sich nichts weiter draus und ließ das Thema Gefängnis einfach fallen. Sie betrachtete die Tätowierungen auf seinen Armen.

«Bruder und Schwester?»

«Ja. Bruder und Schwester, aber die sind weiß Gott wo. Rip, meinem Bruder, bin ich zuletzt 91 im Gefängnis von Durango über den Weg gelaufen. Man hatte uns beide als betrunkene Randalierer eingesperrt. Und meine Schwester? Keine Ahnung. Sie hat mich schon vor 'ner ganzen Weile aufgegeben. Ansonsten ist der Club meine Familie. Schon seit Ende der Siebziger.»

Patch schwieg einen Augenblick. Er strich Lilac über das weiche schwarze Haar. Sie warf einen Blick auf die so gut wie leere Flasche Jack Daniel's.

«Ich hoffe, ich bin dir nicht zu neugierig.»

«Ach was. Seit 'ner ganzen Weile habe ich niemandem mehr so viel über mich erzählt. Aber du bist auch seit Jahren die Erste, die danach fragt.»

Patch fuhr mit der Hand unter ihre Jacke und zog sie an sich. Er musste sie einfach haben. Sie leistete keinen Widerstand, also drückte er seine Lippen auf die ihren. Dann nahm er sie bei den weichen schwarzen Lederschultern. Sie küssten sich, bis sie sich ihm entzog.

«Dann lass mich noch eines klarstellen», sagte Patch. «Du sitzt also gern im Sattel?»

«Sooft es irgendwie geht. Ich brauche das Tempo, den

Thrill. Ich setz mich auf alles, solang's nur gefährlich ist und nicht zu kontrollieren.»

«Würdest du mich als gefährlich bezeichnen? Und nicht zu kontrollieren?»

«Für den Augenblick tust du's.»

Als Patch am Morgen auf der Couch aufwachte, hatte er nichts auf dem Leib als eine kratzige Wolldecke. Hemd und Hose lagen in Reichweite auf dem Parkett. Messer, Schlüssel, Telefon, Brieftasche und einige Münzen lagen über Tisch und Boden verstreut. Er brauchte einen Augenblick, um zu kapieren, was fehlte.

Lilac.

14 | COUNTDOWN ZUR REVANCHE

Am Nachmittag zeigten zwei Überwachungsmonitore über dem Tresen im Clubheim der Infidelz die Aktivitäten vorm Haus. Die Kameras änderten regelmäßig alle paar Sekunden den Blickwinkel. Draußen postierte Members standen über Walkie-Talkie in Kontakt miteinander. Reserviert ignorierten die Posten, bärtige Kerls mit dunklen Brillen, die News Crews und die Observierungsteams der Polizei auf der anderen Straßenseite, auf den Dächern oder was immer sich sonst als Ausguck anbot.

«Kein Kommentar.»

«Gehen Sie weiter.»

«Kein Kommentar, verflucht nochmal.»

«Gehen Sie weiter.»

Die Infidelz winkten die Presse und den Rest des Publikums weiter. Eine Streife nach der anderen kam vorbei: Stadtpolizei Oakland, County Sheriff, Highway Patrol, Zivilfahrzeuge von der Staatspolizei, selbst die Park Rangers rollten am Clubheim der Rocker vorbei.

Der Versammlungsraum des Clubhauses war gerammelt voll. Members und Offiziere aus Oakland und den umliegenden nordkalifornischen Chapters wie Vallejo, Sacramento, Napa, Sonoma, Richmond und Monterey. Sogar San Francisco hatte ein volles Kontingent über die Bucht geschickt. Insgesamt drängten sich um die fünfundsiebzig stämmige Biker in dem holzgetäfelten Raum, allesamt in der Kutte mit dem orangeschwarzen Patch. An den Wänden ringsum hingen Plaketten zu Ehren der zwanzigjährigen Mitgliedschaft einiger Members nebst dem Foto des Betreffenden aus dem Verbrecheralbum der Polizei.

Man war zusammengekommen, um die neuesten Entwicklungen zu erfahren und dem Chapter zu Hause auszurichten, wie man auf die brisante Lage reagieren sollte.

Die Hauptpunkte auf der Tagesordnung drehten sich um die drei Schlüsselereignisse: 1) die Schießerei im Casino Santa Paula, 2) Marcos Tod beim Trader's, und 3) das Attentat auf das Clubheim der Delz in Oakland.

Kurz vor Beginn der Versammlung rauchten Eight Ball und Brutus vor dem Haus noch eine Kippe. Sie scherzten mit einigen stämmigen Prospects.

«Wie läuft's?», fragte Eight Ball, dem der Rauch aus der Nase kam. «Lächeln wir auch schön für die Kameras vom FBI?»

Einer der Prospects lachte. «Ich hab euch zwei gestern Abend in den Spätnachrichten gesehen. Ahab hat uns schon so früh antanzen lassen. Die Posten verdoppeln oder was. Wegen all der Medienleute und Bullen.»

«Wir können nicht vorsichtig genug sein», sagte Brutus. Er schnickte Zigarettenasche auf den Randstein und wies über die Straße. «Herrgott, kuckt euch bloß mal die Fernsehfritzen an – Poly Re-Nature kann ich da nur sagen, und fassweise Spray.»

«Gehen wir rein», meinte Eight Ball. «Der Presi will pünktlich anfangen. Pass auf, das wird 'n richtiges Parisertreffen.»

«Pariser?», biss Brutus an.

«Na, *gefühlsecht*, du Blödmann!» Eight Ball lachte.

Brutus schlug Eight Ball mit der behandschuhten Hand

gegen den Hinterkopf. Die beiden gingen wieder ins Haus. Eight Ball, der gut hundertfünfundzwanzig Kilo auf die Waage brachte, schnappte sich eine Dose Diätcola aus dem Kühlschrank gleich neben einem Regal voller Axtstiele neben der Tür.

Im großen Saal schwang Ahab einen überdimensionalen Hammer. Ehrfurcht gebietend knallte das Ding auf den Tisch. «Okay, Leute, nun hockt euch mal hin. Die Versammlung ist hiermit offiziell eröffnet.»

Patch stand gegen die hintere Wand gelehnt. Bei solchen Treffen mussten immer eine ganze Reihe von Leuten stehen. Selbst, wenn noch Plätze frei waren, gab es immer den einen oder anderen, der zu stinkig war oder zu aufgekratzt über den Stand der Dinge, um auf seinen fünf Buchstaben sitzen zu bleiben.

Ungewissheit überschattete die Versammlung. Es gab zu viele Fragen und zu wenig Antworten. Wer steckte hinter dem Attentat auf das Clubheim? Wie könnte man zurückschlagen und gegen wen? Wie stand man mit der Staatsanwaltschaft nach der Schießerei im Kasino? Was war mit den fünf Gefallenen? Und zu guter Letzt: Wie wirkten sich die Ereignisse auf die Geschäftslage und auf die so mühsam zusammengeschusterten Friedensverträge aus?

Ahab verlas ein kurzes Statement, das er auf einem abgerissenen gelben Zettel vorbereitet hatte, den er mit seinen viereinhalb Fingern hielt. Es war ein Aufruf zu Einigkeit und Kameradschaft. Dann stellte er die einzelnen Punkte der Tagesordnung zur Diskussion.

«Ich möchte das Meeting mit einer Mahnung zur Solidarität beginnen. Jeder hier im Saal trägt dasselbe Color auf dem Rücken. Ich übergebe das Wort hiermit an Wrangler.»

Wrangler stand auf und wandte sich an die Versammelten.

«Ich bin jetzt an die zwanzig Jahre hier beim Club in Oakland», sagte Wrangler. «Das ist lang genug, um mich an ein paar von den blutigeren Kriegen zu erinnern, die wir hier in der Stadt gehabt haben. Ich meine damit andere Clubs, die uns ans Leder wollten. Es war nicht immer sicher da draußen. Manchmal hat man sich's zweimal überlegt, bevor man mit der Kutte losgefahren ist oder bevor man sich im Doggie Diner mit dem Rücken zur Tür gesetzt hat. Die 2Wheelers haben sich mit uns im Kasino angelegt. Sie haben unsere Bikes hier zu Klump geschossen. Für mich ist die Lage glasklar: Wir ziehen los und machen die platt, die unsere Jungs umgelegt und hier auf uns geschossen haben. Wir regeln das jetzt sofort und ein für alle Mal.»

Ahab erteilte Frisco Paul das Wort, einem Member des San Franciscoer Chapters, der auch bei den Delz von Oakland Respekt genoss.

«Hat jemand hier mal an ein offizielles Palaver mit Chino und den Wheelers gedacht?»

«Wir haben», sagte Ahab dazu, «ein Angebot von Lock N Load, dem President der Gun Runners, den Vermittler zu machen für den Fall, dass wir über den Erhalt des Friedens reden wollen. Er würde einen neutralen Ort für einen Treff stellen, damit keine Seite ins Revier der anderen muss.»

«Hört sich meiner Meinung nach nach einem Angebot an», sagte Frisco Paul. Wrangler lief sofort knallrot an. Er sprang auf, richtete einen Finger auf Paul und begann zu schreien.

«Ich hör wohl nicht recht, verfluchte Scheiße! Wie lang bist du denn schon beim Club?»

«Das weißt du doch genau – ich hatte grade mein Fünfjähriges.»

«Fünf Jahre Friede und Wohlstand», meinte Wrangler verächtlich, «und das dank der Leute, die mit dem Club durch dick und dünn gefahren sind. Heben doch mal alle die Hände, die seit über zehn Jahren dabei sind.»

Mehr als die Hälfte der Anwesenden hob die Hand.

«Okay», fuhr Wrangler fort. «Wer von den alten Kämpen, die jetzt die Flossen hochhaben, ist der Ansicht, wir sollten dem Gesocks sofort aufs Maul hauen?»

Nur einige wenige senkten die Hand.

«Dann brauch ich wohl nichts mehr zu sagen», meinte Wrangler. «Unsere Stellung in der Stadt hängt davon ab, wie platt wir diese Arschlöcher machen, und nicht nur in der Stadt, in ganz Kalifornien, im ganzen Land.»

Mitch, der eben in Sonoma Officer geworden war, ergriff als Nächster das Wort. «Ich möchte was im Namen der neueren und jüngeren Members hier im Saal sagen. Ich kann schlecht zehn Jahre mit dem Club gefahren sein, weil mein Chapter grade mal ein Jahr besteht. Aber ihr älteren Members solltet es euch besser zweimal überlegen, bevor ihr uns hier zu übergehen versucht. Wenn wir hier schon den Beschluss fassen, 2Wheelers platt zu machen, dann doch wohl verdammt noch mal nur auf der Basis einer verlässlichen Aufklärung. Ich will wissen, worauf ich mich da einlasse. Mit wie viel Mann haben wir's da zu tun?»

Eine Reihe der neueren Members grunzten beifällig und nickten dazu.

«Wie viel Mann! Meine Fresse», schrie Red, ein weiterer alter Kämpe aus Oakland. «Man hat ja nicht auf dein Clubheim geschossen! Ich sag, wir machen das kurz und schmerzlos. Und du, Mitch, bist 'n Waschlappen. Redest wie 'n Yuppierocker.»

Mitch fuhr auf und stellte sich kampfbereit gegen Red.

«Wen nennst du hier 'n Yuppierocker, du Tattergreis? Ich sollte –»

«Willst du mich fordern, du Landei?», höhnte Red. «Dann machen wir das doch gleich aus. Gehen wir vor die Tür, ich tret dir in deinen Bauernarsch – vor den Fernsehkameras da draußen, verflucht nochmal!»

Ahab trat zwischen die beiden wutschnaubenden Members. «Bist 'n blödes Arschloch, Red. Hast du mich vorhin nicht gehört? Einigkeit, hab ich gesagt. *Einigkeit*, verflucht nochmal!»

«Ihr habt beide Recht», mischte Patch sich ein. Alles drehte sich nach dem ehemaligen President um. «Wir müssen auf der einen Seite schnell machen, auf der anderen Seite müssen wir wissen, worauf wir uns da einlassen. Patton hat das am besten gesagt: ›Mir ist ein guter Plan sofort lieber als ein perfekter Plan in einer Stunde.‹ Wenn wir die Rechnung nicht schnell begleichen, kommen Zweifel auf bei allen, die den Club heute fürchten und respektieren. Bullen und Politiker, ob sie nun für oder gegen uns sind, werden unseren Schneid in Frage stellen.»

Ahab ging nochmal dazwischen: «Ich sollte wiederholen, dass die Gun Runners das Angebot gemacht haben, bei einem Treffen zwischen uns und den Wheelers zu vermitteln.»

Hier und da wurde gebuht.

«Hey, geht nicht auf *mich* los. Ich sage euch bloß Bescheid.»

Genau diese Meinungsverschiedenheiten waren es, die Patch an den Infidelz so gefielen, wie sie ihm stanken. Solange man den Schneid und die Muskeln hatte, um seinen Standpunkt zu verteidigen, konnte man sagen und denken, was man wollte. Manchmal kam es zu Faustkämpfen zwischen den diskutierenden Mitgliedern. Patch fand so einen Schlagabtausch bei den Meetings ganz gut. Es war die beste, ach was, die einzige Art und Weise für richtige Kerls, eine leidenschaftliche Meinungsverschiedenheit gründlich zu klären.

Patchs Ansicht nach sorgte ein guter Faustkampf für Ehrlichkeit, jeder legte seine Karten auf den Tisch. Wenn es Ressentiments gab, dann kamen die auf der Stelle ans Licht. Da wurde nicht lange rumgeredet. Und keiner trug dem anderen groß was nach. Das Bußgeld für einen Faustkampf betrug fünf poplige Dollars, daran hatte sich seit 1976, dem Gründungsjahr des Clubs, nichts geändert. Ein Fünfer wirkte kaum abschreckend, wenn es darum ging, sich zu kloppen, und den Jungs war das recht.

Red senkte die Fäuste und klopfte Mitch fest auf die Schulter. «Ich bin nur offen mit dir. Wir müssen die Angelegenheit klären, und zwar schnell. Sagt doch mal jeder, was er denkt. Meiner Ansicht nach müssen wir zuschlagen, hart und schnell.»

Angelo meldete sich in seiner Eigenschaft als Sergeant at Arms zu Wort. Er sagte seine Meinung, war aber so abgedröhnt und stinksauer, dass fast nur wirres Zeug herauskam.

«Der Teufel soll sie holen!», rief er und knallte sich die Faust in die offene Hand. «Gehen wir sie an! Einen nach dem anderen auf einmal oder die ganze Saubande. Scheiße, Mann. Seht euch doch um hier, wie stark wir sind, Mann!»

Angelo verstummte mitten im Gedanken. Er wirkte benommen. «Wo war ich? Ach ja, Scheiße, Mann. Das waren doch auf jeden Fall die 2Wheelers, die da auf uns geschossen und unsere Böcke angesteckt haben. Da sind sie zu weit gegangen. Scheiße, Mann. Als wir 1988 Krieg hatten, Herrgott nochmal, da hat doch keiner vor dem Clubhaus der anderen rumgeballert! Und, äh, und irgendwo muss Schluss sein. Mich braucht keiner groß zu überzeugen, dass den Wheelers nach 'ner Revanche war, ich meine, so viele, wie von denen in Santa, äh, Kasino was abgekriegt haben in Santa Paula, mein ich, versteht ihr, verflucht. Scheiße, Mann.»

Patch hatte Angelo kaum jemals derart zugeknallt erlebt oder als stotternden Schwätzer wie jetzt. Seine Wut, so schätzte Patch, war wohl vor allem auf irgendwelche Pillen zurückzuführen.

Als Nächster stand Eagle, der Schwede, auf. Er erinnerte die Versammelten daran, dass die MCs in Skandinavien ihre Angelegenheiten mit Panzerfäusten und Raketenwerfern regelten. Aber obwohl man seine Meinung respektierte, zweifelten einige – Full Metal zum Beispiel – an der Durchführbarkeit seines Plans.

«Ich meine, wo willst du denn Raketenwerfer herkriegen, Eagle? Willst du die Teile von deinen schwedischen Clubs importieren? Jetzt denk doch mal. Abgesehen davon sind wir beide, du und ich, die Einzigen hier, die mit so einem Ding umgehen können.»

Angelo meldete sich wieder.

«Ich würde Bomben vorschlagen, Mann. Bomben lassen sich bauen. Ja, ich sag, sprengen wir die Dreckskerle in die Luft! wisst ihr noch, der Bulle aus San Jose, der sich mit uns angelegt hat? Nachdem wir dem die Veranda gesprengt haben – *bummm!* –, da haben wir keinen Piep mehr von ihm gehört. Davongelaufen ist er, die feige Sau.»

In diesem Augenblick meldete sich sein Handy. Ein Fetzen aus Metallicas «Enter Sandman» fiel seiner hitzigen Ansprache über Bomben und Rache ins Wort.

Angelo warf einen Blick auf das Display. Sein Eifer war wie weggewischt. Es schien ihm plötzlich weit wichtiger, das verdammte Gespräch anzunehmen, als die 2Wheelers in die Luft zu sprengen. Er murmelte eine kaum hörbare Entschuldigung und ging ran. Mit dem Apparat am Ohr ging er in die Küche. Das Handy wirkte winzig in seiner Pranke.

Patch fand Angelos Verhalten ziemlich merkwürdig. Er warf einen Blick auf die Uhr. Es war vier nach halb drei.

Die Diskussion artete aus. Ahab verdrehte die Augen. Er saß in der Ecke und klopfte mit dem Vorschlaghammer auf den Tisch in dem Versuch, die Ordnung wiederherzustellen. Aber Officers wie einfache Members, keiner hielt mit seiner Meinung mehr hinterm Berg. Patch gehörte zu der Fraktion, die schnell handeln wollte, aber gleich mit Bomben auszurücken schien ihm doch etwas starker Tobak. Im Übrigen hoffte er, dass nicht irgendwo eine Wanze angebracht war, ja, dass nicht irgendwer eine mitgebracht hatte. Bei all dem Geschrei über Raketen und Bombenattentate wären sie schnell eingefahren. Angesichts der aggressiven Haltung Amerikas zum Thema innere Sicherheit, von der Begeisterung, mit der man hier Staatsfeinde zusammentrieb, ganz zu schweigen, würde man sie als Terroristen vor Gericht stellen.

Nach einigen Minuten kam Angelo wieder herein. Als er sah, dass Patch noch immer die hintere Wand vor dem Umfallen bewahrte, stellte er sich neben ihn. Der nächste Punkt der Tagesordnung war Marcos Tod und die Fortschritte der Ermittlungen.

Patch beugte sich hinüber und flüsterte: «Mensch, Angelo, du hast denen ja richtig eingeheizt.»

«Na ja, sind ja auch blöde Arschlöcher», flüsterte er. «Und ich meine, was ich sage. Jedes Wort. Ich werd nicht bloß das Maul aufreißen.»

«Alles klar.»

Die Gemüter erhitzten sich wieder, als zwei Members aus Richmond, Pete und Sergio, sich über die Folgen von Marcos Tod zu streiten begannen.

«Marco hätte nicht so dumm sein sollen, allein ins Trader's zu fahren», sagte Richmond Pete.

«Was laberst du da?», antwortete Sergio. «Dass er selbst schuld hat, dass man ihn abgeknallt hat?»

«Nu schalt mal das Hirn ein», sagte Pete. «Das hab ich nicht gesagt. Aber es geht in einem Club darum, mit anderen Members abzuhängen. Und sicherer ist es auch. Marco war einfach unvorsich–»

«Unvorsichtig?», reagierte Sergio hitzig. «Was denn? Bist du noch nie allein in 'ne Kneipe gegangen? Auf 'n schnelles Bier? Ich weiß doch, worauf du hinauswillst! Aber du ziehst hier die Erinnerung an Marco in den Dreck. Das ist despektierlich.»

«Red doch keinen Scheiß», sagte Pete.

«Wer redet hier Scheiß?», brüllte Sergio. «Du ja wohl, oder? Du redest Scheiß über Marco aus Oakland, über einen Toten, verfluchte Scheiße nochmal!»

Pete holte aus und haute Sergio eine aufs Maul. Sofort sprangen andere auf. Man witterte einen Tanz. Sergio fing sich und trat Pete in den Bauch, der über ein paar eben frei gewordene Stühle segelte. Als er sich wieder aufraffte, stürzte er sich auf Sergio. Die beiden nahmen sich gegenseitig in die Kopfzange. Wie eine Brezel standen sie da. Die anderen jubelten den Kämpfern zu und ließen sie machen. Solange mit bloßen Fäusten gekämpft wurde und keine Messer, Prügel oder Schlagringe zum Einsatz kamen, ging ein Kampf durchaus klar.

«Wir müssen uns was einfallen lassen, was Marco angeht», sagte Patch zu Angelo. «Nu schau dir das an. Waren die beiden im Knast nicht die besten Kumpels? Jetzt hauen sie sich die Hucke voll. Die Jungs werden langsam unruhig.»

Er wies auf die beiden Raufbolde. «Sag mal, Angelo, solltest du als Sergeant at Arms nicht dazwischengehen?»

«Vermutlich», meinte Angelo nölig, «aber ich hab's nicht eilig. So kleine Rempeleien halten die Jungs auf Draht.» Lachend schlurfte er nach vorn, wo Pete und Sergio noch immer blindlings aufeinander einschlugen, obwohl sie beide zu Boden gegangen waren.

Als Angelo an ihm vorbeikam, stieß Patch ihn wie aus Versehen an und klaute ihm das Handy aus der Tasche der Lederjacke. Er musste dabei an seine Zeit als Taschendieb im Gefängnis denken, wo man unter den Augen der Schließer klaute und das Zeug dann heimlich im Hof herumgehen ließ. Während Angelo Pete und Sergio trennte, um dann das Bußgeld zu kassieren, stellte Patch das Handy ab und ließ es in seine Brusttasche fallen.

Die Versammlung ging noch vierzig Minuten, dann leerte sich der Saal. Die Members gingen vors Haus. Es folgte ein Chor startender Harleys. Für einen so ernsten Anlass hatte sich das Treffen relativ abrupt aufgelöst. Bei all den Diskussionen hatte man auch nicht einen Beschluss gefasst. Die Abgesandten würden wieder zu ihren Chapters zurückfahren, und das Chapter Oakland wollte die kommenden Tage über einen Aktionsplan beraten. Erst dann wollte man handeln. So viel zu einem «schnellen und entschlossenen Schlag».

Als Patch draußen auf seine Mean Machine stieg, sah er Angelo aus dem Clubhaus kommen. Er ging hektisch seine Taschen durch. Er machte ein verwirrtes Gesicht. Während Patch Angelo ins Haus zurückstiefeln sah, um nach dem vermissten Handy zu fahnden, ließ er seine Maschine aufheulen, legte einen Gang ein und fuhr los, Richtung Osten, in Richtung von Nine Inchs Loft.

Auf der Rückfahrt fragte Patch sich, wieso er eigentlich Angelo das Handy geklaut hatte. Er hätte es nicht sagen können. Er war lediglich der Stimme in ihm gefolgt, die ihm gesagt hatte: *Mach!* Es war ein Impuls, dem zu gehorchen er sich angewöhnt hatte. Und er hatte es nie bereut.

Auch Nine Inch hatte früh Feierabend gemacht an dem Tag. Er war bereits zu Hause in seinem Loft, als Patch sich mit Hilfe der Zahlenkombination Einlass verschaffte. Dann öffnete er mit dem Schlüssel die Titanschlösser des Lofts. Patch konnte die Anlage noch immer nicht fassen – Sicherheitsvorkehrungen wie im Knast! Nine Inch saß an der langen Arbeitsplatte in der Küche und verschlang ein Mikrowellen-Menü, irgendein orientalisches Gemüse von einem angesagten Nobelkoch; dazu trank er Rotwein aus einem großen Kelchglas. Patch ging hinüber und machte den Thrash-Metal-Krach leiser, der in ohrenbetäubender Lautstärke aus den Boxen kam. Als er Nine Inch so auf sich aufmerksam gemacht hatte, hielt er das silberne Handy hoch, das er bei der Versammlung abgestaubt hatte.

«Ich muss mal was fragen. Wenn man auf dem Ding hier den richtigen Knopf drückt, lässt sich da feststellen, wer grade wen angerufen hat?»

«Sicher. Wenn du Caller-ID hast, dann kannst du eine Liste der, was weiß ich, letzten zwölf Anrufe einsehen, die reinkamen oder rausgingen – sogar die Namen, wenn sie einprogrammiert sind. Hängt davon ab, wie das Ding gesichert ist. Warum?»

«Okay, mach doch mal hier.»

Patch warf ihm das Handy zu. Nine Inch sah sich das Keypad an und studierte die einzelnen Tasten. Es war ein billiges Modell, wie Nine Inch mit einem verächtlichen Schnauben bemerkte, ein Sprint PCS, wie man sie für einen Zwanziger bei RadioShack nachgeschmissen bekam. Aber immerhin mit Internetzugang und Voice-Control. Nach etwas Krächzen und Piepsen hatte er die gewünschte Information.

«Gib doch mal den Block und den Stift da.» Nine Inch notierte eine Liste mit den jüngsten Nummern. «Patch, ich kann das Ding vermutlich an meinen Computer hängen und sie dir ausdrucken, wenn du willst.»

«Vielleicht später. Im Augenblick interessiert mich nur ein Anruf, der so gegen halb drei reinkam.»

Nine Inch drückte auf dem Ding herum. Unter großem Gepiepse ging er auf dem winzigen Display eine Reihe von Nummern durch, bis er die richtige Zeit hatte. 2.34 Uhr – das war's.

Auf dem Display hieß es: *2:34pm 510-555-9178.*

«Ist nur eine Telefonnummer, kein Name. Soll ich mal anrufen.»

«Ja, mach mal.»

Nine Inch drückte nur eine Taste, und die Nummer wurde augenblicklich gewählt. Er wurde verbunden. Er schaltete das Handy auf Lautsprecher, damit sie beide hören konnten, wer ranging.

Es klingelte viermal, dann schaltete der Apparat auf eine Mailbox. Die aufgezeichnete Stimme war monoton, aber gehechelt, die Begrüßung war ein einziger langer Satz.

«Sie sprechen mit der Zweigstelle East Bay Anschluss John W. McIntosh hinterlassen Sie eine Nachricht nach dem *Piiiep!*»

Nine Inch legte auf, ohne eine Nachricht zu hinterlassen.

«Hört sich ziemlich harmlos an», sagte er und gab Patch den Apparat zurück. «Wem gehört das?»

«Is' egal», antwortete Patch kurz.

Einige Sekunden später klingelte das Telefon in Patchs Hand. Beide Männer fuhren erschreckt zusammen. Es war derselbe Fetzen Metallica, der schon die Versammlung im Clubheim gestört hatte. Patch drückte auf den Antwortknopf und machte Nine Inch Zeichen, leise zu sein.

«Hallo?» Es folgte eine lange Pause.

«Hallo?», schrie die Stimme aus dem kleinen Lautsprecher. «Hey, du Scheißkerl, wer immer da dran ist, das Telefon ist geklaut! Ich find dich schon, du Arsch, und dann –»

Der Zorn in Angelos Stimme ließ Patch instinktiv auflegen. Nine Inch sah ihn fragend an.

«Das war doch Angelo. Ich hab ihn an seinem nöligen Texaner-Dialekt erkannt. Was ist denn mit ihm?»

Patch kratzte sich am Kopf. «Ich kann verstehen, wieso Angelo sauer ist. Schließlich hat man ihm das Telefon geklaut. Aber wer zum Teufel ist John W. McIntosh? Und was soll der Quatsch von wegen ‹Zweigstelle East Bay›?»

«Hört sich an, als hätte Angelo was auf der Pfanne. Aber ich meine, wer von uns hat nicht irgendwo eine kleine Linke laufen?»

«Eine Linke ist eine Sache, aber ich habe so das Gefühl, dass da was anderes dahinter steckt.» Patch sah zu Nine Inch hinüber und nickte dann bedächtig. «Bisschen Detektivspielen wär hier vielleicht gar nicht verkehrt.»

15 | ALONG COMES MARY

Nur weil sich ein Krieg zusammenbraute, blieb Angelos Leben nicht stehen. Er hatte seine eigenen Sorgen: Er hatte eine Familie vor dem Zerfall zu bewahren, sich und Hollister; er hatte einen FBI-Mann im Nacken, keine Arbeit, keine Frau; seine Schulden erdrückten ihn schier, und jetzt stand man auch noch vor einem erbitterten Krieg. Immer wenn es Angelo praktisch nicht mehr dreckiger gehen konnte, machte er, was eine Menge richtiger Männer in Amerika in so einem Fall machten – er ging zum Angeln.

Angelo lenkte seinen Bock von der Hauptstraße und parkte auf dem steinigen Platz neben dem Outrigger, einer altehrwürdigen Bikerbar in Crocket, einem winzigen Fischerstädtchen dreißig Meilen östlich von Oakland. Wahrscheinlich standen schon eine ganze Reihe von seinen Bikerspezis an der Bar, stockbesoffen, und das am Nachmittag. Das Outrigger liegt direkt an der Carquinez Strait, deren Wasser sich in die Bucht von San Francisco ergießt. Man hat von dort aus einen herrlichen Blick auf die gewaltige Richmond-San Rafael Bridge am Horizont. Die Stelle, wo er angelte, war nur ein kurzes Stück zu Fuß von der Bar.

Angelo ging so manchen Nachmittag am Point Molate auf Streifenbarsche, allein mit seiner billigen Drei-Meter-Rute, einem Angelkasten und dem Rost eines alten Grills. Nicht dass ihm das Angeln an sich groß was gebracht hätte außer Hunger und Durst. Wenn er hungrig wurde, hob er eine kleine Grube aus, sammelte Zweige, machte ein Feuer, warf ein paar Holzkohlebriketts hinein und legte den Rost darüber. Auf dem grillte er Würstchen, die er mit einigen Sixpacks Pabst Blue Ribbon hinunterspülte. Für ihn war so ein Nachmittag am Point Molate der Himmel auf Erden. Ort und Zeit boten die perfekte Konstellation, um über seinen Platz im Universum nachzusinnieren.

Angelo gab einen Sechs-Unzen-Senker an die Leine, versah den Haken mit einem ordentlichen Köder und warf das Ganze gut zwanzig Meter weit aus. Dann setzte er sich hin und starrte stoisch hinaus aufs Meer. Die Strömung war stark und das Wasser kabbelig. Sogar Schaumkronen waren zu sehen. Das Wasser war ungewöhnlich kalt, seit das Amt für Jagd und Fischerei den Überschuss an Süßwasser aus den nördlichen Regionen des Deltas in die Meerenge abfließen ließ. Die Fische würden wahrscheinlich nicht beißen. Ein Mann ging mit seinem kleinen Sohn vorbei. Wahrscheinlich der eine Tag in der Woche, an dem er ihn sehen durfte. Als er Angelos Color sah, wandte er den Kopf ab. Der Kleine dagegen brachte ein Lächeln zustande, und Angelo nickte ihm zu.

Bevor er die Leine zum zehnten Mal auswarf, machte Angelo Feuer. Er holte Würstchen und Brötchen heraus und öffnete das vierte Bier. Dann hatte er eine Eingebung. Er sah einen Ausweg: Um nicht länger mit seinen Schuldgefühlen und der Schmach zu leben, bräuchte er die verfahrene Situation, in der er steckte, doch nur mal von der anderen Seite zu sehen.

Angelo hatte mit J. W. und dem FBI eine Abmachung getroffen in der Nacht, die er in Handschellen auf dem Stuhl verbracht hatte. Das Letzte, was er wollte, war, nochmal vor Gericht zu müssen oder gar in den Knast. So hatte er versprochen, den Club zu Drogen- und Waffenkäufen anzustiften, um ihn als kriminelle Unternehmung hinzustellen. Das erlaubte J. W., seinen persönlichen Rachefeldzug gegen die Motorradclubs weiterzuführen.

J. W. hatte ihn laufen lassen. Jetzt war es an Angelo, nach seiner Pfeife zu tanzen und seinen Teil des Deals zu erfüllen. Er hatte dazu zwei Geschäfte anzuleiern, einen Waffen- und einen Drogendeal; er hatte den Ort zu bestimmen und die Beteiligten zu rekrutieren. J. W. würde die Operation finanzieren und dann für die Verhaftung sorgen, wenn es so weit war.

Angelo sah dabei weniger den Ausverkauf als den Profit; er stellte sozusagen nur seine Prioritäten richtig. *Von jetzt an,* so dachte er, *gibt es nur noch meinen Sohn und mich. Was hat mir denn der Club in letzter Zeit denn nun wirklich gebracht? Armut und Knast! Und nur weil ich mich hab umdrehen lassen, heißt das noch lange nicht, dass ich es jetzt mit dem FBI halte. Scheiß der Hund drauf,* so Angelos Schluss, *roll sie doch beide, den Club und die vom FBI. Spiel sie gegeneinander aus. Auf Teufel komm raus!*

Mit der Staatsknete könnte er schalten und walten, wie er wollte, und das FBI hielt auch noch die Hand über ihn! Der amerikanische Steuerzahler würde schon zahlen. Er und der Staat waren jetzt Partner. Dank J. W. würde der Staat Angelo nicht nur seine Geschäfte finanzieren, er würde ihn auch vor dem Knast bewahren und zu guter Letzt auch noch verschwinden helfen.

Das war überhaupt der interessanteste Aspekt an seinem Verrat; Angelo hatte ihn zunächst gar nicht gesehen. Kein Wunder, dass Members Clubkameraden hinhängten. Er bräuchte J.W. bloß ein paar Typen aus dem Club ans Messer zu liefern, und wenn alles erledigt war, würden er und Hollister mit Hilfe des Zeugenschutzprogramms untertauchen. Die US-Marshals waren schon dran. Was seine Zukunft anging, so konnte er sich verdammt nochmal Schlimmeres vorstellen.

Angelo spürte ein Zupfen an der Leine. Ein Stück draußen sah er das ersehnte Planschen. Schließlich begann mit einem Klick seine Rolle zu surren. Er sprang auf und landete einen Streifenbarsch – zu klein, um ihn behalten zu dürfen, aber für ihn war es ein hübscher Brocken, und der Teufel sollte ihn holen, wenn er das Vieh wieder ins Wasser warf! Er würde ihn mit nach Hause nehmen und für Hollister und sich in die Pfanne hauen. Heute war der erste Tag seines neuen Lebens.

Es bedurfte keiner großen Überredungskünste, einige der Brothers, erst Eight Ball, dann 12-12, dazu zu bekommen, Angelo eine beträchtliche Menge Pot abzunehmen und dann zu verhökern. Sein Plan sah vor, ein Netz aufzubauen, eine kleine Rockerarmee, die die Ware auf ihren Maschinen von Stadt zu Stadt fuhr. So gut es dem Club allgemein gehen mochte, die Brieftasche einiger Brothers war nicht weniger flach als seine eigene. Es sah trist für sie aus. Angelos Plan garantierte allen einen satten Profit, und das steuerfrei. Er versprach ihnen einige Monatseinkommen für einige Tage Arbeit. Sie hatten die Chance, den ersten halben Zentner rauchfertiges Big Bud Sativa in die Bay Area einzuführen. Der Straßenverkauf dieses Stoffs warf so einiges ab. Der Absatz war kein Problem. Selbst in so schlechten Zeiten wie diesen rissen die Leute einem Pot aus der Hand. Außerdem würden einige verdeckte Ermittler als Kundschaft fungieren.

Aber natürlich musste dabei auch für J. W. etwas rausspringen. Der Scheißkerl machte ihm wirklich Dampf. Tags zuvor hatte J. W. Angelo gleich mehrmals angerufen, um nachzufragen, wie er vorankam. Er hatte auch Neuigkeiten für Angelo: Der Papierkrieg für seinen Zeugenschutzdeal mit den US-Marshals war unter Dach und Fach. Entweder J. W. wollte nur mal sehen, ob Angelo nicht vielleicht noch einen Rückzieher machte, oder er zog die Leine an. *Oder war es eine Schlinge?*

Um die Geschichte anzuleiern, musste Angelo Merle aufscheuchen, einen alten Kifferspezi, der in Humboldt County untergekrochen war. Merle war ein alter Bekannter der Infidelz und hatte sich als unbezahlbarer Potlieferant etabliert. Angelos Plan musste interessant genug sein, um möglichst viele Leute an Bord zu bekommen. Eight Ball und 12-12 waren geldgeil genug – sie würden weitere Members anheuern, wenn die Geschichte erst einmal richtig lief. J. W. brauchte Beweise, um ihnen mit der Zugehörigkeit zu einer kriminellen Vereinigung kommen zu können. Was Merle anging, der konnte es kaum erwarten, sie regelmäßig mit frischer Ware zu versorgen. Und die Staatsknete würde dafür sorgen, dass alles lief.

Angelo, der J. W.s Anweisungen folgte, war geradezu pingelig geworden. Er archivierte auch das letzte Fitzchen Korrespondenz und führte über jeden Schritt Buch. Sorgfältig notierte er nach jedem Treff, jedem Anruf alles in einen kleinen Spiralblock. Zu Hause dann übertrug er die Notizen in eine geheime Datei auf dem Computer, den er Hollister für die Schule gekauft hatte.

«Treffen wir uns bei Bradley's am Jack London Square», hatte er Merle ein paar Tage früher gesagt. «Freu mich schon drauf, dich mal wieder zu sehen. Ist ja schon 'ne Ewigkeit her.»

Bradley's war genau die Art Laden, wo Merle sich wohl fühlen würde, relativ schlicht, wie er war. Nachmittags war ordentlich was los dort, die Tische standen weit genug auseinander, und das belastende Gespräch würde im Lärm der Touristen und anderen Gäste untergehen.

«Sucht ihr beiden doch schon mal einen Tisch. Ich geh Bier bestellen», sagte Angelo zu Eight Ball und 12-12.

Durch das Fenster des Pubs entdeckte Angelo Merles nigelnagelneuen Dodge Ram. Offensichtlich drehte er eine Runde um den Block. Merle würde sich auch nie ändern. Er war ein erfolgreicher Potfarmer und ein furchtbarer Aufschneider, und da verfuhr er nun seine Zeit, weil er verdammt nochmal zu nervös war, in ein Parkhaus zu fahren. Die Überwachungskameras dort machten ihm Sorgen. Als Merle schließlich hereinkam, nahm er die Kappe ab. Angelo stand von seinem Hocker an der Bar auf, um ihm entgegenzugehen.

Im ersten Augenblick hätte Angelo ihn kaum wieder erkannt. Merle war glatt rasiert, sein Haar militärisch kurz. Er trug eine dicke Brille und wirkte benommen, als hätte er was geraucht. 12-12 schwenkte am Tisch in der hinteren Ecke die gewaltigen tätowierten Arme, damit er ihn sah.

«Herrgott», murmelte Angelo unhörbar, als er auf Merle zuschlenderte, «auffälliger geht's wohl nicht, was?»

Merle und Angelo umarmten sich, dann gingen sie nach hinten an den Tisch. «Ey, Typ! Was ist denn aus deinem Bart geworden? Und die Matte ist auch ab!»

Merle lächelte ausdruckslos. Merle hatte größten Respekt vor seiner Feldfrucht. Er nannte sie Mary, und sie war seine große und einzige Liebe. Er teilte sein Leben in die Zeit vor Mary und in die Zeit, seit er sie kennen gelernt hatte. Er war von der Kappe bis zu den Schuhen an seinen Füßen in Hanferzeugnisse gekleidet. Er mochte wie ein Bauer aussehen, aber Merle war alles andere als ein Landei. Er war in der East Bay aufgewachsen, auf den Boulevards von San Leandro; bei den Infidelz hatte er sich als Hangaround ausgezeichnet. Erst später hatte er seinen Job als Vorarbeiter einer Schweißerkolonne hingeschmissen und war nach Humboldt County im Norden gezogen, weil ihm nach Natur und Ruhe gewesen war. Zur

Ruhe gekommen war er allerdings nicht. Er hatte sich für den Hanfanbau zu interessieren begonnen, aber in den nordkalifornischen Pot-Countys wie Humboldt und Trinity misstraute man Neuen grundsätzlich, da sie entweder potenzielle Konkurrenten oder verdeckte Ermittler waren. Angelo nahm einen Beeper von seinem Gürtel und stellte ihn auf den Tisch.

«War gar nicht so einfach, das Vertrauen der Leute da zu gewinnen», erzählte Merle den Männern am Tisch. «Aber wenn man schießen kann und Motorrad fährt, dann ist man immerhin schon mal okay. Außerdem bin ich mitten in die Ernte gekommen. Das ist für die Bauern die wichtigste, aber auch die gefährlichste Zeit. Um die Zeit habe ich auch meine Sicherheitsfirma aufgemacht.»

Merle hatte den Bauern geholfen, die Cannabisfelder an den sanften Hügeln des County zu patrouillieren. Er heuerte bewaffnete Wachen an und sicherte die Felder mit ausgeklügelten Fallen.

«Wir haben Fallen mit Stolperdrähten und Angelhaken in Augenhöhe entwickelt. Ich bin jetzt in den Hügeln von Humboldt die erste Adresse im Security Business.»

Merle trank einen ausgiebigen Schluck Bier, bevor er mit seiner Geschichte fortfuhr. Eight Ball und 12-12 saßen praktisch auf der Stuhlkante, so gespannt waren sie. Angelo hatte die Sprüche schon mal gehört.

«Der Bund hatte eine Kampagne gegen den Marihuana-Anbau gestartet», fuhr Merle fort. «Mit Flugzeugen und Hubschraubern haben die die Hügel abgesucht. Es war manchmal der reinste Krieg. Die Highway Patrol ist jedem aufs Haupt gestiegen, der regelmäßig den Highway 101 rauf- und runterfuhr. Aber die Einheimischen mögen uns, vor allem die Kaufleute und die Autohändler, schließlich kaufen die Leute aus den Hügeln einen neuen Wagen nach dem anderen, Trucks und Geländewagen, und das alles in bar.»

Das geradezu unheimliche Geschick, mit dem Merle der Polizei aus dem Weg zu gehen verstand, hatte ihn zum Volkshelden gemacht. Mit Samen aus Amsterdam hatte er schließlich selbst mit dem Anbau begonnen, und das Geschäft mit seinem Skunk No. 1 blühte. Das Land, auf dem er anbaute, gehörte dem Bund und war so abgelegen, dass er nicht selten wie Jeremiah Johnson, der legendäre Waldläufer, aussah, wenn er alle paar Monate auftauchte, um Grundnahrungsmittel und Nachschub zu holen. Binnen weniger Jahre war Merle praktisch zum Krösus geworden.

«Der Verdienst ist unglaublich. Ich habe Geld buchstäblich eingemacht, in paraffinversiegelten Marmeladengläsern, gewaschene Zehner, Zwanziger, Fünfziger, sogar Hunderter! Die habe ich in einem großen Schrank in meiner Speisekammer, und wenn ich wissen will, wie viel Barschaft ich habe, brauche ich bloß die Reihen meiner Gläser zu zählen.»

Merle war ständig dabei, seinen Anbau zu modernisieren. Als Flugzeuge und Hubschrauber den Grashandel in Scheunen drängten, hatte Merle acht fensterlose Häuser auf seine Parzelle gebaut, Attrappen, die nach außen hin wie eine kleine Siedlung aussahen.

«Wir leben praktisch autark», sagte Merle mit leuchtenden Augen. «Für Pacific Gas and Electric existiere ich noch nicht einmal.» Ein Dieselgenerator, groß genug, um ein kleines Krankenhaus zu versorgen, lieferte den Strom für seine Gewächshäuser, in denen er sein Gras hydroponisch zog. Dass er im Vorjahr fast den gesamten Erlös seiner Ernte in Windgeneratoren angelegt hatte, würde seine Unkosten künftig drastisch reduzieren.

Und so hatte Angelo denn auch den Treff mit ihm arrangieren können. Merle war ohnehin in der Bay Area gewesen. Er kam gerade von einer neuen Firma bei Palo Alto und hatte mehrere dieser Generatoren bestellt.

«Die Firma gehört zwei Stanford-Absolventen.» Merle lachte. «Zwei richtige Kanonen, und die wissen verdammt genau, was ich mit ihren Dingern mache.»

Es wurde langsam Zeit, dass Angelo ihn unterbrach, um den Deal einzufädeln. Sonst würde Merle den ganzen Nachmittag Anekdoten aus dem Potgeschäft erzählen.

«Wie geht das Geschäft denn so? Mary muss doch irre was einbringen im Emerald Triangle», sagte er und meinte damit die drei Countys Mendocino, Humboldt und Trinity.

«Kann nicht klagen. Sie war immer gut zu mir. Ich habe jetzt schon drei Harleys, die ich nie fahre, und eine Riesenwanne von einem Boot, mit dem ich nie segeln geh. Und seit einigen Stunden bin ich stolzer Besitzer von vier Windgeneratoren – fünfzig bis zwohundertfünfzig kW! Ich bin ganz auf Expansion eingestellt, ich bin dabei, eine ganz neue Produktlinie zu entwickeln, Gras zu erschwinglichen Preisen. Damit kann ich dann mit den Pflanzern von medizinischem Marihuana konkurrieren.»

Merles Leben war deswegen noch lange kein Zuckerlecken. Ständig musste er allen einen Schritt voraus sein: der Drogenfahndung, dem Bundeskriminalamt, der Steuer, den Waffenfahndern, der Nationalgarde und der Highway Patrol. Aber auch seinen Rivalen, da die Pflanzer da oben einander ständig bestahlen.

«Erst letzte Woche», sagte er, «hat das FBI bei einer Razzia den Wert pro Pflanze auf zwei Riesen geschätzt. Ist das zu fassen?»

Eight Ball und 12-12 saßen mit versteinerten Mienen hinter ihrem Bier. Es war an Angelo, das Gespräch weiterzuführen.

«Merle, Alter, wir haben vor, irgendwann in den nächsten vierzehn Tagen einen halben Zentner bestes Gras unter die Leute zu bringen; die beste Qualität, die nur du auftreiben kannst. Und das ist erst der Anfang.»

Angelo konnte die Rädchen in Merles Kopf hören. Dass Angelo zu den Infidelz gehörte, bedeutete, dass nur eine minimale Anzahlung aufzubringen war. Aber es spielte im Grunde sowieso keine Rolle, wie viel Merle verlangte. Cash aufzutreiben war J. W.s Problem, nicht seines.

«Fünfzig Pfund Mary in zwei Wochen? Ist durchaus zu machen», sagte Merle, der bereits überschlug, wie viel von dem Profit sich für die Generatoren abzweigen ließ, die er gerade gekauft hatte. «Vielleicht sogar früher.»

«Deswegen hab ich Eight Ball und 12-12 mitgebracht. Sie sind deine Kontaktleute. Sie werden den Stoff abholen und zu den Abnehmern transportieren. Nicht wahr, Jungs?»

«12-12 und ich werden uns persönlich um die Lieferungen kümmern», sagte Eight Ball, «und dafür sorgen, dass du dein Geld kriegst.»

«Interessenten hab ich schon eine ganze Menge, alles, was ich jetzt brauche, ist das Produkt. Wer soll uns dazwischenfunken? Wir könnten einen Treff ausmachen, irgendwo in der Pampa, Redding zum Beispiel?»

«Warum nicht», sagte Merle. «Redding geht klar. Sagen wir nächsten Mittwoch. Ein Freund von mir hat da ein Futtermittelgeschäft mit einer Laderampe. Über den können wir das abwickeln. Ich mach euch einen guten Preis. Zu einem bequemen Zeitpunkt. Cash bei Lieferung. Danach können wir dann einen Mengenrabatt vereinbaren? Abgemacht?»

Angelo nickte. Über Geld sprachen sie nicht. Wie viel genau ihn die erste Lieferung kosten würde, das würde Merle ihm draußen sagen, vor dem Lokal.

«Gut. Bestellen wir. Ich bin am Verhungern.»

Nicht schlecht, dachte Angelo. Der Deal war unter Dach und Fach, noch bevor die Burger auf dem Tisch waren. Vertrauen und Respekt waren alles in diesem riskanten und skrupellosen Geschäft. Als das Essen mit den Dips kam, hatte Angelo einen Anfall von Übelkeit. Er bekam den Burger kaum runter, und der Smalltalk fiel ihm zusehends schwerer. Zu seinem Glück spürte er, daß die Stadt Merle bereits nervös zu machen begann. Die Fahrt zurück in sein Paradies im Norden war lang. Als sie das Bradley's verließen, legte Merle Angelo den Arm um die Schulter.

«Angelo, ich nehm mal an, du weißt, was du machst», sagte er. «Richte dem Club Grüße aus, ja? Ist immer schön, mit euch Geschäfte zu machen.» Merle drückte Angelo fest an sich und flüsterte: «Zwanzig Mille. Sonderpreis für den Einstieg.»

Merle hatte noch die Arme um seine Schultern, als Angelo etwas sah, was ihm gar nicht gefiel. Am anderen Ende des Tresens stand, mit einem frischen Bier in der Hand, J. W. McIntosh.

Er schien die Gruppe attraktiver Mädchen noch nicht einmal zu bemerken, die neben ihm stand. Als Angelos Blick sich mit seinem traf, wies bestenfalls ein Blitzen in seinen Augen darauf hin, dass er ihn kannte. Angelo nahm sich vor, mit dem Agenten zu reden, was seine Observierungstaktik anging. Wenn er nochmal so einen Blödsinn machte, konnte Angelo sich womöglich in der Pampa von Garberville die Marihuanastauden von unten ansehen.

16 | EINE HAND VOLL DOLLARS

Patch raste auf dem Highway nach Süden. Es herrschte kaum Verkehr, als er Oakland hinter sich ließ, und im Schutz der Dunkelheit fuhr er die Mean Machine, ohne sich um die Spuren zu kümmern, voll aus. Zwanzig Meilen später bog er ab und nahm eine Straße, die parallel zum Highway verlief. Noch eine Meile, dann hatte er Trader's Roadhouse erreicht. Patch fuhr auf den Parkplatz vor der Bar. Er stellte den Motor ab und ließ die Maschine in eine Parklücke vor der Tür rollen.

Dieser Scheißladen, dachte er.

Patch nickte dem Rausschmeißer mit den tätowierten Muskelbergen vor dem Eingang zu und trat in die lärmige Bar. Er bahnte sich einen Weg durch die Menge an den voll besetzten Tresen. Er fiel einem großen Kerl mit Cowboyhut ins Wort, der gerade eine Runde Bier bestellte.

«'tschuldige, Partner», sagte er zu dem Hut. Der Cowboy reagierte gereizt, bemerkte dann aber Patchs Kutte und ließ ihn in Ruhe.

«Ich suche Jerry», rief Patch dem Barmann über den Lärm der Trinkenden zu. «Ist er im Büro?»

«Der Boss?», fragte der Barmann.

«Ja.»

«Der ist beschäftigt.»

Patch wandte sich ab und ging auf eine große graue Stahltür zu. Auf einem Zettel mit Eselsohren stand: *Nur für Angestellte. Kein Zutritt.* Die Tür ging auf. Ein stämmiger Rausschmeißer kam aus dem Büro und verschwand in der Menge.

Patch ging auf die Tür zu und klopfte fünfmal.

Keine Antwort.

Er klopfte nochmal, wieder fünfmal, aber fester und lauter. Die Tür ging einen Spalt auf. Ein rothaariger Mann Mitte fünfzig steckte den Kopf heraus. Patch stieß die Tür weiter auf, trat in das kleine Büro und knallte die Tür hinter sich zu.

«Jerry», sagte Patch ohne die Spur eines Lächelns. Das winzige Büro roch nach schalem Zigarrenrauch. «Wie geht das Geschäft?»

«Patch Kinkade», sagte Jerry aus dem Mundwinkel. Er hatte einen dicken Packen Scheine in der Hand. Er ging hinüber an den Schreibtisch und setzte sich auf den Stuhl. Kleinere Geldbündel lagen auf dem Schreibtisch. Er zählte die Einnahmen der letzten Schicht. «Was bringt dich denn hierher?», fragte er.

«Ich denke, das weißt du. Vor anderthalb Wochen hat's hier einen unserer Leute erwischt. Auf dem Parkplatz.»

«An dem Abend hatte ich frei.»

«Irgendwas Genaueres?»

«Die Bullen waren da. Haben ein paar Fragen gestellt. Seitdem hab ich nichts mehr gehört.»

Patch tat zwei Schritte auf Jerry zu und baute sich vor ihm auf. «Ist das wahr?»

Jerry blickte nervös zu ihm auf, dann senkte er den Blick wieder auf das Geld, das in sauberen Bündeln – Fünfer, Zehner, Zwanziger, Fünfziger, Hunderter – auf dem Tisch lag. Er sortierte weiter. «Hör zu, Patch. Können wir morgen drüber reden? Ich hab zu tun.»

«Jetzt ist mir lieber.»

«Okay.» Jerry stieß einen Seufzer aus. «Es gab eine Rempelei zwischen Bikern. 2Wheelers, Soul Sacrifice.»

«Gun Runners?»

«Waren auch welche dabei. Es sind ein paar Schüsse gefallen. Ein paar Köpfe gingen zu Bruch. Die Geschichte war im Nu wieder vorbei.»

«Haben deine Jungs was gesehen?»

«Nichts. Ging viel zu schnell. Wir konnten nicht das Geringste tun.»

«Ist das alles?»

«Hör zu, Patch, gib mir 'n Tag, und ich red mit meinen Angestellten. Ich meld mich –»

«Nein, du hörst zu.» Patch stürzte sich auf ihn, riss den Drehstuhl herum, packte Jerry und zerrte ihn hoch. Eine Hand griff nach seinem Hals. Ein gerahmtes Bild an der Wand fiel zu Boden, das Glas zersprang. «Scheiß mich bloß nicht an!»

Jerry rang nach Atem unter Patchs Griff. Patch drückte noch fester zu. Jerry blickte nervös über den Tisch.

«Einer meiner Jungs ist tot.» Patchs Augen wurden ganz groß vor Zorn. «Tot, Jerry. Und Ahab und die anderen haben auch nicht ein Wörtchen von dir gehört.» Er schüttelte den Barbesitzer ordentlich durch. Jerry lief rot an.

«Bike Nite», höhnte Patch. «Ist doch 'n Neppschuppen hier. Die reinste Lizenz zum Gelddrucken.»

«Nu mach mal halblang.» Ein Schauder überlief Jerry. «Wir können uns doch irgendwie –»

«Hör auf, mich zu verarschen. Was weißt du über die Schießerei?»

«Nichts. Ich schwör's. Ich hatte an dem Abend frei.»

«Ich verlier langsam, aber sicher die Geduld.»

«Okay, okay. Zwei Schwarze hat es übel erwischt, man hat sie festgenommen. Wheelers und Gun Runners sind abgehauen, bevor die Bullen da waren.»

Patch ließ Jerry los. «Sag mir was, was ich noch nicht weiß, du geldgeiles kleines Stück Dreck.»

Patch holte aus und drosch Jerry die Faust auf die Nase. Blut spritzte ihm aufs Gesicht. Patch schickte einen Schlag gegen das Kinn hinterher. Die Wucht der Kombination warf Jerry rücklings auf den Schreibtisch, mitten in die Scheine.

Patch warf einen Blick auf das über Schreibtisch und Boden verstreute Geld. Er bückte sich und schaufelte die größeren Scheine zusammen. Wütend hielt er Jerry die Hand voll Dollars vor das blutige Gesicht. Dann riss er ihm noch das Bündel aus der Hand.

«Ich werd Marcos Witwe deine großzügige Spende zukommen lassen», sagte er, als er die Scheine in die Innentasche seiner Jacke schob.

Jerry tastete nach dem Alarmknopf unter dem Schreibtisch. Patch packte ihn an den Haaren. «Versuch's lieber nicht.»

Jerry, der sich die blutende Nase hielt, nickte. Er spuckte Blut. Patch wandte sich ab, riss die Tür auf und knallte sie hinter sich zu. Im Slalom ging er durch die trinkende Menge. Draußen sprang er auf seine Mean Machine. Als er im Sattel saß, drehte er den Schlüssel im Schloss. Als er davonraste, kam ein Trio von Rausschmeißern aus dem Lokal und lief auf den Parkplatz. Es war zu spät. Patch war nicht mehr da.

17 | SCHACHMATT!

Patch hatte seine Zweifel an den Soul Sacs. *Wie sauber war ihre Weste wirklich bei dieser Geschichte?* Sicher war nur, dass er da was übersah. Ihm war klar, dass die Antworten, die er brauchte, nicht von den eigenen Brothers zu kriegen waren. Bei Zweifeln galt immer: woanders umsehen.

Falls die Geschichte mit Marco angefangen hatte, dann hatte sie im Trader's angefangen. Und dann waren die Delz nicht die Einzigen, die Verluste erlitten hatten. Vielleicht hatten die Sacs ja Zugang zu Informationen, die die Delz nicht hatten. Vielleicht hatten sie eine Antwort für ihn. Patch lenkte die Mean Machine in ein Viertel im Norden der Stadt, wo täglich junge Schwarze ihr Leben verloren, so manche durch eine Kugel am helllichten Tag. Obwohl sich praktisch an jeder Ecke eine Ladenkirche befand, war das hier ein hartes Pflaster. Die Lokalnachrichten stockten jeden Abend ihre Mordstatistik auf. Unter dem Strich wurden es von Jahr zu Jahr mehr. Die Motorradclubs waren nicht die Einzigen, die sich gegenseitig abmurksten. In diesem Teil der Stadt war darüber hinaus noch ein schlimmer Drogen- und Bandenkrieg im Gange, und die Polizei richtete praktisch nichts aus gegen das Gemetzel. In der Ninety-fifth Street, mit anderen Worten inmitten dieses Kampfgebiets, lag das Hauptquartier von Soul Sacrifice. In jüngster Zeit zitierten die Zeitungen immer wieder Rollie George, den Chef der Soul Sacs, der gelobt hatte, mit seinem Club alles zu tun, um einer der großen Geißeln dieser Ghettogegend ein Ende zu machen, den willkürlichen Schießereien.

Patch näherte sich dem Clubheim der Sacs, das ganz in Lila und Gelb gehalten war, den Farben des Mardi Gras. *It was a bright, bright sunshiny day.* Vor dem Haus standen zwei schöne auf Chopper gemachte Knuckleheads, richtige Oldtimer. Patch rangierte sein Bike direkt neben sie an den Straßenrand. Die reinsten Museumsstücke. Er stieg aus dem Sattel und stieß dann die unverschlossene Tür des Clubhauses auf.

«Keiner da?»

Nichts. Patch warf einen Blick hinüber zu dem Grill auf der anderen Straßenseite. Nicht ein Biker war dort beim Essen.

Mann, die Leute halten das ja recht locker mit ihrem Hauptquartier. Noch nicht mal ein ‹Buuh!›. Patch ging trotzdem hinein. Seine Augen gewöhnten sich an das Zwielicht im Haus.

In der Ecke saß ein Mann, allein, an einem Schachbrett aus Onyx mit fein gezeichneten Spritzgussfiguren. Während er auf das Schachbrett starrte, schüttelte er eine fast leere Dose Olde English 800. Es war Rollie.

«Patch, Brother», sagte die Gestalt im Zwielicht. «Ich hab dich schon erwartet. Setz dich.»

Einer von Rollies Jungs musste Patch in der Stadt gesehen haben. Unmöglich, Rollies Radar zu entgehen. Soul Sacrifice hatte in diesem Stadtteil ein Ohr am Boden, rund um die Uhr.

Patch setzte sich zu ihm an den Tisch. Sie gaben einander die Hand, geraderaus, ohne Mätzchen.

«Partie?»

«Ich spiel doch nicht in deiner Klasse.»

«Was führt dich her?»

«Offene Fragen.»

«Was hältst du davon – wir spielen, du redest?»

«Und was krieg ich, wenn ich gewinne? Beantwortest du mir meine Fragen?»

«Womöglich hab ich dir ja gar nichts zu sagen. Vielleicht lernst du bloß spielen.»

Patch warf einen Blick auf das Schachbrett. Vor vielen Jahren mal, im Knast, hatte er mal ein paar Züge vorausdenken können. Jetzt sah er bloß noch Rechtecke und eine Menge Figuren. Es war an Patch, zu eröffnen. Er schob den silbernen Bauern in der Mitte um zwei Felder vor. Rollie schob ihm einen der seinen in den Weg.

Einige Züge später brachte Patch seinen Springer ins Spiel. Rollie konterte mit einem Springer in Gold.

Patch beobachtete Rollies Hände über dem Brett. Sie waren glatt, dunkelbraun, kaum dass ein Fältchen zu sehen war. Auf den ersten Blick waren es die Hände eines Jüngeren, aber Rollie hielt seinen Körper in Form. Er sah aus wie ein Dreißiger, war auch so schlank, er wirkte praktisch halb so alt, wie er war. Patch hatte Achtung vor Leuten, die Körper und Geist so gut in Schuss hielten wie Rollie. Abgesehen von einem gelegentlich Zug am Joint in einer geselligen Runde, hatte Rollie mit Drogen nichts am Hut. Seit Jahren hatte er keinen Koks mehr gesnifft. Anfang der Neunziger hatte er dreizehn Monate in San Quentin gesessen. Warum, hatte keiner so genau sagen können. Trotz des stärkehaltigen Essens in einem Knast, der aus Prinzip keine Hanteln duldete, war Rollie mit isometrischen Übungen und Yoga geschmeidig geblieben.

Rollie nahm den Blick vom Schachbrett und schüttelte lächelnd den Kopf. «Wir beide, wir kennen uns jetzt schon eine halbe Ewigkeit. Weißt du noch, die Maloche an den Docks damals? Grade mal zwei Wochen hast du's ausgehalten.»

«Tja, du hattest Kinder zu versorgen. Ich hatte nichts als meinen Hobel und jede Menge Zeit.»

«Drei Kinder. Und alle von derselben Mama!», sagte Rollie stolz. «Und alle hab ich sie durchs College gebracht. Mein Ältester ist Anwalt. Kommt manchmal ganz gelegen.»

«Du hast die Zügel überhaupt fest im Griff. Wenn einer deiner Jungs Scheiße baut, brauchst du ihn bloß mal scharf anzusehen, schon spurt er. Ich wollte, ich hätte nur halb so viel zu melden.»

Rollie machte nichts lieber im Leben, als Harleys und Camaros umzubauen. Er hatte eine ganze Wand voller Trophäen aus Car- und Bike-Shows hinter der Bar im Clubhaus der Sacs. Außerdem schätzte er das ungebundene Bikerleben, das er für sich und seine Soul Sacs geschaffen hatte, und das seit nun fast dreißig Jahren. Er hatte den Club nach seinem Lieblingssong von Santana benannt. Rollie sah sich im «Halbruhestand», obwohl kein Mensch hätte sagen können, worin der Unterschied zwischen «vorher» und «nachher» bestand.

Patch und Rollie machten noch ein halbes Dutzend weiterer Züge.

«Und, fehlt dir Oakland?»

«Ich hatte ja noch nicht mal richtig Zeit dazu», sagte Patch. «Kaum bin ich weg, ist hier der Teufel los.»

Patch überlegte seinen nächsten Zug. Er brachte den silbernen Läufer in Stellung.

«Wem sagst du das?», sagte Rollie. Dann schob er seinen Läufer nach vorn.

«*Dir* sag ich das, Rollie. Waren schließlich deine Jungs, die da draußen bei Trader's in den Fleischwolf gelaufen sind, oder?»

Patch rückte mit seinem Springer Rollies zweiter Reihe zu Leibe.

«So was kommt vor», meinte Rollie, der seine goldene Dame vorschob. Er hatte Blut gerochen.

«Was war denn nun wirklich da draußen?»

Patch schlug Rollies goldenen Springer.

«Ein Haufen Weißer ist über ein paar von unseren Jungs hergefallen», sagte Rollie. «Das ist alles. So viel hat sich da nicht geändert.»

«Ach, komm schon, Rollie. Erzähl mir doch nichts.» Patchs Ansicht nach würde der Chef der Soul Sacs sich nicht halb so selbstgefällig geben, wenn da nicht längst eine Vergeltungsaktion in Arbeit wäre.

«Wir haben an dem Abend auch einen von uns verloren», erinnerte Patch ihn. «Und dann beballern sich meine Leute plötzlich mit den 2Wheelers in Santa Paula – hinter Pokertischen und Spielautomaten.» Den Überfall auf das Clubheim ließ er aus, obwohl er sicher sein konnte, dass Rollie im Bilde war.

Rollie musterte das Schachbrett, dann begann er plötzlich zu strahlen. Er blickte noch nicht einmal auf, als Patch weitersprach.

«Wie war das denn mit den beiden Toten an den Docks, am Abend vor dem Poker Run. Weißt du was Genaueres?»

Patch wurde plötzlich klar, dass es ein dummer Fehler gewesen war, Rollies Springer zu schlagen. Er war in eine Falle getappt. Er versuchte, sich zu sammeln. Rollie trommelte mit den Fingern aufs Schachbrett. «Vielleicht solltest du lieber mal auf die Partie achten, statt so viele Fragen zu stellen.»

«Nun sag schon. Steckst du hinter dem Hit auf die beiden 2Wheelers an den Docks?»

«Hör zu, Brother, es bricht mir nun echt nicht das Herz, zwei auswärtige Weiße weniger auf unseren Straßen zu haben.»

Drei weitere Züge, und Patch merkte, dass seine Dame in Rollies Schusslinie geraten war.

Rollie grinste verstohlen. Patch hätte nicht sagen können,

ob es der Spielverlauf war oder ob es ihn freute, dass die beiden 2Wheelers, die für ihn bloß weiße Arschlöcher in Lederjacken waren, jetzt mit Elvis Dame spielten.

Patch unternahm einen vergeblichen Versuch, seine Dame zu retten, aber Rollie spann sein Netz enger. Nach einigen weiteren entscheidenden Zügen verkündete er schließlich: «Schach!»

Patch versuchte, seinen König mit dem Turm zu retten. *Nichts zu wollen.*

«Schachmatt!»

Rollies Lächeln wurde breiter, bis eine Reihe porzellanweißer Zähne zu sehen war, die im scharfen Gegensatz zu seiner dunklen Haut standen. Als Patch zum Zeichen der Niederlage seinen König umlegte, wurde ihm klar, dass Rollie stolz darauf war, an alles zu denken. Er war ein durchtriebener Kontrollfreak. Es bestand wohl keine Chance, von ihm an dem Abend noch was zu erfahren. Oder doch?

«Himmel, Arsch und Wolkenbruch!» Patch knallte die Faust auf den Tisch.

«Weißt du, warum ich dich geschlagen habe, Patch?»

«Weil du das Spiel um einiges öfter spielst als ich.»

«Nein. Das macht mich nur zum besseren Spieler. Verloren hast du, weil ich dafür gesorgt habe, dass du dich auf die erste Linie konzentrierst, obwohl die Gefahr, dass dir einer still und leise von hinten kommt, viel größer war.»

«Ich soll also über die Schulter gucken, oder was? Wissen, wer ein echter Freund ist und wer nicht?»

«Lies mal die *Kunst des Krieges*. Manchmal haben grade die Brothers mit den besten Absichten das übelste Motiv. Man muss den Gegner ablenken. Täuschen. Mit so was gewinnt man einen Krieg. Womit die Lektion beendet wäre.»

18 | SEMPER FIDELIS

Wir müssen den Infidelz einfach was anhängen – Drogen und Waffen. Und für böses Blut sorgen zwischen den Bikergangs. Und zwar in ganz Nordkalifornien. Anders klappt das nicht. Und das ist *deine* Aufgabe», herrschte J. W. während einer ihrer heimlichen Treffs Angelo an. «Ich lehn mich bei den US-Marshals und der DEA weit aus dem Fenster für dich.»

Dabei waren Angelos Vorarbeiten für den Pot-Ring längst unter Dach und Fach. Es konnte losgehen. Das war der einfachere Teil ihres Plans. Das mit den Waffen und dem Sprengstoff wäre so kurzfristig weit schwieriger in die Wege zu leiten. Da sah er bereits einige Sackgassen und Mauern vor sich. Er war jeder Spur gefolgt, auf die er nur kommen wollte. Glück gehabt hatte er dann im eigenen Club.

Beaver Cleaver, einer der Brothers aus dem Club, hatte da was gesagt, was sich viel versprechend anhörte. Beaver fuhr beim Chapter in Ukiah mit, einem kleinen Redneck-Kaff zwei Countys nördlich von Oakland und San Francisco. Die Delz in Ukiah waren dabei, sich ein Arsenal schwerer Waffen zuzulegen, und hatten die besten Informationen, was in den abgelegenen Camps im Norden Kaliforniens diesbezüglich zu haben war. Die Hillbillys dort handelten nicht nur mit Waffen, sie betrieben in ihrem Waldwinkel auch Meth-Labors und Crackküchen. Und sie waren wirklich zum Fürchten. Angelo wusste, er hatte mit Beaver Cleaver einen Joker gezogen. Er war genau der richtige Mann.

«Ich würde gern was mit 'n bisschen Bums kaufen, was

Feuerkraft anbelangt. Für so was hätte ich 'ne Menge Abnehmer hier», sagte Angelo zu Beav, der ihn vom Münzfernsprecher einer Tankstelle aus zurückrief. «Hättste da was?»

«Du meinst in Oakland?»

«Ja. Aber einkaufen würd ich lieber weiter oben, in eurem Revier. Aber egal was ich kaufe, es würd hier unten bleiben, in Oakland, weit weg von eurem Terrain.»

«Damit ließe sich leben.»

«Also, Beav, was hättste? Ginge da was?»

Angelo verstummte, um die Pause über den Äther wirken zu lassen. Manchmal kam man auch mit Schweigen zum Ziel.

«Okay. Machen wir's doch. Wieso fährst du nicht morgen rauf zu mir? Ich nehm dich mit, und wir checken was aus.»

«Alles klar, Beav. Wie soll das denn im Einzelnen gehen?»

«Sag ich dir, wenn du hier bist.»

Bingo, hatte sich Angelo gesagt, als er den Hörer auf die Gabel knallte. Er hatte sich die Hände gerieben. *Die Sache läuft.*

Am nächsten Tag fuhr er allein von Oakland aus nach Norden. Er brauchte zwei Stunden bis an den Russian River, eine gemütliche Gegend in Sonoma County. Er traf sich mit Beaver Cleaver und besprach mit ihm beim Tanken die nächste Etappe der Fahrt.

«Also Folgendes», sagte Beav. «Ich kenne da eine verschworene Gruppe Ledernacken, vier Sergeants, ein Captain. Sie sind hier in Fort Pearson stationiert. Das ist hier gleich in der Nähe von Ukiah, paar Stunden nördlich von hier. Die könnten grade einen größeren Posten gestohlener Militärwaffen liefern.»

Hörte sich nach Angelos Ansicht gut an. «Ist doch genial. Was haben die denn so? Sprengstoffe? Schusswaffen? Schnellfeuer hoff ich doch.»

«Die haben alles.»

«Is' wahr?» Angelo konnte sein Glück kaum glauben. Der Club war dabei. Und er würde nicht das geringste Problem haben, befreundeten MCs aus der Gegend den Mund wässrig zu machen. Er würde sie sich mit dem Billardqueue vom Leib halten müssen.

Es war ein Verkäufermarkt, kein Zweifel. Einprozenter kauften und verkauften praktisch alles, was ihnen in die Finger kam – Kurzwaffen, Sprengstoff, Sturmgewehre, egal. Sie waren nun einmal fest entschlossen, sich im Umgang mit automatischen Waffen zu perfektionieren. Abgesehen davon, dass sie gern mal was in die Luft jagten und überhaupt gern auf dem Laufenden waren, wenn es um Neuheiten auf dem Waffenmarkt ging.

«Was haben die denn so an Sprengstoff?», wollte Angelo wissen.

«Ich weiß nicht, was genau die alles auf Lager haben. Deswegen fahren wir ja heute hin», sagte Beaver Cleaver. «Auf jeden Fall eine Menge Schießzeug. Ich weiß aber, dass sie ordentlich C-4 auf Lager haben. Und Sprengschnur.»

Sprengschnur? C-4? Mein lieber Scholli, dachte Angelo, *wenn das nicht mein Glückstag ist.* Er und Beav ließen die Tankstelle hinter sich und machten sich auf den Highway 101, um nach Ukiah weiter im Norden zu fahren.

C-4 war unheimlich gefragt. Es handelte sich dabei um eine kittartige Substanz, die in langen, in barrasgrünes Zellophan verpackten Riegeln kam. Es passte praktisch in jeden Behälter, man brauchte es nur zurechtzukneten. Eine Unze genügte, um ein Loch in eine Wand zu sprengen, sodass es gerade für Einbrüche in Banken, Lagerhäuser und dergleichen sehr nützlich war. In Vietnam hatten die Jungs mit winzigen Bröseln von dem Zeug die Dosen aus ihren EPAss erhitzt. Der Umgang mit dem Sprengstoff war relativ sicher, praktisch idiotensicher, weil ihm weder Stöße noch Feuer etwas anhaben konnten. Aber C-4 konnte auch tödlich sein. Mit einer Stange von der Dicke eines Bleistifts, fachmännisch plaziert und mit einer Sprengschnur gezündet, ließ sich ein mannsdicker Baum fällen. Die Sprengschnüre kamen in Rollen und dienten als Zünder. Als Set brachten Zünder und Sprengschnur auf dem schwarzen Markt Höchstpreise.

Als Angelo und Beav Ukiah erreichten, machte Beaver Zeichen, von der Straße abzufahren. Die beiden rollten an eine Texaco-Tankstelle an einer Landstraße, die parallel zum Freeway verlief.

«Wir sind so gut wie da, aber wir tanken besser nochmal, bevor wir zu denen fahren. Nachdem wir die Ware gecheckt und den Deal ausgehandelt haben, kannst du schnurstracks nach Hause fahren.»

Angelo horchte Beav weiter aus, während er den Tank voll laufen ließ. «Wer ist denn nun der große Macher hier? Was weißt du über ihn?»

«Ich hab mit dem Typ nur telefoniert. Der Captain von den Marines heißt Spivak», sagte Beaver. «Ziemlicher Eigenbrötler. Er arbeitet im Marine Reserve Center auf dem Gelände von Fort Pearson. Er ist der Chef. Er hat zuvor in Camp Lejeune in Carolina gedient.»

«Wir fahren aber nicht so zum Standort, oder was?», fragte Angelo und zupfte an seiner Kutte.

«Ach was. Spivak hat das Zeug woanders gelagert. Wir treffen ihn da.»

Beaver Cleaver schraubte den Tankdeckel zu und hängte den Schlauch zurück an den Haken. «Spivak führt nur die Ware vor, seine Partner bleiben im Hintergrund. Vier Sergeants und ein Captain. Mehr weiß ich auch nicht. Ein Staff Sergeant, ein Gunnery Sergeant und zwei Drill Sergeants. Captain Spivak und seine Leute haben das Zeug die letzten Monate über zusammengetragen. Sie hatten in Pearson Zugang zum Lager. Sie haben Waffen und Munition während Spivaks Wache geklaut und dann mit dem Laster nach Ukiah gefahren. Und da fahren wir jetzt hin.»

Der Rest der Reise war eine beschauliche Spazierfahrt durch den Wald. Spivaks Versteck war gar nicht so weit entfernt vom Reserve Center in Fort Pearson. Schließlich steuerten Angelo und Beaver ihre Bikes auf einen unbefestigten Waldweg voller Fichtennadeln, der sie zu einem kleinen Ranchhaus führte. Sie klopften an die Haustür und sahen sich einem kleinen drahtigen Herrn in Tarnanzug und auf Hochglanz polierten Springerstiefeln gegenüber. Angelo und Beaver waren beide um einiges größer als der Marine.

Spivak trug die Feldmütze so tief in die Stirn gezogen, dass der Schirm fast die Nase berührte. Aus diesem Grund war für Angelo das sprichwörtliche Weiße im Auge des Marines nicht so recht zu sehen. An seinem Koppel trug er ein Holster mit einer Pistole.

Zunächst zierte sich Spivak etwas, was Details über seine todbringende Ware anging, und so plauderten sie zuerst über Motorräder. Der Captain von den Marines sah sich die Colors auf dem Rücken der Biker an. «Infidelz, hm?»

«Allerdings. Wir haben selber ein paar Marines im Club. Semper fi.»

Über Spivaks Gesicht huschte der Anflug eines Lächelns. «Tatsache? Mein Alter hat eine Indian gefahren, als ich noch klein war. Ich bin manchmal hintendrauf mitgefahren. Ich werde nie vergessen, wie die Leute ihn angesehen haben, wenn er mit dem Ding auf den Parkplatz vor dem Dairy Queen fuhr.»

«Sie würden staunen, Cap'n», scherzte Beaver. «Die gucken uns heute noch so an.»

«Ich habe in North Carolina mit ein paar Rockertypen wie euch Billard gespielt. Bisschen schmuddlig, die Jungs, ungepflegt, aber sonst ganz brauchbar. Man hatte das Gefühl, denen konnte man trauen.»

Damit war das Eis gebrochen. Angelo kam zur Sache. «Wenn Sie uns zeigen, was Sie so haben?»

«Dann kommen Sie mal.»

Spivak führte Beaver und Angelo zur Hintertür hinaus. Zwanzig Meter hinter dem Haus stand eine Hütte, die von hohen Douglasfichten umgeben war. Das Lager hatte einen verborgenen Kellereingang. Angelo, Beaver und Captain Spivak stiegen eine Treppe hinab und standen dann vor der Ware, die fein säuberlich sortiert, in Kisten verpackt und gestapelt war.

«Nicht schlecht, Cap'n.» Beaver machte große Augen.

Spivak räusperte sich und holte eine zerknitterte Liste aus der Brusttasche seines Hemds.

«Lassen Sie mal sehen. Zwei MG, Kaliber fünfzig. Zwei Mörser. Eine Panzerfaust B-40. Zwei Kisten Handgranaten. Das macht vierundzwanzig Einheiten. Kanister mit der nötigen Munition. Einige MAC-10.»

«Nett.» Angelo lächelte. «Ich hab noch nie eine MAC-10 abgefeuert.»

«Da müssen Sie aufpassen. Sechzig Schuss auf einen Schlag», sagte Spivak. «Bei den Dingern braucht man einen sachten Abzugsfinger, sonst ist der Clip leer. Hören Sie, hat einer von Ihnen vielleicht Interesse an einem restaurierten Jeep aus dem Zweiten Weltkrieg?»

«Hmmm … ich denke, den lassen wir mal weg», sagte Angelo.

Spivak wandte sich wieder seiner Liste zu und wies dabei auf die entsprechenden Behälter. «Hier haben wir ein paar Landminen, eine Kiste Sturmgewehre M14, ein Mörser M203, eine Menge Munition dazu. Und hier, die ganze Wand lang, das Beste des Postens hier. C-4-Plastiksprengstoff und die Sprengschnüre dazu.»

Das Arsenal des Marines bot die große Auswahl. Jemand wie J. W. McIntosh hätte vor Begeisterung einen Ständer gekriegt.

«Beeindruckend, Cap'n», sagte Beaver Cleaver. «Was meinst du, Angelo? Bist du dabei?»

«Wir nehmen den ganzen Kram», sagte Angelo zuversichtlich.

«Das hatte ich gehofft. Meine Partner sind ziemlich scharf darauf, das ganze Arsenal auf einen Schlag loszuwerden. Aber wir haben durchaus noch mehr.»

Was Angelo anging, war das Timing perfekt. Der Deal mit Beaver würde Members vom Chapter in Ukiah mit hineinziehen und noch mehr Leute weiter im Norden, die einen Teil der Ware übernehmen und verhökern würden.

«Geben Sie uns einen Augenblick, Sir, ich möchte das mit meinem Partner besprechen», sagte Angelo zu Spivak.

Angelo und Beaver hielten Kriegsrat. «Der Club in Ukiah wäre vor allem an dem C-4 und den Sprengschnüren interessiert», sagte Beaver. «Paar von den MAC-10 würden mir selber gefallen. Was meinst du?»

«Machen wir's doch», sagte Angelo. Die beiden gingen wieder hinüber zu Spivak.

«Um wie viel geht's denn nun hier?», fragte Angelo. «Beaver und ich, wir dachten, wir teilen den Posten auf, fifty-fifty. Wie viel wollen Sie dafür, Captain Spivak, Sir? Ich spreche von der ganzen Pastete. Bis auf den letzten verkackten Schuss.»

«Sie brauchen nicht ordinär zu werden, junger Mann», sagte Spivak. Dann grinste er. «Fünfundvierzig Mille, cash and carry. Das ist ein Schnäppchen, Jungs. Sie können das Gerät hier vor Ort aufladen.»

Beav warf Angelo einen Blick zu. Er knirschte mit den Zähnen. «Zu viel», formten seine Lippen lautlos. Fünfundvierzig Riesen für das Zeug waren geschenkt. Die Ladung war auf dem freien Markt leicht das Zehnfache wert, wenn nicht mehr.

«Viel zu viel», sagte Angelo. «Wir denken da eher an fünfunddreißig.» Beaver grinste, als Angelo ihm einen Blick zuwarf.

«Also, das wäre etwas knapp für mich, Jungs. Wie wär's mit glatten vierzig?», sagte Spivak.

«Fünfunddreißig sieben.»

«Dann sind wir uns einig. Ich würde sagen, ein kleiner Ryder Truck dürfte genügen.»

«Nichts für ungut, Cap'n, wir mieten doch keinen fahrbaren Untersatz.»

«Ganz wie's beliebt, Leute. Dann vereinbaren wir doch gleich einen Termin, einen, der allen recht ist.» Spivak klatschte in die Hände. «Sind die Herren zufrieden, ja? Wie wär's noch mit einem Bier im Haus?»

Nach dem Treff drückten Angelo und Beaver Cleaver sich noch die Hände zu ihrem Deal. Fifty-fifty. Dann schoss das zufriedene Gespann wieder auf den Highway 101 und raste gen Süden. Angelo zeigte Beaver noch ein Peace-Zeichen, als ihre Wege sich trennten. Beaver fuhr an seiner Abfahrt ab. Angelo blieb auf dem 101, um zurück nach Oakland zu fahren. Unterwegs hielt er an und genehmigte sich ein paar Pfannkuchen.

Am Tisch holte er seinen Beeper heraus. Nur dass es kein Beeper war. Es war ein Minitonbandgerät. Nachdem er bezahlt hatte, ließ er sich an der Kasse noch einige Münzen geben und trat ans Telefon.

«McIntosh.»

«J. W., hier Angelo.»

«Was hast du heute für mich?»

«Sie werden sich gleich bepissen, Mann.»

«Wieso?»

«Wir haben gerade mit einem Captain von den Marines gefeilscht, halb Sergeant Rock, halb Rambo. Und ich habe alles auf Band.»

«Und das bedeutet?»

«Beweismaterial. Das mit den Waffen, die ich versprochen habe, geht klar. Dank eines unserer Chapters oben im Norden. Ich sag Ihnen, ich hab da was Tolles aufgerissen, eine Gruppe Marines, die alles haben außer Nervengas.» Angelo hielt seine Informationen J. W. gegenüber bewusst vage, damit der ihn nicht irgendwie hinterging.

«Wo bist du jetzt?»

«Alles zu seiner Zeit. Ich wollte nur Bescheid geben, dass alles nach Plan geht. Ich habe den Club mit drin. Ich melde mich später nochmal und sage Ihnen, wie viel Cash ich für meinen Teil brauche.»

«Halt mich auf dem Laufenden. Wir reden dann.»

Damit legte J. W. auf.

Der Anruf bei J. W. sagte Angelo, dass er sich sputen musste. Die Geschichte entwickelte sich schneller, als Angelo gerechnet hatte. Die schreckliche Nacht, die er an den Stuhl gefesselt in dem Verhörraum verbracht hatte, machte ihm nicht länger zu schaffen. Er hatte jetzt eine Glückssträhne.

Bei der Geschichte mit dem Pot-Ring würden eine Reihe Infidelz und einer der großen Pflanzer dran glauben müssen. Der Waffendeal jedoch war eine Meldung für die Seite eins. Das stünde gleich ganz oben. GEHEIMES WAFFENLAGER DER INFIDELZ. Alles andere wäre ein Kinderspiel. Darüber hinaus erwischte Angelo mit demselben Streich noch ein halbes Dutzend weiterer MCs, darunter die Warthogs, den Darkness MC, die Zeros und sogar die Soul Sacs. Vielleicht würde er eine Auktion veranstalten.

Angelo hatte ein Waffengeschäft angeleiert, zu dem er normalerweise Monate gebraucht hätte, wenn nicht gar ein Jahr. Jetzt würde die Sache in einigen Tagen über die Bühne gehen. J. W. würde ihm das Kapital aus dem Sparschwein des Bundes vorstrecken. Er bräuchte nur noch den Kauf zu arrangieren, einige Agenten mit hineinbringen und seinen Club. Angelo würde noch ein bisschen mehr zusammenkratzen, als er brauchte, und einen Teil der gekauften Waffen für sich behalten. Er würde eine Menge mehr verdienen, wenn er sie an andere Clubs verscherbelte. Damit würde er seine Flucht finanzieren. Mit J. W.s Hilfe würde er aus der Stadt verschwinden, aus dem Staat, für immer, weiß der Teufel, wohin.

Nach einer langen, ereignislosen Fahrt zurück nach Oakland hielt Angelo zunächst am Clubhaus der Infidelz. Dort fand er Ahab, der an einem der Tische saß, ein Bier vor sich, ein belegtes Baguette in der Hand.

Der Presi winkte ihn zu sich hinüber.

«Genau der Mann, den ich brauche. Wir müssen reden.»

«Was gibt's, Boss?»

«Bist du noch 'ne Weile hier?»

«Solang du mich brauchst.»

«Prima. Wir ziehen gegen die 2Wheelers. Es geht los.»

«Wird auch Zeit.»

«Ich hab da 'n paar Ideen, wie wir es anstellen. Ich würd die Schlachtpläne gern mit dir durchgehen. Bist du bereit?»

«Dann leg mal los, Ahab. Bin ganz Ohr.»

19 | BODYBUILDING

Patch beschloss, sich mal in Lock N Loads Gegend umzusehen. Rollie George hatte ja nun eher in Rätseln gesprochen, was die Ereignisse im Trader's anging. Vielleicht gaben die Gun Runners sich etwas aufgeknöpfter. Patch kündigte seinen Besuch im Revier der Gun Runners an. Dann startete er die Road King und tuckerte gemächlich gen Süden. Nach fünfzig Minuten auf dem Highway 880 war er in San Jose.

Das Clubheim der Gun Runners machte nicht viel her. Es lag in Rocksprings, in einem kleinen, heruntergekommenen Haus im viktorianischen Stil. Da sie aus dem Barrio von San Jose kamen, hatten sie enge Kontakte zu einem Latino-Mob, der aus dem Gefängnis heraus den Drogenhandel der Gegend kontrollierte. Dieser Mob, so erinnerte sich Patch, hatte laut Pressemeldungen eine Reihe von Banküberfällen in San Jose organisiert, bei denen man mit Pistolen, abgesägten Flinten und Pfefferspray zu Werke gegangen war. Es hieß, dass ein paar von den Latinos, die mit den Gunners fuhren, daran beteiligt waren. So oder so, musste Patch zugeben, es gehörte eine Menge Mumm dazu, auf diesem harten Pflaster Wurzeln zu schlagen.

Lock N Load war der Chef aller Chapters im Norden. Lock war noch in der größten Menschenmenge leicht auszumachen. Schon weil man ihn hörte. Er hatte eine Fistelstimme, hoch und schrill, die ganz und gar nicht zu seinem Körper zu gehören schien. Wenn er etwas lustig fand, bellte er wie eine

Hyäne. Wenn er wütend war, bellte er wie eine Hyäne. Grüne und orangefarbene Flammen zierten die Schläfen seines glänzenden, kahlen Schädels.

Lock trank sein Bier zwar literweise, aber durch eine strikte Mischung aus Krafttraining und Sprints blieb er so schlank, dass noch Luft zwischen der Gürtelschnalle mit dem Clubwappen und seinem Bauch war. Er maß eins achtundneunzig und brachte hundertzweiundzwanzig Kilo auf die Waage. Er war stark wie ein Ochse und bösartiger als ein Krokodil. Darüber hinaus hatte er Arme wie Baumstämme, mit denen er solo eine Panhead auf die Pritsche eines Pick-up-Trucks hob.

President des South Bay Chapters der Gunners war Lock erst seit knapp einem Jahr. Die Gunners wechselten ihre Offiziere öfter als ihre Hemden, aus dem einfachen Grund, dass der Club von vornherein eine Menge Typen anzog, die nicht gerade für ihre Sesshaftigkeit bekannt waren. Und da das System, mit dem die Gunners das Vorleben ihrer Prospects durchleuchteten, bestenfalls schlampig war, hatten sie einen Spitzel nach dem anderen in ihren Chapters, sodass Razzien und Massenverhaftungen an der Tagesordnung waren. Eine Weile standen die Gunners praktisch auf der Liste der gefährdeten Arten. Die Behörden hatten den Club so gut wie fertig gemacht. Mittlerweile hatten sie eine Kampagne gestartet, um wieder zur alten Stärke zurückzufinden, nachdem die Mitgliederzahlen unter dem Daumen der Gesetzeshüter derart zurückgegangen waren. So nahm man denn im Augenblick auch Leute aus den Straßengangs von Los Angeles auf, Leute, die noch nicht mal Motorrad fuhren, und setzte sie auf gestohlene Bikes. Lock N Load war die Aufgabe zugefallen, einen starken und loyalen inneren Kreis aufzubauen. Was er schließlich mit einer vierköpfigen Gruppe geschafft hatte, die er seinen «Ring of Fire» nannte – Razz, Juice, Shadow und Dawg. Sie waren Locks Elite und Leibgarde.

Patch blinzelte, und schon war er am Clubhaus der Gunners vorbei. Außer einem kleinen Metallschild über einem Seiteneingang fiel der Laden nicht weiter auf. Die Delz in Oakland hatten dagegen geradezu ein Riesenschild vor dem Haus. Es war schon spät am Vormittag, als Patch eine Wende baute und mit der Mean Machine die Zufahrt der Gun Runners hochfuhr. Nur zwei andere Bikes parkten schon vor dem Haus. Eines gehörte ganz offensichtlich Lock, eine neue FXT Sport, deren Tank und Schutzbleche dieselben auffälligen orangefarbenen und grünen Flammen zierten wie Lock N Loads Kopf. *Death Trap* hieß es in leuchtenden Blockbuchstaben auf dem Tank.

Patch ging auf eine graue Holztür an der Seite zu und schlug viermal mit der flachen Hand dagegen. Er hörte schwere Schritte im Haus. Die Tür ging einen Spaltbreit auf, dann begrüßte ihn ein großer bärtiger Kerl. Auf seiner Kutte, direkt über seinem Herzen, hieß es *Razz*. Auf einem kleiner Patch darunter stand orange auf weiß *Ring of Fire.*

«Ich suche Mr. Lock N Load», sagte Patch.

Razz drückte Patch die Hand und schnaubte. «Macht dir doch nichts aus, wenn ich dich filze, oder?»

«Was immer du für nötig hältst.» Patchs Ansicht nach machte der Typ sich eher Sorgen um ein Mikro als um Waffen, da er das Sharpfinger an Patchs Gürtel geflissentlich übersah. *Wenn der Stiesel da einen Draht unter 'ner Kutte spürt, ist er 'n Genie,* dachte Patch. Da die Gunners bis fast in die jüngste Zeit durch Spitzel, Informanten und Undercover-Leute verseucht waren, verstand er ihre Vorsicht und hob artig die Hände ein gutes Stück über den Kopf.

«Was hast du denn hinter der Schnalle? Schieb doch mal runter», befahl ihm Razz.

«Nichts außer einem sexy Bauch», meinte Patch, ohne die Miene zu verziehen.

«Ich will hinter die Schnalle gucken.» Patch ließ ihn gucken und durfte ins Haus.

Razz führte ihn nach hinten, in ein Zimmer, das zum Kraftraum umgebaut war. Deutsche Marschmusik kam aus einem Ghettoblaster. Lock N Load lag rücklings auf einer primitiven Holzbank und stemmte keuchend eine verchromte Langhantel mit je einem Stapel riesiger Scheiben – Weider, made in China – links und rechts. Über einem Stuhl gleich in der Nähe hing eine Jeansweste mit Lock N Loads dreiteiligem orangefarbenem und grünem Patch.

«Augenblick, ja?», grunzte Lock. «… elf … zwölf … dreizehn …» Dann, nach einer kurzen Pause: «Vierzehn … fünfzehn.»

Falls er Patch mit dieser kleinen Vorstellung hatte beeindrucken wollen, so hatte er das durchaus geschafft. Der Mann drückte ganz schön was weg. Als er mit bloßem Oberkörper dastand, nahm er Patch mit einem weiteren Nicken zur Kenntnis. An Locks Körper befand sich weder ein Gramm überflüssiges Fett noch ein Härchen. Seine Tattoos glänzten unter dem Schweiß. Die morbiden Bilder auf seiner Haut wurden geradezu dreidimensional, wann immer er die muskelbepackten Arme hob. Mit einem Handtuch rieb er sich den Schweiß ab, bevor er sich die Kutte vom Stuhl griff und über die gewaltigen Schultern zog.

Normalerweise kam noch einer von den Delz mit, wenn

Patch das Heim eines befreundeten Clubs besuchte – für den Fall, dass einen Kerl wie Lock N Load mal der Hafer stach. Lock rang sich ein Lächeln ab und begrüßte Patch mit einem Händedruck wie ein Schraubstock. Dann stellte er die Marschmusik ab.

«Brother Patch.»

Patch erwiderte den Druck. Einige unbehagliche Augenblicke standen sie einander gegenüber, maßen sich, Auge in Auge, die Hände in einem Handschlag vereint, mit dem man sich auf dem Gefängnishof Respekt zu erweisen pflegt. Was Locks schrilles Gequäke anging, so hatten die Leute wirklich Recht. Es passte einfach nicht zu einem Kerl von seiner Größe.

Lock nickte in Richtung der Langhantel, die quer über der Bank lag. «Trainierst du?»

«Ich schätze, ich drücke meinen IQ», meinte Patch mit einem bescheidenen Grinsen.

«Dann betrachte dich als eingeladen. Ich geb dir Hilfestellung.» Lock schickte sich an, die Stellschrauben zu öffnen, um einige der Scheiben abzunehmen. Patch winkte ab.

«Lass mal. Das schaff ich grade noch.»

Lock lachte verhalten. Patch war gut fünfzehn Zentimeter kleiner als er. Als Patch sich auf die Bank legte, setzte er die Hände an, die Arme etwas über die Schultern hinaus. Er richtete seine Stirn nach der verchromten Hantelstange aus und setzte beide Beine flach auf den Boden.

Mit einer sicheren, flüssigen Bewegung nahm Lock die Hantel vom Ständer und überließ sie Patch. Der hielt sie, obwohl ihn das Gewicht schier erdrücken wollte. Aber es gab kein Zurück. Vorsichtig, um die Stange nicht aufs Brustbein zu bekommen, legte er sich ins Zeug und stemmte sie das erste Mal hoch.

«Wieso bist du hier?», fragte Lock. «Ich hab gehört, du wärst nicht mehr in Kalifornien.»

Patch ließ die Hantel sinken und ging dann vorsichtig die erste Wiederholung an.

«Nicht offiziell. Noch nicht.» Seiner Stimme war das enorme Gewicht der Hantel anzuhören. «Nicht bei dem Scheiß, der hier abgeht.»

Patch blickte auf zu Lock, der auf ihn herabsah, die Arme vor der Brust über Kreuz. Mit dem tätowierten Kahlkopf wirkte er wie ein finsterer Meister Proper.

«Ja, diese Scheißkeilereien. Keiner hat was davon. Und schlecht fürs Geschäft sind sie auch. Ich hab's Ahab schon gesagt, wenn ihr jemanden braucht, der euch das mit den 2Wheelers regeln hilft, wir sind da.»

Bei der dritten Wiederholung wurde die Hantel noch schwerer. Mit kontrollierten Bewegungen machte Patch weiter – auf, nieder, kaum dass er die Brust berührte, dann stieß er das Gewicht wieder hoch. Er musste fünfzehn Wiederholungen schaffen, und wenn er draufging dabei.

«Was weißt du über den Zwischenfall am Trader's? Ich weiß bisher bloß, dass einer von unseren Jungs dran glauben musste, kaum dass ich aus der Stadt war. Was weißt du denn so?»

«Nicht viel.»

Bei der sechsten Wiederholung begann Patch ein brennendes Stechen in Brust- und Deltamuskeln zu spüren. Seine Kraft ließ merklich nach; fast ließen ihn seine Muskeln im Stich. Seine Unterarme bebten und zitterten. Aber er würde sich nicht rausbringen lassen, das war nicht drin. Sein Hintern klebte auf der Bank.

«Wer mit dem Color lebt, stirbt durch das Color», sagte

Lock. «Das weißt du so gut wie ich. Passiert doch alle naselang. Wieso soll es da so was Besonderes sein, wenn's mal einen von euch erwischt?»

«Ich hör wohl nicht recht.»

Locks Bemerkung verlieh Patch neue Kräfte; er überwand seinen toten Punkt. Eine Welle von Adrenalin schwappte durch seinen Körper. Schlagartig hatte die Hantel ihre bleierne Masse verloren.

«Acht … neun … zehn.»

Falls Lock darauf wartete, ihm Hilfestellung geben zu müssen, würde er schwer enttäuscht sein. Patch war in Fahrt gekommen. Er hatte sein Mantra gefunden – einen bodenlosen Zorn über die Respektlosigkeit für einen seiner gefallenen Brothers.

«Zwölf … dreizehn … vierzehn …»

Als er bei der fünfzehnten Wiederholung angelangt war, hätte er durchaus weitermachen können. Eine innere Stimme jedoch sagte ihm, dass es Zeit war, die Hantel auf den Ständer zu stellen. Stolz hin, Stolz her, es war nicht sonderlich klug, jemanden in seinem eigenen Clubhaus schlecht aussehen zu lassen, schon gar nicht mit einigen Zentnern Eisen über dem Hals.

Nachdem die Hantel wieder auf dem Ständer lag, atmete Patch tief ein und stieß die Luft wieder aus; erst dann stand er auf. Sein ganzer Oberkörper war klitschnass, und seine Muskeln bebten, ohne dass er etwas dagegen tun konnte. Lock schmiss ihm ein sauberes Handtuch zu wie einen Fastball; er legte alles hinter den Wurf.

Dann standen sich die beiden Rocker einander auf dem engen Flur vor Locks provisorischem kleinen Kraftraum gegenüber. «Wieso gibst du mir nicht 'ne kleine Tour?», fragte Patch.

«Hier gibt's nicht viel zu sehen», antwortete Lock. «Wir haben keine Nobelbude. Nicht wie ihr Jungs oben in Oakland.»

«Na, dann pack ich's mal wieder, Lock. Ach ja, und dank dir für das Angebot, als Vermittler einzuspringen. Wir passen da fürs Erste.»

«Meinst du, ihr habt die Wheelers im Griff?»

«Wir sind die Infidelz, Mann. Wir haben alles im Griff. Danke, ich find schon raus.»

20 | DIE ALTE VERANDA

Patch stellte den Motor seiner Maschine ab. Er stand vor einem winzigen Haus in der Rampart Street im hügeligen East Oakland, direkt unter dem gewaltigen Mormonentempel am Hang. Er stapfte die Holztreppe hinauf zur Veranda, wo jetzt rosa Fuchsien aus blauen Keramikkästen hingen. Er war kaum eine Woche weg, und schon begann das Haus eine neue Persönlichkeit anzunehmen. Er klingelte an der Tür. Keine Antwort. Eve war noch in der Arbeit. Sie machte für gewöhnlich um vier Feierabend. Es war Viertel vor, da konnte er auch auf der Veranda warten. *Setz dich ein Weilchen hin, ruh dich aus.* Die halbe Stunde, bis Eve nach Hause kam, würde er allemal rumkriegen.

Mann, ich könnt 'n Sandwich vertragen, Schinken und Käse. Für ein Sandwich sollte eine Ex ja wohl gut sein, wenn schon für sonst nichts. Dann kam es ihm, dass er seinen Schlüssel noch hatte. Als er ihn jedoch ins Schloss steckte, wollte er selbst mit einigem Gerüttel nicht gehen. *Herrgott,* dachte er, *sie hat sogar schon die Schlösser auswechseln lassen.* Und noch was Komisches: Ihr Wagen stand in der Auffahrt. *Na, vielleicht fährt sie ja mit ihrem Motorrad zur Arbeit,* dachte er. *Von wegen.*

Wo er schon draußen bleiben musste, spazierte Patch einige Minuten auf der Veranda auf und ab. Er legte eine Hand ans Fenster und starrte hinein. Als er durch die Stores zu spähen versuchte, wurde ihm klar, dass ihm diese Dinger nie aufgefallen waren. Als er sich das Wohnzimmer ansah, dachte er, dass es leer schien, geräumig für ein so winziges Haus. Und die

Wände waren jetzt kahl, sauber und frisch geweißt. Sie musste Tag und Nacht rangeklotzt haben, um das alles zu ändern. *Es sind die weißen Wände, die lassen das Zimmer größer wirken.* Ihn, Patch, schien sie kaum vermisst zu haben. Im Gegenteil, dass er nicht mehr da war, schien ein Vorteil zu sein. Es war jetzt Eves Haus, nicht mehr seines und Eves, und es verwandelte sich in eines der vielen anderen Häuser an der Rampart Street – ordentlich, ruhig, weißer Lattenzaun, Blumen, ein Zuhause für Normalos, kein Ort für Biker-Treffs.

Die Rentnerin von gegenüber arbeitete wie gewöhnlich in ihrem Vorgarten. Sie hatte Patch schon bemerkt. Sie kannten einander nur vom Sehen und hatten hin und wieder Höflichkeiten ausgetauscht, nur dass ihm ihr Name nicht einfallen wollte. *Wanda, Evelyn, wie kleine alte Frauen eben so heißen.* Als Patch eine Hand zum Gruß hob, wandte sie den Blick ab und tat, als hatte sie ihn noch nicht gesehen.

Wenigstens stand sein Liegestuhl noch auf dem alten Platz auf der hölzernen Veranda, immer noch auf demselben lockeren, ächzenden Brett. Patch ließ seinen Hintern auf die Holzlatten des Liegestuhls fallen und lehnte sich zurück. Er legte die Boots auf das Geländer, wie er es immer gemacht hatte, und schloss die Augen. Dann atmete er tief ein. *Da hat irgendwo einer seinen Rasen gemäht.* Mit dem Geruch stellte sich eine Flut von Erinnerungen ein. Wie viele Stunden, ach was, Tage hatte er in diesem verdammten Stuhl zugebracht, Tage, in denen das Vorgärtchen voller Bikes und Brothers war, die sich im Gras fläzten, eine Dose Bier in der Hand! Zuerst waren die Nachbarn ausgeflippt. Dann hatten sie sich daran gewöhnt, ja, sie hatten sogar die guten Seiten daran gesehen. Nachdem Patch und Eve eingezogen waren, hörte wie durch Zauberhand eine Welle von Einbrüchen und Autodiebstählen auf. Regelmäßig patrouillierten Streifen der Stadtpolizei durch den Block. *Die Rampart Street ist jetzt sicher wie Abrahams Schoß.*

Auf dieser alten Veranda war Patch stolz gewesen, aus Oakland zu sein. Hier hatte er die besten Ideen gehabt. Hier hatte er Schrauben und Muttern, Motorradteile und Ideen auseinander geklaubt. Hier hatte er Katastrophen abgewendet. Hier war er auf eine Reihe merkwürdiger Drogen hin in katatonische Zustände gefallen. Hier hatte er sich Sorgen gemacht. Falsche Entscheidungen getroffen. Sogar verhaftet hatte man ihn einige Male auf dieser Veranda, als er noch Presi gewesen war.

Hier hatte Patch sich mit Eves kleinem Bruder Corky angefreundet. *Ein guter Junge, aber 'n bisschen soft und langsam und nicht sehr helle.* Er hatte dem Jungen das Fahren beigebracht, auf dieser Straße. Und wie man Gras raucht und Bier trinkt, wenn die ältere Schwester, die ihm die Mutter ersetzte, mal grade wegsah. Selten hatte er mit Eve allein auf dieser Veranda gesessen, jedenfalls fielen ihm nur einige wenige Male ein.

Gerade als es Patch ungemütlich zu werden begann, hielt ein neuer Aerostar Minivan vor dem Haus. Er machte große Augen. Eve saß vorne auf dem Beifahrersitz. Das Fenster war offen. Hinter dem Steuer saß ein jüngerer Mann, Anfang dreißig, gepflegt. Auf dem Rücksitz saß ein kleines Mädchen, so um die vier.

Eve sah als Erstes die Mean Machine, dann sah sie Patch in seinem Stuhl auf der Veranda. Er grinste. Als die drei aus dem Wagen stiegen, warf sie ihm einen entsetzten Blick zu, eine Mischung aus *Was zum Teufel machst du denn hier?* und *Das darf ja wohl nicht wahr sein!*. Eine knifflige Situation für sie. *Na, ich jedenfalls werd meine Freude dran haben,* dachte Patch.

«John.» Sie fletschte geradezu die Zähne, als sie auf ihn

zukamen. Sie hatte ihn nie Patch genannt, und Everett riskierte sie lieber gleich gar nicht. «John, ich wusste nicht ...»

Ihre Stimme erstarb.

Der Fahrer stand hinter Eve, die Hände wie zum Schutz auf ihren Schultern. Er trug ein Sportsakko, Tweed, ein blaues Hemd mit Button-down-Kragen. Beige Hose, leger. Keine Krawatte. Brille mit schwarzem Gestell. Hinter ihm vergrub die Kleine schüchtern das Gesichtchen im Rockzipfel ihres Vaters.

Patch ging die Verandatreppe hinab, beherrschte sich aber, Eve in die Arme zu nehmen. Mit dem Rücken zu ihrem Minivan-Typen verdrehte sie die Augen und formte mit den Lippen ein einziges Wort: «Wehe!»

Nicht dass Patch von den Lippen lesen konnte, aber dass sie ärgerlich und ihr die Situation peinlich war, hätte ein Blinder gesehen. Auch den Mann im Sportsakko hatte er offensichtlich auf dem falschen Fuß erwischt. Er sah, dass Patch und Eve mehr als Bekannte waren. Patch hätte durchaus zu seinem Bock laufen und abhauen können, wie er das so oft gemacht hatte, wenn es zu einer ihrer unangenehmen Streitereien gekommen war. Aber diesmal war das nicht angebracht. So leicht würde sie nicht davonkommen.

Patch streckte den Arm an Eve vorbei und bot dem Mann die Hand.

«Patch.»

«Äh ... Charles.»

«Charles und ich sind Kollegen», mischte Eve sich ein. «Und das hier ist Jessica, seine Tochter. Wir wollten grade auf eine Pizza gehen. Wir sind nur vorbeigekommen, um ein paar Sachen abzuladen. Ich ... äh, ich ... hätte nicht vermutet, dich hier zu sehen.»

Charles warf einen Blick auf die Mean Machine. Dann

musterte er die Tätowierungen auf Patchs Armen. Seine kleine Tochter war ebenfalls interessiert.

«Papi, der Mann hat was auf dem Arm geschrieben.»

Auf die Bemerkung der Kleinen lief Charles rot an. *Wenn's drum geht, das Eis zu brechen,* dachte Patch, *sind Kinder einfach nicht zu schlagen.*

«Das sind Tätowierungen, Schatz», erklärte ihr Charles.

Patch war Kinder gewohnt, es liefen ständig welche im Clubhaus herum. *Sagen immer, was sie grade in ihrem neugierigen Kopf haben.* Ihm gefiel das. Patch trat auf die Kleine zu, ging auf die Knie, um auf gleicher Augenhöhe mit ihr zu sein.

«Die gehen nicht mehr weg. Guck die hier!» Er wies auf die aufgerichtete Kobra auf seinem Bizeps. Patch ließ die Muskeln spielen. Die Schlange tanzte. Das Mädchen kicherte. «Vier Stunden hab ich gesessen, um mir die machen zu lassen. In Mexiko. Der hier, der Teufel auf dem Motorrad, ist aus Anaheim. Das ist gleich bei Disneyland. Der Typ, der das gemacht hat, hieß Teardrop. Siehst du die hier? Man muss schon was wirklich Dummes anstellen, bevor man sich so was machen darf.» Es war das Zeichen der 187 Crue.

«Eve», sagte Patch mit einem Blick auf Charles, «warum zeigst du Jessica nicht *dein* Tattoo?» Er machte schmale Augen. «Sie hat eine Mickymaus auf dem Arsch.»

Patch lächelte, und die Kleine lachte wieder. Sie beide waren die Einzigen, die die Situation komisch fanden.

«Das reicht, *Kinder*. Tut mir Leid, Charles, er ist schlimmer als ein Kind.»

«Tja, woher kommen Sie gerade, John, äh … Patch?», fragte Charles, während er sich zwischen Patch und das Mädchen schob. Offensichtlich hatte Eve dem guten Charles noch nicht viel über ihr Vorleben erzählt.

«Ich lebe jetzt in Arizona. Aber ich bin nochmal in der Stadt – sozusagen unter dem Radar durch.» Patch fixierte Eve. «Ich bin bei Tony untergekommen, du weißt, Big Jabs Junge. Ich wollte anrufen, aber …» Er zuckte die Achseln.

Charles räusperte sich. «Pass auf, Eve, vielleicht sollten wir die Pizza verschieben.» Jessica kräuselte bei dem Vorschlag die Stirn. «Ein andermal, ja?»

Zu seiner Überraschung nahm Eve das Schlupfloch wahr.

«Das ist nett von dir, Charles. Wir sehen uns dann morgen früh.» Sie küssten einander verlegen.

Die Versammlung auf dem Rasen löste sich auf. Charles hob seine kleine Tochter auf den Rücksitz des Aerostat, und mit einem letzten Winken joggte er um den Wagen herum. Als er wegfuhr, ließ er sogar etwas Gummi auf der Straße. Im Wegfahren winkte das kleine Mädchen begeistert und rief zum offenen Fenster heraus.

«Tschüs, Patch.»

«Tschüs, Jessica», antwortete er mit demselben unschuldigen Eifer. Eve schüttelte den Kopf. Sie hob die zusammengerollte *Oakland Tribune* vom Rasen auf und knallte sie ihrem Ex auf den Hinterkopf. Aber sie lächelte. «Was für eine Mickymaus auf meinem Hintern? Du hast mich doch nie gelassen, wenn ich ein Tattoo wollte. Ach übrigens, das war mein Chef. Ich hoffe, du bist zufrieden.»

«Küsst du alle deine Chefs?»

Eve überhörte die Frage geflissentlich und schloss dann die Haustür auf, während Patch das Fliegengitter aufhielt. Er starrte auf die hellen Härchen in ihrem Nacken, senkte dann den Blick auf ihren Hintern. Er wollte schon danach greifen, beherrschte sich aber dann, als sie die Tür aufstieß und rasch ins Haus trat.

«Schon was gegessen?», fragte sie.

Patch zögerte, bevor er Eves Reich betrat. Es war nicht mehr sein Zuhause.

«Komm schon. Komm rein, und ich mach dir schnell was.» Der Kaminsims war der reinste Schrein. Er sah Fotos von Eve und Corky als Kinder. Eve als liebevolle ältere Schwester. Der Altersunterschied zwischen den beiden betrug fast ein Jahrzehnt. Corky und Eve beim Herumalbern im Schnee. Corky und Eve zu Pferd. Und nicht ein einziges Foto von Patch oder einem Motorrad. Man hatte ihn aus dem Haus exorziert. Das Beweismaterial war vernichtet.

Fast ein Dutzend Jahre lang hatte Patch den Club, seine Frau und seine Ehe unter einen Hut zu bringen versucht, bis dann alles aus dem Leim gegangen war. Bis vor einem Jahr konnte er mit den Jungs fahren, sich prügeln und gleichzeitig Eve lieben, mit der er lebte. Es war ihm gelungen, die beiden wichtigsten Aspekte seines Lebens zu vereinbaren, seine Old Lady und seinen Club.

Ihr Ärger hatte ein Jahr zuvor begonnen, sechzig Meilen von zu Hause entfernt, in Sonoma County. Die Delz hatten dort gerade die Jackyls, eine Gruppe Einprozenter vom Ort, zu einem ihrer eigenen Chapters gemacht. Nachdem sie monatelang miteinander gefahren waren und rumgehangen hatten, wurden die Jackyls zu vollwertigen Teufelskerlen in den Farben der Infidelz. Freilich hatten Patch, Ahab und Angelo zuerst die Spreu vom Weizen getrennt.

Als Faustregel galt, dass die meisten MCs, die in Amerika operierten, befreundete Clubs mit Haut und Haaren schluckten. Nicht so die Infidelz. Anstatt den Haufen Jackyls komplett zu übernehmen, pickten die Infidelz sich die besten Fahrer und die härtesten Fighter heraus. Wer ausgewählt wurde, trug ein Bottom Rocker der Infidelz und war etwa ein Jahr als Prospect dabei, bevor er alle Teile des schwarz-orangefarbenen Infidelz-Colors tragen durfte. Es war ein langes, sorgfältiges Auswahlverfahren, mit dem man eine Infiltration durch die Justizbehörden verhindern wollte.

Im Fall der Jackyls hatte man zwei Members übergangen, einer von ihnen der Presi und Gründer des Clubs. Er konnte sich nicht mit dem Gedanken anfreunden, nicht zu den Auserwählten zu gehören. Und als wäre die Ablehnung nicht Erniedrigung genug gewesen, warf man ihn erst nach einer Tracht Prügel mit einem schlimm lädierten Ego hinaus. Als man den blutenden Ex-Presi mit Gewalt aus dem Clubhaus zerrte, stieß er Drohungen aus und schwor Rache.

Vor einem Jahr dann, an einem sonnigen, wolkenlosen Sonntag waren Eve, Corky und Patch auf ihren Bikes einen kerzengeraden Abschnitt des Highway 12 langgefahren. Sie hatten eben das kleine Kenwood passiert, zu ihrer Linken erstreckten sich endlose grüne Weiden, rechter Hand standen in sauberen Reihen Weinstöcke und Pflaumenbäume. Patch führte auf der Mean Machine. Eve fuhr die blaue Sportster, die Patch ihr von Grund auf gebaut hatte. Corky, der gerade aufs College gekommen war, fuhr eine geborgte Softail. Die drei hatten fast den ganzen Tag im Clubhaus der frisch gebackenen Infidelz von Sonoma verbracht.

Auf dem Highway kam ihnen ein roter Ford Pick-up entgegen. Patch sah die großen Harley-Davidson-Schwingen am Fenster. Zuerst dachte er, der Truck hätte lediglich einen Raser am Steuer, dann sah er, dass die Vorderräder des Trucks in seine Richtung einschlugen. Er kam auf seine Spur und hätte ihn um ein Haar überfahren. Mit seinen Reflexen reagierte er blitzschnell; dasselbe galt für Eve. Nur nicht für Corky. Der entgegenkommende Truck erwischte sein Vorderrad, und Corky flog aus dem Sattel, buchstäblich, knallte hart auf die Straße und rutschte eine ganze Strecke über den heißen Asphalt. Liegen blieb er als blutiger Klumpen. Der rote Truck war bereits verschwunden – kein Name, keine Nummer, kein Gesicht.

Patch hatte im Chaos sein Bike hingelegt und lief los, um Corky zu helfen. Eve brachte derweilen ihr Bike zum Stehen. Auch sie lief zurück zu Corky. Dann lief sie hysterisch herum, heulte, redete wirr vor sich hin; dann begann sie zu schreien.

«Nein, nein, nein, nein, nein!»

Patch hatte so einige Tote gesehen in seinem Leben, aber Corkys Tod ging ihm an die Nieren. Der Junge war wie ein Sohn für sie beide gewesen. Er nahm ihn in die Arme, wischte ihm den Staub von der Stirn und den Kies aus dem schmutzig braunen Haar. Patch wehrte sich gegen das Verlangen, den leblosen Körper an die Brust zu drücken. Er legte den Jungen wieder auf den warmen Asphalt und checkte Atmung und Puls. Als er keine Lebenszeichen fand, legte er ihm ein Sweatshirt mit dem Clubabzeichen übers Gesicht.

Als die Polizei kam, um ihren Bericht aufzunehmen, hielt Patch den Mund. Die Sanitäter luden Corkys Leiche in den Krankenwagen. Die Softail lag am Straßenrand, eine verbogener Haufen Chrom, Gummi und Schrott. Eve saß neben einer Reihe Landbriefkästen. Ihr Mund stand offen, ihr Blick war leer. Sie war zu benommen, um zu weinen; sie blinzelte noch nicht einmal.

Weder Patch noch Ahab oder Angelo hatten eine eindeutige Verbindung zwischen dem Unfall und den geschmähten Jackyls herstellen können. Aber sie vermuteten eine. Dummerweise nicht nur sie, sondern auch Eve.

Weißt du, dass du mir noch nicht mal fehlst», sagte Eve leise vom Herd her, während sie einen Schinken-Käse-Toast wendete. «Und es geht mir gut, seit du weg bist. Nein, wirklich. Ich weiß, was du denkst, aber … es geht mir wirklich gut. Ich arbeite an Computerprogrammen mit. Ist ein bisschen langweilig, zugegeben, aber ich habe Spaß dran. Ich habe nette Kollegen. Manchmal gehen wir alle gemeinsam was trinken.»

Patch nickte nur. Sie stellte ihm das Sandwich hin. *Sie wird jeden Augenblick explodieren.* Er wußte, wann er den Mund zu halten hatte. Er hatte im Gefängnis zuhören gelernt. Seine Methode bestand darin, die Leute sich auskotzen zu lassen, bis keine Spannung mehr auf der völlig überzogenen emotionalen Feder in ihnen war.

«Wie lange waren wir zusammen – zwölf Jahre? Die Hälfte davon war ich allein. Du warst im Gefängnis. Ich habe Klos und Motelzimmer geputzt. Grade, dass ich die Rechnungen zahlen konnte. Die Anwälte. Die Anträge. Ich hätte Jura studieren können bei all dem juristischen Kram, den ich für dich erledigen musste. Okay, ich geb zu, ich war nicht ganz bei mir, wegen der Drogen. Na schön, ich war ziemlich von der Rolle. Aber die Drogen haben mir da durchgeholfen. Die Typen aus dem Club, die haben mich doch im Stich gelassen. Hin und wieder kamen sie raus, um auszuhelfen, oder ich durfte mal mit auf einen kurzen Run, aber in der Hauptsache war ich allein, pleite, und ich hatte eine Scheißangst!»

Eve konnte die Tränen nicht länger zurückhalten. Sie senkte den Kopf. Das blond gefärbte Haar begann an den Wurzeln dunkel zu werden. Und wie ihre natürliche Haarfarbe begann man ihr auch das Alter anzusehen, aber für Patch sah sie noch immer umwerfend aus. Nichts gegen die strammen jungen Dinger, wie Nine Inch sie nach Hause brachte, aber für

Patch ging nichts über eine reifere Frau mit gesundem Menschenverstand, die bereit war, mit einem durch dick und dünn zu gehen, das Leben als Komplizin zu teilen, auch wenn es Kummer gab. Er hatte sogar einen Spruch dafür: Je besser die Old Lady eines Members, desto mehr bringt er seinem MC.

Es dauerte nicht lange, und Eve hatte sich ausgesprochen. Sie wischte sich die Tränen ab, machte den Fernseher an und sank auf die Couch. Patch ging hinüber, setzte sich neben sie und legte ihr eine Hand aufs Knie.

«Du fehlst mir wirklich nicht», wiederholte sie. «Aber dafür umso mehr mein kleiner Bruder. Ich war es, die ihn nach dem Tod unserer Mutter hätte *beschützen* sollen. *Umgekommen* ist er wegen mir.»

«Was willst du denn noch von mir, Eve? Ich habe meine Sachen schließlich gepackt. Ich bin gegangen.»

«Was kommst du dann wieder vorbei?»

«Hey, versuchen wir doch, manierlich zu bleiben. Ich bin im Zorn gegangen. Ich will, dass wir Freunde bleiben. Ich will dir die Chance geben, nochmal neu anzufangen.»

«Neu anzufangen?»

«Ja. Und mit deinem Kummer fertig zu werden. Du musst den Verlust deines Bruders verarbeiten. Ein neues Kapitel aufschlagen. So wie ich.»

«Das ist wieder typisch Mann. Ich verliere den Bruder. Du sagst, schluck's runter – wie ein lausiges Essen, oder was. So einfach ist das nicht.»

«Du schaffst das schon. Sieh mal, ich bin vor allem deshalb von hier weg, weil …» Patch verstummte.

«Weil?»

Er blickte zu Boden.

«Na sag doch, John.»

«Ich bin deinetwillen weg. Um dich nicht zu ersticken. Damit du als eigene Person wachsen kannst, nicht in meinem Schatten oder im Schatten des Clubs. Eve, in dem Lebensabschnitt, in dem du jetzt bist, bist du mit einem wie Charles einfach besser dran.»

«Wieso bist du dann hier?»

«Weiß ich nicht. Ich bin fertig mit Oakland, ich bin rein geschäftlich hier. Ich will dir nicht in den Ohren liegen. Ich weiß, ich bin im Augenblick alles andere als gut für dich, aber ich wollte dir sagen, dass ich wegen dem weg bin, was passiert ist, nicht wegen dem, was ich für dich empfinde. Ich konnte nicht wieder fahren, ohne das klarzustellen.»

Im Fernsehen lief eine alberne Komödie. Schallend wurde über Liebe und Ehe gelacht. Immer dasselbe: Die Typen waren Trottel, die Frauen klug bis raffiniert.

Das falsche Gelächter hing im Zimmer. Patch und Eve guckten eine Weile zu, ohne etwas zu sagen. Patch hielt ihre Hand. Zusammen hatten sie alles durchgemacht, «bipolar», «dysfunktional» und «co-abhängig», und das lange bevor diese Begriffe zu Schlagwörtern in der Familientherapie geworden waren.

«Hör zu, ich bin womöglich nicht der Beste für dich. Du kannst mich jetzt egoistisch nennen, aber du bist immer noch die Beste für mich.»

«Herrgott nochmal, Patch. Hast du denn gar nicht mitgekriegt, was ich die ganze Zeit zu sagen versuche? Ich *bin* wieder in Ordnung. Mit uns ist Schluss. Aus. Vorbei.»

«Das versteh ich doch, aber vielleicht sollte ich eine Weile bleiben, wenigstens ein bisschen länger. Scheinst mir ziemlich durch den Wind. Du brauchst jemanden, der beruhigend auf dich wirkt.» Er drückte ihre Hand fester.

Eve wischte sich wieder über die Augen. Sie schnäuzte sich lautstark in ein Papiertaschentuch, steckte es in die Tasche ihrer Jeans. Dann lächelte sie traurig. «Patch, das Letzte, was du in all den Jahren, die wir zusammen gewesen sind, warst, ist beruhigend.»

«Wieso haben wir uns dann so gut vertragen?»

«Du hattest 'ne Menge anderer … Talente», sagte sie. Ihr Lächeln wurde breiter. «Nur beruhigt haben mich diese Talente nicht.»

«Ach ja?», sagte er. Auch sein Grinsen wurde breiter. «Weißt du, ich sag immer, ein Mann sollte das machen, was er wirklich kann.»

«Starke Worte», pflichtete Eve ihm bei und ließ die Jalousien an den Fenstern des Häuschens fallen.

21 | BESUCH VOM PATEN

«Wach auf, Tony. Wir haben was zu erledigen.»

Es war Mittag und ging schon auf eins. Nine Inch schlief noch wie ein Stein. Patch war morgens, so gegen sieben, nach Hause gekommen. Seither hing er im Loft herum. Er las die Zeitung. Ging auf und ab, blätterte Motorrad-Magazine durch. Er steckte seine T-Shirts und Unterwäsche in Tonys High-Tech-Waschmaschine. Um ein Haar hätte er den Geschirrspüler genommen. *Gibt's denn überhaupt nichts Konventionelles hier?*, dachte er. Er musste an die Zeiten denken, in denen er selber den halben Tag verpennt hatte; um nichts auf der Welt hatte Eve ihn wecken können. Patch wollte mal nicht so sein, was Tony anging. Immerhin wohnte er jetzt schon seit fast einer Woche in seinem Loft. Er wusste, dass der Junge wegen ihm nicht so konnte, wie er wollte. So, wie es im Augenblick aussah, hatte der Kleine wahrscheinlich keinen mehr weggesteckt, seit Patch in die Stadt gekommen war, es sei denn, er hatte den Abend zuvor jemanden abgeschleppt, als Patch bei Eve geblieben war. Patch hatte vor, sich Nine Inchs aufgestaute Energien zunutze zu machen.

Die Haare standen dem Jungen zu Berge, als er den Kopf von der Matratze nahm. Das Laken hatte ein Muster auf seinem Gesicht hinterlassen; er sah aus wie eine versteinerte Fratze.

«Mensch, wie spät ist es denn?»

«Viertel nach eins ... nachmittags. Der halbe Tag ist rum – obwohl, irgendwo auf der Welt ist es sicher noch früh.»

«Wo hast du denn heute Nacht gepennt? Ich habe so lange

gewartet, wie's ging, dann bin ich mit den Jungs losgezogen. Wir sind in der Stadt rumgefahren und dann clubben gegangen.»

«Ich muss das Handy zurückgeben», sagte Patch und zeigte ihm Angelos Telefon. «Kommst du mit?»

«Gib mir zwanzig Minuten, duschen und rasieren, dann kann's losgehen.»

Als die beiden in Angelos Auffahrt einbogen, dachte Patch, dass das Haus auch schon bessere Zeiten gesehen hatte. Angelo war mal ein Fanatiker gewesen, wenn es um seinen Vorgarten ging. Auch der letzte Grashalm hatte noch strammzustehen. Ständig war er mit dem Rechen zugange. Manchmal ruinierten die Jungs vom Club ihm seinen Park, indem sie ihm ein paar Brösel Rindenschrot in den bunten Zierkies trugen. Oder sie verschoben einen Blumenkasten, einen der schweren Pflanzkübel; egal was, so was trieb Angelo die Wände hoch. Keiner aus dem Club fühlte sich bei Angelo wohl, weil er gar so pingelig war mit dem Haus. Laut Angelo lag das daran, dass er bettelarm in Texas aufgewachsen war; er hatte als Kind nichts anderes gekannt als Erde und Sand. Grünzeug war für ihn Luxus. Dann war ihm die Frau davongelaufen, und nach der Scheidung und der erbitterten Schlacht um das Sorgerecht für Hollister war er praktisch blank. Angelo war nicht nur der Junge geblieben, sondern auch die Anwaltsrechnungen. Das Haus kam auf den Hund.

Patch klingelte. Er erwartete Angelo, aber stattdessen machte ein Teenager auf.

«Hollister, was geht denn so? Wo ist der Stiesel des Hauses? Angelo da?»

«Patenonkel!», begrüßte Hollister Patch.

«Herrgott, kannst du mich nicht normal anreden?», fragte Patch. «Als wär ich je ein anständiger Patenonkel gewesen. Ich weiß nicht mal, was man als Pate eigentlich macht. Siehst gut aus, Kleiner. Stückchen gewachsen. Das hier ist Tony, ein Freund», sagte er mit einer Geste auf seinen Begleiter. «Seine Freunde nennen ihn Nine Inch. Ich nicht.»

«Hallo, Nine Inch», sagte Hollister.

Hollister sah richtig adrett aus. Er war sauber gekleidet, konservativ, trug Khakihosen und ein Button-down-Hemd. Er hatte so gar nichts von seinem Vater, dessen Vorstellung von «fein» ein sauberes Sweatshirt war. Auch nicht ein Härchen stand schief auf dem gepflegten Kopf des Jungen.

Hollister war rotblond wie sein alter Herr und trug einen kleinen Ring im rechten Ohr. Ganz wie die Mutter war er hoch gewachsen und schlank. Seine Erscheinung schien sich mit dem Rest des Hauses zu beißen, in dem eine heillose Unordnung herrschte. Wenn er einen Jungen hätte, hatte Patch immer gedacht, dann wollte er einen wie Hollister, einen guten Jungen, verlässlich, mit Schneid.

Patch und Nine Inch folgten dem Jungen ins Wohnzimmer, wo Hollister rasch die Couch frei machte. Dann saßen die drei in dem Saustall aus verstreuten Klamotten, schmutzigem Geschirr, Magazinstapeln und leeren Limonadendosen, die überall herumlagen. Der Fernseher lief, der Ton war weggedreht.

«Mag einer 'ne Cola?»

«Ich nicht», sagte Nine Inch.

«Nicht für mich, Kleiner», sagte Patch. «So, Hollister, wie alt biste denn jetzt?»

«Fünfzehn», rief Hollister aus der Küche.

«Freundin?»

«Nur die Mädchen, mit denen ich lerne. Nichts Ernstes.»

«Und, ist das Leben gut zu dir?»

Hollister setzte sich wieder zu seinen beiden Gästen aufs Sofa. Patch erwartete schon ein oberflächliches «Geht schon», aber stattdessen schlich sich ein schmerzlicher Ausdruck in die dunklen Augen des Jungen. Er sagte nichts.

«Was ist? Bist ja richtig finster drauf.»

«Ich mach mir Sorgen um Paps. Er ist irgendwie nicht der Alte, oder vielleicht ist er im Gegenteil wieder mal ganz der Alte. Du weißt ja, was das heißt.»

«Nein. Was heißt es denn?»

«Ich weiß auch nicht. Er schläft kaum noch. Er haut sich hier auf dem Sofa vor der Glotze hin. Und dann macht er mit dem Computer rum, was wohl okay ist, nehm ich an. Aber ich habe keine Ahnung, was er vorhat. Kaum ist er zu Haus, läuft er schon wieder weg. Mal ist er gut drauf, dann wieder total down. Ich weiß immer, auf welchen Pillen er grade ist.»

«Hollister», begann Patch. Er schätzte einen intelligenten Jungen, mit dem er von Mann zu Mann reden konnte. «Was meinst du, was hat er vor?»

«Keine Ahnung. Er lässt nichts auf der Festplatte. Ich hab ein schlechtes Gewissen, hinter ihm herzuspionieren. Und Anrufe kriegt er in letzter Zeit bloß noch übers Handy. Unser normales Telefon klingelt so gut wie gar nicht mehr. Und wenn, dann legt der andere gleich wieder auf. Ich schätze mal, dass die Bullen hinter uns her sind. Paps redet immer mit einem gewissen J. W. Immer, wenn der anruft, steht er auf und geht nach draußen. Vielleicht verkauft er wieder Gras. Auch gut. Aber wozu die Geheimniskrämerei?»

Nine Inch kam als Erster drauf. Über den Couchtisch verstreut und auf dem Boden davor lag stapelweise Post, darunter auch, praktisch ganz oben, eine Rechnung von Horizon, Angelos Mobilfunkanbieter. Als Hollister seine Coke leerte, stieß Nine Inch Patch an.

«Weil wir grade davon reden», sagte Patch, als hätte Nine Inch ihm ein Stichwort gegeben, «im Clubhaus hat einer das Handy von deinem Vater gefunden. Hier. Tut mir Leid, dass ich es so lang mit mir rumgeschleppt habe. Er wird froh sein, wenn er's wiederhat.»

Er senkte den Blick auf die Telefonrechnung auf dem Tisch. «Check mal besser die nächste Rechnung, nicht dass ihr für eine Menge fremder Anrufe zahlt.»

«Ja, danke.» Hollister legte das Telefon auf den Tisch. «Paps war vielleicht sauer, als das Ding weg war. Er hat angerufen und war mächtig stinkig auf den Typ, der ranging. Ich hab mir eine gefangen, weil ich gelacht habe.»

Hollister musterte die Post, die über den Tisch verstreut lag. Er nahm die Rechnung von Horizon. «Hier, seine letzte Handyrechnung. Ist grade gekommen. Können wir ja gleich nachkucken.»

Er riss den Umschlag auf und ging die Zettel und Werbung durch, bis er die Rechnung hatte. Er sah sich die Zahlen an, zog aber nur verwirrt die Stirn in Falten.

«Sagt mir überhaupt nichts. Kuck doch mal, ob uns da einer abzuziehen versucht.»

Nine Inch holte einen Zettel aus der Tasche, auf dem eine Telefonnummer notiert war. Er beugte sich vor und prüfte die aufgelisteten Anrufe. Die Liste kam frisch aus der Presse und war damit auf dem neuesten Stand. Unter den ausgehenden Anrufen fand sich die Nummer, die er für Patch an dem Abend notiert hatte, an dem er den Apparat mitgebracht hatte: der Anruf von diesem John McIntosh um 14.34 Uhr, die Nummer lautete

510-555-9178. Eine ganze Menge Anrufe waren an diese Nummer gegangen, über ein Dutzend innerhalb von zwei Tagen.

«Hollister», wandte Nine Inch sich an den Jungen, als er den Blick von der Rechnung nahm, «wer, sagst du, war der Typ, der deinen Paps in letzter Zeit ständig anruft?»

«Ich bin sicher, Paps nennt ihn J. W.»

Patch und Nine Inch sahen einander an. «J. W.», flüsterte Nine Inch Patch zu. «John W. McIntosh, der Typ von der Mailbox. Es muss derselbe sein. Wahrscheinlich seine Connection oder was.»

Der Rechnung nach hatte dieser McIntosh praktisch ständigen Kontakt mit Angelo. Die Dauer der Anrufe reichte von einer bis fünfundzwanzig Minuten. Wie Patch und Nine Inch sahen, war ein Teil der Rechnung bereits angemahnt, die betreffenden Posten waren rot gerahmt. Angelo schuldete der Telefonfirma 246 Dollar. Er musste seit mindestens zwei Monaten nicht mehr bezahlt haben.

«Sieht mir okay aus, Hollister», sagte Patch. «Die letzten paar Tage hat keiner damit telefoniert.» Er und Nine Inch standen auf und gingen zur Tür.

«Wir müssen los, Kleiner. Sag deinem Pa, dass wir hier waren. Schade, dass wir ihn verpasst haben.» Patch hielt inne. «Mach dir keine Sorgen wegen deinem Vater. Dem geht wahrscheinlich so allerhand durch den Kopf, womit er dich nicht belasten will.»

«Behalten wir das hier lieber für uns», sagte Hollister, «für den Fall, dass doch wieder alles bloß typisch Paps ist. Nicht schlimmer als sonst.»

«Alles klar.»

Bevor Patch und Nine Inch die Tür öffneten, blieb Patch nochmal stehen.

«Hollister. Falls irgendwas passieren sollte, hier hast du eine Nummer, unter der du mich erreichen kannst, solange ich hier bin. Egal was ist, ruf einfach an. Ich weiß, ich war nicht grade häufig für dich da, ich meine, immerhin bin ich dein Pate. Ich bin noch ein paar Tage hier.»

«Wie lang noch?»

«Solang's nötig ist. Ich muss da ein paar Sachen klären und aus dem Weg räumen. Dann geht's wieder los. Zurück nach Arizona.»

«Ach ja, du bist jetzt in Arizona. Ziemlich heiß da unten. Vielleicht kann ich dich mal besuchen, so für 'ne Woche. Wir könnten in der Wüste abhängen, mit den Bikes.»

«Hört sich toll an, Kleiner.» Patch wollte, er läge wieder in der trockenen Hitze seines Hinterhofs, auf einem Liegestuhl, oder er würde wieder auf Arizonas Carefree Highway in einen schönen Sonnenuntergang fahren.

Bevor sie die Maschinen anwarfen, sah Nine Inch zu Patch hinüber und schüttelte angewidert den Kopf. Für Tony gab es kaum eine größere Sünde als Schlamperei. «Netter Junge. Schade, dass hier alles so versifft ist.»

«Ja», sagte Patch, «und dass sein Vater bis über die Halskrause in weiß der Teufel was steckt.»

«Patch, dieser Typ, dieser McIntosh, der ist der Schlüssel zu allem. Der dürfte was damit zu tun haben, dass Angelo sich so komisch aufführt.»

Patch nickte. Er dachte bereits weiter.

22 | SWINGER

Angelo saß an seinem üblichen Tisch in dem mexikanischen Café, blies Rauchringe vor sich hin und schob mit der Gabel einen dicken Burrito über den Frühstücksteller. Er dachte fieberhaft nach. Er ging nochmal alle Einzelheiten seiner beiden Deals durch. Er suchte nach Löchern und Lücken, nach irgendetwas, was er übersehen haben könnte. Es war Zeit, die Kohle zusammenzukratzen. Siebzig Riesen würden ausreichen für seine Projekte, es würde sogar noch ein bisschen was übrig bleiben. Für ihn. In diesem Augenblick begann das Handy zu vibrieren, das sich wiedergefunden hatte. Er hatte aufgeatmet, als Hollister es ihm gegeben hatte. Es war J. W.

«Ich wollte Sie grade anrufen, Mann. Ich bin so weit. Wir müssen über Geld reden, und zwar bald.»

«Okay, dann treffen wir uns doch», sagte J. W. «Ich rufe später an und sage dir, wann und wo.»

«Alles klar. Bis dann.»

Angelos Kriegsrat mit J. W. fand noch am selben Abend statt, und das ausgerechnet im Starlight Motel, einem Treff für Swinger an der Straße zum Flughafen. J. W. hatte sein übliches Zimmer reserviert: 12F. Neunzehn Uhr. Angelo hatte sich gelobt, vor dem Treffen die Finger von Sprit, Gras, Pillen und dem weißen Pulver zu lassen. Dazu war es zu wichtig; jetzt hieß es, auf Draht zu sein. Außerdem bräuchte er womöglich seine Waffe, die er in der Jackentasche mitnahm.

Das Starlight Motel war Oaklands erste Adresse für Ehebruch und andere Ferkeleien, und das seit den Siebzigern, als die Mitchell Brothers in San Franciscos berüchtigtem O'Farrell Theatre Porno mit Zuckerguss auf die Bühne gebracht hatten. Noch drei Jahrzehnte später schien es Angelo merkwürdig, ausgerechnet hier über sein nagelneues Leben zu verhandeln. Andererseits hatte er seine Drogendeals und Betrügereien schon an zweifelhafteren Örtlichkeiten getätigt, vor allem in San Francisco, in einem russischen Nachtclub in Richmond zum Beispiel, einem Tattoo-Studio in der Seventh Street, in SM-Shops am North Beach und Striplokalen in Tenderloin.

Oakland hatte selbst seine schmuddeligen Seiten, wenn sie dieser Tage auch nicht mehr so viel hermachten. Im Gegensatz zu San Francisco war die Sexszene hier eher im Sand verlaufen. Sie bestand jetzt vor allem aus schwarzen Crackhuren und schäbigen Massagesalons. Das altmodisch-kitschige Starlight war da eine Welt für sich und geradezu nobel.

Ein Stück die Straße vom Starlight weiter hoch befand sich der Harley-Händler. Angelo fuhr auf dem Weg zu seinem Treff vorbei, um Kolbenringe und Filter für seinen Bock mitzunehmen; er hatte sie schon lange auswechseln wollen. Später wollte er das Bike mal gründlich durchchecken lassen. Je nachdem, wie die Geschichte mit J.W. lief, hatte er vor, die Harley zu verkaufen, bevor er die Stadt verließ.

Angelo fuhr auf den Parkplatz des Starlight; er war zwanzig Minuten zu früh dran. Er wollte sich den Laden nochmal ansehen, in Erinnerungen an alte Zeiten schwelgen. Er war schon seit einer Ewigkeit nicht mehr hier gewesen. In den Siebzigern, als die Infidelz sich formiert hatten, waren einige der Members hierher gekommen, um auf der großen «Spielwiese» abzufeiern, auf der Kleidung nicht zwingend war. Damals hatten sich hier Nudisten getummelt, Promis, lokale Sexaholics, halbseidene Politiker und andere Freigeister. Alle wollten sie mit «dem neuen Lifestyle» experimentieren. Während der Swinging Seventies bis in die verkoksten Eighties hinein konnte man hier Profisportlern begegnen, Footballern oder was immer gerade zu einem Auswärtsspiel in der Stadt war, und ihnen beim Rudelbums mit als Cheerleader verkleideten Nutten zusehen.

Wollte man sich damals amüsieren, brauchte es nichts weiter als ein paar Drinks, um seine Hemmungen abzulegen, dazu eine Tasche voll Pillen und ein Rohr, das sich verlegen ließ. Der Nachtclub im Keller mit seiner lockeren Kleiderordnung war ein angenehmer Zeitvertreib, die wirklich harte Action jedoch lief in den vierundsechzig Zimmern rundum. Angelo erinnerte sich an die Flure, auf denen es zuging wie auf einem arabischen Basar, nur dass hier neue Partner und Stellungen im Angebot waren. Während der siebziger und achtziger Jahre bezahlte man für nichts weiter als für Alkohol und das Zimmer, in dem man es trieb. Und da gab es verschiedene, je nach Vorlieben: SM, Leder, Gruppensex, Lesben, diverse Fetische, Voyeurismus und Massagen mit Moschusöl.

Besonders amüsant fanden Angelo und die Jungs den Snake Room, in dem ein Drei-Meter-Python gehaust hatte, zusammen mit einem Mädchen, das nie mehr als rote Cowboystiefel angehabt hatte. Worauf immer man auch stehen mochte, im Starlight fand man es – bis zum Abwinken.

Das neue Starlight sah zwar immer noch nach Seventies aus, hatte sich aber trotzdem ganz schön verändert. Es ging dort längst nicht mehr so flott und sorglos zu wie in den Tagen vor Aids. Im Gegenteil, der Laden war jetzt antiseptisch, humor- und seelenlos wie das ganze neue Jahrtausend. Die erstklassigen Stripperinnen von damals, er erinnerte sich an exotische Namen wie AfroDeity und Goddess Fontina, waren durch Mädels der zweiten Garde ersetzt; die hießen Angel oder Tina und waren Wunderwerke der plastischen Chirurgie. Auf allen vieren erleichterten sie mit ihren nach Schema F abgezogenen Table-Dance-Nummern einsame, desillusionierte Kerle um ihr sauer verdientes Moos. In einem gestylten Bums wie dem neuen Starlight gab es weder freie Liebe noch irgendwas anderes umsonst.

Angelo wagte noch nicht einmal zu raten, was J. W. in einem Laden wie diesem zu suchen hatte. Andererseits war der Treff schlicht genial. Weit und breit war kein uniformierter Bulle zu sehen. Bewohnt wurde das Motel vor allem von Auswärtigen, die den nahe gelegenen Flugplatz benutzten und nochmal was erleben wollten, bevor sie zu Frau und Kindern zurückflogen. Ein Zettel am Eingang machte Reklame für eine russische Stripperin aus Modesto, die jeden Freitag im Starlight zu sehen und auch zu mieten war. In einem der kleineren Ballsäle fand eine Junggesellenparty statt, auf der Nadia, die tagsüber Jura studierte und nächtens strippte, die Hüften zu harmlosem Hiphop-Pop kreisen ließ. An der Bar gab es, für happige sieben fünfzig die Flasche, kühles Bier.

Angelo riskierte einen Blick. *Mann, früher konntest du auf dem Hintern eines Starlight-Girls Nüsse knacken, vor allem bei den jungen Schwarzen. Der Laden hier hat wirklich nachgelassen.*

Um Punkt sieben griff Angelo zu dem taubenblauen Haustelefon. Als er das süßliche Aftershave eines Persers am Hörer roch, hielt er ihn etwas weiter vom Ohr.

«Das Zimmer von McIntosh, bitte», wies er die Hauszentrale an.

Es klingelte fünfmal, bis J. W. endlich ranging.

«Hallo?»

«Yo, ich bin hier in der Lobby oder der Bar oder was das ist.»

«Ziemlich flotter Laden, was?»

«Ja, echt groovy», meinte Angelo lustlos.

«Na, dann komm mal rauf. 12F.» *Klick.*

Wie in alten Zeiten suchte Angelo sich seinen Weg durch das Labyrinth von Korridoren. Zwanzig Jahre alte Erinnerungen rauschten vorbei. 12F lag gar nicht so weit vom Snake Room. *Was wohl aus der Schlangenlady geworden ist?*

Er klopfte an die Tür.

«Immer rein in die gute Stube», sagte J. W., nachdem er aufgemacht hatte. Er schien bester Laune. Er trug einen Trainingsanzug mit dem Logo der Chicago Bulls. Er sah aus wie eine Mischung aus Hugh Hefner und David Caruso. Als er J. W. in Sportkleidung anstatt im üblichen Geschäftsanzug sah, kam Angelo sich noch schmieriger vor. Auf dem einen Nachttischchen brannte eine Lampe, auf dem anderen leuchtete eine Lavalampe. Die schummrige Beleuchtung war eine ganze Ecke zu intim und gemütlich für einen Treff unter Kerlen. Angelo war gar nicht wohl in seiner Haut. Auf dem Schreibtisch lag Papierkram, ein Laptop summte leise vor sich hin, ein Stapel CD-ROMs war auf den Boden gerutscht. Die Wände waren schokoladenbraun. Das Bettzeug war aus schwarzem Satin, eine Flokatidecke lag obenauf.

«Ich arbeite undercover an einem Sexring.»

Ja, von wegen. Angelo war nicht überzeugt.

«In der Hauptsache», so gestand J. W., «komme ich hierher, um vom Gesindel wegzukommen und von dem Gerangel im Büro. Unmöglich, dort was wegzuarbeiten. Und wenn ich mal verspannt bin, kann ich mir eine raufbestellen, die mir einen runterholt.»

Angelo verzog das Gesicht. *So genau wollt ich's gar nicht wissen.* Aber es hörte sich plausibler an als die Schote mit dem Sexring.

«Okay, lass sehen, was du hast. Mach mal Meldung über deine Fortschritte», sagte J. W. schroff. Die Hälfte der guten Laune, in der er aufgemacht hatte, war verflogen.

«Hier, das ist der Stand der Dinge, und das sind ein paar Bänder mit dem, was gelaufen ist», sagte Angelo und gab J. W. die Mikrokassetten. «Ich habe zwei Deals angeleiert, an zwei aufeinander folgenden Tagen.»

«Und der erste wäre?»

«Hören Sie sich die Bänder an. Ein Pot-Ring, ziemliches Kaliber, die erste Lieferung ist ein halber Zentner, rauchfertig. Wir holen das Zeug am Dreiundzwanzigsten in Redding ab. Einige Jungs aus dem Club verticken das Zeug auf der Straße. Wie gesagt, jede Menge Jungs aus dem Club machen mit. Was den Lieferanten angeht, den kennen Sie womöglich als Humboldt Merle. Ziemlich großer Fisch.»

«Sagt mir nichts, aber ich bin sicher, dass er eine große Nummer ist.»

«Der Mann beliefert die Infidelz seit zwei, drei Jahren mit Ganja. Außerdem bin ich sicher, dass Sie über den an andere Pflanzer rankommen, wenn Sie wollen. Liegt ganz an Ihnen. Alles, was mir noch fehlt, ist der Vorschuss. Fünfundzwanzig.»

«Riesen?»

Nein, Cents, du Idiot! «Ja, J. W., fünfundzwanzig Riesen.»

J. W. schien viel zu sehr mit etwas anderem beschäftigt, um Angelo weiter dumm zu kommen. Er war offensichtlich nicht ganz bei der Sache. Trotzdem nickte er, als wäre er einverstanden, also fuhr Angelo fort.

«Und jetzt das Beste. Ich hab Ihnen ja gesagt, ich hab oben

im Norden fünf Ledernacken aufgetan. Seit gut anderthalb Jahren beklauen die ein Munitionsdepot der Marines. MGs, Granaten, Raketen, C-4. Ich habe die ganze Pastete mit einem unserer Chapters im Norden geteilt, vielleicht kommen sogar noch welche dazu. Das macht für uns kaum zwanzig Riesen. Außerdem habe ich eine ellenlange Liste von Typen aus gut acht anderen Clubs, die uns den Krempel abnehmen. Der Deal läuft wie gesagt gleich am nächsten Tag. Das Interesse auf der Straße ist groß.»

«Faul scheinst du nicht gewesen zu sein, Angelo.»

«Und deshalb muss ich jetzt auch genauer Bescheid wissen. Wie Ihre Leute das angehen. Wie das über die Bühne gehen soll mit den Deals und den Verhaftungen?»

«Deals?», fragte J. W. «Verhaftungen?»

«Deals und Verhaftungen, ja. Sollten meine Leute nicht 'n Teil des Krempels an Undercover-Leute verhökern?»

J. W.s Blick nahm einen völlig abwesenden Ausdruck an.

Angelo traf es wie ein Schlag vor die Brust. In seinem Kopf begann es zu pochen. *Das haste jetzt davon, dich mit den Bullen einzulassen.* «Was ist los, J. W.?»

«Wir haben's uns anders überlegt. Du hast ein paar armselige Drogen- und Waffendeals. Das sind kleine Fische, Angelo.»

Angelo rutschte der Magen in die Kniekehlen. Wäre sein Mund nicht knochentrocken gewesen, er hätte mächtig geschluckt. Schweiß trat ihm auf die Stirn. Er dachte schon daran, die Waffe aus der Tasche zu holen.

«Ich versteh nicht.»

«Ganz einfach: Ich brauche mehr Informationen über die Infidelz.»

Angelo war wie vor den Kopf gehauen.

«Was wird denn dann mit den Verhaftungen?», fragte er, und seine Stimme sprang eine Oktave höher.

«Pass auf, mir geht's darum, da draußen so richtig aufzuräumen. Du und ich, wir könnten eine Riesenrolle dabei spielen.»

«Du und ich? Was quatscht du denn da für gequirlten Scheiß?»

J. W. brachte seinen Trumpf.

«Du und ich als Team, wir agitieren, helfen hier und da nach. Alles hinter den Kulissen, versteht sich. Wir können nicht nur mithelfen, auf der Straße aufzuräumen, mit deiner Hilfe ... Sagen wir mal so, ich könnte zwischen den Infidelz und den anderen Clubs vermitteln, bevor du und deine Freunde sich gegenseitig umbringen. Was hältst du davon?»

«Hör zu, du Arschloch», Angelo änderte schlagartig seine ganze Haltung gegenüber diesem Mann, «Ich will nur meine Deals abziehen und dann untertauchen. Deine Law-and-order-Kacke kannst du dir in die Haare schmieren.» Angelo sah ihn finster an, als seine Hand sich um den Revolvergriff schloss. Sein Finger legte sich um den Abzug. *Der Typ stellt nicht bloß unsere Abmachung auf den Kopf. Der träumt doch. Die Straßen aufräumen?* J. W. war um Sackhaaresbreite von einem Loch im Kopf entfernt.

«Ich brauche deine Hilfe, Angelo. Und du brauchst meine. Entweder wir arbeiten zusammen, oder dein Club bekommt zufällig Wind von deiner Zusammenarbeit mit dem Staat.»

«Soll das eine Drohung sein?» Angelo ließ den Revolver in seiner Tasche los. Er packte J. W. an seinem roten Sweatshirt, riss ihn herum, hob ihn von den Beinen und drückte ihn gegen die Wand. J. W. spürte Angelos fliegenden Atem im Gesicht.

Angelo quollen die Augen aus dem Kopf wie einem Wahnsinnigen, er knirschte mit den Zähnen.

«Es ist weniger eine Drohung als eine Tatsache. Ich muss dir deine Alternativen ja wohl nicht eigens erklären, oder?», presste J. W. hervor. «Mal angenommen, der Club bekommt deinen Papierkram beim Zeugenschutz zu sehen, den ich auf dem Schreibtisch habe? Oder die hören die Bänder, die du mir grade gegeben hast? Stell dir nur mal vor, wenn so Sachen in die falschen Hände geraten? Der Club bräuchte bloß zu wissen, dass wir uns hier unterhalten, und du wärst tot. Also, machst du nun mit oder was?»

Angelo ließ J. W. los und begann auf und ab zu gehen. Wieder hatte er den Revolvergriff in der Hand. In den Knast zu gehen und seinen Sohn zu verlieren war schlimm genug, aber wenn der Club dahinter kam, was er vorgehabt hatte, dann wäre er tatsächlich ein toter Mann.

J. W. brachte sich vor dem Spiegel in Ordnung. Die jüngsten Ereignisse zwischen den sich bekriegenden Motorradclubs arbeiteten ihm in die Hand. Die Lage war ein Pulverfass. Und das konnte jeden Augenblick explodieren.

«Sag mir eins, J. W. Was spielst du für eine Rolle bei der ganzen Geschichte? Irgendwas muss doch für dich dabei rausspringen.»

«Ich stehe vor meinen Leuten gut da. Was ist daran so schrecklich? Und damit haben wir beide was davon, bevor du untertauchst. In der Nacht, in der sie dich hoppgenommen haben, habe ich meine Chance gesehen. Ehrlich, ich sehe nicht, wie du da wieder rauskommen willst. Stell dir einfach deine Eier an der Fahnenstange vor dem Clubhaus der Infidelz vor.»

J. W.s Drohung wirkte. Angelo nahm die Hand von dem Revolver in seiner Tasche.

«Wie soll ich wissen, ob ich einem falschen Fuffziger wie dir trauen kann?»

«Wie gesagt, Angelo, du hast keine andere Wahl. Der falsche Fuffziger ist deine einzige Chance. Entweder wir beide arbeiten zusammen, oder du versuchst dein Glück auf der Straße. Liegt ganz an dir. Hier ist die Tür.»

«Ich hab keine andere Wahl?»

«Sag ich doch die ganze Zeit.» J. W. lachte. «Keine andere Wahl. Ich brauch dich da draußen als Insider.»

Angelo würde mitspielen. Blieb ihm ja nichts anderes übrig. Die Clubs standen sowieso am Rande eines Krieges. «Okay, hör zu», sagte er, «morgen Abend gehen im Club einige Sachen ab, die, ähm, die deinen Plänen ziemlich gelegen kommen dürften.»

«*Unseren* Plänen, meinst du. Das ist die richtige Einstellung. Immer dran denken, Angelo, Wissen ist Macht. Ganz fraglos sind die Bänder hier Macht.»

Angelo wurde schlecht. Der Treff im Starlight war nicht ganz so gelaufen, wie er sich das vorgestellt hatte. *Vielleicht sollte ich den Kerl doch umlegen.* Blinzelnd überlegte er sich den nächsten Zug. *Zwei Möglichkeiten. Entweder du gehst hier raus und spielst mit, oder du machst auf der Stelle Schluss und bringst den Drecksack um.* Die Schlagzeilen für so ein Verbrechen waren verlockend: MORD AN FBI-AGENTEN IN SEXMOTEL. Aber es ging ja nicht, er stand ja bereits als J. W.s Informant in den Akten. Falls man den FBI-Mann fand, stand er auf der Liste der Verdächtigen ganz oben, so viel war klar. Das konnte er nicht riskieren – nicht solange Hollister ihn noch brauchte.

«Ich denke, damit ist alles gesagt, Angelo.» J. W. zwang sich zu einem Lächeln. «Und jetzt verzieh dich. Ich erwarte Gesellschaft. Und nicht vergessen. Halt mich unbedingt auf dem

Laufenden. Wie gesagt, Brother, du bist meine Augen und meine Ohren da draußen.»

Angelo zuckte zusammen. «Hör zu, nenn mich nie wieder ‹Brother›, du Scheißkerl.»

J. W. bewegte sich im Schutz von Angelos Dilemma. Und der Agent hatte doppeltes Glück. Gewalt und Rachsucht zwischen den Motorradclubs schwärten ohnehin schon. Die Fronten standen, die Heere bewegten sich bereits aufeinander zu. Angelo ging zur Tür.

Draußen auf dem Flur griff er nach seinem Beeper. Er hatte alles auf Band.

«So, du Arschloch», murmelte er, während die Tür hinter ihm zuschlug. Als er so dastand, hätte er gute Lust gehabt, noch mal reinzugehen und J. W. doch noch ein Loch zu machen. *Versucht der Scheißer doch glatt, mich zu rollen.*

Als Angelo nach Hause fuhr, versuchte er dahinter zu kommen, was genau passiert war. Was immer J. W. da im Sinn haben mochte, er musste mitspielen. Er wurde das ungute Gefühl nicht los, dass J. W. noch einen Plan für den Fall der Fälle hatte – mit jemand anderem. Mit wem wusste er nicht und auch nicht, wie der Plan aussah, aber der FBI-Mann hatte ihn nun mal am Arsch.

Angelos Sammlung von Tonbändern war der dünne Faden, an dem sein Leben hing. Sie sorgte für ein gewisses Gleichgewicht. Sie war eine Versicherungspolice für den Fall, dass J. W. daran dachte, ihn abzuservieren.

23 | HART AUF HART

Patch traf im selben Augenblick am Clubheim ein, als Angelo Handschuhe und Helm ablegte. Er bugsierte sein Bike neben das seines Partners.

«Sieht ganz so aus, als hätten wir heut Abend wieder 'n volles Haus.»

«Na hoffentlich», sagte Angelo mit einem Blick auf die Motorräder. «Ist wohl endlich die große Versammlung.»

Im Clubhaus selbst hatte sich bereits eine beschlussfähige Zahl von Members eingefunden. Auf dem Tisch ganz vorn im Saal lag das Color von den 2Wheelers, das Patch dem toten Attentäter abgerissen hatte. Es genügte den Infidelz für einen Vergeltungsschlag. Hatte man auf dem letzten Treffen noch Fragen gestellt, gezweifelt, gezögert, diesmal würde man Tatkraft zeigen, einen Entschluss fassen und handeln.

Ahab schwang den Hammer und rief zur Ordnung. Er hatte neue Nachrichten für die Mitglieder.

«Alles herhören! Dank der Old Lady von einem Brother habe ich was Wichtiges erfahren. Die 2Wheelers lassen morgen Abend hier in Oakland eine große Fete steigen. Die Chapters aus ganz Kalifornien kommen dazu in die Stadt.»

Man begrüßte die Nachricht mit begeistertem Geschrei.

«Die Sache steigt im Ashland Court Motel. Der Laden gehört Chino und seinen Jungs. Wir hätten da eine astreine Gelegenheit, die Saubande zu überfallen – in *unserer* Stadt, in *unserem* Revier. Nach der Versammlung, bevor sie die Pfannen antanzen lassen und Party machen – *zack!* – schlagen wir zu.

Wenn es den Wheelers morgen Abend einer besorgt, dann wir! Ich habe den Laden gecheckt. Wie wir reinkommen. Wie wir wieder rauskommen. Sieht alles paletti aus. Wir gehen rein. Geben denen flink und satt was auf die Köpfe. Dann geht's wieder raus. *Zack, bum, peng!* So schnell können die gar nicht gucken, da ist das wieder vorbei. Für Fahrzeuge ist schon gesorgt. Fahrer sind abgestellt. Brother Streeter macht morgen nochmal Feindaufklärung. Da werden wir noch Genaueres erfahren, bevor wir ausrücken.»

Damit war der Überfall beschlossene Sache.

«Wir treffen uns morgen Abend hier. Viertel vor elf rücken wir aus. Jeder hat seine Waffe am Mann und was ihr sonst noch so braucht. Alles geht: Revolver, Messer, Flinten. Zeigt 'n bisschen Phantasie.»

Nachdem die Versammlung aufgelöst war, ging Patch nach draußen. Er kam an Lester vorbei, den man nach der Schießerei wieder zusammengeflickt hatte; er trug einen Arm in der Schlinge. Er musste seinen Bock seither einhändig fahren.

Angelo saß auf seiner Maschine. Er rauchte seine Zigarette zu Ende und starrte konzentriert auf den Mittelstreifen hinaus. Patch ging hinüber zu ihm und tippte seinem alten Partner auf die Schulter.

«Alles klar für morgen?», fragte er ihn.

Angelo zuckte die Achseln. «Alles paletti. Die haben sich das selber eingebrockt. Krieg ist Krieg.» Er steckte sich eine weitere Kippe an. «Die Jüngeren scheinen mir ziemlich nervös.»

«Das sollten sie auch sein», sagte Patch. «Die kennen ja nichts anderes als Frieden und Wohlstand.»

Den Club vor die Familie zu stellen ist eine der schwierigsten Entscheidungen, die einem Neuen abverlangt wird, bevor er die Kutte anlegt. Und wenn es hart auf hart geht, lastet das Color besonders schwer. Einige der besten Members waren dem Club beigetreten, nachdem sie im Knast oder beim Barras gewesen waren. Sie hatten inmitten von Konfrontation und Gewalt Brüderlichkeit und Kameradschaft erfahren. Patch hatte es den jüngeren Prospects immer wieder gesagt: Wenn ihr dem Club beitretet, wendet sich womöglich euer eigen Fleisch und Blut von euch ab – Familie, Eltern, Geschwister. Was dann? Er wusste es schließlich aus eigener Erfahrung. Ihn hatte die Loyalität dem Club gegenüber seine langjährige Frau und Seelenverwandte gekostet – Eve.

«Hat Hollister dir gesagt, dass wir bei dir gewesen sind?», fragte Patch. «Jemand hatte dein Telefon im Clubhaus gefunden.»

«Hat er gesagt, ja. Tut mir Leid, dass wir uns verpasst haben.»

«Der ist jetzt praktisch auch schon erwachsen.»

Angelo ließ den Kopf hängen und zog an seiner Viceroy. «Ja, ich würde mich in 'ne Kugel werfen für den Jungen.» Er lachte kurz auf. «Keine Ahnung, wer sich um wen mehr kümmert, ich mich um ihn oder er sich um mich. Manchmal ist das echt nicht so klar.»

«Ich weiß auch nicht, was ich dir sagen soll, Angelo. Ich war noch nie gut im Ratschläge-Erteilen.»

«Manchmal», sagte Angelo, «frag ich mich, was mir wichtiger ist, mein Club oder meine Familie. Ist irgendwo komisch.»

«Hat mit komisch nichts zu tun, Angelo, manchmal ist es einfach hart. Ich musste mich auch entscheiden, was Eve anging. Solange Club und Familie miteinander zu vereinbaren sind, ist das wunderbar, aber es geht nun mal nicht immer so. Irgendwas passiert immer.»

«Geht ihr beiden wieder zusammen?»

«Wer weiß? Ich muss erst meinen Kram auf die Schnur kriegen. Dann kann ich mich um andere kümmern.»

Angelo schnickte die brennende Zigarette bis auf den Mittelstreifen der East Fourteenth Street hinaus. Patch sah seinen Freund an, der traurig über seinem Motorrad hing. Er schien meilenweit weg. Angelo war einer, den man gern an seiner Seite hatte, wenn es mal richtig zur Sache ging. Patch bewunderte die körperliche Kraft des Kerls, hatte aber seine Zweifel, was sein mentales Standvermögen anging. Er hoffte einfach, dass mit Angelo alles in Ordnung war.

«Man sieht sich dann morgen Abend», sagte Patch. Er beugte sich hinüber und tippte Angelo mit dem Finger an die Brust, bevor er seine Maschine anließ. «Und sei ausnahmsweise mal pünktlich, okay?»

Angelo war der Größte, wenn es ums Aufschieben ging. Er erwiderte Patchs Lächeln und startete seinen Bock. Patch stülpte sich den Helm über. Sie fuhren in entgegengesetzter Richtung in die Dunkelheit.

Eine schwarze Harley Sportster stand vor der Tür von Nine Inchs Festung. Tony hatte Besuch. Während Patch darauf zuhielt, musterte er die Lackierung und die Chromteile der Maschine. Er erkannte das Flammendesign von Sammy the Greek. Erstklassige Arbeit. Sammys Bikeshop in Oakland war für seine Pictures an der ganzen Westküste legendär.

An diesem Abend, dem Abend vor der Schlacht, war Patch richtig aufgedreht. Er wollte nichts weiter als ein warmes Bett und ein kühles Bier. Allein sein. Bisschen in der *Kunst des Krieges* lesen. Bisschen meditieren.

Im Loft saß Nine Inch auf der Couch und ging einen weiteren Stapel Kontaktabzüge durch. Er war drauf und dran, sich wieder in seine stickige, chemikalienverseuchte Dunkelkammer zu verziehen.

«Hey, Brother. Ich hab oben 'ne Überraschung für dich», sagte Nine Inch, ohne den Kopf von der Arbeit zu heben.

«Ich hab's nicht so mit Überraschungen.»

«Die wird dir gefallen.»

Patch stieg die Treppe hinauf zu dem Bett auf seiner Seite des Lofts. Er dachte daran, mit Tonys Maschinen zu trainieren. Die Verspannungen in Nacken und Schultern zu lösen. Aber seine Pläne änderten sich schlagartig. Auf der Matratze saß, im Schneidersitz, Lilac.

«Dann ist das wohl deine Maschine draußen.»

«Korrekt», sagte sie und tätschelte einladend die Matratze.

Patch fand die Kleine amüsant. Sie war gerade mal halb so alt wie er, aber kess und hatte Köpfchen. Er machte sich neben ihr lang, trat sich die Stiefel von den Füßen und verschränkte die Hände hinter dem Kopf. Sie legte sich neben ihn.

Nine Inch bemerkte unten lautstark, er hätte eine ganze Menge Fotos zu entwickeln.

«Das wär's, Leute», rief er herauf. «Ich verschwinde mal in der Dunkelkammer. Kann gut ein paar Stunden dauern.»

Die Hintertür knallte zu. Dann begannen die Wände zu vibrieren, als Tony die Anlage in der Dunkelkammer aufdrehte. Toll. Patch und Lilac lachten.

«Er vergöttert dich», sagte Lilac.

Patch zuckte die Achseln. Er fand irgendwie keine Ruhe. *Morgen um die Zeit ist die Kacke schon am Dampfen.* Die Möglichkeiten, dass es zu Komplikationen kam, bezog er grundsätzlich mit ein. Verhaftungen. Schnitzer. Oder Schlimmeres: die absolute Niederlage, den Tod. Aber er hielt derlei Gedanken auf Distanz.

«Siehst nachdenklich aus,» sagte Lilac. «Was geht dir durch den Kopf?»

«Mir? Besser, wenn du's nicht weißt.»

Patch schlang die Arme um Lilacs zierlichen Körper und drückte sie an sich. In einer Nacht wie dieser einen jungen Körper in den Armen zu halten war immerhin ein gewisser Trost. Lilac knöpfte seinen Hosenstall auf. Er revanchierte sich, indem er an ihren Knöpfen zu arbeiten begann. Es bedurfte keiner großen Anregung, um Lilac aus den engen schwarzen Jeans zu bekommen. Sie trug eine weite lila Seidenbluse mit Knöpfen an den Kragenspitzen.

«Ich hoffe, ich stör nicht», sagte sie.

«Überhaupt nicht. Ich bin's leid, allein zu sein.»

Lilac begann sich die Bluse aufzuknöpfen.

«Nein, nein. Lass mal an.»

Sie trieben es, als hätten sie keine Zeit zu verschwenden. Sie ritt ihn ab, während seine Hände unter ihrer Bluse zugange waren. Fest zog er die Handballen über die seidenweiche Haut ihres Rückens. Sie kam als Erste, mit einem leisen Schnurren, und erschauerte dabei am ganzen Körper. Noch nie hatte Patch eine Frau so schnell kommen sehen. *Ladies first.* Einige Minuten später war die Reihe an ihm. Lilac legte ihm den Kopf auf die Schulter.

«Du bist mir immer noch ein Rätsel.»

«Tja.» Patch stieß einen Seufzer aus. «Ich hab dir ohnehin schon genug erzählt, es sei denn …»

«Es sei denn was?»

Patch hatte seinen toten Punkt überwunden; mit einem Mal war ihm nach einer kleinen nächtlichen Spritztour.

«Es sei denn, du hast Lust, noch irgendwo was essen und trinken zu gehen. Ich hätte genau das richtige Lokal.»

Die Nummer mit Lilac hatte den Adrenalinstrom in Patchs Adern nicht dämpfen können. Steak und Ale in einem schummrigen Schuppen würden das schon eher schaffen.

«Hey, hast du da nicht was durcheinander gebracht? Solltest du mich nicht *zuerst* zum Essen ausführen?»

Patch stand auf und stieg in die Jeans. «Kommst du nun oder nicht?»

«Bin doch längst gekommen, Schatz.»

Es war kurz nach Mitternacht. Angelo steckte den Kopf in den Kühlschrank auf der Suche nach Milch. Er trank den Karton aus, um zwei Percodan hinunterzuspülen. Ein weißes Rinnsal lief ihm übers Kinn, bis er mit dem Ärmel darüber fuhr.

Er hatte den Anruf bei J. W. so lange aufgeschoben, wie es nur ging. Die Entscheidung kam ihn hart an. Finstere Gedanken trübten ihm den Verstand. Er dachte daran, einfach nicht anzurufen. Er dachte daran, Ahab und Patch alles zu beichten und zu seinem Verrat zu stehen. Wie immer ihre Strafe ausfiel, er würde sie akzeptieren. Ausschluss, Prügel, egal. Aber dazu war es zu spät. Er steckte zu tief drin. Und dann war da noch Hollister. Er schuldete dem Jungen wenigstens ein annähernd normales Leben.

Angelo holte sein Handy aus der Tasche und drückte die Kurzwahltaste. «Du hängst wieder in dem abartigen Motel rum, was? Ach, ich will's gar nicht wissen.»

«Ich bin im Büro, falls es dich interessiert», sagte J. W. «Was liegt an?»

Angelo stieß einen langen resignierten Seufzer aus. «Okay, Ashland Court Motel, morgen Abend um Viertel vor elf.

Die Infidelz ziehen gegen die Wheelers. Es kommt zu einer Invasion.»

«Ist ja prächtig! Genau was wir brauchen. Damit sind wir im Geschäft, wir zwei.»

Ja, von wegen wir zwei. Dann kam ihm ein Gedanke, der ihn etwas aufbaute. «Die 2Wheelers», sagte Angelo, «die kriegen ihr Fett.» Er legte eine Pause ein. «Und, J. W., was du da im Starlight abgelassen hast, den Quatsch von wegen keine Verhaftungen und so …»

«Was ist damit?»

«Du hast mich nicht angeschissen, oder? Ich meine, die Infidelz fahren nicht ein, oder? Abgesehen von ein paar Monaten Bezirksgefängnis.»

«Korrekt.»

«Verdammt, mir ist das wichtig, J. W. Scheiß mich bloß nicht an. Ist mir egal, was ihr mit den anderen macht, Hauptsache meine Jungs kommen ungeschoren davon.»

«So haben wir's abgemacht, Angelo. Wir profitieren beide. Du kannst mit deinem Jungen verschwinden. Deine Brothers kommen mit ein paar Monaten davon. Und ich räume in der Stadt auf und vermeide dabei noch einen Krieg. Wir sind beide Helden. Alles klar?»

«Das hoff ich doch.»

In Angelos Magen rumorte es. Ihn plagten Reue, Nervosität, Ungewissheit und das schlechte Gewissen – wie ein Held kam er sich nun wirklich nicht vor.

Kurz vor fünf Uhr morgens schreckte Patch aus einem Traum. Er fuhr hoch, die Augen aufgerissen, sein Herz ging wie wild. Er war wieder allein. Er hatte von seinem Vater, dem Commander, geträumt. Er hatte ihm ein Gesicht gegeben und eine Stimme. Die meisten Einzelheiten seines Traums verschwanden mit dem Aufwachen. Er wusste nicht, wo er war.

Patch konnte sich bestenfalls vorstellen, wie sein Vater auf sein Leben reagiert hätte. Hätte er, der Kampfflieger, die Bruderschaft verstanden, für die sein Sohn kämpfte? Wenn Patch an diesem Abend dran glauben müsste, das Messer eines 2Wheelers im Bauch, wäre er dann den Erwartungen seines alten Herrn gerecht geworden?

Was hatte Patch nach über vierzig Jahren auf diesem Planeten vorzuweisen? Eine kaputte Ehe und, nach Meilen gerechnet, ein paar Erdumrundungen auf seinem Bock. Wie sein Vater würde auch er den Planeten mit fliegenden Fahnen verlassen, mit dem einzigen Besitz, den er hatte – seiner Freiheit. Der Gedanke an den Tod war unheimlich, aber auch merkwürdig beruhigend. Dann übermannte ihn wieder der Schlaf, und er schlief tiefer als zuvor.

24 | V-ROD

Angelo bosselte in der Garage an Hollisters Bike herum, als sein Telefon sich meldete. Da er einen Rückruf von J. W. erwartete, ging er sofort ran.

«Ja, Angelo.»

«Angelo? Ronnie.»

Ronnie war ein alter Biker. Er war ein Normalo, aber sonst ein recht anständiger Kerl. Ab und an lieh er Angelo ein paar Dollar. Rief er an, um zu kassieren?

«Angelo, ich bin total drauf.»

«Was gibt's denn, Ron, Alter?»

«Hast du grad was zu tun, Angie?»

Angelos Miene verfinsterte sich; er hörte den Namen nicht gern. «Nichts Wichtiges. Ich wechsle bloß die Kerzen an Hollys Bike aus. Ölwechsel. Bin fast fertig.»

«Dann komm rüber zu mir. Mein Warten hat ein Ende, Mann. Du sprichst mit dem stolzen Besitzer einer neuen Harley V-Rod.»

«Ist ja klasse. Freut mich für dich, Alter.» Angelo hatte von der neuen Maschine gelesen. Das Triebwerk der V-Rod war wassergekühlt und von Porsche entwickelt. Es war Harleys bislang geglücktester Versuch, mit den Japsen zu konkurrieren. Wer hätte das gedacht!

«Schwing dich rüber!», rief Ronnie aufgedreht ins Telefon. «Ich brauch deinen Kommentar zu dem Teil, nachdem du eine Runde gedreht hast.»

Angelo düste rüber zu Ronnies Behausung und sah schon

von weitem das jungfräuliche Bike auf der Auffahrt stehen. Wie ein stolzer Vater stand Ronnie daneben. Grinsend hatte er eine Hand auf der fetten Ledersitzbank. Rahmen und Fender der schlanken Maschine waren aus Alu; die massiven Scheibenbremsen blitzten wie der hochgezogene Lenker – eine umwerfende Mischung aus Retrolook und modern.

«Bist der Erste, den ich angerufen habe, Angelo. Ich wollte einfach wissen, was einer von euch Jungs aus dem Club von der neuen Maschine hält. Ich war den ganzen Vormittag damit unterwegs.»

Angelo musterte das kurvenreiche Design der Harley. «Nettes Chassis, mein lieber Scholli.» Er stieß einen Pfiff aus, während er mit der Hand über die Verkleidung aus gebürstetem Alu strich, die den Tank beherbergte. «Sieht ja aus wie der Arsch von Pamela Anderson!»

Angelo schwang ein Bein über das neue Bike und machte es sich auf dem tiefen Sitz bequem. Er stieß den Ständer nach hinten und ließ mehrere Male sein ganzes Gewicht auf die Sitzbank fallen, um die Federung der Maschine zu prüfen. Er ging damit in Schräglage, erst auf die eine Seite, dann auf die andere. Sie schien ihm einen Zentner leichter als die Road King.

«Elfhundertdreißig Kubik hat sie, die Schönheit, und fünf Gänge», schwärmte Ronnie. «Mach schon. Schmeiß dich auf die Straße. Ich seh dich in 'ner Stunde wieder.»

Angelo griff am rechten Schenkel vorbei unter den Fahrersitz, schaltete die Zündung ein und beobachtete auf den Displays, wie das Selbstdiagnosesystem die Maschine durchcheckte. Dann der Druck aufs Knöpfchen. Er drehte ein paarmal am Gasgriff und sah auf dem halbmondförmigen Instrument, dass die Maschine mit satten Drehzahlen zur Sache ging. Und trotzdem keine Spur von dem ohrenbetäubenden Stampfen und Poltern, das Angelo auf seinem Bock unter dem Hintern hatte. Irgendwie ging ihm das ab, als den Rohren der V-Rod gerade mal ein zivilisiertes Jaulen entkam. Aber als er erst einmal auf Achse war, ging das neue Bike viel sachter in die Kurven als sein eigener Hobel. Auf der langen Geraden einer unbefahrenen Nebenstraße gab er dem Porsche-Triebwerk so richtig die Sporen. Von null auf sechzig Meilen in weniger als fünf Sekunden. *Nicht schlecht.* Angelo war insgeheim beeindruckt. Er saß überraschend tief, die Füße hingen weit vorn. Keine Spur von dem Geeiere anderer neuer Harleys. Aber war sie den satten Preis wert, ein paar Mille über Liste und dazu vier Monate Wartezeit?

Angelo trat das Bike in den höchsten Gang, als er auf den Freeway abbog. Er heizte ein paar Meilen nach Osten.

Mal sehen, was das Teil so draufhat.

An der Ausfahrt Gold Links Road verließ er den Freeway, ohne das Tempo zu drosseln. Als er an der Kreuzung vor sich keine Autos stehen sah, drehte er auf, heizte über die rote Ampel, nahm das Bike rechts herum und raste in die Hügel Richtung Knowland Park Zoo, alles in einer einzigen flüssigen Bewegung.

Nicht schlecht, gar nicht schlecht.

Nachdem er ein paar Minuten die Seitenstraßen am Zoo langgedüst war, machte er kehrt, drehte wieder voll auf und schoss den Hügel hinab zurück auf die Ebene zu. Angelo verlagerte das Gewicht, legte sich in jede Kurve. Am Fuße des Gefälles gab er dem Jucken in der Gashand nach und drehte die Maschine auf die 9000er Marke zu in den roten Bereich. An der Golf Links Road bog er scharf nach rechts ab, rutschte auf die Ninety-eight Avenue und hielt auf den Airport zu.

Angelo fuhr noch einige Meilen auf der Ninety-eight weiter und rollte dann vor seinen liebsten Hot-Dog-Stand. Er bestellte zwei Chili-Dogs und setzte sich auf einen der Picknicktische davor. Mit glasigen Augen beguckte er sich die blitzende V-Rod und lauschte auf das Knistern der Legierungen, als die Maschine nach der scharfen Fahrt abzukühlen begann. Den ersten Hotdog verschlang er in vier Bissen und griff dann nach der Tüte mit dem zweiten.

Ein weiterer Motorradfahrer tuckerte auf den Parkplatz. «Yo, Mann! Ist das dein Bike?»

«Yup.»

«Ist das erste Mal, dass ich eine V-Rod sehe. Wie fährt sie sich?»

«'n Traum.»

«Mann», meinte der andere, «ist das Leben nicht schön?»

«Das kannst du laut sagen.» Angelo hob halbherzig den Daumen, und der Typ zog davon.

Ein funkelnagelneues Bike ist ein Symbol für ein funkelnagelneues Leben. Man fängt praktisch von vorn an, man entdeckt den offenen Highway ganz neu. Jede Kurve erscheint einem aufregend neu. Angelo sehnte sich nach diesem Gefühl.

Wie schon an dem Nachmittag, an dem er am Point Molate auf Barsche gegangen war, hatte Angelo plötzlich eine Offenbarung. Er wusste, er hatte einen Punkt erreicht, an dem es kein Zurück mehr gab. Seine Probleme mit dem Club und den Bullen waren nicht mehr zu lösen, weder mit Vernunft noch mit Tricks. Seine Jugend, in der er noch so was wie Hoffnung gekannt hatte, war vorbei.

Wenn der Tanz mit den 2Wheelers ohnehin vom FBI verhindert würde, wieso sollte er dann überhaupt hin? Angelo war fertig mit dem Club. Seine Tage als Einprozenter waren vorbei.

Wie gebannt starrte er auf die lang gezogenen, niedrigen Konturen von Ronnies herrlichem Bike. Ein Panorama der Selbsterhaltung eröffnete sich seinem Blick, eine Chance, noch mal ganz neu anzufangen. Er würde einen anderen offenen Highway entdecken. Sein Leben.

Es war zwei Uhr, ein Freitagnachmittag, und die Zweigstelle des FBI war so gut wie verlassen, eine Geisterstadt im Land des Gesetzesvollzugs. Die meisten waren bereits unterwegs ins Wochenende. J. W. kam gerade erst ins Büro. Er warf seine Aktentasche in die Ecke seiner beigen Zelle in dem Großraumbüro und zog den Sportsakko aus. Er lockerte die Krawatte und griff dann sofort zum Telefonhörer. Er wählte eine externe Nummer.

J. W.s Schreibtisch war teils Kommandozentrale, teils Medizinschrank, teils Minibar. In einem verschlossenen Schub standen zwei Flaschen, Wodka und Tequila, halb leer. In einem anderen lag eine Batterie psychotroper Medikamente, Upper und Downer und andere Mittel, die dafür sorgten, dass er im Gleichgewicht blieb. Orangefarbene Plastikflaschen enthielten Black Beauties, Valium, Percodan, ein paar Gramm Speed, verschreibungspflichtige Stimmungsmacher, meist Muster, die er einem befreundeten Arzt abluchste. J. W. sagte ihm, was für einem Stress er in seiner Eigenschaft als Gesetzeshüter ausgesetzt war – die üblichen Sprüche.

J. W. warf einen Schnellmacher ein und holte seinen Loseblatt-Organizer heraus. Er blätterte, bis er auf die neue Nummer einer seiner Kontakte bei den Motorradclubs stieß. Er versuchte schon, den Typen zu erreichen, seit Angelo ihm die Nachricht von dem Überfall durchgegeben hatte. Während er mit dem Radiergummi seines Bleistifts die Nummer in den Apparat stocherte, lachte er bei dem Gedanken daran, die Privatnummer eines Einprozenter-Presi – oder überhaupt eines Informanten – in das Schnellwahlsystem des FBI einzugeben, wie es die Dienstvorschrift verlangt hätte. J. W. hasste seinen Zweigstellenchef nicht weniger leidenschaftlich als sein Kabäuschen in diesem Büro. Der Typ war ein inkompetenter politischer Arschkriecher, fett, weich und schwach.

Es klingelte einige Male, dann ging jemand ran. Die Stimme klang schrill und nervös.

«Lock.»

«Lock N Load, hier J. W.»

«Mann, ruf mich unter der Nummer an.» Er gab J. W. eine andere Nummer durch. «Fünf Minuten.» *Klick*.

«J. W. notierte sich die andere Nummer in seinen zerlesenen Organizer. Damit standen vier Nummern neben dem Namen des Presidents der Gun Runners.

«Lock, hier nochmal J. W. Wir müssen uns treffen.»

«Wo und wann?»

«Liegt ganz bei dir, Lock.»

Lock überlegte einen Augenblick. «Ich bin im Augenblick bei euch in der Stadt. Ich weiß da genau das Richtige. Hast du 'n Stift?»

25 | EVERGLADES

J. W. sagte der schäbige kleine Schlauch von einer Bar nichts, den Lock N Load als Treffpunkt gewählt hatte. Das Everglades. Dabei dürfte der Schuppen in seinen besten Zeiten durchaus ein Hit gewesen sein unter Leuten, denen nach Südseeambiente war. Glücklicherweise war der Bums am Nachmittag leer. Der Chef der Gunners saß bereits in einer Nische, allein, mit einer Flasche Corona. Und er hatte weder Sinn für Gastlichkeit, noch redete er gern lange herum.

«Also, was gibt's?»

«Die Infidelz ziehen heute Abend in den Krieg.»

Es folgte eine längere Pause. Lock rieb sich das Kinn. «Wer sagt das?»

«Na wer wohl? Meine Quellen.»

«Wer kriegt denn was auf die Glocke? Welcher Club?» Locks Ton war feindselig und aggressiv.

«Was spielt das für eine Rolle?»

«Ich hab keinen Bock auf Rätselraten.»

«Was ich dir hier sage», erklärte J. W., «wissen noch nicht mal die vom Gangdezernat, und mal ganz unter uns, sie werden's auch nicht erfahren. Nicht von mir. Was unser finanzielles Arrangement angeht –»

«Ja, ja. Hör auf, mich dran zu erinnern, verflucht! Ich hab das mit meinen Leuten geklärt. Die Vereinbarung gilt. Du kriegst jeden Monat deinen Anteil. Also, verflucht nochmal, was geht da ab?»

«Die Infidelz ziehen gegen die 2Wheelers. Hier in Oakland. Ganz, wie wir gedacht haben. Viertel vor elf.»

Wieder eine lange Pause. Locks Miene wirkte wie in Stein gehauen. «Mann! Die werden's Chino ganz schön besorgen. Als Revanche fürs Kasino. Hmm. Nicht schlecht.»

«Hör zu, Lock. Ich hab mir das so vorgestellt: Als Erstes gibst du den Wheelers einen Tipp, was da läuft. Aber anonym, damit Chino und seine Jungs nicht auf mich kommen – oder dich, was weiß ich.»

Lock N Load kratzte sich das kahle Haupt. «Okay. Ich hab da meine Beziehungen. Das lässt sich machen.»

«Dann», fuhr J. W. fort, «solltet ihr Jungs erst mal außen vor bleiben. Lasst euch ja nicht sehen, bis es so weit ist. Sollen die Infidelz und die Wheelers sich erst mal abmurksen. Dann schlagen die Gun Runners zu und machen die Sieger platt. Das ist entscheidend für unseren Plan, du verstehst, ja? Erst *dann* mischen die Gunners sich ein. Kannst du deinen Jungs das beibringen? Gleich?»

Lock N Load schnaufte. Er wusste, was da auf dem Spiel stand. Es war die bislang größte Herausforderung für ihn als President. Er und seine Jungs könnten bald ganz Kalifornien kontrollieren. Sich mit einem abtrünnigen FBI-Agenten einzulassen war allerdings ein riskantes Spiel.

Lock sprach seine Gedanken aus: «Die Zeit ist zu knapp, um jetzt noch Verstärkung aus dem Süden zu holen.»

«Bist du nun dabei oder nicht, Lock?» J. W. rutschte nervös auf seiner Bank herum. Er beugte sich vor. Er blickte Lock fest in die Augen. J. W. konnte durchaus überzeugend sein. Er hatte schon mit beinharten Mafiosi gefrotzelt. Locks Zurückhaltung jedoch, die schroffe Art des Kerls ging ihm auf den Zahn.

«Halt dir einfach deine Position hier vor Augen, wenn Wheelers und Infidelz erst mal ausgeschaltet sind. Die Gun Runners sind dann die Nummer eins. Alles hier läuft dann über euch. Das ist eure Chance. Aber durchziehen müsst ihr das allein. Und wenn das einer kann, dann du.»

J. W. wusste besser als irgendeiner, wozu Lock N Load fähig war. Der Agent hatte Zugang zu den Akten sämtlicher Rocker im Staat. Als er auf die Idee gekommen war, die Clubs gegeneinander auszuspielen, galt sein erster Gedanke dem einflussreichsten Mitglied des stärksten Clubs. Aber das war Patch, und der hatte sich gerade aus Oakland abgesetzt. Der Mann war noch nicht mal mehr in Kalifornien.

Der nächstbeste Kandidat auf J. W.s Liste war Lock N Load.

Der Chef der Gun Runners gab sich einige Mühe, das Bild einer schlichten Natur zu vermitteln, die frei von der Leber weg sprach. Aber er war weit klüger, als er sich anmerken ließ. Er hatte bei der Rempelei im Trader's sofort geschaltet, als er Marco auf den Parkplatz kommen sah. Sein Colt Python hatte Marcos Leben ein Ende gemacht. Lock wusste, dass bei dem Tohuwabohu kein Mensch würde sagen können, woher die Schüsse gekommen waren. Und er wusste, dass der Mord bei allen Beteiligten zu dem Verdacht führen musste, dass es jemand auf die Delz abgesehen hatte.

Aber er musste sicher sein können, dass der Krieg zwischen den beiden größten Rivalen der Gun Runners ausgetragen wurde. Das hieß, dass er die 2Wheelers da mit hineinziehen musste. Nur, wie sollte er einen Krieg zwischen den beiden Clubs inszenieren? So kam Lock auf den Gedanken, Hank und Reload an den Docks abzuknallen. Er rechnete damit, dass man den Mord an den beiden Wheelers auf den Club schieben würde, der jüngst ein Mitglied verloren hatte, und das waren die Infidelz. Mit der Schießerei im Kasino dann ging seine Rechnung auf: Die Wheelers nahmen die Morde an den Docks als Rache der Delz für Marcos Tod. Dummerweise hatte danach noch immer keiner den Krieg erklärt.

Was Lock anging, so sah er darin eine weitere Chance. Er wusste, man würde auch ihn verdächtigen, hinter den Überfällen zu stecken. Also machte er genau das, was jeder machen würde, der im Verdacht stand, einen Krieg anzetteln zu wollen – er setzte sich für den Frieden ein. Indem er sich als Vermittler zwischen den Infidelz und den Wheelers anbot, lenkte er den Verdacht von sich ab, gerade weil er ihn auf sich zog. Er stand als der große Friedensstifter da, während die beiden anderen Clubs umso schärfer auf einen Krieg zu sein schienen, indem sie sein Angebot ablehnten. Nur hatte Lock Ahabs Fähigkeit unterschätzt, einen kühlen Kopf zu bewahren. Ahab würde den Frieden nicht brechen, solange er eine andere Wahl hatte. Und so hatte Lock mit J. W.s Hilfe die Entscheidung für ihn gefällt.

So schwer war das gar nicht gewesen. Nicht bei der Fülle von Tricks, die J. W. zu Gebote standen. So zum Beispiel Frank Peterson, ein verdeckter Ermittler aus dem Gangdezernat von Los Angeles, ein Mann, der dafür bekannt war, in Sachen Polizeiarbeit nicht weniger unkonventionell und «aufgeschlossen» zu sein als J. W. selbst. Alles, was es brauchte, war eine kleine Unterredung, ein Bündel Scheine unter dem Tisch, und der Cop, der bereits als Prospect bei den Wheelers fuhr, war dabei. Peterson war es gelungen, einem neuen – und herzlich besoffenen – Mitglied der Wheelers einzureden, dass man sie als Helden feiern würde, wenn sie beide das Clubheim der Delz überfielen. Als Rache für Reload und Hank.

Nachdem das erledigt war, brauchte Peterson nur dafür zu sorgen, dass den Delz das Wheelers-Patch seines Kumpels in die Hände fiel. Dass er Patch an den Hacken hätte, damit hatte er nicht gerechnet. Als Peterson klar wurde, dass er womöglich nicht davonkam, schoss er dem Wheeler eine Kugel in die Brust. So konnte er einerseits sicher sein, dass man die Wheelers verantwortlich machen würde, anderseits war es seine einzige Chance, Patch zu entkommen. Nur dass es ihm nicht gelungen war. Peterson endete als einer von vielen blutigen Flecken auf der Straße, aber seine Mission war erfüllt – die Delz hatten ihren Beweis.

Jetzt würde es zum Krieg kommen. Und wer immer den gewann, würde nicht lang genug leben, um sich darüber zu freuen.

«Du musst das heute Abend schaffen», sagte J. W., «es geht nicht anders.»

Es gefiel Lock, einen FBI-Mann betteln zu hören.

«Mit den Motherfuckern werden wir schon fertig», sagte Lock. «Ich trommel die Jungs zusammen. Wir werden bereit sein.»

«Ashland Court Motel, Oakland. Zehn Uhr fünfundvierzig. Dass du das bloß nicht verbockst. Sag mir übers Handy Bescheid, wenn alles gelaufen ist. Ich warte auf deinen Anruf.»

Es war J. W. egal, wenn Lock N Load ihm anhörte, dass er es kaum noch erwarten konnte. Die Geschichte war zu wichtig.

«Alles klar.» Lock trank sein Bier gar aus und verließ dann das Everglades. J. W. hörte ein Motorrad starten. Es folgte das satte Röhren aus einem Satz gerader Endrohre. Dann war er fort.

Wieder im Büro, setzte J. W. sich in seinen Sessel, rollte ein Stück zurück und schlug die kostenlose Broschüre eines Grundstücksmaklers auf, die er in seiner Aktentasche mit herumgetragen hatte. *Ein Stück kalifornische Erde, Mann. Hier wär was: Haus, 400 qm, mediterraner Stil, fünf Zimmer, Blick auf die Bucht. 1,3 Mill.* War jetzt alles nur noch eine Frage der Zeit – raus aus der Mietwohnung, ein Leben in Saus und Braus. Endlich mal jemand sein. Was darstellen. Im Augenblick fuhr er einen Buick. Nicht mehr lange, und es gäbe für in nur noch Mercedes und BMW. Der Wohlstand war zum Greifen nah.

Zur Belohnung für die gute Arbeit wollte J. W. noch ins Starlight, um sich zur Feier des Tages ein paar Drinks zu genehmigen. Dann würde er sich auf 12F zurückziehen, relaxen, den Zimmerservice bestellen, ein bisschen Gesellschaft. So wollte er für den Rest der Nacht auf den Anruf warten, mit dem Lock ihn wissen ließ, dass alles nach Plan gegangen sei.

J. W. packte seinen Kram zusammen. Er warf einige der orangefarbenen Fläschchen in seine Aktentasche. Dann ging er zum Aufzug und drückte den Knopf ins Parterre. Auf dem Weg zum Starlight wollte er noch bei der Spirituosenhandlung vorbeischauen; ihm war nach einer Flasche Cuervo Gold.

26 | RACHE FÜR MARCO

Ein Monster-Truck, ein Ungetüm von einem allradgetriebenen Pick-up, kam vor dem Clubheim der Delz zum Stehen. Das Chassis war völlig umgebaut und stand wie auf Stelzen. Die Reifen waren überdimensional. Das Fahrerhaus, das leuchtende Flammen zierten, war mit Abziehbildern beklebt. Auf der Seite des Riesenfahrzeugs stand *Grave Digger.*

Eine Gestalt in der Kutte eines 2Wheelers sprang heraus. Es war ein ziemlicher Sprung in die Tiefe, da das Fahrerhaus erst in Dachhöhe eines normalen Fahrzeugs begann. Streeter gab dem Fahrer Zeichen, indem er mit der flachen Hand gegen das Chassis schlug. Das allradgetriebene Ungetüm verschwand in der Nacht. Streeter zog die Kutte aus, auf deren Rücken sich das Color befand, das Patch einige Abende zuvor dem toten Attentäter abgerissen hatte. Er ging ins Clubhaus und sah sich grinsend in dem Tohuwabohu um.

Ahab pfiff ihm von der Bar her zu und machte ihm Zeichen, hinüberzukommen. «Streeter! Was gibt's Neues, Brother? Wie schaut's drüben am Ashland aus?»

Streeter, der schon zehn Jahre beim Club war, kam eben von einer Aufklärungsmission am Ashland Court Motel. Es war nach zehn, mit anderen Worten kaum eine halbe Stunde bis zum Sturm auf die Festung der Wheelers. Das Ashland Court war kaum zehn Autominuten entfernt, direkt am MacArthur Boulevard, einer der Hauptverkehrsadern der Oaklander East Side.

«Ziemlich groß, der Laden. Nicht ein einziger Normalo ist eingetragen, nur 2Wheelers, so weit das Auge reicht. Ich habe siebenundvierzig Bikes gezählt. Nicht ein einziger Cop», meldete Streeter Ahab, während er sich das überdimensionale 2Wheelers-T-Shirt über den Kopf zog, das er als zusätzliche Verkleidung getragen hatte. Er warf es in den Abfalleimer neben der Bar. Er ersetzte es durch ein kaum weniger großes T-Shirt der Delz; darüber kam die Kutte mit dem Infidelz-Color.

«Dazu kommen noch fünfzehn Fahrzeuge, größtenteils Vans und Trucks, auf dem großen runden Platz, um den die Zimmer liegen. Sieht ganz so aus, als wären sämtliche kalifornischen Chapters gekommen. Ich schätze mal, mindestens sechzig Mann, höchstens fünfundsiebzig. Offensichtlich sind sie noch auf der Versammlung, weil ich keine Musik gehört habe. Ischen waren auch nicht zu sehen.»

»Hört sich gut an.» Ahab schlug die Hände zusammen und stieß einen lauten Pfiff aus. «Okay, beruhigt euch mal. Alles herhören! Ich schicke jetzt den Spähtrupp los. Dum-Dum, Ace und Willy, Abmarsch.«

Ahab gab jedem der Scouts ein Walkie-Talkie, drückte ihn an die Brust und verabschiedete ihn mit einem Klaps auf die Schulter. «Ihr fahrt da rüber und nehmt eure Posten ein. Wenn irgendwas Komisches passiert, macht ihr Meldung. Macht uns keine Schande. Alle anderen: Macht euch fertig. Die Leute hier vorn und in der Mitte. Ich meine Brutus, Duffy, Eight Ball und Patch. Macht schon hin, verdammt nochmal. Dauert nur ein paar Minuten.»

Ahab machte Anstalten, sich an das versammelte Chapter zu wenden, etwa vierzig Mann. Er sah hinüber zu Brutus. «Wo zum Teufel ist Angelo?»

Brutus zuckte die Achseln.

Ahab rief über die versammelten Members hinweg. «Hat jemand Angelo gesehen?»

Keine Antwort.

«Scheiße», murmelte Ahab leise. «Der Arsch kommt wieder mal zu spät. Wir können nicht länger warten. Machen wir weiter. In zehn Minuten ist Abmarsch.»

Er hob die mächtigen Arme. «Also, herhören! Jeder von euch hat die Nummer seiner Gruppe. Wir haben fünf Vans und drei Autos. Wenn jeder der Fahrer mal die Hand hebt, damit wir wissen, dass ihr hier seid?»

Acht Männer hoben die Hand, während Ahab den Blick über den Raum schweifen ließ. Der Plan sah vor, das Ashland Court Motel zu umzingeln und dann aus allen vier Himmelsrichtungen zuzuschlagen, insgesamt mit acht Kampfgruppen. Jede Gruppe hatte wenigstens ein Mitglied der 187 Crue dabei. Beim Zusammenstellen der Gruppen hatten Ahab und Angelo entschieden, die besten Straßenkämpfer, mit anderen Worten die 187 Crue, auf alle Gruppen zu verteilen. Ihre Maschinen würden die Infidelz zurücklassen. Das Dröhnen von vierzig stinksauren eisernen Rössern, denen man die Sporen gab, wäre schon von weitem zu hören gewesen und hätte sie nur verraten.

«Jede Gruppe besteht aus vier Mann und dem Fahrer. Jeder weiß, wer sein Fahrer ist, ja? Die Fahrer eins bis vier setzen ihre Mannschaften ab und parken ihren Van an der Speer Road, zirka anderthalb Blocks nördlich vom Ashland Court. Fahrer fünf bis acht – das ist der fünfte Van und die drei Wagen – kommen von der anderen Seite über den Shaker Court, einen Block südlich. Die Fahrer bleiben während der ganzen Operation in ihren Fahrzeugen. Lasst die Motoren laufen. Wir werden nicht lang brauchen. Nach dem Kampf geht jeder zu dem ihm zugewiesenen Van. Wenn die Besatzung komplett ist, düst ihr los. Wir haben noch einen fliegenden Van in der Gegend für den Fall, dass wir jemanden abtransportieren müssen. Von dieser

Patrouille abgesehen, fährt kein Van, kein Wagen los, bis klar ist, wo jeder abgeblieben ist, tot oder lebend. Nach dem Kampf bringen die Vans alle direkt ins Versteck. Dass sich keiner hier am Clubhaus sehen lässt. Ist das klar? Noch Fragen?»

Ahab warf einen Blick durch den Raum. Weder eine Hand war zu sehen noch ein verwirrtes Gesicht. Dafür sah er ein spektakuläres Waffenarsenal. Die Infidelz glichen weniger einer Armee als einem Straßenmob mit Waffen aller Art, Größe und Herkunft. Alle trugen Messer. Brutus hatte eine abgesägte Remington-Flinte im Halfter und obendrein noch eine Winchester im Arm. Hambone hatte einen Smith & Wesson Magnum, den 44er, wie Dirty Harry ihn getragen hatte. Eight Ball hatte eine echte deutsche Luger aus dem Zweiten Weltkrieg und einen rasiermesserscharfen japanischen Dolch. Duffy, der Kampfsportler, war ein Anhänger von Bruce Lees Jeet Kune-Do. Er kämpfte selten ohne seine Nunchakus oder philippinische Escrima Sticks. Einige Members hatten tödliche Wurfsterne und Bolzenschussgeräte mitgebracht. Der Rest der Leute hatten sich für konventionellere Waffen entschieden: Revolver, Jagdmesser oder Wasserrohre. Ahab warf einen letzten Blick auf seine Truppe. Von einer Welle der Zuversicht erfüllt, ließ er eine schwere Kette sausen.

«Eins a, verfluchte Scheiße. Eins a», sagte er mit einem breiten Lächeln nach dieser letzten Inspektion. «Bleibt beisammen, damit wir einander nicht aus den Augen verlieren. Für den Fall der Fälle haben wir noch extra Totschläger, Axtstiele und Baseballschläger in die Fahrzeuge gepackt. Ach ja, und Bleirohre.»

«Jungs», fügte Brutus, die Winchester im Arm, noch hinzu, «die Rohre hätt ich nachher gern wieder. Gutes Bleirohr ist heute schwer zu kriegen. Aber wischt die Dinger gefälligst ab.»

Der ganze Saal brach in schallendes Gelächter aus. Ahab sah hinüber zu Patch. «Du hast das schon mitgemacht. Noch was Kluges zum Schluss?»

Patch schüttelte den Kopf. «Geht einfach rein und bringt's hinter euch. Wir haben schon fünf Leute verloren. Sie haben welche von uns umgebracht. Jetzt sind sie dran.»

Patch machte nochmal die Runde unter den Männern. Alle waren bis an die Zähne bewaffnet, die meisten wild entschlossen, die Miene ernst, die Stirn gefurcht. Man atmete schwer. Nur einer Hand voll von den Bikern war nicht ganz wohl dabei, in dieses Scharmützel hineingezogen zu werden. Sie dachten an ihre Familie, an ihre Jobs, an Frauen und Kinder. Sie wussten, dass sie im Gefängnis landen oder verletzt werden konnten – wenn sie nicht gleich dran glaubten mussten, falls der Überfall danebenging.

«Ich hab gehört, die sind in der Überzahl», murmelte einer der Members nervös, «zwei zu eins oder so. Wo zum Geier sind die Jungs aus Richmond, Frisco, Sacto oder Vallejo?»

Zwei von den anderen nickten zustimmend. Patch ging die Sorgen seiner Brothers frontal an: «Leute, das hier ist unsere Chance.»

Er wandte sich dem Zweifler zu und warf dann einen Blick in die Runde ernster Männer. Dann sprang er auf einen der Holztische und hob den Arm.

«Der eine oder andere hier macht sich vielleicht Sorgen, dass die anderen in der Überzahl sind. Ich kann dazu nur sagen, dazu gibt es keinen Grund! Offen gesagt, mir ist es scheißegal, und wenn die doppelt so viele sind wie wir. Von mir aus sind die dreimal so viel! Wir brauchen nicht einen Mann mehr, verfluchte Scheiße. Einer von uns Infidelz nimmt's allemal mit zehn Wheelers auf!»

Ein Member aus den hinteren Reihen stieß einen Kriegsschrei aus.

«Bei den Infidelz wird nicht gekniffen wie bei anderen Clubs», fuhr Patch fort. «Wir kämpfen bis aufs Messer. Und so halten wir's auch heute Abend. Und deshalb werden wir auch gewinnen. Sicher wird heut Nacht Blut fließen. Na und?»

Patch zog sich den rechten Ärmel hoch, um ihnen die lange Narbe auf dem Arm zu zeigen.

«Seht ihr? Die Narbe hier hab ich von zwei Typen, die mich abstechen wollten. Okay, schön, haben sie mich eben erwischt. Aber gewonnen hab den Kampf ich. Und genauso geht das heut Nacht. Wir werden uns blaue Flecken holen, den einen oder anderen Stich, aber in einigen Jahren sind das Trophäen! Wenn die Leute uns auf der Straße sehen, dann werden sie sagen: ‹Mann, das sind taffe verrückte Teufelskerle, diese Delz!› Brothers, das hier ist nicht nur irgendein Schlagabtausch für das Chapter Oakland. Hier geht es um den Selbsterhalt. Entweder wir gewinnen den Kampf heute Nacht, oder es ist aus mit unserer Herrlichkeit. Hier steht unser Ruf auf der Straße auf dem Spiel. So einfach ist das. Seht's mal so: Heute Nacht geht's ums Überleben! Widmen wir diese Nacht Marco. Heute gehört die Ehre uns, den Oakland Infidelz. Kommen die anderen Chapters nun mal ausnahmsweise zu kurz!»

Patch wies auf eine Reihe von Members, die ihre Waffen in der Hand hatten.

«Seht euch um. Das hier sind die einzigen Männer, die ihr braucht. Kerle wie Ahab, Brutus, Streeter, Eight Ball. Wir sind die Besten. Wir sind die Härtesten. Die Tapfersten. Die Taffsten.»

Patch sprang vom Tisch und ging hinüber zu dem Mitglied, das seinen Zweifeln Luft gemacht hatte. Er legte dem

Mann die Hände auf die Schultern und schüttelte ihn, ohne es ernst zu meinen.

«Wir hauen die Arschlöcher ungespitzt in den Boden.»

Er grinste breit, als sein Kamerad einen beherzten Kriegsschrei ausstieß.

«Also», sagte Patch, «bist du immer noch der Meinung, wir brauchen Richmond, Sacto und Frisco dazu?»

«Scheiße, nein», rief er Patch zu. «Wir zwei nehmen's allein mit denen auf, wenn's drauf ankommen sollte!»

Die Augen des Zweiflers leuchteten auf. Er wandte sich den anderen zu und schrie: «Die armen Hunde, die's heute Nacht mit uns zu tun kriegen, können einem Leid tun!»

Streeter kam auf Patch und die Horde zugelaufen.

«Zeit zum Abmarsch, Bros! Die 2Wheelers machen grade Schluss. Laut unseren Spähern sind's jetzt über sechzig.»

Patch sprang vom Tisch und ging zur Tür des Clubhauses, neben der eine auf Hochglanz polierte Plakette an die Gründung des Chapters Oakland erinnerte. Er berührte sie mit der Linken und legte sich die Rechte aufs Herz. Dann drehte er sich um, wandte sich den zornigen Brothers zu und schüttelte die erhobene Faust.

«Okay, Männer», rief er. «Knöpfen wir uns die Kerle vor und machen sie platt! Rache für Marco! Sieg! Gehen wir's an!»

27 | DIE SCHLACHT AM ASHLAND COURT MOTEL

Patch fuhr mit der Gruppe fünf hinüber zum Ashland Court Motel. Er saß schweigend im Fond eines schwarzen Chevy Van, ließ hin und wieder die Knöchel knacken und machte Atemübungen. Geordie, der Chauffeur der Gruppe fünf, steuerte den Chevy umsichtig über die Schlaglöcher von Oaklands Nebenstraßen. Sie wurden kräftig durchgeschüttelt. Geordie saß als Einziger vorn. Alle anderen Passagiere, Patch und die drei anderen bewaffneten Kämpfer der Infidelz, trugen schwarze wollene Wachmützen auf dem Kopf, vornübergebeugt, hockten sie auf großen umgestülpten Plastikeimern auf dem mit Farbe bespritzten Boden von Geordies Van.

Patch musste kurz an Angelo denken. Er war beim Aufsitzen noch immer nicht da gewesen. Auch Ahab hatte sich nach ihm umgeschaut. Angelo war damit offiziell nicht angetreten, und das war kein gutes Zeichen. Er hatte mit ernsten Konsequenzen zu rechnen; er hatte eine härtere Strafe als nur ein Bußgeld verdient. *Was zum Geier ist bloß los mit dem Typ?* Angelo war doch mit am schärfsten darauf aus gewesen, die Wheelers in die Pfanne zu hauen.

Patch öffnete sein Handy und rief rasch Nine Inch an. «Tony? Patch. Ich kann jetzt nicht groß reden, also hör einfach zu. Ich möchte, dass du jemanden überwachst.»

«Brauchst nichts zu sagen. Angelo Timmons.»

«Genau. Du weißt noch, wo er wohnt, ja?»

«Ich sag dir was, ich setze Lilac auf ihn an.»

«Prima. Ich frag später nach, was ihr rausgekriegt habt. Lass deinen Apparat an.»

Patch sah sich seine drei Waffenbrüder an, die mit ihm im Van saßen. Eight Ball schob eben ein frisch aufmunitioniertes Magazin in seine zweite Pistole, eine Walther PPK. Seine Luger steckte in einem handgearbeiteten Schulterholster; den alten japanischen Dolch hatte er an der Seite. Während der Herzschlag der anderen sich beschleunigte und der Blutdruck stieg, streichelte Eight Ball pfeifend die PPK.

Wrangler, einer der anderen Passagiere, war ein Amateurkickboxer, der schon bei diversen kalifornischen Wettbewerben auf einen der ersten drei Plätze gekommen war. Sein längstes Match hatte zwei Minuten gedauert, sein kürzestes dreiunddreißig Sekunden. Er machte Lockerungsübungen und streckte seine kräftigen muskulösen Arme. Neben Wrangler saß Steve-O, ein jüngeres Mitglied der Delz.

Als ihre Blicke sich kreuzten, zeigte Steve-O Patch das «V» für Victory. Der Kleine war athletisch und ziemlich flink für fast zwei Zentner, und er hatte ein kleines Infidelz-Tattoo am Hals.

«Patch», fragte Steve-O, «was ist für dich ein echter Fighter?»

Patch brauchte nicht lange zu überlegen. «Ein Typ, der nicht reagiert, sondern agiert. Er kommt sofort zur Sache und kommt so schneller zum Schluss.»

Patch zeigte Steve-O einen erhobenen Daumen und sprach dabei weiter vom Kampf. Er war der Größte, wenn es darum ging, seine Leute zu motivieren.

«Im Ring gibt's Regeln, Scheiße, auf der Straße nicht», sagte er. «Stimmt's, Wrangler?»

«Das kannst du laut sagen. Verdammt, ich hab Typen

gegenübergestanden, vor denen ich mir fast in die Hosen geschissen habe. Aber wenn man so einem in einer finsteren Gasse begegnet, dann bibbern die. Weil sie nicht mehr weiterwissen. Regeln und Ring haben mit der Straße absolut nichts zu tun.»

«Was meinst du, wie lang der Kampf heute dauert?», fragte Steve-O.

Patch rieb sich das Kinn und überlegte einen Augenblick. «Berechtigte Frage. Bei den Sioux gab es ein Sprichwort über Custers letzten Kampf am Little Big Horn: Die Schlacht dauerte so lange, wie ein Hungriger für sein Abendessen braucht.»

Patch hatte sich aus Brutus' Bleirohren das ausgesucht, das ihm bei einem Kampf am nützlichsten schien. So ein Ding musste sich genau richtig anfühlen. Fünfundvierzig Zentimeter waren eine beliebte Länge. Manche hatten es lieber etwas kürzer. Patch war Blei lieber als Stahl. Ein Schlag mit einer Eisenstange machte vielleicht gerade mal eine Delle von einem Viertelzoll Tiefe im Schädel von irgend so einem armen Hund. Einem ein weiches Bleirohr überzuziehen hat den Vorteil, dass sich das Ding noch ein gutes Stück um seinen Kopf biegt, wenn es aufprallt. Ein, zwei Schläge und der Mann ist fertig. Dann kann man zum Nächsten übergehen.

Der Van wurde langsamer. Geordie drehte sich zu seinen Passagieren um. «Wir sind da. Schnappt euren Kram. Ich warte auf der anderen Straßenseite, die Tür hinten bleibt offen, der Motor läuft. Haut ordentlich gegen die Seite, wenn ihr alle wieder da seid, dann rauschen wir ab. Hals- und Beinbruch!»

Es war eine frische Nacht. Ein großer Haufen Erde für einen Garten, der gerade angelegt wurde, blockierte den Gehsteig vor dem Ashland Court Motel und dem großen Parkplatz.

Der Erdwall bot den Delz eine praktische Deckung vor dem Angriff.

Patch ließ die Jungs am Van und überquerte die Straße, wo Ahab und vier andere Delz vor dem Motel in die Hocke gegangen waren. Die übrigen Gruppen umzingelte die Anlage und wartete auf das Signal zum Angriff.

Patch und Ahab spähten über den Haufen und sahen sich die Entwicklung an. Von ihrem Platz aus ähnelte das Motel einem Fort. Sie hielten eine Lagebesprechung hinter ihrem Haufen. Patch und Ahab äußerten sich besorgt.

«Unsere Späher haben in den letzten zwanzig Minuten keinen kommen oder gehen sehen», sagte Ahab. «Außerdem sind keine Wachen draußen. Kommt mir irgendwie komisch vor.»

«Der Laden ist mir viel zu ruhig», pflichtete Patch ihm bei. «Wenn das eine typische Fete der 2Wheelers wäre, dann würde man das meilenweit hören. Höllisch laute Mucke, Motoren, Typen, die in die Luft ballern. Überall Bullen. Außerdem würde es vor Chinos Weibern nur so wimmeln. Im Büro ist auch keiner. Irgendwas ist hier faul.»

«Ich überleg mir ernsthaft, ob wir das nicht abblasen sollen», sagte Ahab und kratzte sich am Kopf.

«Nicht doch», antwortete Patch, «ich hab da eine Idee. Bleibt ihr mal hier. Sag den anderen Gruppen Bescheid, dass wir erst auf mein Zeichen hin angreifen. Gib mir zwei Minuten. Warte auf mein Signal.»

«Was denn für eins?»

«Wirst du schon sehen.»

Patch ging über die Straße, wo Geordie in seinem geparkten schwarzen Chevy saß. Er tat eben den letzten Zug an seiner Kippe, während Steve-O, Wrangler und Eight Ball noch neben dem Van standen.

«Geordie, raus aus dem Van», sagte Patch. «Es hat sich was geändert. Ihr müsst euch überlegen, wie ihr nach Hause kommt.»

Patch wies über die Straße. «Geht rüber zu Ahab. Der weist euch neuen Gruppen zu. Du auch, Geordie. Gib mir die Schlüssel.» Er riss sie Geordie aus der Hand und machte die Fahrertür auf.

«Was soll denn das? Patch! Die Schüssel gehört meiner Firma. Du kannst doch nicht …»

Noch bevor Geordie ein weiteres Wort herausbrachte, rutschte Patch hinters Steuer des Chevy, knallte die Tür zu, holte sein Handy heraus und wählte hastig. Während Geordie lauthals fluchte und auf Patch einredete, führte Patch leise ein Gespräch, klappte dann das Telefon zu und ließ den Van an. Er brachte den Van auf Touren und steckte den Kopf zum Fenster heraus.

«Melde den Wagen schon mal als gestohlen», rief er Geordie zu.

Grob legte er einen Gang ein. Nach einem brutalen Knirschen baute er unter dem Kreischen der Reifen praktisch aus dem Stand eine Wende über vier Spuren und hielt mit dem Lieferwagen auf das Motel zu. Ein entgegenkommender Wagen musste das Steuer herumreißen, um einen Zusammenstoß zu vermeiden, und kam dann schleudernd zum Stehen. Patch trat das Gaspedal durch bis aufs Blech und raste dann geradewegs auf den Eingang des Ashland Court zu.

«Komm zurück, Patch!», rief Geordie hinter ihm her. «Und sachte mit der Schüssel! Ich muss damit morgen zur Arbeit …» Seine Stimme verlor sich.

Patch schoss mit dem Van volle Kanne die Zufahrt des Motels hinauf. Wild winkte er mit dem Arm aus dem Fenster der Fahrerseite. Ahab und der Rest der Jungs draußen sahen das Signal.

Patch steuerte den schleudernden Van mit kreischenden Reifen auf den Parkplatz des Ashland Court. Er hörte das *Ping, Ping, Ping* von 38er Kugeln auf dem verstärkten Dach des Vans, als er in Schlangenlinien über den Parkplatz fuhr. Es war ein Posten der 2Wheelers auf dem Dach des Motels.

Patch bot eine bewegliche Zielscheibe, als er mit dem schwarzen Van auf des riesige Panaromafenster der Rezeption zuraste. Mit weißen Knöcheln hielt er das Steuer umklammert, als er sich auf den Aufprall gefasst machte. Im nächsten Augenblick war es so weit. Als der Van mit der Fensterscheibe kollidierte, schrie Patch aus vollem Hals: «Auf geht's Leute! Gehen wir's an!»

Der Krach der splitternden Scheibe genügte, um die 2Wheelers aus den Zimmern zu locken, in denen sie sich versteckt hatten. Ihrerseits schwer bewaffnet, mit Messern, Axtstielen, Pistolen und Knüppeln, tauchten sie auf.

Als Ablenkungsmanöver stürmten Ahab und sein kleiner Trupp Infidelz den Erdhaufen hinauf und darüber hinweg. Die erste Schar 2Wheelers sprang hinter Türen und Barrikaden hervor und ging auf sie los.

Patch befreite sich aus dem Wrack des Van, indem er mit beiden Absätzen die Windschutzscheibe nach außen trat. Der Van war bei dem Aufprall umgekippt und lag jetzt auf der Seite. Patch wischte sich Schweiß und Blut aus den Augen. Er riss sich die Wachmütze vom Kopf und wischte damit die kleinen Hartglaswürfel von der Kleidung. Dann stürzte er hinaus auf den Parkplatz. Er trat gegen das erste einer Reihe von Motorrädern. Der Rest kippte um wie Dominosteine. Das Sharpfinger in der einen Hand, das Bleirohr in der anderen, schrie er auf seine Gegner ein: «Okay, ihr Arschgesichter, kommt raus und kämpft!»

Eine weitere Horde 2Wheelers kam aus den umliegenden Zimmern und stürmte die Treppen hinab, die Waffen gezogen, und warf sich Ahab und seinem kleinen Haufen entgegen. Streeter hatte Recht gehabt. Es mussten mindestens sechzig sein. Dann jedoch ging das Heer der Infidelz in voller Stärke zur Sache und fiel den 2Wheelers in den Rücken. Rasch hatte sich eine regelrechte Schlacht entwickelt, die sich über das ganze Motelgelände ausbreitete. Ein tödlicher Kampf zwischen zwei Horden moderner Barbaren.

Die 2Wheelers, die einen frontalen Kampf erwartetet hatten, Mann gegen Mann, schwangen ihre Rohre, Messer und Axtstiele. Einige schossen in die Luft in der Hoffnung, ihren zahlenmäßig unterlegenen Gegner damit in die Flucht zu schlagen. Aber die Infidelz, die unbeirrt von allen Seiten auf sie einstürmten, sorgten für Verwirrung unter dem Feind. 12-12 zog seinen Revolver und feuerte in die herandrängenden Wheelers. Jeder von den Delz, der etwas zum Schießen mitgebracht hatte, eröffnete das Feuer. Aus Pistolen, Büchsen und Flinten hangelte es Kugeln auf die Wheelers. Obwohl die Schlacht gerade mal einige Sekunden dauerte, kippten in den Reihen der Wheelers die ersten Verwundeten um und landeten, den Rücken mit Blei gespickt, mit dem Gesicht voran auf dem Hof.

Noch während die 2Wheelers verdauten, dass man ihnen in den Rücken fiel, sahen sie zu ihrem Entsetzen schon die nächste Reihe ihrer besten Kämpfer unter einer weiteren Salve zu Boden gehen. Im nächsten Augenblick hing der Pulverdampf wie eine Wolke über dem Schlachtfeld.

Ausgetrickst und an Feuerkraft unterlegen, machten die

übrig gebliebenen 2Wheelers kehrt und rannten zurück in Richtung ihrer vermeintlichen Festung. Nur erwartete sie davor eine weitere Reihe von Infidelz mit Baseballschlägern und Rohren.

Mit ihren Schlagwaffen nahmen die Delz Knie und Schienbeine ins Visier. Knirschend bekam der eine oder andere 2Wheeler eine Baseballkeule über den Kopf. Es kam zu einem erbitterten Gefecht im Erdgeschoss des Motels und außen auf dem Zugang zu den Zimmern im ersten Stock. Trupps der Infidelz patrouillierten vor diesen Zugängen für den Fall, dass der eine oder andere der Wheelers sich auf einem der Zimmer verkrochen hatte.

Brutus feuerte beide Ladungen seiner abgesägten Remington in eine der Türen im Obergeschoss. Die Splitter der zerfetzten Tür flogen noch durch die Luft, als drei überdimensionale 2Wheelers aus dem Zimmer gestürmt kamen und sich auf ihn stürzten. Sie droschen auf ihn ein, und Brutus musste eine gehörige Tracht Prügel einstecken, bevor Streeter angelaufen kam und einen der Angreifer mit einem Schuss erwischte. Dann sprang er in das Handgemenge und mischte mit den Fäusten mit. Einen Augenblick später hatten sie die beiden verbliebenen Gegner über das Geländer geboxt.

Hambone hob ein gewaltiges Jagdmesser und stürmte hackend und stechend in eine Gruppe schreiender 2Wheelers. In einer anderen Ecke balgten sich Duffy und Wrangler mit einem halben Dutzend Wheelers-Prospects. Rhythmisch begleitete das hölzerne Klappern und das Rasseln der Kette von Duffys Nunchakus den dumpfen Aufprall von Wranglers Tritten. Die rastlosen Arme und Beine der beiden hinterließen ein Chaos gebrochener Gliedmaßen und Risse in dem einen oder anderen Schädel.

Aber auch die Infidelz hatten Ausfälle zu beklagen. Während 12-12 seinen Revolver nachlud, spürte er das Brennen eines heißen Stück Bleis, das ihm erst durch den Arm und dann in die Brust fuhr. Zuckend sackte er auf die Knie, bevor er reglos auf dem Asphalt landete. Ganz in der Nähe bekam Steve-O eine Kugel durch die rechte Hand. Während er unter Schmerzen vornüberging, die blutende Hand zwischen die Schenkel geklemmt, zog ihm ein 2Wheeler ein Montiereisen über den Schädel und gab ihm damit den Rest. Red kam zu Hilfe und vertrieb seinen Angreifer. Das Entsetzen stand ihm ins Gesicht geschrieben, als er Steve-O vor sich liegen sah, zerschunden, voll Blut. Patch warf sich auf den fliehenden 2Wheeler und stach mehrmals auf den Mann ein. Gleich darauf fuhr er herum, das Bleirohr in der Hand, und drosch damit auf einen kräftigen Rocker mit Glatze ein, der zweimal so groß war wie er. Er hörte Ahab schreien.

«Hinter dir! Achtung!» Patch hörte einen enormen Knall.

Noch im Herumfahren spürte Patch den Aufschlag der Kugel an seiner Brust. Die Wucht des Aufpralls warf ihn nach hinten. Im Fallen hob er den Kopf und sah wie in Zeitlupe, Ahab und Geordie auf sich zulaufen, das blanke Entsetzen auf den Gesichtern. Er knallte mit dem Hinterkopf auf. Sein Kopf hüpfte einmal auf wie ein Holzball und knallte dann ein zweites Mal auf den Asphalt. Das Gehirn bekam einen schlimmen Schlag ab, dann wurde ihm schwarz vor den Augen. Einige Augenblicke später hatte er Ahabs Gesicht über dem seinen. Sein alter Freund schrie etwas, aber Patch konnte nichts hören.

Nach einigen Sekunden wurde er wieder klarer im Kopf. Sofort schlug ihm das Getöse der Schlacht an die Ohren. Als er sich herumwälzte, um wieder auf die Beine zu kommen, sah er Ahab, der einem der Wheelers wiederholt gegen den Schädel trat. Es war Chino. Der Chef der 2Wheelers lag ächzend auf dem Asphalt, Blut schoss ihm aus der gebrochenen Nase, aus dem Mund. Sein Kiefer war gebrochen. Dann ließ Ahab seine Kette auf den verchromten Revolver in Chinos rechter Hand sausen. Patch sah den silbrigen Smith & Wesson davonfliegen und ein Stück über den Parkplatz rutschen, bevor er zum Stillstand kam. Einer der Infidelz, der grade vorbeikam, hob ihn auf und schob ihn sich unter den Gürtel.

«Patch», schrie Geordie, während er Patch an der Kutte wieder auf die Beine zerrte. Er schüttelte ihn kräftig durch. «Bist du okay? Sag doch was, Brother!»

Patch rieb sich die Brust. Er hatte den Aufprall von Chinos Geschoss gespürt, schließlich hatte die Wucht ihn rücklings auf den Boden geworfen, aber das Brennen in der Brust war ausgeblieben, das dem traumatischen Stoß hätte folgen sollen. Fortuna hatte ihm einen ausgegeben. Die kugelsichere Weste hatte ihm das Leben gerettet.

Patch stand wankend da und ließ den Blick über das Schlachtfeld schweifen. Die 2Wheelers hatten sich wacker gehalten, aber die Infidelz bestimmten eindeutig das Geschehen. Trotzdem lagen Verwundete beider Seiten auf dem Parkplatz herum. Aber die Wheelers hatten den Rückzug angetreten. Einige so richtig aufgekratzte Infidelz schlugen die restlichen Türen der Motelzimmer ein auf der Suche nach einem versteckten Feind. Man fand keinen mehr. Die Überlebenden hatte ihre Maschinen aus dem Domino-Haufen gezogen oder waren ohne davongelaufen. Die Delz luden ihre Verwundeten in den dafür abkommandierten Van.

Ahab hob die müden Arme zum Sieg. Mit seinem euphorischen Grinsen hätte er die moderne Inkarnation eines Gladiators sein können.

«Kommt, suchen wir unsere Leute zusammen und verschwinden! Männer, ihr habt es geschafft!» Die Infidelz ließen reihum laute Pfiffe, Schreie und Hurrarufe hören. Aber noch im selben Augenblick, als Ahab triumphierend das Kommando zum Abzug bellte, übertönte ein tosendes Donnern ihren Triumph. Ein weiteres Heer röhrender Harleys fiel auf den Parkplatz ein.

«Was zum Teufel ist das denn?», rief Streeter, der sofort den Revolver in der Hand hatte. Aber noch bevor er abdrücken konnte, legte einer der herankommenden Biker auf ihn an und erwischte ihn am Arm. Er fasste sich mit der anderen Hand an den blutigen Flügel und ging in die Knie.

Patch, der gar nicht so weit weg von ihm stand, fuhr herum und sah zwei Dutzend auf Chopper gemachte Harleys herankommen. Als die Maschinen mit schlitternden Hinterreifen zum Stehen kamen, war auf dem Rücken der Fahrer das grüne und orangefarbene Color zu sehen. Shadow, Juice, Razz und Dawg erkannte er als Erste – Lock N Loads Ring of Fire.

«Himmel, Arsch und Zwirn», schrie Brutus seinen Kameraden zu. «Das sind die Gunners, verfluchte Scheiße! Sollen wir denen auch noch den Arsch versohlen?»

Lock N Load sprang vom Bike und stapfte an die Spitze seines Haufens. Dann stand er kampfbereit da, ein Bowiemesser in der einen Hand, eine Pistole in der anderen. Er war bereit loszulegen, jeder Muskel in Gesicht, Hals und Schultern war zum Zerreißen gespannt. Der Schweiß auf seinem kahlen Schädel dampfte in der kühlen Nacht. Er trug nichts als seine Kutte auf dem gewaltigen Oberkörper. Patch, der im Gegensatz zu ihm geradezu klein und hager war, stellte sich wankend an die Spitze der Delz. Er ahnte eine neue Runde kaltblütigen Mord- und Totschlags. Herausfordernd hob er sein Sharpfinger.

«Hast dir gedacht, du könntest dir den Sieger hier vornehmen, was?», fragte Patch. «Interessante Strategie. Glaubst du wirklich, wir ergeben uns?»

Patchs Herausforderung war anzuhören, dass er es satt hatte, sich zu schlagen; entsprechend schien sie Lock und seine Mannen nicht sonderlich zu beeindrucken. Die Gunners schwangen eigens geschärfte Macheten, Pistolen und Totschläger. Andere hatten gefährliche dicke Ketten dabei.

«Der Teufel soll euch holen, ihr Arschlöcher», schnaubte Lock N Load verächtlich und hob seine Waffe. «Wir übernehmen euer Revier. Die Stadt gehört jetzt uns.»

Es knallte nochmal, und Willy, einer der Infidelz neben Patch, griff sich an die Brust. Wie schon Marco hatte Willy sich ein Stück Blei aus Lock N Loads gebläutem Colt Python eingefangen. Nach einem weiteren Treffer, diesmal ins linke Bein, schlug Willy wie ein gefällter Baum auf den Asphalt. Ahab war im ersten Augenblick wie vor den Kopf geschlagen. Er lief hinüber und kniete neben ihm nieder. Wie Marco war Willy über Kimme und Korn von Lock N Loads Revolver gestorben.

Patch, der bereits auf Lock N Load zulief, machte seinen Brothers Zeichen, dasselbe zu tun. So begann die nächste Runde der Schlacht. Wieder flogen Ketten und Fäuste. Die Infidelz gingen wacker zur Sache, aber ihre Reihen wurden weiter geschwächt, als weitere Members fielen. Duffy ging zu Boden, dann Hambone, dann Geordie.

Patch stellte sich seinem Feind mit dem Sharpfinger. Lock hob das Bowie mit seiner blitzenden, weit größeren Klinge. Sie starrten einander zornig in die blutunterlaufenen Augen.

Lock schwang das Messer und erzielte den ersten Treffer, indem er Patch die Klinge des Bowie über den Unterarm zog. Das Blut spritzte nur so von einem Schnitt bis auf den Knochen quer über eines von Patchs verblichenen blauen Tattoos. Patch drehte sich wie ein Kreisel und trat Lock aus der Drehung heraus mit der ganzen Wucht seiner stahlverstärkten Stiefelspitze ins Gesicht. Knirschend ging Locks Kiefer zu Bruch. Lock setzte ein Knie auf den Boden und rieb sich das Kinn. Es war klar, dass er höllische Schmerzen haben musste. Er nahm das Bowiemesser hoch, um sich Patch vom Leib zu halten.

Schließlich fuhr er auf, einen rasenden Schrei auf den Lippen, und sprang Patch mit dem Kopf voran gegen die Brust. Patch landete ein zweites Mal auf dem Rücken. Beim Aufprall fiel ihm das Sharpfinger aus der Hand. Beide Kämpfer schlugen hart auf dem Asphalt auf und begannen, sich dann wie wild auf dem Parkplatz zu wälzen. Jeder versuchte einen Vorteil über den anderen zu erringen.

Lock war ein geschickter Ringer und war Patch bald über. Er hatte ihn mit dem Gesicht nach unten, mit einem Knie auf dem Rücken auf den Asphalt gepinnt. Danach stieß er ein paarmal hart mit dem Knauf des Bowie zu. Patch pochte der Schädel. Sein Unterarm blutete schlimm von der Schnittwunde. Schließlich packte Lock ihn an den Haaren und riss ihm den Kopf hoch, bereit, ihm die rasiermesserscharfe Klinge über die Gurgel zu ziehen. Mit aller Kraft stemmte sich Patch gegen Locks Handgelenk, um sich das Messer vom Hals zu halten, aber es kam unerbittlich näher.

In ebendiesem Augenblick dröhnte der Donner weiterer Motorräder über das Schlachtfeld. Razz schrie Lock N Load etwas zu, der den Kopf hob, das Messer noch immer eine Handbreit vor Patchs Kehle.

«Wir kriegen Ärger!»

Es war kein Grollen aus amerikanischer Fabrikation, es war das ohrenbetäubende Getöse einer Horde von Ungeheuern italienischer Herkunft. Ein Schwall von Bushido Blades auf Ducatis schwappte über den Erdhaufen vor dem Motel. Ein Dutzend unabhängiger helmloser Biker kam unter Kriegsgeheul auf den Parkplatz geflogen. Sie trugen rote Tücher über der Nase wie Banditen. Mit Tasern in den freien Händen schoss das Geschwader auf die Reihen der Gunners zu. Am Gürtel hatten sie schwarze Schlagstöcke aus Teak.

Im Nu hatten die Blades die vordere Linie von Harleys aufgebrochen. Aggressiv sprangen sie von den Ducatis und setzten ihre Gegner mit gezielten Elektroschocks außer Gefecht.

Das Vorgehen der Bushido Blades hatte Methode. Je zwei Mann bildeten ein Gespann. Eine Berührung mit dem blanken Funken des Tasers, und der betroffene Gunner brach auf der Stelle zusammen. Krümmte er sich dann hilflos auf der Erde, erledigte der zweite Mann das Opfer mit einem kräftigen Schlag mit dem Teakstock gegen den Kopf und die Nieren. Die Verstärkung durch die Blades wirkte wie ein Energiestoß auf Ahab und seine Mannen. Im nächsten Moment ergänzten ihre eigenen Schläge und Tritte das Wüten von Tasern und Teak.

Patch selbst nahm das Eintreffen der Kavallerie kaum zur Kenntnis. Er kämpfte um sein Leben unter Lock N Loads eisernem Griff. Er spürte, wie seine Kräfte nachzulassen begannen, während er sich die rasiermesserscharfe Klinge vom Hals zu halten versuchte. Er war drauf und dran, Locks brutalen Kräften zu unterliegen, als dem Chef der Gunners jemand aus dem toten Winkel heraus kräftig gegen die rechte Schläfe trat. Nine Inch hatte den Kopf des Gunners mit der Präzision eines Footballspielers erwischt. Lock ließ das Bowiemesser fallen. Die Wucht des Tritts genügte Patch, sich aus Locks Griff zu befreien. Er sprang auf und setzte Lock seinerseits die Stiefelspitze hinter das blutende Ohr. Mit dem Gesicht voran landete der Gunner in dem Haufen Erde. Patch setzte hinter dem Stürzenden her.

«Normalerweise würdest du das mit einem Ohr oder der Nase bezahlen, knurrte Patch den halb bewusstlosen Presi der Gunners an, «aber ich geb mich mal damit zufrieden.»

Mit einigen Schnitten des Sharpfinger trennte er dem Gunner das orange-grüne Color vom Rücken. Während Lock mit dem Gesicht nach unten im Dreck lag, waren aus der Ferne plötzlich Sirenen zu hören.

Patch beugte sich über ihn und flüsterte ihm etwas ins blutende Ohr. «Ich hab dich durchschaut. Das war ja wohl kein Zufall, dass du hier aufkreuzt, um die Sieger auseinander zu nehmen. Du hast das alles geplant, stimmt's?»

Lock stöhnte.

«Aber du kriegst, was dir zusteht», sagte Patch. «Ich werd dafür sorgen, dass deine Spezis in L. A. das Color hier kriegen.»

Als sie die Bullen anrücken hörten, waren die meisten der Gun Runners geflohen. Patch sah hinüber zu seinen Infidelz, die vornübergebeugt dastanden, schnaufend, benommen, kurz vor dem Umkippen. Vier Infidelz waren gefallen; alle anderen waren mehr oder weniger schlimm verletzt. Heil geblieben war keiner. Ahab stieß einen lauten Pfiff aus. Patch, der Locks Color voll blutete, wandte sich an seine Brothers.

«Also, Leute. Machen wir, dass wir hier wegkommen!»

Die Infidelz machten sich auf den Weg zu ihren zugewiesenen Fluchtfahrzeugen. Sie hoben die Waffen und schrien und johlten dabei wie die Wilden. Einige liefen, die meisten humpelten, die besonders Kräftigen wie Wrangler und Brutus luden sich die Toten und Verwundeten auf die Schultern und trugen sie zurück zu den Vans. Wortlos, ohne eine Geste zum Abschied stiegen die Blades wieder auf ihre Bikes. Unverletzt, tief über die Tanks ihrer Ducatis gebeugt, schoss das kleine Rudel Bushido Blades vom Parkplatz und verschwand.

Die Polizeisirenen wurden immer lauter. Es dauerte nicht lange, und das Ashland Court Motel blinkte wie ein Rummelplatz in Orange, Rot und Blau. Die Polizei kümmerte sich um die paar Gunners, die über den Parkplatz verstreut lagen und noch bei Bewusstsein waren. Als Lock N Load endlich zu sich kam und sich aufsetzte, musste er feststellen, dass die meisten seiner Kumpels ihn hatten sitzen lassen. Längst hatten sie sich aus dem Staub gemacht; auf dem Parkplatz befanden sich außer ihm nur noch die Schwerverwundeten unter den Wheelers und Gunners und ihre Bikes.

Patch und Ahab waren in denselben Fluchtvan gesprungen, der jetzt auf finsteren Schleichwegen durch Oakland fuhr. Ihr Ziel war ein geheimer Außenposten, der meilenweit weg vom Clubheim der Infidelz lag. Beide hatten sie die Beine von sich gestreckt, schnaufend und hundemüde. Gerade, dass Patch das Kinn nicht auf die Brust fiel. Mit einem roten Taschentuch verband er seinen blutenden Unterarm. Sein Gesicht war verquollen. Er hatte ein schlimmes Veilchen und vermutlich eine Gehirnerschütterung. Er fuhr Karussell, so, wie er dalag, auf dem Rücken, und ihm war furchtbar schlecht. Er wäre längst weggetreten, hätte Ahab ihm nicht sachte gegen die Schulter geboxt. Als er ihn schief anlächelte, waren seine schartigen Zähne zu sehen.

«Mann, das war knapp, was?» Er strahlte. «Und Geordies Lieferwagen. Das war ja vielleicht was. Wer hat denn die Kids auf den Monsters geholt?»

Patch brachte ein kraftloses Achselzucken zustande. «Das war ich. Ich hab die Kavallerie gerufen, als ich mir Geordies Wagen geschnappt habe.»

Patch war nicht nach Feiern. Er starrte seine abgerissenen und blutigen Sachen an. Der Club hatte vier Leute verloren. Zu den Gefallenen gehörten 12-12 und Willy, die beide schon fünfzehn Jahre beim Verein gewesen waren. Und dann Steve-O, ein junger Rocker, der wie Marco schon früh Führungsqualitäten gezeigt hatte. Er dachte an das Siegeszeichen, dass Steve-O ihm auf der Hinfahrt in Geordies Van gezeigt hatte.

Der Fahrer nahm eine Kurve zu scharf, sodass es die Kämpfer der Infidelz, die ohnehin schon wie die Sardinen hinten im Van lagen, noch enger gegeneinander schob. Einige stöhnten auf, die schlimmen Verstauchungen und Brüche taten höllisch weh. Aber keiner brachte die Kraft auf, sich groß zu beschweren. Die Infidelz hatten in dieser Nacht ein weiteres Kapitel ihrer Clubgeschichte geschrieben: Sie hatten einen schweren Kampf durchgestanden, Mann gegen Mann, und das nicht nur gegen einen, sondern gleich gegen zwei große Clubs. Und wie Patch schon bei seiner Ansprache im Clubhaus vorausgesagt hatte, würden sich eine Menge Members aus den anderen Chaptern in den Arsch beißen, bei der Schlacht am Ashland Court Motel nicht dabei gewesen zu sein.

Die ausgepumpten, von der Schlacht gezeichneten Passagiere verspürten ein Ziehen, als der Van auf den Freeway abbog und beschleunigte. Patch fuhr ein Stich durch den Kopf wie bei einer schlimmen Migräne, als hätte ihm einer einen Bohrer an den Schädel gesetzt. Im rechten Knie hatte er ein dumpfes Pochen, das sich bis hinauf in sein Kreuz auszubreiten begann. Sein Unterarm brannte höllisch und juckte furchtbar. Er würde sich die Wunde beim nächsten Stopp nachsehen und verbinden lassen.

Patch sah hinüber zu Ahab. «Hat Angelo sich doch tatsächlich nicht blicken lassen.»

«Ich weiß.» Ahab zog die Stirn in Falten. «Ich frag mich, was der Scheiß soll. Irgendwas stimmt da nicht. Wir hätten ihn wirklich brauchen können.»

Worauf Patch nur zustimmend nicken konnte. *Angelo hatte besser mal eine verdammt gute Ausrede auf Lager. Hoffentlich hat Lilac was herausgefunden. Tony würde es ihm sagen. Tony «Nine Inch» Naylor. Der Teufelskerl hat mir glatt das Leben gerettet heute Nacht.*

28 | FLUCHT NACH SAN RAFAEL

J. W. hatte sich auf dem Motelbett langgemacht; halb im Schlaf lag er da und guckte zu, wie sich im TV drei «praktisch minderjährige» Nymphchen verlustierten. Kurz zuvor hatte er sich telefonisch Gesellschaft bestellt. Er spürte ein Vibrieren an seiner Seite. Es war sein Handy. Das musste Lock N Load sein.

J. W. warf einen Blick auf seine Uhr. Es war weit nach Mitternacht. Er griff sich die Fernbedienung und stellte das Gestöhne im Fernsehen leiser, dann fummelte er umständlich nach dem brummenden Telefon.

Beim siebten Brummton war er endlich dran. «Ja.» Er erwartete Locks Stimme zu hören.

Statt einer Stimme hörte er Geschrei und Gepolter im Hintergrund. J. W. vermutete, dass eine Party oder eine Feier im Gange war. Er setzte sich auf dem Bett auf und rief in das Handy, um gegen den Lärm am anderen Ende der Leitung anzukommen.

«Hallo?»

«Wir hätten uns nie mit euch Drecksbullen einlassen sollen.»

«Hallo?»

«Ich hab gesagt: *Wir hätten uns nie mit euch Drecksbullen einlassen sollen.*» Es war Lock N Load, kein Zweifel, und er rauchte vor Zorn.

«Was zum Teufel ist los?»

«Wir haben eine aufs Maul gekriegt. Jedenfalls die von

uns, die mir nicht davongelaufen sind. Ich weiß noch nicht mal, ob ich noch ein Chapter habe.»

«Was soll das heißen?»

Lock senkte die Stimme zu einem Flüstern. «Die haben uns praktisch ausradiert. Die Wheelers auch. Die Infidelz haben mir das Color abmontiert. Die Drecksäcke hätten mich umbringen können. Ich weiß genau, nachdem die sich den Arsch an meinem Patch abgewischt haben, schicken die's zu meinen Officers runter nach L. A. Wahrscheinlich noch mit 'n paar Einschusslöchern drin. Ich weiß es einfach. Dann wissen meine Jungs, dass wir uns weder für den Club grade gemacht haben noch für uns selbst. Die Infidelz sind stinksauer. Die werden die Geschichte verdammt persönlich nehmen. Da rollen noch Köpfe, Blut wird da fließen. Darauf kannst du dich verlassen.»

J. W. schluckte.

«Du hast mich mein Chapter gekostet, vielleicht sogar meinen Club», fuhr Lock fort. «Wenn ich dich zu fassen kriege, bist du ein toter Mann.»

«Was ist mit unserem Deal?»

«Deal? Spinnst du? Geh zum Teufel!»

Dann war Lock verschwunden, wenigstens für den Augenblick. Und damit hatte sich auch J. W.s Haus auf dem Hügel in Luft aufgelöst, der neue BMW, sein monatlicher Anteil. Die Hände des FBI-Mannes begannen unkontrolliert zu zittern. Er und Angelo standen wahrscheinlich schon auf der Abschussliste der Infidelz! Und zwar ganz oben. Mit gleich bleibender Tendenz. Er griff nach dem orangefarbenen Fläschchen, das neben seiner Uhr auf dem Nachttischchen stand, und spülte drei Percodan mit einem kräftigen Schluck aus der Flasche Cuervo Gold hinunter. Dann wählte er Angelos Nummer. Der ging beim ersten Klingeln schon ran. «Ja.»

J. W. stieß einen Befehl hervor.

«Wir müssen uns treffen. Downtown. Wie immer. Sofort.»

Sein nächster Anruf galt der Rezeption.

«12F. Vergessen Sie meine Bestellung. Ich muss los.»

Patch rief Nine Inch an, und die beiden trafen sich im Versteck. Nine Inch kam auf seiner Ducati. Nachdem eine der Old Ladys aus dem Club Patch den tiefen Schnitt zusammengeklebt und verbunden hatte, gingen die beiden hinüber zu Nine Inchs Bike. Nine Inchs Telefon meldete sich.

«Lilac», flüsterte Nine Inch Patch zu. «Ja», sagte er in den Apparat. «Ausgezeichnet. Ich bin sofort da. Augenblick mal.» Er wandte sich wieder an Patch.

«Lilac ist hinter Angelo her. Sieht ganz so aus, als hätt er was vor. Sie sagt, er fährt mit dem Motorrad Richtung Innenstadt. Dass er 'ne Tasche dabeihat. Sieht ganz so aus, als wär dein Junge drauf und dran zu türmen.»

«Sag Lilac, sie soll dranbleiben», wies Patch ihn an. «Ich fahr mit dir zurück zum Clubheim in Oakland. Wir holen mein Bike ab und rufen sie zurück, wenn wir in der Stadt sind.»

Nine Inch rief wieder in den Apparat. «Verlier ihn nicht. So in 'ner Viertelstunde, Li. Bis dann.»

Nine Inch ließ seine Maschine an. «Wow», scherzte er, «Patch Kinkade auf meinem Feuerstuhl. Man stelle sich vor!»

«Bild dir mal keine Plattfüße ein, du Rotzbengel. Und jetzt Abmarsch!»

Die beiden rasten zurück nach Oaktown. Die Nacht war dunkel und klar; kein Lüftchen regte sich. Die Fahrt war eine Tortur. Nine Inch fuhr wie ein Gesengter. Einige Minuten später hatten sie Patchs Mean Machine abgeholt und waren unterwegs ins Zentrum. Vor dem Rathaus fuhren die beiden Maschinen rechts ran. Nine Inch rief Lilac an, um zu erfahren, wo genau sie im Augenblick war.

«Angelo ist in ein Parkhaus Ecke Tenth und Webster gefahren», berichtete er Patch. «Lilac hat sich gegenüber postiert – auf dem Parkplatz von UPS. Sie versteckt sich hinter einem der Trucks. Bislang ist Angelo noch nicht wieder raus.»

Als Patch und Nine Inch sich der Ecke näherten, machten sie die Maschinen aus und rollten dann lautlos auf den Parkplatz von UPS. Sie sahen Lilac, ganz in Schwarz, neben einer gelben Ducati. Sie stand hinter einem der glänzenden braunen UPS-Vans. Sie machte Patch und Nine Inch Meldung.

«Ich bin jetzt so zwanzig Minuten hier. Euer Mann ist drüben in dem Parkhaus da, erster Stock.» Lilac wies über die Straße. «Vor etwa zehn Minuten ist ein zweiter Typ reingefahren, in einem braunen Wagen. Ich glaube, dass die da verabredet waren. Herausgekommen ist seither keiner. Da bin ich sicher. Es gibt keine andere Ausfahrt. Überhaupt sieht es so aus, als wäre die Bude abgesehen von den beiden leer. Ich hab die beiden rumschreien hören. Scheinen ganz schön sauer zu sein.»

«Gute Arbeit», sagte Patch.

«Hey, nach allem, was ich gehört habe, hab ich was verpasst?» Lilac war einen Blick auf Patchs zerschundenes Gesicht und den Verband am Arm. Sie lächelte.

«Das nächste Mal», sagte Nine Inch. «Ich versprech's.»

Von der anderen Straßenseite kam der Lärm von Angelos Harley. Patch erkannte das gurgelnde Grummeln nur allzu gut. Er und Angelo hatten die Maschine während der Regenzeit ein Dutzend Mal zerlegt und wieder zusammengeschraubt. Dann kam Angelos Bike in einer weiten Kurve aus dem Parkhaus geschossen. Gleich hinter ihm kam ein rotbrauner viertüriger Buick Park Avenue heraus.

«Könnte sein, dass sie auf dem Freeway aus der Stadt wollen», sagte Lilac. «Entweder nach Westen, also Frisco, oder nach Osten, das wäre Sacramento. Es sei denn, sie wollen nach Norden, nach Richmond oder Marin County.»

Patch und Nine Inch sprangen wieder auf ihre Maschinen.

Sie reihten sich unauffällig in den Verkehr ein und folgten den beiden Fahrzeugen in angemessenem Abstand. Angelo und der Buick bogen in eine hell erleuchtete Arco-Tankstelle gleich an der Auffahrt zum Freeway 580 ein. Auf dem Parkplatz der Tankstelle, die auch einen Laden hatte, herrschte reger Verkehr. Die Bars hatten gerade zugemacht, und wie immer waren die Nachtschwärmer an die Tankstelle gekommen, um weiterzufeiern. Aus den Autos, die an den Zapfsäulen Schlange standen, kamen verzerrte, ohrenbetäubende Hiphop-Beats. Das Benzin war hier um zehn Cent die Gallone billiger als bei Chevron gleich gegenüber, wo praktisch tote Hose war.

Patch und Nine Inch fuhren in die stille Chevron-Tankstelle. Sie hatten von dort aus einen guten Blick auf den Parkplatz gegenüber. Patch sah Angelo mit dem schwarzhaarigen Fahrer des Buick streiten. Einmal sah es fast so aus, als würde die beiden sich an die Wäsche gehen, als Angelo den Mann mit einem kräftigen Stoß gegen den Wagen stieß.

Kapierst du endlich?», schrie Angelo, als er J. W. mit Gewalt zurück in den Buick bugsierte. «Ich bin so gut wie tot. Ich hab gedacht, ihr geht dazwischen, bevor die Kacke am Dampfen ist. Was zum Geier ist denn passiert?» Taumelnd versuchte J. W., das Gleichgewicht nicht zu verlieren. Die Percodan begannen zu wirken, und das zusammen mit dem Tequila, mit dem er sie hinuntergespült hatte. Der Agent war praktisch ruhig gestellt. Er hatte alle Mühe, sich auf den Beinen zu halten, geschweige denn einem zornigen Rocker die Stirn zu bieten, der fast einen Zentner schwerer war als er.

«Der Club», schnaubte Angelo, bevor er innehielt, um Luft zu bekommen. «Die suchen doch wahrscheinlich schon längst nach mir. Ich kann mich doch im Umkreis von hundert Meilen nicht mehr auf einem Bike blicken lassen. Ich bin ein bewegliches Ziel. Ein lebender Toter. Du musst mich hier rausschaffen. Du bist nicht der Einzige, der Kopien von meinen Tapes hat. Ich hab unseren Deal auch auf Band. Ich hab da einen netten Stapel Tapes, die die Bullen ziemlich interessieren dürften.»

J. W. schluckte trocken.

«Okay», sagte er, «okay, hör zu, ich kann dich in Marin County der Obhut der US-Marshals übergeben. Wenigstens für ein paar Tage, bis du den Staat verlassen kannst.»

In diesem Augenblick donnerten drei laute Harleys an der Arco-Tankstelle vorbei. Die beiden fuhren schier aus den Schuhen. Aber es war falscher Alarm. Es waren nur ein paar Nobelbiker.

Angelo packte J. W. am Revers. Er riss den Agenten fast vom Asphalt. «Hör zu, ich bin mit den Nerven runter. Ich geh auf dem Zahnfleisch, verflucht nochmal! Du schaffst mich hier raus, auf der Stelle, oder ich bring dich um, ich schwör's dir. Ich sag's dir, du Arschgesicht, *auf der Stelle.*»

«Okay, okay», sagte J. W., «ich bring dich selber über die Brücke nach Marin County. Wer soll dich da schon suchen?» Er war heilfroh, Angelo loszuwerden. Sollten die Marshals sich mit dem Rocker rumärgern.

Angelo holte seine Waffe aus der Jacke und stieß sie J. W. in die Seite. J. W. verdrehte die Augen. Es war nicht das erste Mal, dass Angelo ihm mit der Masche kam.

«Krieg dich wieder ein, ja? Die Leute sehen schon her. Hör zu, wir sitzen doch beide im selben Boot.»

«Ja, wie zwei Ratten», sagte Angelo, «und für die wird es Zeit.»

Angelo war ein echtes Problem für J. W. Der Agent hatte gute Lust, ihm den Laufpass zu geben, ihn einfach stehen zu lassen und stiften zu gehen. Aber er saß tatsächlich in einem Boot mit diesem Desperado. Wenn J. W. ihn nicht in Schutzhaft nahm, dann würde der Typ alles tun, um seine Haut zu retten – der war imstande, sich zu stellen. Und wenn er erst mal mit den Bullen zu reden begann, dann konnte er J. W. mit Leichtigkeit mit dem Kampf in Verbindung bringen, der gerade einer Reihe von Leuten das Leben gekostet hatte. Die einzige Möglichkeit für J. W., aus der Geschichte mit heiler Haut herauszukommen, bestand darin, Angelo zu retten.

Die Pillen und der Sprit setzten den Tanz durch J. W.s Adern fort. Er war ins Zittern gekommen, sein Mund war trocken wie ein Sandkasten. Er spürte, dass er jeden Augenblick in Panik geraten würde. Aber wenn er sich je hatte am Riemen reißen müssen, dann jetzt.

«Ich sag dir was, Angelo. Ich muss erst mal tanken. Dann geb ich dir eine Cola aus. Wir lassen dein Bike hier stehen. Binnen einer Stunde sind wir bei den Marshals, und du hast nichts mehr zu befürchten. Ich schicke dann jemanden, der deinen Jungen abholt. Ist alles arrangiert. Komm schon, wir müssen uns beide beruhigen und das nochmal durchdenken», sagte J. W. und gab ihm einen Klaps auf den Rücken. «Gehen wir rein.»

«Rühr mich bloß nicht nochmal an», warnte ihn Angelo.

Patch und Nine Inch sahen von der anderen Straßenseite Angelo und J. W. in den Laden der Tankstelle gehen. Sie stellten sich an den Schwanz einer Schlange und stritten weiter. Angelo fuchtelte wie wild mit den Armen; der Fahrer schüttelte weiter den Kopf und versuchte, ihn zu beruhigen.

«Ich würde sagen, der Typ da drüben ist die Antwort auf eine ganze Menge unserer Fragen», sagte Patch.

Plötzlich zog Patch die Kutte aus. Er riss Nine Inch die Wollmütze vom Kopf und zog sie sich über die Augen. Dann sprintete er über die Straße auf die Tankstelle zu, wo Angelo sein Bike neben dem rotbraunen Buick geparkt hatte.

Patch ging um das Heck des Buick herum, nahm Maß und zertrat dann mit einem sicheren, gezielten Tritt das Rücklicht auf der Fahrerseite. Er bückte sich, hob die größten der roten Plastikscherben auf, steckte sie ein und kickte dann den Rest weg vom Fahrzeug. Dann lief er rasch wieder zurück.

«Was sollte das denn?», wollte Nine Inch wissen.

«Pass mal auf. Kannst was lernen.»

J. W. und Angelo bezahlten Benzin und Limonade und gingen dann wieder hinaus. Angelo schob die Harley hinter die Tankstelle und stellte sie neben der Autowaschanlage ab. J. W. tankte inzwischen für den bezahlten Betrag. Angelo stand da und warf kopfschüttelnd einen letzten Blick auf sein Bike.

Angelo brauchte unbedingt etwas, um seine aufgekratzten Nerven zu beruhigen, aber so hastig, wie er aufgebrochen war, hatte er seinen Vorrat vergessen. Ihm zitterten die Hände. Er hatte eine Faust im Magen. Aber er konnte schlecht Hollister anrufen. Er wollte es nicht riskieren. Die Typen vom Club, Ahab vielleicht, Patch oder Wrangler, warteten womöglich zu

Hause auf ihn. Oder schlimmer noch, sie suchten bereits nach ihm. Alles, was er im Augenblick zur Beruhigung hatte, war eine Flasche 7 UP, ein paar Dollars in der Tasche und sein Schießeisen. Er schauderte bei dem Gedanken, mit einem Bullen gesehen zu werden, und wenn er zehnmal in Zivil war. Was, wenn ihn tatsächlich jemand sah? Rocker rochen einen Bullen zehn Meilen gegen den Wind.

J. W. ließ den Buick an, nachdem Angelo das Bike verstaut hatte. Er öffnete die Beifahrertür. Angelo stand vor dem Wagen, die Arme vor der Brust gekreuzt.

J. W. betätigte den Fensterheber und rief hinaus: «Also? Steigst du nun ein, oder was?»

«Kommt nicht in Frage.»

«Na komm schon.»

Angelo blieb stur. «Kofferraum», sagte er.

«Was soll das heißen – ‹Kofferraum›?»

«Verflucht nochmal, steck mich in den Kofferraum, J. W. Mach schon.»

«In den Kofferraum?» Im ersten Augenblick hatte J. W. keine Ahnung, wieso Angelo im Kofferraum nach Marin County fahren wollte. Aber als er es mit der Angst bekam, ging ihm auch Angelos Logik auf. Die Delz würden nach zwei Typen suchen, der eine von ihnen Angelo. Vermutlich hatten sie nicht die geringste Ahnung, wie J. W. aussah. Damit war er für den Augenblick noch sicher. Der Agent spürte, wie er sein Selbstvertrauen wiedergewann. Er und Angelo mussten zusehen, dass sie aus der Stadt kamen.

«Okay», sagte er, als er wieder ausstieg. Dann griff er nochmal in den Wagen und öffnete die Heckklappe.

Patch und Nine Inch sahen von der anderen Straßenseite her zu, wie Angelo im Kofferraum des Buick verschwand. Der

Fahrer knallte den Kofferraumdeckel zu und warf dann Angelos Tasche auf den Rücksitz.

Als er wieder hinter dem Steuer saß, nahm J. W. einen langen Zug aus der Tequilaflasche. Er holte sein Handy heraus und wählte. «Marin County. Justizministerium. Zeugenschutz. Es hat sich was geändert. Wir kommen vorbei. So in vierzig Minuten.»

Der Buick nahm die Auffahrt zum Freeway 580. Wegen der zerbrochenen Scheibe verriet das weiße Rücklicht den Wagen auf Meilen. Er war im Strom des nächtlichen Stadtverkehrs leicht zu erkennen. Es wäre kein Problem, ihm zu folgen. J. W. hatte keine Ahnung, dass er jemanden an den Hacken hatte, als Patch und Nine Inch ein gutes Stück hinter ihnen hertuckerten. In sicherer Entfernung blieben sie dran. J. W. hielt auf Richmond zu, auf die Brücke, die ihn und Angelo nach San Rafael in Marin County bringen würde, auf die andere Seite der Bucht.

29 | Tod in fünf Herzschlägen

Patch und Nine Inch blieben dran. Zum Glück war kein Nebel in der Bucht. Die Nacht war nach wie vor klar. Sie folgten dem braunen Buick in einiger Entfernung, immer dem weißen Licht von J.W.s Heckleuchte nach.

Die zweigeschossige Richmond-San Rafael Bridge verbindet zwei Gegenden, die verschiedener nicht sein könnten; das raue Pflaster der Industriestädte an der East Bay, Richmond, Berkeley und Oakland, und die piekfeinen Bilderbuchstädtchen in Marin County wie Mill Valley, Sausalito und San Anselmo. Außerdem überspannt sie das kabbelige Wasser der Bucht von San Francisco. Nur elf Meilen westlich davon steht die Golden Gate Bridge. Dahinter liegt der Pazifik.

Selbst in einer ruhigen Nacht fegen die Seitenwinde vom Pazifik so kräftig durch das graue Eisenskelett der Brücke, dass eine zu schnelle Harley sich rasch mal unfreiwillig auf die Gegenspur verirrt. Dafür fährt der Harley-Fahrer unter einem funkelnden Sternenhimmel. Ein Gefühl, das dem Autofahrer in seiner Sardinenbüchse verwehrt bleibt.

Als Patch und Nine Inch sich der Brücke näherten, sah Patch die Lichter auf den Türmen von San Quentin. Er musste an die Hand voll Brothers aus dem Club denken, die im Augenblick «auf dem Hügel» eingesperrt waren, und sei es auch nur im H-Block. Die Insassen von «Q» waren die einzigen Leute, die Patch in Marin County kannte; jedenfalls die einzigen, denen er über den Weg getraut hätte.

Bei all den Pillen und dem Alkohol in J.W.s Kreislauf bewältigte er die Aufgabe, den Buick in der Spur zu halten, gar nicht so schlecht – aber doch nicht gut genug, um dem Adlerblick eines gewissen Ronald Gibson zu entgehen. Der Mann von der Highway Patrol nippte mutterseelenallein an seinem schwarzen Kaffee, als ihm die sanften Schlangenlinien auffielen, mit denen der Buick an ihm vorbei über die Brücke fuhr. Dann sah der Polizist die kaputte Heckleuchte. Damit stand das erste Opfer dieser Nacht fest. Gibson trank seinen Kaffee aus und machte dann das Blaulicht an. Als er die Verfolgung des rotbraunen Viertürers aufnahm, überholte er Nine Inch und Patch.

Patch wagte seinen Augen nicht zu trauen. Ein Bulle, der ihm die Arbeit abnahm! Der Streifenwagen der Highway Patrol überholte den Buick mühelos und gab dem Fahrer Zeichen, rechts ranzufahren. Sofort machte Patch seinerseits Nine Inch Zeichen, rechts ranzufahren. Gleich nach der Brücke, kaum dass die beiden Zeit zum Herunterschalten hatten, kamen die Bikes schleudernd zum Stehen. Der Seitenstreifen des stark befahrenen Highways war voller Dosen und zerbrochener Flaschen; dazwischen lag hier und da die schwarze Rinde eines Lkw-Reifens.

Die beiden schoben ihre Bikes hinter die hohen Sträucher und nahmen die Helme ab. Nine Inch wies auf den Streifenwagen mit den blinkenden Lichtern, der ein Stück die Straße hinauf den Buick aus dem Verkehr gezogen hatte.

«Da sag nochmal einer, die Polizei ist nie da, wenn man sie braucht», sagte er lachend. «Da ist sie doch.»

J. W. war beim Anblick des Streifenwagens in Panik geraten. Er fuhr so abrupt rechts ran, dass das Fahrzeug mit den blinkenden Lichtern mehrere Wagenlängen vor ihm zum Stehen kam.

Patch deutete auf die beiden Autos. Der Seitenstreifen selbst war asphaltiert und auf einer Ebene mit dem Freeway, gleich danach jedoch kam eine abschüssige Bankette, die praktisch in den Graben führte. Ein Maschendrahtzahn mit Stacheldraht obenauf trennte den Freeway von der Straße, die parallel zu ihm verlief.

«Wir sollten uns beeilen, wenn wir mitkriegen wollen, was da vorne passiert.»

Patch und Nine Inch sprinteten ein Stück den Maschendrahtzaun entlang bis an die Stelle, wo J.W.s Buick hinter dem Streifenwagen an die Seite gefahren war.

«Das reicht», flüsterte Patch Nine Inch zu, als sie sich hinter einige Sträucher kauerten. «Warten wir mal ab.»

Die Autos und Lkw, die vorbeifuhren, ließen die Erde zittern; überall hingen kleine Wirbel aus Staub und Sand in der Luft. Patch warf einen Blick auf die Uhr. Es war kurz vor halb drei.

Scheiße», murmelte J. W. Dann begann er über die Sitzlehne auf den Rücksitz einzuschreien in der Hoffnung, Angelo könnte ihn im Kofferraum hören. «Ein Bulle hat mich rechts rangewunken. Bleib einfach cool da hinten, okay? Das ist sofort erledigt.»

J. W. machte den Warnblinker an. Er stieg aus und ging auf den Polizisten zu, bis auf dessen Namensschild *Gibson* zu lesen war. Noch während er auf den Officer zuging, fuhr vor dem ersten Polizeifahrzeug eine zweite Streife der Highway Police rechts ran. Eine kräftige, kerlige Kollegin von Gibson stieg aus. *E. Sanchez* hieß es auf ihrem Schild. Damit hatte J. W. es gleich mit zwei Gesetzeshütern zu tun.

«Guten Abend, die Herrschaften», sagte J. W. lachend

und hielt der Polizistin die Hand entgegen. Die Beamtin mit der sauertöpfischen Miene fand das gar nicht komisch.

«Guten Abend», sagte Officer Gibson, der J. W.s Fahne gerochen hatte. «Sir, wenn ich fragen darf, stimmt an ihrem Fahrzeug etwas nicht mit der Lenkung?»

«Nein. Wieso?»

«Dann muss ich Sie zu meinem Fahrzeug bitten, zu einer Routinekontrolle.»

«Was denn für eine Kontrolle?»

«Hören Sie, Sportsfreund. Die Fragen stelle hier ich, Sie beantworten sie. Und jetzt stellen Sie sich an meinen Wagen.»

Patch und Nine Inch lagen hinter den Sträuchern und sahen zu, wie J. W. die beiden argwöhnischen Beamten zu beschwichtigen versuchte. Jeder Rocker, der je in Farben gefahren war, kannte das Spektakel, mitten in der Nacht von den Bullen schikaniert zu werden. Am besten, wenn man fror und hundemüde war und einen sitzen hatte.

«Ich würde gern mal Ihren Führerschein sehen und die Wagenpapiere», sagte Gibson.

J. W. war auf achtzig. Er fummelte nach seiner Börse, holte seinen Führerschein heraus und warf ihn Sanchez zu. Der Führerschein landete auf der Erde. Gibson und Sanchez sahen einander an. Auch ihnen war ihr Zorn anzusehen.

«Sehr komisch. Und jetzt heben Sie ihn auf. Es sei denn, Sie verbringen die Nacht lieber in der Zelle», sagte Gibson warnend. Er schlug sich den Block ungeduldig gegen die offene Hand, als J. W. umständlich erst in die Hocke ging, dann auf alle viere, um seinen Führerschein aufzuheben.

«Scheiße!», schimpfte J. W. leise, als er nach dem Ausweisdokument tappte. «Officers», sagte er im Aufstehen, «können wir uns nicht irgendwie einigen?»

«Ihre Heckleuchte ist defekt», sagte Gibson, «und Sie sind in Schlangenlinien gefahren. Wir werden uns schon einig, keine Bange.»

«Augenblick mal.»

J.W. griff in die Innentasche seines Sportsakkos. Gibson hatte sofort eine Hand auf der Waffe. J. W. brachte eine silberne Marke und einen Ausweis mit Foto zum Vorschein. Er hielt sie den beiden Polizisten unter die Nase.

«Hört mal, ihr beiden. Ich brauch mir das nicht bieten zu lassen. Ich bin selbst von der Polizei – vom FBI.»

Die beiden Polizisten sahen einander kopfschüttelnd an.

«Was Sie nicht sagen», spottete Sanchez. «Vom FBI?»

Patch hörte J.W. schreien.

«Ja, vom FBI! John Wilkes McIntosh, Federal Bureau of Investigation.»

«Das ist er», flüsterte Patch Nine Inch zu. «Unser J. W. Der Typ, den wir auf Angelos Handy gefunden haben.»

Patch und Nine Inch sahen zu, wie J. W. im Umgang mit den beiden sarkastischen Highway-Polizisten aus dem Leim zu gehen begann. Den FBI-Mann herauszukehren zog bei den beiden nicht.

«FBI oder nicht, McIntosh», sagte Sanchez, «wir gehen jetzt mal zu Ihrem Wagen. Wir müssen die Zulassung sehen.»

«Na schön, na schön», maulte J. W. unwillig, «die ist im Handschuhfach.»

Sie gingen zum Buick, und er öffnete die Tür auf der Beifahrerseite. Als er auf der Suche nach der neuesten Zulassung des Wagens das Handschuhfach durchwühlte, stand die Beamtin über ihm und tastete mit dem Lichtkegel der Taschenlampe neugierig das Wageninnere ab.

«Augenblick, ja?», rief J. W. ungeduldig, als er eine Hand

voll loser Papiere und alter Zulassungen durchging. «Das Ding muss ja hier irgendwo sein.»

Als Officer Sanchez den Boden ableuchtete, sah sie zu J. W.s großem Verdruss die Flasche Cuervo Gold. Auf der Stelle griff sie danach.

«Hier ist sie.» J. W. reichte der Beamtin die Zulassung. Er vermied es dabei, nach der Flasche zu sehen. Die Polizistin überflog das Dokument, schraubte dann die Flasche auf und roch daran.

«Okay, McIntosh, gehen wir zurück zum Wagen des Kollegen. Marsch!»

«Herrgott nochmal, Lady, ich sage doch, ich bin vom FBI.»

«Hören Sie, machen wir die Geschichte hier nicht noch komplizierter, als sie ohnehin schon ist.» Sanchez blieb unnachgiebig. «Kommen Sie mit zum Fahrzeug des Kollegen.»

«Okay, jetzt hören Sie doch», sagte J. W. «Lassen Sie mich die Sache erklären.»

Die Beifahrertür des Buick blieb weit offen, als J. W. und Officer Sanchez zu Gibsons Wagen zurückgingen. Im zuckenden Licht der beiden Polizeifahrzeuge versuchte J. W., die Flasche in seinem Wagen zu erklären. «Lady –»

«Für Sie heißt das Officer.»

«Okay, Officer, die Flasche gehört einem Freund, den wir, ich, den …»

Sanchez nahm Gibson beiseite.

«Mit dem Typ stimmt was nicht. Jeder Trottel kann sich per Post eine Marke und einen Ausweis bestellen. Er hat eine Fahne. Er nuschelt. Er kann kaum grade stehen. Ich würde sagen, wir machen den Test.»

Sanchez deutete auf J. W. «Wir würden Sie lieber mal einem Alkoholtest unterziehen.»

«Alkoholtest? Kommt nicht in Frage!», bellte J. W. «Sie meinen, mit dem Finger an die Nase? Auf dem Strich laufen? Das Alphabet aufsagen? Da hab ich die ersten Buchstaben gleich hier, Baby.» J. W. fasste sich in den Schritt und buchstabierte provozierend: «F-B-I.»

«Treten Sie an den Wagen des Kollegen», wies Sanchez ihn an.

«Hören Sie, wer braucht denn so 'ne Scheiße? Ich nicht, und Sie auch nicht», rief J. W. «Ich bin auf dem Weg zu den Bundes-Marshals in San Rafael.»

Patch warf Nine Inch einen Blick zu. «Verflucht nochmal, was will der denn bei den Marshals?»

Sanchez stupste J. W. mit der Spitze des Schlagstocks an. «An den Wagen, hab ich gesagt.»

J. W. lief puterrot an. Die Augen traten ihm aus den Höhlen. Er fuchtelte mit den Armen und beschimpfte die beiden Beamten lauthals. FBI oder nicht, man befahl ihm, den Adler zu machen: beide Arme gestreckt, Hände auf die Haube, Beine gespreizt. Um das Maß an Erniedrigung voll zu machen, tastete ihn auch noch die Beamtin ab, Sanchez, und häufte den Inhalt seiner Taschen auf die Motorhaube. Sie fand seine Börse, einen Schlüsselring, einige lose Münzen, einen Labellostift und zwei Pillenfläschchen. Über die Motorhaube des Streifenwagens gebeugt, warf J. W. einen Blick über die Schulter und schoss eine weitere Kanonade von Obszönitäten auf die beiden ab. Aber jedes «FBI dies, FBI das» nagte an seiner Glaubwürdigkeit.

Allerdings nicht, was Patch anbelangte. *Der Mistkerl erzählt gar keinen Scheiß!* Die Verfolgungsjagd über die Brücke hatte sich ausgezahlt. *Der Mistkerl mit der Drecksgosche ist tatsächlich vom FBI. Angelo ist zu den Bullen gelaufen.* Im Kofferraum des FBI-Mannes steckte einer von Patchs engsten Vertrauten, der sie verkauft hatte, der zum Verräter geworden war. Der Blick, mit dem Patch den Buick fixierte, wurde eisig.

Je länger Patch den Kofferraum anstarrte, desto rasender wurde sein Zorn. Eine Menge Informationen ergaben da plötzlich ein sinnvolles Bild: Der Anruf während der Sitzung. Hollisters Verdacht. Die Tatsache, dass Angelo zu dem Tanz mit den 2Wheelers und den Gunners nicht aufgekreuzt war. Patch konnte sich kaum mehr beherrschen. *Kommt überhaupt nicht in Frage, daß der Scheißkerl sich bei den Bullen auskotzt. Der redet mir nicht mit dem FBI!*

«Du wartest hier.» Patch stieß Nine Inch beiseite und wieselte die Böschung hinauf.

Noch bevor er die Straße erreicht hatte, riss Patch das Sharpfinger aus der Scheide. Wie ein Einzelkämpfer huschte er geduckt auf das Heck des Buick zu. Während J. W. sich noch mit den beiden Highway-Polizisten stritt, öffnete Patch im Schutz der offenen Beifahrertür geduckt die hintere Tür und glitt auf den Rücksitz. Eine Freundin von Eve fuhr einen Buick, und wenn er sich nicht täuschte, dann ließ sich die Lehne der hinteren Sitzbank nach vorne klappen. Damit war der Kofferraum auch vom Fond zu erreichen.

Patch zog die Lehne nach vorn. «Hab ich dich, Motherfucker!»

Angelo wälzte sich herum, gerade, dass der Platz dazu ausreichte. Er war schweißgebadet. Er erstarrte, als er Patch sah.

«Patch! Hilf mir!»

Patchs Miene war eine Grimasse in Stein gehauenen Zorns. Er hatte die Kiefer aufeinander gepresst, seine Halsmuskeln waren zu Stricken geworden. Angelo schmorte in seinem Schweiß.

«Wie lange singst du denn schon bei den Bullen?»

Angelo traten die Tränen in die Augen, als er Patchs weiße Knöchel um das Sharpfinger sah.

«Sag schon!»

«Ich wollte doch nur meinen Jungen retten.»

«Indem er mit einem dreckigen kleinen Polizeispitzel wie dir untertaucht? Was soll denn das für ein Leben sein für einen Jungen? Du hast den Club verkauft! Heute Nacht sind nochmal vier von den Jungs gefallen, du Arsch!»

«Hör zu, Alter, ich kann dir alles erklären. Dem Club sollte doch gar nichts passieren.» Angelo hob die Hand vor das tränenverschmierte Gesicht. «So hilf mir doch, Brother.»

Nenn du mich nie wieder Brother! Ohne ein weiteres Wort holte Patch aus und stieß Angelo das Sharpfinger tief in die Achselhöhle. Ein Zucken fuhr durch Angelos Körper. Noch während das Messer eindrang, drehte Patch die Klinge. Zwischen zwei Rippen drang sie in Angelos Brustkorb und durchtrennte die Herzschlagader. Als er das Messer zurückzog, kam ein Schwall von Blut hinterher. Es war eine altbewährte Tötungstechnik der Marines, die Patch im Knast gelernt hatte. Angelo verblutete praktisch auf der Stelle.

Dann war er tot. Tot in fünf Herzschlägen.

Patch knallte die Lehne wieder nach oben und rutschte dann so klammheimlich aus dem Wagen, wie er gekommen war. Er huschte zurück hinter die Sträucher, wo Nine Inch ihn erwartete.

«Alles erledigt», flüsterte er mit einer Stimme, die mit ihm nichts zu tun zu haben schien. Er wischte die Klinge an einem roten Halstuch ab und stieß das Sharpfinger zurück in die Scheide. Das mit dem Blut seines engen Freunds getränkte Halstuch steckte er zurück in die Jeans.

Ein betretenes Schweigen lastete auf den beiden. Der kaltversonnene Ausdruck auf Patchs Gesicht sagte Nine Inch, dass er besser die Klappe hielt. Was immer er gern gefragt hätte, es würde warten müssen. Schließlich sagte Patch verhalten:

«Wir warten hier, bis die Luft rein ist.»

30 | Ein Letzter Umweg

Auf beiden Spuren des Freeways kam der Verkehr fast zumErliegen. So spät es auch sein mochte, die Autofahrer fanden die blinkenden Lichter und J.W.s Ärger mit der Polizei faszinierender, als den Gedanken weiterzufahren. Officer Sanchez hatte mittlerweile genug von J.W.s Unverschämtheiten und legte ihm mit dem Segen ihres Kollegen die Handschellen an.

«Sie sind festgenommen. Trunkenheit am Steuer und eine offene Flasche», sagte sie, als sie die Manschetten auf seinem Rücken fester anzog.

J. W. erschauerte, als er den kalten Stahl der Handschellen ausnahmsweise mal selbst an den Handgelenken spürte. Erst dann wurde ihm klar, dass hier nur noch Entgegenkommen half.

«Hören Sie», versuchte er es mit Logik, «dieses ganze Missverständnis lässt sich mit einem einzigen Anruf klären.»

Gibson und Sanchez sahen einander an. Gibson zuckte die Achseln. J. W. schien ihm ruhiger und plötzlich durchaus vernünftig zu sein.

«Hören Sie, Officer, rufen Sie bei den US-Marshals an. Ein Agent dort erwartet mich. Er wird für mich bürgen. Und wenn ich Ihnen beiden unnötig Scherereien gemacht habe, dann entschuldige ich mich. Ich hatte eine schlimme Woche.»

J. W. erreichte mit seiner Entschuldigung mehr als mit trunkener Feindseligkeit. Gibson wählte die Nummer der Marshals und sprach mit dem Führungsbeamten am anderen Ende der Leitung.

Während Gibson telefonierte, schlenderte er auf das Unkraut am Straßenrand zu, gar nicht so weit von der Stelle, wo Patch und Nine Inch versteckt waren. Der Mann am anderen Ende der Leitung bestätigte dem Streifenpolizisten, dass J. Wilkes McIntosh tatsächlich beim FBI war. Und dass man ihn erwartete. Ja, McIntosh sei in der Tat ein Hitzkopf. Ob er mit ihm reden könne?

Officer Gibson sollte es recht sein. Er machte seiner Kollegin Zeichen, J. W. die Handschellen abzunehmen. Dann gab er dem FBI-Mann das Telefon. «Da möchte jemand mit Ihnen reden.»

J. W. sprach nervös in den Apparat. «Tut mir Leid. Ja, ja, kleines Missverständnis unter Kollegen. Nein, ich bin okay. Ich kann fahren. Wir sehen uns dann.»

Die drei waren zu einer Übereinkunft gekommen. Man würde J. W. laufen lassen. Gibson sagte den Kollegen, die er zur Verstärkung angefordert hatte, dass man sie nicht mehr brauche. Es gab keine Festnahme. Auch den Abschleppwagen bestellte er ab. Es gab kein Fahrzeug sicherzustellen.

«Gott sei Dank», murmelte J. W. auf dem Weg zurück zu seinem Wagen. Er stieg ein und legte den Gurt an. Wo hatte er bloß die Schlüssel hingetan? Von Panik ergriffen wühlte er in seinen Taschen, bis er sie vom Zündschloss baumeln sah. Mit einem langen, tiefen Atemzug ließ er den Wagen an. Dann drückte er auf den Schalter an der Tür, um das Fenster zu öffnen, weil der Polizist nochmal auf den Wagen zukam.

«Agent McIntosh», sagte Gibson. Auch er schlug jetzt einen umgänglichen Ton an. «Wir vergessen das mit der Trunkenheit am Steuer und der offenen Flasche, aber um die Mängelanzeige wegen der Heckleuchte kommen wir nicht herum. Ihren Führerschein hab ich ja noch.»

«Was immer Sie für richtig halten», sagte J. W., der sich die schmerzenden Handgelenke massierte. Er wollte nur eines: das Theater hier endlich hinter sich bringen, um weiterfahren zu können.

Gibson brauchte einige Minuten, um die Mängelanzeige zu schreiben, dann kam er wieder ans Fenster. Er reichte J. W. ein kleines Klemmbrett mit dem Knöllchen darauf. J. W. unterschrieb es und bekam seinen Führerschein zurück. Er musste an seine Zeit als Frischling bei der Polizei denken, als er selbst Streife gefahren war; was hatte er sich nicht alles bieten lassen müssen von Besoffenen und anderen wütenden Fahrern.

«Bevor Sie losfahren, Sir», sagte Gibson, «würde ich Ihnen wirklich noch gern mit der Heckleuchte helfen. Kaputt, wie sie ist, verursacht die Ihnen womöglich einen Kurzschluss – oder schlimmer noch, man hält sie gleich nochmal an.»

«Bloß das nicht!», sagte J. W. mit gespielter Heiterkeit.

Dann fuhr J. W. fast aus dem Sitz. *Angelo!* Er hatte völlig vergessen, dass er den Rocker im Kofferraum hatte. Das hätte ihm gerade noch gefehlt – dem Streifenpolizisten erklären zu müssen, warum er einen Schrank von einem Biker mit einem Revolver in der Tasche im Kofferraum durch die Gegend fuhr.

«Wissen Sie was, Officer, mir wär's lieber, wenn ich Ihnen nicht noch mehr Scherereien machen muss. Ich verspreche Ihnen, ich lass das umgehend reparieren.»

«Ist kein Problem, Agent McIntosh. Ist nur ein einziger Handgriff – bei der heutigen Modultechnik.»

«Wirklich – das ist nicht nötig, Officer, wird langsam Zeit für mich. Wie gesagt, ich habe eine schlimme Nacht hinter mir, und die in San Rafael warten schon auf mich. Ich bin spät dran. Ich habe da ein paar Leute aus dem Bett geholt, die warten jetzt schon lange genug auf mich.»

«Alles klar», sagte Gibson. Er riss J. W.s gelben Beleg der Mängelanzeige ab und reichte ihm den Zettel durchs offene Fenster. «Dann fahren Sie mal vorsichtig, Sir. Und noch eine gute Nacht.»

«Ja, von wegen, du Arsch», brummelte J. W., als er das Fenster hochfahren ließ. Gibson ging zu seinem Streifenwagen zurück. J. W. knüllte die Mängelanzeige zusammen und warf sie auf den Boden. Er sah Gibson und Sanchez miteinander reden. Dann stieg die Beamtin in ihren Wagen, reihte sich in den Verkehr ein und fuhr davon.

J. W. stellte den Buick auf «Drive».

«Es geht weiter, Angelo!», rief er nach hinten. «Tut mir Leid. Hat 'n bisschen länger gedauert als erwartet. Wir haben es fast geschafft.»

J. W. blinkte und wartete auf eine Lücke im Verkehr, um wieder auf den Freeway zu kommen. Er sah Officer Gibson stutzen, dann kratzte er sich am Kopf. Er drehte sich wieder um und kam nochmal auf den Buick zu. J. W. ließ noch einmal das Fenster herab und steckte den Kopf hinaus. Er hatte seine liebe Mühe, freundlich zu bleiben.

«Gibt's noch was, Officer?»

«Wissen Sie, ich habe eben nochmal mit der Kollegin gesprochen, bevor sie losfuhr, und sie hat drauf bestanden, dass ich die Leuchte abklemme. Sie meint, es ist zu riskant.»

Frustriert schlug J. W. mit beiden Fäusten auf das Steuer. Sofort war das Misstrauen des Beamten wieder geweckt. Er legte die kleinlaute Art von vorhin ab und ging energischer vor.

«Sir, steigen Sie aus.»

J. W. war sofort wieder auf hundertachtzig. Er riss den Schlüssel aus dem Zündschloss, stieß den Wagenschlag auf und sprang heraus. Mit dem Fuß trat er die Tür wieder zu.

Okay, würde er den Kofferraum eben aufmachen. Sollte der Highway-Polizist Angelo doch finden. Na schön, musste J. W. eben dazu stehen, einen zwei Zentner schweren Schurken im Kofferraum durch die Gegend zu fahren. Was sollten sie ihm schon anhaben? Er verstieß schließlich nicht gegen das Gesetz. Er transportierte einen Zeugen. Hätte er wenigstens später mal eine nette Anekdote, die sich bei einem Bierchen erzählen ließ.

«Ich muss Ihnen da vorher etwas sagen, Officer», verkündete J. W., als er nach hinten ging, um den Kofferraum aufzusperren. Er wandte sich dem Polizisten zu, während er die Klappe freigab und trat beiseite. «Ich kann Ihnen alles erklären, Officer.» Der Agent hob die Stimme in der Hoffnung, dass Angelo ihn hörte und kapierte, was los war. *Bleib jetzt bloß ruhig. Werd bloß nicht wieder ausfällig.* Er brauchte keinen zweiten Akt des Theaters von vorhin.

J. W. schloss die Augen. *Ein Königreich für eine überzeugende Erklärung.* Gibson brachte seine Taschenlampe zum Vorschein und richtete sie auf den Kofferraum. Der Strahl fiel auf einen reglosen Körper.

Der Polizist trat einen Schritt zurück. «Agent McIntosh, heben Sie die Hände und treten Sie weg vom Fahrzeug», befahl Gibson, der bereits die Waffe aus dem Holster zog. Dann trat er an den Wagen und griff in den Kofferraum, um Angelo auf den Rücken zu ziehen. Angelos glasige Augen waren weit aufgerissen, seine Pupillen reagierten nicht im Geringsten auf den kräftigen Strahl der Lampe. Sein Gesicht war voll Blut und Schweiß. Die Vorderseite seines T-Shirts war blutgetränkt. Der Boden des Kofferraums war klebrig und feucht.

Gibson schluckte trocken. Der völlig unerwartete blutige Anblick verursachte ihm Übelkeit.

«Großer Gott», keuchte er und wandte sich wieder J. W.

zu. «Mit einer Erklärung ist es da nicht mehr getan», sagte er und richtete die Waffe auf J. W. «Sir, Sie sind festgenommen. Wegen Mord.»

J. W. starrte auf die blutüberströmte Leiche. Was war das denn? Vor kaum einer Stunde hatte er an der Tankstelle in Oakland den Kofferraumdeckel über einem verwegenen, zugegeben etwas hysterischen Desperado zugeknallt. Jetzt hatte er eine Leiche vor sich, und J. W. hatte keine Ahnung, wie es dazu gekommen war. Der Agent stürzte sich auf Angelo und trommelte ihm mit beiden Fäusten gegen die Brust.

«Du abgedrehter Mistkerl», rief er, zerrte ihn hoch, schüttelte ihn hin und her. «Wach auf, du erbärmliches Arschloch! Atme gefälligst!» Gibson zerrte ihn von Angelos Leiche, legte ihm Handschellen an und setzte ihn dann auf den Rücksitz des Streifenwagens. Dann rief der Polizist sofort nach Verstärkung und einem Abschleppwagen. Und nach einer Ambulanz. J. W. saß da, die Hände auf den Rücken gefesselt, den Kopf gesenkt. Er zitterte am ganzen Körper, und schließlich traten ihm die Tränen in die Augen.

Patch, der noch hinter den Sträuchern kauerte, warf Nine Inch einen Blick zu. «Verschwinden wir lieber, bevor hier noch mehr Bullen aufkreuzen.»

Im Schutz der Dunkelheit liefen die beiden Männer zu ihren Motorrädern zurück. So schnell es ging, schoben sie die Maschine aus dem Gebüsch und starteten sie. Ohne die Scheinwerfer anzumachen, schossen sie praktisch unsichtbar in den Verkehr.

Officer Gibson von der kalifornischen Highway Patrol saß in seinem Streifenwagen, das Mikrophon seines Bordfunkgeräts in der Hand. In der anderen hatte er das Kärtchen mit den Rechten des Gefangenen. Sorgfältig, Wort für Wort, las er sie dem völlig verdatterten J. W. auf dem Rücksitz vor.

«Sie haben das Recht zu schweigen. Alles, was Sie sagen, kann und wird vor Gericht gegen Sie verwendet werden …»

Gibson ging die vertraute Litanei durch. Er wurde lauter, um den Lärm einer Harley-Davidson und einer Ducati zu übertönen. Nine Inch saß über den Tank gelegt, den Kopf gesenkt wie ein artiger Schuljunge. Patch dagegen warf noch einen letzten Blick auf seinen toten Kameraden. In dem Augenblick, in dem die beiden Bikes vorbeifuhren, hob J. W. den Kopf und sah zum Fenster des Streifenwagens hinaus. Gerade noch, dass er das Color der Infidelz in der Dunkelheit verschwinden sah.

Patch übernahm die Führung und gab der Mean Machine die Sporen. Nine Inch hielt mühelos mit, als die beiden einen Riesenumweg nach Hause nahmen: auf dem Highway 101 nach Süden, über die Golden Gate Bridge nach San Francisco, und von dort zurück über die Bay Bridge nach Oakland. Damit hatte sich der Kreis geschlossen: von Oakland über Marin County nach San Francisco und wieder nach Oakland zurück. Ein Kampf, eine Verfolgungsjagd und ein Run über drei Brücken. Patch und Nine Inch hatten eine mörderische Nacht hinter sich.

31 | EINER VON UNS

Hollister warf einen Blick auf seine Swatch – fünf nach halb neun. Es war jetzt fast zwei Tage her, dass er das letzte Mal von seinem Vater gehört hatte. Normalerweise meldete er sich wenigstens einen Tag später, selbst von einer Sauftour mit den Jungs aus dem Club. Die Couch, auf der Angelo sich in letzter Zeit am liebsten aufgehalten hatte, war genau so, wie er sie verlassen hatte: seine grüne Barrasdecke zusammengeknüllt, die Kissen kreuz und quer. Sogar die Kühlschranktür hatte er offen gelassen. Hollister fluchte über die Nachlässigkeit seines Vaters, als er die verdorbene Milch fand. Auch alles andere war bei Zimmertemperatur am Verfaulen. Einmal mehr hatten die beiden die Rollen getauscht. Angelo benahm sich wie der ungebärdige Halbwüchsige; Hollister war zum besorgten Vater geworden.

Hollister hatte in einer knappen halben Stunde in der Schule zu sein. *Ein paar Minuten geb ich ihm noch,* dachte er sich. Irgendwie hoffte er einfach, dass Angelo jeden Augenblick zur Hintertür hereinplatzte. *Wieso hat er nicht wenigstens angerufen?*

Wieder sah er nervös auf die Uhr. Hollister beschloss, nachmittags nochmal nach dem Haus zu sehen in der Hoffnung, seinen Vater dann weggetreten auf der Couch oder beim Basteln in der Garage zu finden.

Nachmittags gegen drei Uhr war Hollister dann wieder zu Hause. Es waren keine fünf Minuten vergangen, da klingelte es an der Tür. Er öffnete die mit einer Kette versehene Tür gerade mal weit genug, um zwei Schwarze in dunklen Anzügen zu sehen. Der eine trug eine rote Power-Krawatte. Der andere hielt ihm Ausweis und Marke entgegen. Mißtrauisch spähte Hollister durch den Spalt.

«Ich bin Agent Swill, Terrence Swill, FBI», sagte der eine. «Wir kommen wegen Ihrem Vater, Angelo Timmons. Können wir reinkommen?»

«Ich ... ich bin grade am Gehen», stotterte der Teenager. «Kommen Sie doch wieder, wenn mein Paps nach Hause kommt. Er ist für 'ne Weile weggegangen. Er ist aber bald wieder da.»

«Hollister», sagte der Agent beharrlich, «lass uns rein. Wir haben mit dir zu reden.»

Hollister machte ihnen auf.

Die Agenten machten sich nicht die Mühe, das Haus nach Angelo zu durchsuchen. Kein sehr gutes Zeichen, so viel wusste Hollister mittlerweile. Es war nicht das erste Mal, dass die Bullen im Haus waren. Normalerweise stellten sie das ganze Haus auf den Kopf.

«Setz dich, Junge. Wir haben dir was zu sagen. Dein Vater ist tot. Die Highway Patrol hat letzte Nacht seine Leiche gefunden.»

Die Infidelz trafen sofort die Vorbereitungen für die Beerdigung ihres Brothers, gleich nachdem das FBI Angelos Leiche freigegeben hatte, einen Tag nach der amtlichen Leichenschau. Am Abend vor der Beerdigung saßen Nine Inch und Patch bei Kaffee und Obst. Keiner von beiden war sehr gesprächig. Über eine Stunde hatten sie mit den Hanteln gearbeitet, weil keiner an die überkandidelten Fitnessgeräte wollte. Patch und Nine Inch hatten Angelos Tod am Rand des Freeways nicht angesprochen. Aber das Thema ließ sich nicht länger umgehen. Patch tat den ersten Schritt.

«Tony, ich geh mal davon aus, dass das, was da passiert ist, unter uns bleibt.»

«Versteht sich von selbst.»

«Was den Rest der Welt anbelangt, so wurde Angelo Timmons vom FBI umgebracht. Sollen die Gun Runners den Kopf hinhalten, was den Tanz mit den Wheelers angeht. Die haben ihren Leuten sowieso 'ne ganze Menge zu erklären. Was Angelo angeht, der hat die Polizei in die Angelegenheiten des Clubs hineingezogen. Er hat uns verkauft. Meiner Ansicht nach ist seine Beziehung zum FBI dran schuld, dass einige meiner Jungs dran glauben mussten.»

Nine Inch strich sich über das Ziegenbärtchen.

«Also ich für mein Teil», sagte er, «muss die Geschichte mit Angelo erst verdauen.»

«Inwiefern?»

«Für mich ist das neu. Patch, ich bin hier Mittäter. Bei einem Mord.»

«Nein, bist du nicht.»

«Juristisch gesehen schon.»

«Die sperren dich nicht für was ein, was ich getan habe. Das versprech ich dir, Kleiner.»

Nine Inch schwieg wieder eine Weile und brachte seine Gedanken auf die Reihe, bevor er fragte: «Wie lebst du damit? Wie kannst du einem anderen das Leben nehmen, egal wie gerechtfertigt dir das persönlich scheint?»

Patchs Augen wurden kalt. Nine Inch überlief der gleiche eisige Schauer wie schon am Straßenrand.

«Dazu», meinte Patch, «kann ich dir nur sagen, dass man in meiner Welt lernt, seine Angelegenheiten zu regeln, ohne die Bullen da reinzuziehen.»

Nine Inch musterte die Falten auf dem Gesicht seines

Gegenübers. Für ihn war Patch wie ein Vater, immer offen, immer fair, aber er hatte auch eine finstere Seite, die ihn grausam machte gegenüber jedem, der ihn hereinzulegen versuchte.

«Tony», sagte Patch, «du hast gesagt, du stehst zum Club. Also, damit weißt du nun um eine ganze Ecke besser Bescheid, was das heißt.» Er warf einen Blick auf seine Uhr und machte sich dann an dem Verband um seinen Arm zu schaffen.

«Egal, ob das nun Ahab und der Club hier in Oakland ist oder der Rest der Biker hier in Stadt, der wahre Grund für Angelos Tod bleibt unter uns.»

Patch streckte ihm eine Hand hin. Nine Inch nickte. Ein Handschlag besiegelte das Schweigegelöbnis zwischen den beiden.

Der Tag von Angelos Beerdigung war gekommen. Vor dem Clubheim der Gun Runners in San Jose, das bald verwaist sein würde, stand ein kleiner Pulk Harley-Fahrer. Alle waren aufgesessen, abmarschbereit gen Süden, zurück nach L. A. Lock N Load, der von seinem Ring of Fire umgeben war, warf einen letzten Blick auf das Viertel. Dann zeigte er ihm den Finger.

«So schnell wird mir das hier nicht abgehen», sagte er zu Razz. Lock machte eine finstere Miene dabei. Sein bandagierter Kopf und das geschwollene Gesicht passten gerade noch unter den Helm. Aber es tat weh.

Auf einen Schlag kam Leben in die fünf Bikes; unisono gab man Gas, dann donnerte die orange-blaue Abteilung der Auffahrt dem Freeway entgegen, der sie nach Südkalifornien bringen würde. Es war ein tosender Exodus, der das Viertel erzittern ließ. Erster Tankstopp: die Ausfahrt an der Little Panouche Road, nach der die Interstate 5 einen dreihundert Meilen an gottverlassenen Feldern vorbeiführt.

Als die Bikes sich auf dem Freeway zu einer rasenden Formation zusammenfanden, folgte ihnen ein schwarzer Cadillac Escalade mit schwarz getönten Scheiben. In dem allradgetriebenen Wagen schluckte das Wummern einer klassischen Ohio-Players-Nummer das *Ritsch-Ratsch* dreier Mossberg-Flinten. Durchgeladen warteten sie auf die tödliche Revanche: Rache für die Beulen und Schrammen, die die Soul Sacs von den Gunners bei der Rempelei in Trader's Roadhouse hatten hinnehmen müssen.

Angelos Beerdigung zog fast fünfhundert Trauernde an, von denen über die Hälfte mit dem Motorrad gekommen waren. Der Verantwortung für die Organisation der Feierlichkeiten lag beim Club. Beim Gottesdienst überschwemmte ein Meer von Colors die Sitzreihen der kleinen Kirche. Sämtliche Chapters der Infidelz hatten Vertreter geschickt. Aus der ganzen Welt trafen die Members am Flugplatz ein. Außerdem war ein Kontingent der Soul Sacs dabei, unter der Führung von President Rollie George.

Die Bushido Blades waren gekommen. Ein paar kleine Clubs aus der Gegend ließen sich sehen, um zu kondolieren. Ein einzelner 2Wheeler, ein alter Biker-Spezi Angelos, kam auf einem Trike. Patch bewunderte seinen Mumm.

Patch fiel sofort auf, dass die erste Reihe, die für Angehörige reserviert war, bis auf Hollister leer war. Allein, den Kopf gesenkt, die Augen geschlossen, saß der Junge da. Angelos Ex ließ sich nicht blicken, und wer immer aus dem Clan der Timmons in Oklahoma und Texas noch übrig sein mochte, war entweder zu alt oder zu arm, um so kurzfristig anzureisen.

«Wenn Einprozenter was draufhaben, dann ist das der Kampf ums Revier», sagte Patch im Vorraum der Kapelle zu

Nine Inch. «Wir gehen da nicht sonderlich zimperlich miteinander um.»

«Meinst du, dass da noch was nachkommt?»

«Weiß nicht. Mag sein, dass uns eine verrückte Zeit bevorsteht.» In dem Augenblick kam Ahab auf sie zu. Er nickte Nine Inch zu, der den Wink zu deuten wusste und sich verdrückte, damit Ahab und Patch sich unter vier Augen unterhalten konnten. Der Presi des Clubs hatte wichtige Neuigkeiten.

«Wir haben ein Palaver mit den 2Wheelers aus dem Central Valley und den Gun Runners aus L. A., um zu entscheiden, was wir wegen der Bullen anstellen sollen», flüsterte Ahab Patch zu. «Ist doch wieder mal typisch. Immer müssen erst Leute draufgehen, damit sich was tut. Dann ist es plötzlich Zeit, miteinander zu reden.» Er verstummte. «Ist echt zum Kotzen. Wir haben zu viele unserer Jungs beerdigen müssen.»

«Ganz deiner Meinung.»

Ahab zupfte an seiner Schnorre. «War wirklich verrückt, was da über den Mord an Angelo in den Zeitungen stand. Ich hoffe, der Scheißkerl vom FBI, der ihn umgebracht hat, kommt auf den Stuhl. Du weißt, dass wir Hollister dabei helfen, den Staat zu verklagen, oder? Wegen vorsätzlicher Tötung? Ich möchte mal sehen, wie das FBI sich da rausreden will. Ich frag mich nur, was Angelo wohl vorgehabt haben könnte, dass das FBI ihn platt machen musste. Ich komm einfach nicht drauf. Hast du eine Theorie?»

«Nicht die Bohne», antwortete Patch. «Ich hab's auch nicht gern, einen von unseren Jungs zu verlieren.» Unvermutet wechselte er das Thema. «Hat sich was ergeben, was die Schießerei im Kasino angeht?»

«Unser Mann bei den Bullen sagt, dass die Bänder keine Schlüsse zulassen.» Ahab zwinkerte wissend. «Mit anderen

Worten, die Bullen werden aus den Überwachungsvideos nicht schlau. Die haben keinen Schimmer, wer da was angefangen und wer sich gewehrt hat. Bisher haben sie keinen verhaftet.»

Patch nickte in Richtung von Nine Inch und machte ihm Zeichen, wieder herzukommen. Er legte Nine Inch eine Hand auf die Schulter. «Weißt du Ahab, ich wage noch nicht mal dran zu denken, was alles hätte passieren können, wenn der Junge hier nicht genau im richtigen Augenblick mit seinem Haufen im Ashland Court angerückt wäre.»

«Das kannst du laut sagen, Bro», pflichtete Ahab ihm bei. «Da fällt mir ein, Tony, ich wollte dich und deine Officers mal ins Clubhaus einladen, sobald die Geschichte hier vorbei ist. So gegen Abend. Wir müssen miteinander reden. Ich denk da an die Möglichkeit, die Bushido Blades zu einem offiziellen Support Club hier in Oakland zu machen. Von mir aus könnt ihr auch ein Prospect Chapter irgendwo in Nordkalifornien haben.»

Nine Inch blickte hinüber zu Patch.

«Na, mich brauchst du nicht anzugucken», sagte Patch. «Meine Zeit in Oakland ist vorbei. Mach das mit Ahab hier aus.»

Nine Inch sprang hinaus, um rasch eine Zigarette zu rauchen, während Patch in die Kapelle ging. Er ging bis vor zur ersten Reihe, wo er sich neben Hollister setzte. Er versuchte, sich optimistisch zu geben, und gab dem Jungen einen Klaps auf die Schulter.

«Wie sieht's aus: Stehst du das durch?»

«Geht ziemlich zu da draußen.»

«Ich weiß. Beiß einfach die Zähne zusammen.»

«Jeder sagt mir, ich steh das schon durch, aber weißt du was, Patch? Die haben keine Ahnung.»

«Wenn du mal mit jemandem reden musst, ruf mich an.»

«Davon will ich nichts hören. Ich möchte auf eigenen Beinen stehen.»

Sie starrten beide geradeaus vor sich hin auf Angelos offenen Sarg, als Nine Inch hereingestürmt kam und sich zu ihnen setzte. Der vordere Teil der Kapelle glich einem Blumenladen. Aufwendige Arrangements umgaben den Sarg. Es war genau die Art von Geprotze, die Patch auf Rockerbeerdigungen nicht haben konnte. Hollister hätte das Geld brauchen können, das für Blumen, Kränze und anderen unnötigen Kram draufgegangen war.

«Scheiße, Patch. Du kommst nicht wieder. Und ich hab nichts. Und niemanden.»

«Wie steht's denn mit Kumpels? Du hast doch wohl Freunde.»

«Paps und ich waren immer allein.» Hollister blickte zu Boden.

Patch und Nine Inch wechselten düstere Blicke. Nine Inch nickte kummervoll und sackte auf der Bank zusammen.

Der Junge hatte in beiden Fällen Recht. Patch würde so bald nicht wiederkommen, und der Kleine hatte nichts und niemanden. Wahrscheinlich würde man ihn zu Pflegeeltern geben. In die Fürsorge. Der Junge war fünfzehn. Die drei Jahre vor seinem achtzehnten Geburtstag würden die härtesten seines Lebens.

32 | EINE EINFACHE REGEL

Als der Gottesdienst zu Ende war, saßen Hollister, Patch und Nine Inch verschlossen, mit steinernen Gesichtern, in der ersten Bank. Ein Dutzend Leute hatten gesprochen und Angelo mit humorigen oder rührenden Anekdoten geehrt. Hollister war verdrossen und in sich gekehrt. Der Verlust des Vaters war ein schwerer Schlag. Patch war hin und her gerissen, er war traurig und von der ganzen Geschichte angewidert zugleich. Was immer Angelo sich da für einen Schwachsinn ausgedacht haben mochte, er hatte ihn das Leben gekostet, und mehr wollte Patch lieber nicht wissen.

Über die Anlage der Kapelle lief «Brothers In Arms» von den Dire Straits. Es war Zeit, in Reih und Glied hinauszumarschieren und dann in Formation zum Friedhof zu fahren. Die Leute von den Medien ließen die Kameras surren, als acht Members von den Infidelz Angelos Sarg in einen schwarzen Leichenwagen schoben.

Die Fahrt zum Friedhof war eine Qual für Patch. Er musste an die anderen Jungs aus dem Club denken, die gefallen waren, an die, die ihr Leben riskiert hatten im Kampf gegen die 2Wheelers und die Gun Runners. Ihre Tapferkeit stand im krassen Gegensatz zu Angelos Verhalten – sich feige im Kofferraum eines FBI-Mannes zu verkriechen!

Patch bildete das Schlusslicht der Prozession, die sich fast über eine Meile erstreckte. Er war sich in diesem Augenblick sicherer denn je. *Es ist Zeit, endgültig aus Oakland zu verschwinden.*

Am Friedhof blieb er auf seinem Bike sitzen, abseits der

großen Menge am Grab. Alle nahmen an, dass er aus Kummer lieber allein blieb. Aber es war weit komplizierter. Irgendwie vermisste er den Angelo, den die Trauernden während des Gottesdienstes geschildert hatten; auf der anderen Seite verachtete er den Angelo, der ihn und den Club verraten und verkauft hatte. Während Patch so auf seiner Road King saß, kam Eve herüber und gab ihm die Hand.

«Mein Beileid, John. Ich musste einfach kommen. Charles, mein Chef, wollte mir erst nicht freigeben. Ich hab ihm mit der Kündigung gedroht. Ich glaub, er ist sauer auf mich. Seine Kleine fragt ständig nach dir. Wie ich gehört habe, hat ein Polizist Angelo umgebracht. Schrecklich. Ich werd ihn immer in Erinnerung behalten, wie er bei uns zu Hause sitzt und Bier trinkt. Und uns um Geld anpumpt, das wir nie wieder gesehen haben.» Eve lachte.

Patch zuckte lediglich die Achseln. Er hatte nie Talent dafür gehabt, Eve zu belügen, also sagte er lieber nichts. Er spürte ihren forschenden Blick auf seinem bandagierten Unterarm und den abklingenden Prellungen im Gesicht. Glücklicherweise war sie klug genug, nicht zu fragen.

«Wie lange bist du noch da?», fragte sie.

«Ich fahr noch heute los, gleich nach der Beerdigung.» Er wies auf das Grab. «Es wird Zeit, dass ich wieder runterkomme. Ich habe 'ne Menge zu erledigen. Mich bei meinem neuen Chapter melden. Ich muss was auf die Beine stellen. Wir haben neue Chapters zu gründen. In Colorado. New Mexico. Utah. Ich werd viel unterwegs sein.»

Genug über den Club, dachte Patch, *was ist mit ihr?* «Wie sieht's bei dir aus, Kleines, finanziell?»

«Ganz gut. Ich komm klar. Ich find mich durch, John. Und ich hoffe, du auch.»

«Mach dir um mich keine Sorgen. Ich habe meine Leute. Ich möchte nicht, dass die Jungen denken, sie hätten die guten Zeiten *komplett* versäumt. Oder daß sie nur den Rest vom Schützenfest erwischt haben, das Todesröcheln der großen Fete sozusagen.»

Eve beugte sich vor und schlang den Arm um Patchs Hals.

«Sei vorsichtig, pass auf dich auf», flüsterte sie und drückte ihm dann einen Kuss auf die lädierte Wange.

Als sie wegging, stieß sie mit Lilac zusammen und entschuldigte sich für ihre Ungeschicklichkeit. *Wie verschieden die beiden doch sind.* Zwei verschiedene Generationen von Frauen. *Würde man Eves Stärke und Lebenserfahrung mit Lilacs Kraft, Jugend und Schwung kombinieren, man hätte die vollkommene Frau.*

Lilac trug schwarzes Leder. Weil Schwarz die Farbe der Trauer war oder weil sie in engem Leder so verdammt sexy aussah?

«Patch», sagte sie, «tut mir wirklich Leid, dass du deinen Freund verloren hast. Ich habe aber großartige Neuigkeiten. Ich steig bei den Blades aus und gründe meinen eigenen MC. Ich habe mich mit vier anderen Asiatinnen zusammengetan, die Motorrad fahren. Wir sitzen grade über unserem Color. Die Mekong Molls. Ich würde mich wirklich freuen, wenn du mir helfen könntest, die Statuten zusammenzustellen. Tony will auch helfen. Ihm gefällt der Gedanke, dass wir ein Support Club der Blades werden wollen.»

«Das kann ich mir denken.» Patch stellte sich Nine Inch vor, wie er sich in seinem Loft mit einem Schwarm asiatischer Bike Babes verlustierte. «Komm mich doch einfach in Arizona besuchen. Aber ruf vorher an. Ich hab's nicht so mit Überraschungen. Kriegst dann auch die Tour von mir und den Jungs.»

Patch strich Lilac übers Haar und bewunderte ein letztes

Mal ihre langen Beine. Sie küsste ihn auf die Stirn. Es war das Einzige, was auf eine Intimität zwischen den beiden wies.

Patch war erleichtert, als man Angelo endlich in die Grube ließ. Was ihn anging, so konnten sie ihn gar nicht schnell genug verscharren. Hollister warf die erste Hand voll Erde auf den schwarzen Metallsarg seines Vaters. Dann setzte er sich ab und ging hinüber zu Patch, der noch immer auf dem Bike saß, in der prallen Sonne, in sich gekehrt. Er konnte es kaum erwarten, wieder nach Arizona aufzubrechen.

«Hör mal, Patch», sagte der Junge, «Tut mir Leid, dass ich so patzig war vorhin. Ist schließlich nicht deine Schuld, dass Vater tot ist.»

Patch schluckte trocken. «Und wie geht's nun weiter, Kleiner?»

Die Junge schüttelte den Kopf. «Ich habe mit meiner Tante in Alaska gesprochen, aber ich weiß auch nicht. Sie hat gesagt, ich könnte zu ihr ziehen, aber so richtig scharf drauf schien sie nicht zu sein. Ihr Freund hat schon Kinder. Ich wär da bloß im Weg. Ich bin's gewohnt, mein eigenes Zimmer zu haben, und dort müsste ich erst mal 'ne Weile auf der Couch pennen. Paps hat immer vorgehabt, da raufzuziehen, aber Herrgott noch mal, wie viele Monate im Jahr kann man da oben wohl Motorrad fahren?»

«Ich wollte, ich könnte dir sagen, dass es außer Motorradfahren auch noch was anders im Leben gibt, aber das wär gelogen», sagte Patch. «Jedenfalls was mich angeht.»

Dann platzte er, fast ohne zu überlegen, damit heraus: «Hör zu, wie wär's, wenn du mit runter nach Arizona kommst und bei mir bleibst? Deinem alten Taufpaten?»

Das Angebot erwischte Hollister kalt. «Nach Arizona? Ich? Mit dir?»

Das Angebot war Patch einfach so herausgerutscht; es kam buchstäblich von Herzen.

«Ja sicher, warum nicht? Du kommst mit runter, bringst deinen Kram auf die Reihe. In der Richtung könnten wir einander womöglich sogar helfen. Um ehrlich zu sein, 'n bisschen Gesellschaft könnte mir nichts schaden.»

«Ich weiß gar nicht, was ich sagen soll.»

«Na, falls es dich interessiert, dann beeil dich besser mal, bevor ich wieder klar denke. Außerdem fahr ich heute noch los.» Patch warf einen Blick auf seine Uhr. «In genau zwei Stunden. Punkt vier. Vor dem Clubhaus. Ich werd nicht warten.»

Hollister schüttelte den Kopf. «Mann, ich bin dir wirklich dankbar, aber, echt, das geht doch nicht. Ich bin hier zu Hause. Ich bin hier geboren. Mir würde das alles hier fehlen.»

Patch ließ die Road King an.

«Wie du meinst, Kleiner.» Er fuhr dem Jungen mit der Hand durch das Haar. «Ich dachte, fragste mal. Ist kein Problem. So oder so, ich schätze, wir werden uns wieder mal sehen.»

Patch drückte Hollister unbeholfen an sich. Als er davonfuhr, war er in gewissem Sinne erleichtert, dass der Junge das Angebot abgelehnt hatte. Bei dem Gedanken an die Verantwortung für den Jungen wurde ihm genauso flau um die Muffe wie vor dem Tanz mit den 2Wheelers. Sterben ging rasch, gebrochene Knochen heilten mit der Zeit, aber ein Teenager in seinem Leben, ausgerechnet jetzt? Das hieße, sich mit der Ungewissheit zu arrangieren, was womöglich schlimmer war als ein paar Jahre Knast. Patch wusste sich im Gefängnis zu behaupten. Sich einen Teenager ins Haus zu holen, der noch auf die High School ging, war ein Kopfsprung ins Ungewisse.

Patch verabschiedete sich vor dem Tor von Nine Inchs Hochsicherheitsloft.

«War nett bei dir, Tony. Ich bin stolz drauf, mit deinem Vater gefahren zu sein. Jetzt bin ich stolz drauf, dich zum Freund zu haben. Ich ruf dich von der Grenze zu Arizona aus nochmal an.»

Nine Inch warf einen Blick auf den kleinen Matchbeutel, den Patch gepackt hatte und der alles enthielt, was der Mann in zwei Wochen gebraucht hatte. Er konnte nur staunen, mit wie wenig man auskommen konnte und von wie wenig sich leben ließ. Aber so karg der sichtbare Ballast auf der Mean Machine auch sein mochte, der seelische Ballast, den er mitnahm, nämlich einen alten Freund auf dem Gewissen zu haben, war dafür doppelt so schwer.

Es ging auf vier, als Patch endlich vor dem Clubhaus der Infidelz hielt. Einige wenige von den Members waren anwesend, um sich von ihm zu verabschieden, darunter Ahab, Pugsly und Cash.

«Cash kommt grade aus dem Knast», sagte Pugsly, ein kleiner stämmiger Kanadier, der Goldketten und Ringe trug. «Ich helf ihm, einen Job zu finden und ein Dach überm Kopf.»

Patch dachte an Hollister. Keine Spur von dem Jungen. *Der macht das schon. Der Junge ist nicht auf den Kopf gefallen. Der beißt sich schon durch.* Sein Angebot war auf dem Tisch. Er hatte sich alle Mühe gegeben und war damit aus dem Schneider.

Ahab zog an dem dicken Joint, den er eben gebaut hatte.

«Ist 'n guter Stoff», meinte er, als er eine dicke Wolke aus der langen Hakennase stieß. «Willst 'n Zug? Der reinste Schlüpferstürmer.»

«Nein danke. Ich möchte wenigstens bis L. A. einen klaren Kopf bewahren.»

«Na, dann lass dich mal wieder sehen, Fremder», sagte Ahab, als er seinen Freund herzlich umarmte. Patch brauchte einen Augenblick, um nach der brüderlichen Umarmung wieder Luft zu bekommen. Dann schwang er ein Bein über die Road King und ließ sie an. Eine kräftige Mischung aus Abgasen und Power schoss aus den Rohren. Die Mean Machine schien nicht weniger erpicht darauf, ein paar hundert Meilen Highway abzuspulen, als ihr Besitzer. Patch und sie waren schon immer ein Herz und eine Seele gewesen. Das Bullern der Rohre würde ihm auf der Straße als Mantra dienen. Gerade an diesem Tag. Die Mean Machine. Sein bester Kamerad. Seine bessere Hälfte.

Patch setzte den Blinker und schob sich auf die East Fourteenth in Richtung des 580er Freeways. Dort drehte er ordentlich auf. Der Himmel war klar und sonnig, und es war gerade warm genug für eine Spritztour am späten Nachmittag. Es war der perfekte Auftakt zu der langen nächtlichen Fahrt in den Süden. Vielleicht würde er sich in San Bernadino aufs Ohr hauen und dann am Morgen weiter nach Arizona fahren. Oder er schaute bei der süßen Barkeeperin mit dem Prachtarsch in Palm Desert vorbei. Er konnte machen, was er wollte! Es lag ganz an ihm. Er war sein eigener Herr. Die Welt stand ihm offen. Das war nicht zu verachten.

Patchs wohlverdiente Einsamkeit sollte jedoch nur von kurzer Dauer sein.

Im Rückspiegel tauchte Hollister Timmons auf, im Sattel seiner klapprigen alten Sportster. Patch hielt an der nächsten Ampel, und der Junge holte auf, hupte und kam neben ihm zum Stehen. Neben Patchs Harley wirkte der Bock des Jungen winzig. Auf den Rücksitz hatte er mit einigen Gummizügen einen kleinen Matchbeutel geschnallt. Damit reiste der Junge wie

Patch ohne großes Gepäck. Beide Motorradfahrer nahmen die Helme ab.

«Wenn das Angebot noch gilt», rief Hollister über dem Grummeln der beiden Motoren.

Patch nickte.

«Natürlich gilt das Angebot», sagte Patch. «Ich habe nur eine schlichte Regel.»

«Aha, und die wäre?»

«Denk immer dran: Ich führe, du folgst. Keine Erwartungen. Keine Fragen.»

«Keine Erwartungen. Keine Fragen.»

«Von mir aus.»

Hollister warf einen raschen Blick über die Schulter zurück auf das Clubhaus. Dann wies er auf die Auffahrt zum Freeway vor ihnen. Die in Richtung Süden.

«Nach Hause, Patenonkel?»

«Nach Hause.»

Patch und Hollister stülpten sich die Helme über. Patch senkte den Blick auf den Asphalt. East Fourteenth Street. Eine schmuddlige Straße voller Schlaglöcher. Oakland. Heimat der Raiders, Heimat von Everett & Jones BBQ und der Oakland A's. Heimat von Jack London, Kasper's Hot Dogs und von Rockern buchstäblich jeglicher Farbe, Größe und Art. Auf den Straßen dieser Arbeiterstadt waren sie beide aufgewachsen, Hollister wie auch Patch. Die Straßen von Oakland. Die Ampel schaltete auf Grün. Hollister legte den Gang ein und schoss hinter Patch auf den Highway. Ihr Ziel war die Wüste im Südwesten der USA.

Authentisch und schnörkellos, direkt von der Straße ...

Ein Leben voller Kämpfe, fernab unserer Gesellschaft.

Jönke
Big Run
Mein Leben als Hell's Angel

ISBN 3-203-78577-3

Jönke
Auf der Flucht
Mein Leben als Hell's Angel

ISBN 3-203-78578-1

EUROPA VERLAG